Za pobedu postoje i drugi načini

By Jovana Iv

© 2020

Sadržaj

PREDGOVOR

Ideju za ovu knjigu dobila sam kad mi je bilo trinaest godina. Često, čitajući novine i tinejdžerske magazine, pitala sam se kakav bi to život bio kada bih imala sve ono što imaju ti poznati o kojima sam upijala svaku štampanu reč. Kako sam rasla i više pratila fudbal, pitala sam se kako bi bilo imati to sve i savršenog partnera. Ta maštanja trajala su do trenutka kad sam shvatila da više nemam šta da poželim. Petnaest godina kasnije, nakon meseci bavljenja ovom temom i istraživanja, nakon završetka studija i sticanja nezavisnosti i slobode kojima svi stremimo od tinejdžerskih dana, nakon putovanja i dolaska u kontakt sa ljudima koji nemaju mnogo i onima koji imaju sve, znala sam da sam spremna da konačno napišem ovu priču.

Knjiga je izdata prvi put na engleskom jeziku maja 2020. godine. Prilikom prevoda unosila sam promene i izmene kako bih tekst i značenje prilagodila svom maternjem jeziku, tako da su mi i jedna i druga verzija priče jednako dragi, ali i jednakog kvaliteta.

Ovim putem htela bih da se zahvalim svakome ko je na neki način pomogao stvaranju ove knjige. Hvala mojim sestrama i prijateljima koji su me strpljivo slušali kad je ova priča bila jedino o čemu sam pričala satima i danima, koji su me otvoreno i iskreno savetovali, i koji su ostali uz mene iako se ne bismo videli po nekoliko meseci jer sam imala vremena samo za pisanje. Hvala i mom partneru, koji je uvek podrška i koji razume kad god propustim neku od njegovih hokejaških utakmica kako bih napisala *još par strana*. Na kraju, naravno, veliko hvala i mojoj ilustratorki u čiji rad sam se zaljubila čim sam videla prvi nacrt.

Jovana Iv

1.

To veče smo kasno završili sa snimanjem. Upuzala sam u auto i sklupčala se na zadnjem sedištu. Noge su mi otekle a kičma se savila od bolova. Poslednje čega se sećam je kako sam se stropoštala na krevet uz misao *Kada se probudim, biću na naslovnici najpoznatijeg ženskog časopisa u Evropi.*

„Džejn, ovo je senzacionalno!" zazvonilo mi je u ušima.

„Bea, molim te!" zavapila sam i pokrila glavu ćebetom.

„Dovoljno si spavala. Hajde sad, ustaj. Moraš da vidiš ovo!"

Nadljudskim naporom sam se izvukla ispod ćebeta i uspravila u sedeći položaj. Preda mnom je bilo novo izdanje, sveže iz štamparije. Divna ja uzvraćala mi je pogled, okružena sasvim nebitnim naslovima.

„Da li misliš isto što i ja?" upitala sam svoju najbolju prijateljicu.

Moje misli pretočila je u reči: „Niko neće kupiti ovaj broj da bi ga čitao."

„Upravo. Ako ja ne prodam sve do jednog primerka, ne znam ko će."

Obukla sam se i prešla u trpezariju. Endži i Lana već su bile tu.

„Požuri, čekale smo te da jedemo Beinu salatu", rekla je Endži prionuvši na svoju činiju.

„Kako se osećaš?" pitala me je Lana.

„Pitaš li me kao menadžerka ili drugarica?"

„I jedno i drugo."

„Kao prava zvezda!"

Sve četiri smo se nasmejale a Endži me je gađala krastavcem. Uzvratila sam joj paradajzom, a Lana je nastavila.

„I trebalo bi, jer sad svakako jesi zvezda. Devojke, da joj kažem, ili da sačekamo?" Njih tri su razmenile saučesničke poglede.

„A, ne! Nećete mi se tu domunđavati", rekla sam odgurnuvši svoju činiju sa salatom mršteći se i skenirajući ih pogledom.

„Sačekaćeš", Bea je odlučila uz pokvaren osmeh. „A sad pojedi tu salatu. Spremila sam je sa mnogo ljubavi."

Bile su istrajne u svojoj tajnovitosti i držale me u neizvesnosti ceo dan. Znala sam da je u pitanju nešto veliko. Pokušala sam da se opustim uz TV i da ponavljam za predstojeće ispite. Nisam išla u redovnu školu, naravno. Tata je organizovao sve kako bih mogla da se u potpunosti posvetim karijeri i izgradim je pametno i na čvrstim temeljima koji garantuju trajnost. Imala sam sve neophodne knjige i konsultovala se sa profesorima kad je potrebno. Htela sam da usavršim jezike koji će mi najviše pomoći u karijeri, tako da sam učila španski i italijanski. Počela sam kao model i malo zašla u glumu, ali sam oduvek znala da će mi moda biti glavno i najdraže zanimanje.

Konačno, uveče smo se ponovo skupile u mom i Beinom stanu. U to vreme nismo previše izlazile, najviše zato što sam bila prepoznatljiva u javnosti, svakim danom sve više. Napredovala sam mnogo od one slatke, lepršave kaubojke koja se preselila u prestonicu mode pre četiri godine. Tada sam, osim kao model, bila poznata, uglavnom, i kao ćerka Breda Andersona, jednog od najuspešnijih biznismena na svetu. Međutim, novine su sada neprestano pisale o mojim haljinama, reklamama, i mom prvom filmu *Nemoj nikad da se vratiš*. Iz tog razloga devojke i ja smo se često okupljale u prostranom stanu koji smo delile Bea i ja.

„Sad je krajnje vreme da mi sve kažete", rekla sam sipajući nam vino. „Slušam."

„U redu, biću direktna", reče Lana. „Zaslužila si."

„O, da, jesam." Otpila sam malo divne čileanske tečnosti.

„Sada se nalaziš na naslovnici najpopularnijeg časopisa za žene. Zašto onda ne bi bila i na naslovnoj strani jednako rangiranog časopisa za muškarce?"

Nisam bila sigurna da sam je dobro čula. „Molim?"

„Urednik me je kontaktirao jutros. Želi da budeš na naslovnici magazina *Tound*[1]."

Moja prva reakcija bila je da progutam vino pre nego što se zagrcnem. Potom sam pomislila *Konačno*.

Nasmejala sam se. „Kad je snimanje?"

***

Trebalo mi je manje od mesec dana da osvojim svet, ovaj put sama, bez pratećih podnaslova „ćerka Breda Andersona…", „naslednica imperije Anderson" i tome slično. Tata me je oduvek savetovao da projekte radim

---

[1] *Toned*, vitak.

polako, jedan po jedan, temeljno i posvećeno, kako ne bih samo zasjala i ugasila se poput varnice. U skladu s tim, postala sam svetski poznata javna ličnost sa nekoliko izuzetno uspešnih projekata za sobom i još mnogo onih koji slede.

Istinski sam bila ponosna na sebe, ali ono zbog čega sam bila najviše zadovoljna tih dana ležalo je na mom noćnom stočiću. Čitala sam je svako veče pre spavanja. Bila je to uredno, ručno napisana pozivnica na prijateljsku fudbalsku utakmicu reprezentacija Engleske i Ukrajine. Četiri ulaznice bile su u koverti koja je stigla nedelju dana nakon izlaska magazina *Tound*, direktno od nacionalnog selektora Engleske Metjua Vansa.

Volim fudbal. Ne oduvek, ali počelo je kad sam se preselila u London. Bilo je neizbežno. Fudbal u Teksasu nije toliko bitan, osim kad su u pitanju međunarodne utakmice tima SAD-a, a i to samo ponekad. U Evropi je drugačije, pogotovu u Engleskoj, za koju se kaže da je izrodila ovaj sport. Često sam išla na utakmice, iako je to ponekad predstavljalo problem jer su me prepoznavali gde god bismo se devojke i ja pojavile. Uprkos tome, nisam htela da se odreknem tog vikend zadovoljstva kad god sam imala priliku.

Ovaj put nije bila sama utakmica ono što me je uzbuđivalo - mogu sama kupiti karte za bilo koji događaj, a devojke i ja smo već odlučile da ćemo naredne godine celih mesec dana provesti u Nemačkoj kako bismo bile deo jednog od najvećih sportskih događaja na svetu - FIFA Svetskog prvenstva u fudbalu. Ovaj put, međutim, pozivnica za utakmicu došla je direktno od trenera engleske reprezentacije. To je značilo da sam na dobrom putu da postanem dugoročna zvezda, a ne da ostanem zapamćena kao neka slatka klinka koju će svi zaboraviti ako ne snimi još jedan dobar film ili ne napravi neki neukusan skandal. Metju Vans je dugogodišnji dobar prijatelj mog oca ali znala sam da me nije zbog toga pozvao - da jeste, zvao bi nas ranije. Sad je bilo jasno da gradim svoje ime u svetu šou biznisa - zbog toga smo devojke i ja pozvane.

Taj vikend spremila sam sve do najsitnijih detalja za predstojeći događaj. Pažljivo smo odabrale šta ćemo da nosimo i čitale podatke o engleskim igračima koji će igrati to veče. Krenule smo na Vembli prilično rano kako bismo imale vremena za piće, da se opustimo i zagrejemo pred utakmicu. Imala sam pozitivnu tremu jer ću kroz manje od sat vremena videti Džošuu Hadlija na terenu, bez sumnje najatraktivnijeg i najuspešnijeg mladog igrača Engleske, i sna miliona devojaka, ne samo u zemlji, već širom fudbalskog sveta. Devojke i ja smo toliko puta pričale kako bi divno bilo prisustvovati nekoj od utakmica u ulozi devojke jednog od igrača. Moj san, kao i mnogih, bio je Džošua.

Međutim, pred početak utakmice, dogodilo se nešto što nisam baš očekivala.

Izašle smo iz auta i polako šetale ka ulazu u stadion, ne privlačeći previše pažnje. Naši telohranitelji nosili su odeću sličnu našoj - farmerke i kratke jakne, poneki šal, i tako smo se zaputili ka kafeu unutar stadiona.

Crni mat autobus ušao je na parking i zaustavio se blizu jednog od ulaza na stadion, daleko ispred nas. Nastavili smo da hodamo ali ja više nisam slušala šta devojke pričaju. Palo mi je na pamet da bi u autobusu mogli biti igrači i srce mi je poskočilo. Ućutkala sam ih i požurila napred. *Konačno ću da vidim Džošuu Hadlija.*

Vrata autobusa su se otvorila i igrači su krenuli da izlaze.

Ali ne Englezi.

Već Ukrajinci.

Usporila sam ali ne i zastala, ne znajući u koga ili u šta da gledam. Skoro nijednog nisam prepoznala, svega par lica sam možda nekad videla na TV-u. Međutim, kada je *on* izašao, nisam ni njega prepoznala, ali sam imala utisak da ga poznajem ceo život.

Izdvojio se sam po sebi, krupniji i širi od ostalih momaka. Smešno mi je bilo kako se morao okrenuti malo u stranu da bi prošao kroz vrata autobusa, toliko su mu ramena bila široka. Čak mu je i kosa bila drugačije nijanse plave nego kod saigrača. Preko ramena je nosio veliku timsku torbu iz koje je virio časopis - istog trenutka sam prepoznala „moj" *Tound*.

Oblili su me žmarci, ali to nije bilo ništa u poređenju sa hladnim znojem i uzbuđenjem koji su me obuzeli kad su nam se pogledi konačno sreli. Ošamućena, ništa nisam čula, osećala, niti videla, sem njega. Čak mi je i dah zastao u grudima. Kada mi se osmehnuo, teško sam progutala shvativši da su mi usta suva i otvorena do poda.

„Džejn, je li sve u redu?" pitala je Bea, pogledavši prvo mene, pa njega, i onda opet mene, dok ja i dalje nisam mogla da prestanem da zurim.

„Jeste", prošaputala sam. Morali su da krenu te je on bio taj koji je skrenuo pogled, na čemu sam mu bila zahvalna, jer sam imala osećaj da bih ja mogla tako da ga gledam satima.

U kafeu sam dala sve od sebe da se usredsredim na razgovor sa devojkama i da ne mislim na momka sa parkinga, što nije bilo lako, pogotovu znajući da ću ga uskoro videti na terenu. Shvatila sam i da su VIP sedišta koja imamo previše udaljena od terena kako bih lepo mogla da vidim bilo šta, i više mi se nisu sviđala kao pred utakmicu. Već u narednom trenutku krenula sam da mozgam kako da rešim taj problem - želim da vidim tog momka izbliza.

Kao da me je čuo, Metju Vans ušetao je u kafe, praćen telohraniteljem. Prešao je pogledom po prostoriji i kad nas je spazio, prišao. Istupila sam i rukovala se s njim. Znala sam da bi tata bio ponosan da me vidi.

„Veliko nam je zadovoljstvo da ste vi, devojke, prihvatile naš poziv", rekao je.

„Zadovoljstvo je naše. Nema boljeg načina da se provede subota popodne", rekla sam.

Popili smo zajedno još jedno piće na brzinu i malo popričali o utakmici, pripremama za Prvenstvo naredne godine, za koje mu je bilo posebno drago da ćemo mu prisustvovati, o igračima koji će igrati to veče, o suparničkom timu… I tad sam odlučila da ga pitam:

„Izvinjavam se i unapred moram da naglasim da nisam nezahvalna, ali malo me brinu naša sedišta za večeras. Zaista cenim VIP zonu, ali i vi i ja znamo koliko je ona daleko. Mislite li da bi bilo moguće da se spustimo malo niže, bliže terenu?"

Grohotom se nasmejao, rekao „Naravno" i izdvojio se na par minuta. Nazvao je nekog i dok smo mi završile s pićem, vratio se s dobrim vestima. Ubrzo se pozdravio i otišao u svlačionicu. Nekih dvadeset minuta kasnije, telohranitelj koji je isprva došao sa njim, vratio se i dao nam nove karte - ni manje ni više nego za prvi red, najbliže što posetilac može da priđe.

Uputile smo se na tribine nakon što sam sasula čašicu čiste votke kako bih se opustila i zagrejala, pošto vreme u Londonu nije bilo baš toplo i prijatno. Da nije bilo svetala stadiona, sve bi bilo potpuno sivo.

Devojke su primetile da se sa mnom nešto dešava ali nisu htele ništa da pitaju, pretpostavljajući da ću im kasnije sve objasniti. Ja, sa druge strane, nisam mogla da dočekam da utakmica već jednom počne i imala sam tremu kao pred važno snimanje. Kad su igrači krenuli da izlaze, skočila sam sa sedišta i skenirala lica jednog po jednog, ali onih u plavim dresovima, u potpunosti ignorišući domaće. *On* nije bio nijedan od njih. Čak i izdaleka sam to videla. Svi su bili premršavi, uskih ramena. A onda sam pažljivije osmotrila momka koji nije nosio plavo, već crno. *Pa, on je golman!*

Na velikom ekranu osmehivao se smireno, sa samopouzdanjem, a pogled na njega uzbuđivao me je više od činjenice da sam na stadionu sa Džošuom Hadlijem. Njega nisam čak ni potražila pogledom.

Igra je počela i ja sam sela kako bih duboko udahnula i preuzela kontrolu nad sobom. Ne treba da navijam za suprotni tim a bilo mi je jasno da je tako čim sam ispratila plavokosog golmana širokih ramena kako odlazi do svog gola, gde nisam više mogla lepo da ga vidim. Ovde sam jer su me Englezi pozvali, i treba pristojno da se ponašam, u skladu s tim.

Atmosfera se brzo zagrejala i lopta je neprestano letela s jednog na drugi kraj terena. Činilo se da Istočnoevropljani nisu došli nepripremljeni. Iako je utakmica prijateljska, bilo je očigledno da žele da pobede.

I upravo su oni postigli prvi gol, u trideset četvrtom minutu. Strelac je bio takođe plavokos, ali znatno duže kose, više bele nego plave, Nikolaj Pavlov. Čula sam za njega zato što je galamdžija, agresivan, hvalisavac i dve godine zaredom najbolji strelac u prvoj ukrajinskoj ligi. Osim toga, tražen je od strane najboljih evropskih klubova, koje uporno odbija, čime nezaustavljivo diže svoju cenu.

Ovaj put ju je definitvno podigao još više postigavši gol protiv jednog od najboljih golmana sveta. Harold Der bio je član najboljeg kluba u Engleskoj i stajao rame uz rame sa nacionalnim golmanima Nemačke, Italije, Francuske i Holandije, koji su bili stariji i sa više iskustva.

Tokom poluvremena, pijuckala sam čaj i migoljila se u sedištu, nervozno iščekujući početak drugog dela utakmice, kad je Lana podigla glavu od telefona. „Devojke, bojim se da je naš tim u problemu. Ukrajinci nisu nimalo naivni. Sad sam malo više pročitala o njima i osim ovog strelca, koji je najprecizniji u Ukrajini, tri igrača su ovo leto prešla u velike evropske klubove, a u ovom trenutku njihov golman se po svim statistikama smatra najboljim na svetu.“

Zagrcnula sam se čajem. „Ovaj plavokosi Hulk?“ pitala sam.

„Da“, potvrdila je Lana. „U prethodnoj sezoni primio je samo dvadeset jedan gol, što ga zajedno sa rezultatom iz ove sezone, tokom koje i dalje igra savršeno, čini golmanom koji najduži vremenski period nije primio gol.“ Bila sam impresionirana. „I ako ovako nastavi, svako veliko ime u sportu smatra da će osvojiti Zlatnu rukavicu[2] sledeće godine.“

Zanimljivo.

Utakmica se nastavila i moje oči su ponovo bile na golu koji je tim Metjua Vansa napadao. Gde se on skrivao sve ovo vreme? Kako je moguće da nikada ranije nisam čula za njega? Verovatno zato što lokalni mediji pišu više o domaćim i igračima iz timova Zapadne Evrope, a ne toliko o tom delu kontinenta.

---

[2] Zlatna rukavica je nagrada koja se dodeljuje najboljem golmanu na FIFA Svetskom prvenstvu.

Ispostavilo se da je drugo poluvreme bilo znatno intenzivnije. Englezi su napadali, ali kad god bi izgubili loptu, morali su da trče natrag u odbranu. Gosti nisu samo želeli da zadrže rezultat od 1:0. Želeli su da daju još golova, rizikujući čak i da možda neki prime.

Želja im se obistinila kada je jedan od napadača prišao našem golu. Bio je daleko ispred ostalih da igrači naše odbrane nisu mogli da ga isprate, te je sebi stvorio odličnu priliku za šut, ali pošto bi to bilo previše očigledno, odlučio je da doda loptu drugom napadaču koji mu je bio najbliži.

I koji je glatko postigao gol glavom.

Umalo sam skočila, ali očekujući da će me Bea sprečiti, samo sam uskliknula u sebi.

Igrači u plavom su proslavili, ali smireno i bez previše divljanja. Golman u crnom se samo osmehivao kad ga je kamera uhvatila u kadar. Nisam mogla a da ne pomislim kako ima divne, iskrene i očaravajuće crte lica.

Igra se nastavila i ništa se nije promenilo, ali je bilo zanimljivo gledati kako se oba tima bore da daju još golova. Englezi se nisu predali do kraja, ali to im nije pomoglo. Golman u crnom je bio poput velikog, širokog, neprobojnog zida, pokrivajući gotovo ceo prostor između stativa. Nije bilo šanse da lopta prođe pored njega.

Kada je poslednji zvižduk označio kraj utakmice, niko nije bio znatno razočaran. Čak su i domaći navijači bili zadovoljni dobrom utakmicom kojoj su svedočili, ali i lekcijom koju je dobio naš tim. Sada znamo svoje slabosti i prednosti, godinu dana pred važno takmičenje.

Na terenu, igrači su se rukovali i razmenjivali dresove. To je uvek zadovoljstvo gledati na TV-u, a pogotovu uživo. Fotografi i reporteri preplavili su teren u potrazi za snimcima i intervjuima, a ja sam zurila u veliki ekran, čekajući da kamera ponovo uhvati u kadar plavokosog golmana bez svog crnog dresa. Džošua Hadli nije mi bio ni na kraj pameti.

Za trenutak sam spustila glavu kako bih se požalila Bei da kamermani ne posvećuju dovoljno pažnje pravim momcima, kad sam ugledala *njega* kako trči na *nama!*

Nisam mogla ni reč da izustim. Ni da se pomerim. Usta su mi se istog trena osušila. Progutala sam teško, čekajući da me neko uštine i probudi. *Nije moguće da nam prilazi! Nema šanse! Ali, gde drugde bi išao? Neka me neko probudi! Ili ne! Ovo je poput najluđeg sna!*

Prilazio nam je. Nisam mogla ni da trepnem, a kamoli skrenem pogled sa njega. Kada nam se sasvim približio, pogledali su nam se susreli i nisam mogla da se odvojim od tih morsko plavih očiju. Očarale su me.

Skinuo je dres, sad već preda mnom toliko da bih ga dotakla da sam samo malo podigla ruku. Videla sam svaku crtu njegovog pravilnog lica. Njegove oči, bile su poput čistog, mirnog okeana. Osmehnuo se ponovo. Videla sam mu kapljice znoja na licu i u kosi. Toliko sam želela da je dotaknem da sam skoro pomakla prste ka njemu. Da nisam bila sasvim skamenjena, možda i bih. Pogledao me je pravo u oči, od čega sam se naježila, a potom podigao ruku i pružio mi svoj dres.

Tek tad sam postala svesna pljuska bliceva koji nas obliva. Bila sam im zahvalna jer su me trgnuli iz otupelosti i sprečili da izgledam kao potpuna budala. Podigla sam ruku, tako tešku, i prihvatila dres. Ponovo se nasmejao. Ja nisam mogla. Povukao se, otišao, a ja sam sela, ne znajući šta me je snašlo.

Ponovo sam odlutala, nesvesna bliceva. Devojke su me okružile. I dalje sam bila zapanjena.

„Najbolje bi bilo da se izgubimo odavde", rekla je Endži. Uzela me je za ruku i zaputile smo se ka izlazu.

Izaći sa tribina sad nije bilo toliko lako, ali smo uspele uz pomoć obezbeđenja stadiona. Kada smo konačno sele u auto, shvatila sam da mi je disanje ubrzano.

„Ovo je bilo najromantičniji prvi korak koji sam ikad videla!" Lana je vrisnula.

„Jeste", složila sam se, još uvek izgubljena u mislima.

„Sasvim neočekivano!" dodala je Endži.

„Savim." I dalje sam se borila za vazduh.

„Ispravite me ako grešim, ali da li je to upravo jedan muškarac oborio Džejn Anderson s nogu u pravom smislu te reči?" Bea je sijala trijumfalno.

U normalnim okolnostima, gađala bih je nečim, ali ovoga puta nisam imala izbora sem da se složim. Grohotom su se smejale, dok sam ja i dalje bila izgubljena u mislima, stežući njegov mokri dres i prisećajući se svake crte njegovog lica, dok su oči boje okeana sad već neprestano plutale preda mnom u mislima.

2.

Narednog dana probudila sam se sveža i sva sijajući, iako nisam spavala ni tri sata. Previše sam bila uzbuđena. Nisam mnogo pričala sa devojkama kada smo se prethodnu noć vratile u stan. Jednostavno nije mi bilo do toga. Zatvorila sam se u sobu i legla u krevet sa golmanovim dresom, premotavajući u mislima sve što se desilo, satima, dok nisam bila sasvim iscrpljena i utonula u san.

Devojke su se skupile u dnevnoj sobi za doručak, sve tri za laptopom, kao u nekoj kancelariji. Kad sam im se pridružila, Lana mi je pružila šolju kafe i sve su me gledale smeškajući se. Uzvratila sam im pre nego što smo prasnule u glasan smeh.

Potom su mi stale pokazivati snimke, slike i vesti o prethodnoj večeri na Vembliju. Sada, na klipovima, mogla sam da vidim da se *moj* golman uredno rukovao sa ostalim igračima pre nego što će se zaputiti ka nama. Izbegao je par reportera i fotografa a potom se primakao dovoljno da ga primetim.

Bezbroj slika kako belo zurim u njega neprestano je iskakalo na svakom novinskom portalu. Očigledno sam bila zbunjena i očarana. Hvala Bogu te je ono malo šminke što sam stavila i dalje izgledalo uredno. Kako mi se približavao, skoro je moglo da se vidi kako mi se oči šire od oduševljenja.

Trenutak u kom mi pruža dres zabeležen je bar milion puta, iz svakog mogućeg ugla. Volela bih da sam se nasmejala, ali znala sam da nisam mogla. Ipak, nisam žalila ni za čim.

Sviđali su mi se i naslovi i prateći članci. Sve su nas nasmejali.

Džejn i Janov u tajnoj vezi
Susret dve zvezde
Sinoć je i Janov dao gol!

Kasnije u toku dana, Endži je našla snimak sa konferencije za štampu iz Kijeva.

„Moraš ovo da čuješ, Džejn. Uspela sam naći i prevod." Pružila mi je telefon.

Četiri igrača dala su izjave - dvojica koji su dali golove, jedan čije ime nisam znala i moj golman. Endži je premotala. „Pretpostavljam da u početku pričaju samo o fudbalu, ali slušaj kraj."

Bila je u pravu. Novinar je iz vedra neba pitao mog golmana da li se viđamo daleko od očiju javnosti, na šta se on šarmantno nasmejao i odgovorio „To nije sportsko pitanje", odgurnuo mikrofon i ustao, a neko u pozadini objavio je da je konferencija završena.

Srce mi je lupalo kao trinaestogodišnjakinji kojoj je simpatija prvi put uputila pogled. Odgledala sam taj video još nekoliko puta, pre nego što se oko pet sati oglasilo zvono na vratima. Bea je otišla da otvori i nakon par sekundi vratila se sa velikim buketom raznobojnih afričkih ivančica, čitajući sa propratne kartice *Za Džejn. Ove boje podsećaju me na crte tvog lica. Aleks Janov.*

Devojke su vrisnule a ja sam skočila sa kauča i uzela cveće i poruku Bei iz ruku, kao da hoću da proverim da li je lepo pročitala. Držeći to parče papira u rukama, isprva nisam poverovala onome što čitam. Pitala sam se da li je rukopis njegov ili cvećarke, a onda shvatila da preterujem.

Međutim, preterujući ili ne, osetila sam da je nešto u vezi sa ovim muškarcem drugačije nego kod svih ostalih koji su mi se ikada dopali. Za svojih devetnaest godina nikada se nisam iskreno zaljubila. Bila sam zainteresovana za par momaka, ali ne ozbiljno. Oskar, kod kuće u Dalasu, oduvek mi je bio samo prijatelj - najbolji prijatelj, uprkos navaljivanju njegovih roditelja da se družimo više i to prijateljstvo krunišemo brakom, što bi ujedno doprinelo i tome da naši rančevi dodatno uznapreduju. Džonatan, Endžin brat, bio je samo prolazna varnica usled sveg uzbuđenja oko preseljenja u London i novih poznanstava. Osim toga, sve je bilo podređeno mojoj karijeri. Nisam mogla, a ni htela, oko nje da pravim kompromise. Moj posao je uvek bio na prvom mestu, a potom svako i sve ostalo.

Na sve to, tata mi je još davno jasno stavio do znanja da mi ne padne na pamet da se upuštam u bilo šta sa muškarcima koji bi mogli da mi naškode, što podrazumeva muškarce koji su moguć loš uticaj, koji mogu da mi moju karijeru, ili koji su u bilo kom pogledu manje uspešni od mene. U svakom trenutku, kad i ako hoću da se viđam sa nekim, to mora biti primeran momak - uspešan, posvećen i ozbiljan. Bez zavitlavanja.

Jednim delom to je štitilo mene, ali mnogo većim porodičnu reputaciju. U tatinom svetu ime Anderson nije smelo biti ničim uprljano. Već samo po sebi dovoljno je to što je jedinstveno i što u svetu ne postoje nijedni drugi Andersoni sem nas[3], te ako biste samo ukucali naše prezime u bilo koji internet pretraživač, saznali biste sve o nama. Potičući iz radničke porodice u Londonu, tata je morao da prolije litre i litre znoja kako bi stvorio život luksuza i obilja kom je uvek stremio. Njegov čukundeda bio je norveškog porekla, te otuda i specifično prezime. Prema jednoj tatinoj priči, koju mu je preneo deda, drugo *n* na kraju našeg prezimena, dodato je greškom, kada je čukundeda dobio britansko državljanstvo. Nije hteo da se muči da grešku ispravi, jer je proces bio dug i naporan, te smo tako postali i ostali jedini Andersoni na svetu. Tata je uvek bio ponosan zbog toga i iskoristio ga da stvori jedinstven brend. Nakon preseljenja u Ameriku, napredovao je nezaustavljivo, do te mere da ne postoji osoba koja čita novine a da nije čula za njega.

Iz tog razloga sve u vezi sa našom porodicom mora da bude besprekorno čisto, pa čak i kad su u pitanju male stvari, poput toga ko mi je simpatija. „Jednog dana razumećeš da mi, Andersoni, nemamo luksuz poraza, niti loših i vulgarnih naslova po novinama", držao mi je predavanje jednom prilikom, „bez obzira koliko nebitno to izgledalo."

Stoga nikad nisam smatrala bezbednim da se ozbiljnije upustim u bilo šta s bilo kim. Momci koje bih upoznala nikada nisu bili dovoljno zreli, niti bi mi privukli pažnju, a kamoli se usudili da stanu pred mog oca. Izlaziti sa mnom neizbežno je išlo ruku pod ruku sa suočavanjem sa Bredom Andersonom i dokazivanjem svoje vrednosti. Niko nije bio dovoljno hrabar za tako nešto, što me je ponekad rastuživalo, ali najčešće me zapravo štitilo od muškaraca koji bi me iskoristili za malo zabave i popularnosti, a onda povredili.

Međutim, ovaj Ukrajinac, kog sam sinoć videla prvi put, i koji je mene takođe video prvi put, bio je dovoljno hrabar da prešeta teren i da mi svoj dres pred hiljadama navijača i milionima gledalaca ispred malih ekrana. Kao da je svima rekao „Ovo je moja devojka". Budući da je najbolji golman na svetu, ima mnogo toga da izgubi ukoliko se ovo ne dopadne tati, ali on je ipak to uradio. Njegovo samopouzdanje izazivalo mi je prijatno trenje u stomaku.

To osećanje držalo me je u stanu skoro dva dana. Jedino što sam radila bili su teretana i spremanje ispita. Devojke i ja nismo nijednom izašle - Lana je smatrala da je najbolje da se neko vreme ne oglašavam nakon dešavanja na stadionu. U svakom slučaju, prijao mi je mali odmor od spoljašnjeg sveta, a družila sam se s italijanskom gramatikom koju je trebalo da položim krajem godine.

---

[3] Na engleskom Anderson se piše Andersonn.

Odabrala sam da učim italijanski i španski jezik zbog posla. Tata me je savetovao da će to uvek ostaviti dobar utisak tokom uvodnih razgovora i brže me dovesti do potpisivanja ugovora, da će pokazati da sam ozbiljna i posvećena. On sam tečno govori nemački i norveški, za šta tvrdi da je jedan od razloga što je uspešan na tržištu. Pričao mi je kako bi već nakon pet minuta razgovora sa klijentima znao da će potpisati ugovor samo zato što je pričao njihovim jezikom. Stoga sam smatrala da je za mene najbolje da se prihvatim dva jezika mode, i išlo mi je odlično.

Trećeg dana od utakmice u stan je umilelo razočarenje. Mislila sam da su ivančice poslednje što ću čuti i videti od ukrajinskog golmana i da je tek započeta bajka već gotova, kada je stigao još jedan buket. Ovoga puta bile su u pitanju elegantne, svetloljubičaste ruže, meke i nežne na dodir, koje su istog trenutka preplavile stan opojnim mirisom.

Ponovo je tu bila i poruka.

Sa njegovim brojem telefona.

Piši mi, ako želiš. Ja znam da bih to voleo. Bilo bi mi zadovoljstvo da te ponovo vidim sa male razdaljine kao na stadionu, ali pre svega, iz poštovanja, dajem ti izbor da sama odlučiš. Aleks Janov

PS Hteo sam da ti pošaljem nešto originalnije od crvenih ruža te sam odabrao ove. Podsećaju me na tebe sa naslovnice Tounda.

Ovoga puta ja sam bila ta koja je vrisnula, a nakon što su pročitale poruku, i devojke su bile jednako uzbuđene.

Tri sata provele smo razmatrajući kada bi trebalo da mu pišem i na kraju zaključile da je najprirodnije to isto veče. Htela sam da krenem opušteno, pa sam poslala samo *Ćao.*

Život mi se skratio za dvadeset godina zbog adrenalina koji mi je jurnuo u glavu nakon što sam kliknula *pošalji.*

Ali se svakako produžio za trideset kada je odgovor stigao nakon pola sata.

Zdravo, Džejn.

- Kako znaš da sam ja?

Nema ko drugi da mi piše iz Engleske.

- Haha. Jeftin trik.

Nadam se da to nisi mislila i o cveću.

- *Naravno da nisam.*

Nisam znao na koji drugi način da ti se javim a da ne bude napadno.

- *Bez brige. Cveće je savršeno. Klasični gestovi su uvek dobar izbor.*

Mogao bih da uradim još nešto klasično, ako mi dozvoliš?

- *Već si učino dovoljno neklasičnog, tako da verovatno hoću.*

Nasmejala sam se ponovo se prisećajući incidenta sa stadiona.

Ako misliš na razbešnjavanje svih mogućih novina na svetu, izvinjavam se. Nisam očekivao da ću izazvati ovakvu pometnju.

- *Nema potrebe da se izvinjavaš. Bilo je sjajno.*

Zaista?

Zastala sam par sekundi pre nego što sam išta otkucala, a onda odgovorila, dok mi je srce divljački lupalo:

- *Uživala sam u svakom trenutku.*

Da li bi onda možda volela da provedeš još neko vreme sa tim momkom?

Disanje mi je već tad bilo ubrzano kao da sam istrčala maraton. Uštinula sam se, shvatila da se sve ovo dešava, i smirila dovoljno da napišem *Kad?*

Sutra. Ako nemaš ništa u planu?

Ovaj put sam zaista skočila sa kreveta. *Gde?* pitala sam.

U Londonu, naravno.

- *Došao bi u London?*

Doći ću, ako hoćeš da izađeš sa mnom na večeru?

Izborivši se sa iznenađenjem, odgovorila sam: *Hoću.*

U redu onda. Rezervisaću avionske karte. Ti odaberi restoran, pošto je tvoj grad.

Mozak mi je još uvek imao poteškoća da upije sve. Momak kog sam videla svega jednom u životu, pre tri dana, koji živi na drugom kraju Evrope, sutra će uskočiti u avion kako bi proveo par sati sa mnom!

- Dogovoreno! potvrdila sam. *Šta je sa tvojim treningom?*

Na zasluženom sam odmoru, nakon što smo vas pobedili.

- Čestitam!

Hvala. Bilo je to jedno divno veče. ;)

- Haha, zaista je bilo za pamćenje. :)

Doći ću po tebe u pet. Je l' to u redu?

- Sasvim.

Postarala sam se da spavam dosta te noći kako se na svom prvom važnom dejtu ne bih pojavila sa crnim kolutovima ispod očiju. Sutradan, pre doručka otišla sam do teretane na sat vremena kardio vežbi, nakon čega je moj dan počeo skoro opušteno, uz prijatnu tremu zbog predstojeće večeri. Čak sam i odabrala šta ću da nosim, iako sam prethodno veče, kao i svaka žena, dramila oko toga. Odabrala sam jednostavnu svetloplavu haljinu do kolena, bele salonke i pismo torbu.

Nema potrebe da kažem da nije bilo šanse da bilo šta pojedem ceo dan, iako inače volim sve što su devojke taj dan spremile. U petnaest do pet sam poželela da sam ipak nešto stavila u usta, jer nakon što sam se obukla, privodeći kraju šminkanje, stomak mi je zavapio. Odjurila sam u kuhinju da nešto prezalogajim kako se ne bih osramotila pred Aleksandrom, ali u trenutku kad sam otvorila frižider, oglasilo se zvono na vratima. Zaledila sam se.

„Izgleda da ćeš ipak jesti u restoranu", Endži se smejala sa devojkama.

Šaljivo sam se namrštila jer smo sve četiri znale da nema šanse ni da primirišem hranu to veče, s njim sa druge strane stola.

Sabrala sam se, uzela torbu i otvorila ulazna vrata.

Stajao je tu, onako krupan i visok, uredno spakovan u crne pantalone i jaknu preko bele košulje. Kosa mu je bila privlačno neuredna a oči nebeski sjajne. *Sad mi je jasno zašto sam odabrala plavu haljinu*, pomislila sam. On se nasmejao i očarao me ponovo, kao ono veče na stadionu.

„Zdravo, Džejn."

„Zdravo, Aleks."

„Spremna?"

Klimnula sam i iskoračila napolje, prethodno se javivši devojkama, za koje sam znala da slušaju skrivene iza zida.

„Živite zajedno sve četiri?" prekinuo je tišinu je u liftu.

„Ne, samo Beatrisa i ja", nisam se usuđivala da ga pogledam, iako sam osećala njegov pogled na sebi. *A, ne, neću ti dati priliku da me ponovo zbuniš*, pomislila sam, već unezverena poput tinejdžerke. „Beatrisa je plavuša", dodala sam.

„Znam."

„Kako znaš?"

„Svi znaju za Džejn, Beatrisu, Anđelinu i Lanu."

„Čak i u Ukrajini?"

„U Ukrajini mahom momci."

Iznenadivši sebe, nasmejala sam se, a potom zaćutala, pitajući se kako mi je to pošlo za rukom koliko sam nervozna.

Ispred zgrade stajao je crni mercedes. Otvorio mi je vrata, čime me je još više izbacio iz koloseka, jer nisam navikla da to iko radi osim kad idem sa pratnjom.

U kolima mi je dao telefon da ukucam lokaciju restorana. „Nije ti problem da voziš ovde?" pitala sam.

„Misliš zato što vozite pogrešnom stranom?"

Nasmejala sam se. „Stvarno mi je trebalo vremena da se naviknem na to kad sam se tek preselila ovamo."

„Pretpostavljam da ćemo videti u narednih pola sata kako mi ide. Nemoj previše da me dekoncentrišeš i valjda nećemo završiti na suprotnoj strani grada."

Uključili smo se u užurbani saobraćaj Londona.

„Kakav ti je bio let?" pitala sam.

Ispričao mi je kako je sve teklo glatko dok nije došao na imigraciju na aerodromu Hitrou. Službenik je gledao njegovu vizu dosta dugo, a potom pozvao kolegu koji ga je prepoznao istog trenutka - *To je onaj golman sa Vemblija, koji je prišao Džejn*. Pustili su ga, ali sekund kasnije jedan od njih je shvatio najverovatniji razlog Aleksove posete Engleskoj i u šali hteo da ga vrati nazad za Kijev. Nakon toga deca na aerodromu počela su da ga prepoznaju, te je brzo potražio taksi i izgubio se.

„Da, nakon onoga što si uradio u subotu, dobro si poznat svakome ovde."

„Da se primetiti. U Ukrajini je drugačije. Ne znam kako bih se u suprotnom nosio sa neprestanim prisustvom ljudi i telohranitelja kao ti."

„Navikao bi se."

„Kaže devojka koja je pod pratnjom od pelena."

Ponovo sam se nasmejala, ovaj put još slobodnije.

Stigli smo u restoran i shvatila sam da sam opuštenija nego kad smo se tek našli, mada su mi kolena i dalje klecala od uzbuđenja. Stao je pored mene i uzela sam ga pod ruku. Njegov parfem mi je ispunio nozdrve. Da me je neko video tad, video bi srca kako mi igraju nad glavom. Toliko sam bila očarana ovim čovekom.

Kada smo ušli, hostesa nas je istog trenutka prepoznala. Videla sam to po promeni na njenom licu.

„Imamo rezervaciju pod imenom Janov", rekla sam. Klimnula je i povela nas do stola. „Nadam se da mi ne zameriš", šapnula sam, „ali da sam dala svoje ime, sigurno ne bismo imali mira."

Stavio mi je ruku oko struka i primakao usne mom uhu: „Ne zamerim ti ama baš nimalo", šapnuo je, naježivši me celu.

Kada je seo naspram mene, laknulo mi je, jer su me njegova blizina i miris činili nervoznom i nemirnom i znala sam da bi me pre ili kasnije doveli u situaciju da izgledam smešno. Dok je tako sedeo ispred mene, postala sam svesnija njegovih prodornih očiju, njegovog osmeha, kose, velikih, snažnih šaka, širokih ramena, košulje koja savršeno stoji… *Da li je stvaran?* uhvatila sam se kako razmišljam.

Srećom, dan ranije sam prostudirala jelovnik pa sam odmah znala šta da naručim i šta da mu preporučim. Videla sam da je to zadivilo i njega i konobara, što mi je vratilo nešto samopouzdanja.

„Dakle, Janov[4], reci mi nešto o sebi", rekla sam nakon što nas je konobar napustio.

---

[4] Džejn i Aleks će se kroz knjigu često oslovljavati svojim prezimenima što je aluzija na fudbal, gde se tokom utakmica fudbaleri oslovljavaju prezimenima.

„Kao kad smo u školi popunjavali leksikone?"

„Šta je to?"

„Sećaš se onih svesaka koje bi ti drugovi dali, i ti onda treba da upišeš svoje ime, koliko imaš godina, omiljeni sport, glumca, životinju itd?"

„Mi to nikad nismo koristili, ali da, na to mislim. Slušam?" nasmejala sam se.

„Rođen sam i odrastao u Kijevu. Fudbalom sam počeo da se bavim kad sam naučio da pričam, tj. kad sam znao da kažem šta hoću."

„Roditelji su te ozbiljno shvatili kad si imao dve godine?"

„Ne baš, ali kasnije sam im pokazao da za mene nije nijedan drugi posao sem sporta."

„Zvučiš veoma posvećeno."

„I jesam. Svemu što volim." Nije sklonio pogled s mog lica.

Ponovo su me proželi oni prijatni žmarci.

„Niko u našoj porodici nikada se nije bavio sportom pre mene. Svi oni imaju poslove koje ja svrstavam u kategoriju *nikad to ne bih radio*."

„Misliš dosadne?"

„Recimo. Samo sam hteo da budem pristojan." Oboje smo se nasmejali i on je nastavio. „Moja majka je advokat, i dizajnerka u slobodno vreme. Otac je inženjer informacionih tehnologija. Imam stariju sestru. Ona je šef finansija u jednoj izdavačkoj kući. Odrasli smo srećni i zadovoljni, ne oskudevajući ni u čemu. Sad živim u stanu blizu klupskih terena za trening. Moji najbolji prijatelji su većina momaka iz reprezentacije, ali ako treba da izdvojim nekoga, to je onda ipak Luka Fereira. On živi sa mnom…"

„Onaj Brazilac?" upala sam mu u reč.

„Zašto sam znao da si čula za njega", nasmejao se.

Naravno da jesam. Svaka žena na svetu znala je za njega. Luka Fereira bio je izrazito popularan među svim ljubiteljima fudbala, i momcima i devojkama. Njegova priča je zanimljiva - u Brazilu niko nije preterano verovao u njega, čak ni njegova porodica. Međutim, jedan ukrajinski trener ga je primetio na letnjem kampu u Evropi i predložio da dođe u njegov juniorski tim. Fereira je prihvatio ponudu i preselio se u Kijev, planirajući da mu Ukrajina bude samo stanica na putu do Španije ili Italije. Međutim, nakon par sezona odlučio je da ostane. Sviđao mu se način života tamo i stekao je dobre prijatelje. Često ih je u intervjuima nazivao porodicom.

Osim ove neobične priče, Luka je vlasnik para najtužnijih očiju koje tope srca žena svih uzrasta. Imao je dečački izraz lica ali bio visok i snažan, građe savršene za časopise i sportske reklame. Za hiljade i hiljade devojaka on je bio najzgodniji sportista na planeti.

„U slobodno vreme", nastavio je Janov, „ako ne spavam, vanredno studiram fizičko vaspitanje, pošto bih hteo da završim bar osnovne studije. Kad ne učim, momci i ja idemo na kampovanje van grada, ili provodim vreme s roditeljima i sestrom, ponekad igrajući tenis."

„To zvuči kao prilično lepo detinjstvo i ispunjen društveni život, fino izbalansiran sa poslom." Pošto sam se pribrala i povratila veći deo samopouzdanja, otpila sam vina i pogledala ga preko ivice čaše. „Bez devojaka?" namignula sam mu.

Ponovo se nasmejao, uzeo svoju čašu i nagnuo se ka meni: „Ne", rekao je i takođe namignuo.

„Očekuješ da ti poverujem?"

„Da. Bila je tu jedna devojka, ali ne više. Kod tebe?"

„Ne."

„Očekuješ da ti poverujem?"

Nasmejala sam se. „Da."

„Samo malo - očekuješ da poverujem da nema…"

„…niti je ikad bilo", ubacila sam.

Pogledao me u čudu. „… da nikada nije bilo muškaraca u životu Džejn Anderson?"

„Baš tako." Bila sam zadovoljna njegovim izrazom lica. Konačno da uspem ja njega da zbunim. „Moj otac je jedina snažna muška figura za koju znam. Niko mi nikad nije čak ni zagolicao maštu."

„Huh, uzevši u obzir da sedim ovde, shvatiću to kao ogroman kompliment."

„Nema na čemu", ponovo sam mu namignula.

Odjednom sam postala svesna varnica među nama. Nisam se čak ni trudila da mu se dopadnem. Samo sam bila ja, opuštena, smejući se njegovim šalama koje su tako očigledno spontane.

Kada je hrana stigla, razgovor smo usmerili na opštije teme. Pričali smo o sportu, umetnosti, modi, knjigama, porodici, putovanjima… Brzo sam zaboravila koliko sam bila pod tremom kad smo se tek sreli. Shvatili smo da nam je oboma želja da posetimo ostrvo Fidži samo da nikad nismo imali priliku, da oboje volimo da pratimo konjičke sportove i znamo da jašemo, da obožavamo čizkejk, i da kad se radi o automobilima, oboje smo za mercedes.

Otvorio mi se još više o svom detinjstvu i ispričao kako mu nije uvek bilo lako, jer njegovi roditelji isprva nisu doživljavali njegovu karijeru ozbiljno kao on, posebno njegov otac koji je, potičući iz siromašne porodice, brinuo da će njegova deca završiti tamo odakle je on krenuo. Majka mu je pružala više podrške ali je često bila rastrzana između muža i sina.

Ja, sa druge strane, podelila sam s njim kako su mi roditelji uvek bili strogi, kako me majka nije podržavala sve do skoro, ali otac jeste, kako kao jedinica imam teret uloge i sina i ćerke, kako sam odlučila da se preselim u Englesku sa petnaest godina shvativši da su mi šanse za uspeh u modi tako veće nego živeći sa majkom koja neprestano zvoca kako bi trebalo da se bavim biznisom ili nekim drugim, ozbiljnijim poslom.

Sve to sam mu ispričala lako, bez straha da bi mogao zloupotrebiti ili se kasnije smejati sa prijateljima. Čula sam razne priče o fudbalerima ali on nije delovao ni blizu ijednoj od njih. Sa tim neiskvarenim licem i očima koje upijaju sve što kažem, bio je slika i prilika mog savršenog muškarca. Upoznala sam ih mnogo, ali niko nije uspeo da me zaintrigira kao on. Baš kao što sam mislila i prvi put kad sam ga videla, i sad je bio drugačiji samo time što je bio svoj.

Uz sve uzbuđenje i razgovor, došli smo i do deserta. Bila sam iznenađena da sam išta uspela da pojedem. Njegova prijatna ličnost, u kombinaciji sa glađu, opustila me je dovoljno da ubacim nešto u usta.

Kada je večera bila gotova, bila sam tužna što se naš izlazak priveo kraju. Morali smo da krenemo i na putu ka izlazu ponovo mi je stavio ruku oko struka. Vazduh napolju bio je hladan i osvežavajuć. Iznenađujuće, nije padala kiša. Ušli smo u auto i nastavili da pričamo, i skoro sam zaboravila koliko sam tužna zbog rastanka, kad se zaustavio ispred moje zgrade.

„Hoćeš li da te ispratim do stana?" upitao me je glasom koji me je podsetio na romantične filmove iz šezdesetih.

„To bi bilo lepo od tebe", prošaputala sam i izašla iz kola. Osetila sam se kao devojka iz tih filmova. Upravo sam imala jedan normalan izlazak! On je došao po mene, otvarao vrata automobila, izveo u restoran, a sad me prati do vrata. Nisam znala da te stvari još postoje. Umalo sam se počela smejati sama sa sobom od sreće.

„Gospođice Anderson?" rekao je kad smo stigli pred stan.

„Da, gospodine Janov?"

Stojao je preda mnom, ne dodirujući me, što mi je iznova pokazalo koliko želi da mi ukaže poštovanje, i zbog čega mi se još više dopadao.

„Da li ću dobiti priliku da te ponovo vidim?" gledao me je ravno u oči, što me je ponovo paralizovalo.

„Zavisi…" prozborila sam, ne mogući da skrenem pogled.

„Od čega?"

„Ako priznaš da Englezi imaju bolje igrače."

Rekla sam to tonom tako hladnim da uopšte nije zvučalo kao šala, ali on se ipak glasno nasmejao.

„Priznajem", rekao je.

„Onda da."

„Ovaj vikend?"

Umalo sam se zagrcnula. „Danas je sreda."

„Da. Igram utakmicu u subotu. U nedelju mogu ponovo da dođem. Osim, naravno, ako ti nešto drugo ne planiraš."

„Ne!" rekla sam previše uzbuđeno, znajući da čak i da imam nešto drugo isplanirano, sve bih uradila da to pomerim.

„Onda u nedelju?"

„Dogovoreno. Nadam se da će nas poslužiti vreme."

Nasmejao se i primakao se. Lica nam nikada nisu bila tako blizu. Njegov parfem mi je ponovo ispunio nozdrve i misli. Toliko sam želela da ga poljubim, da zadržim bar nešto od njega na sebi do sledećeg susreta. Umesto toga, spustila sam pogled i…

Zagrlila ga!

Istog trenutka znala sam da u njegovim očima sigurno izgledam kao lujka, ali nisam marila. Sviđalo mi se kako mi se obraz smestio na njegove grudi, i osećaj njegovih ruku oko mene, jer je i on mene zagrlio istog trenutka. Udahnula sam taj omamljujući parfem još jednom pre nego što sam se odmakla. Ovaj dodir, ovaj miris, biće dovoljni da zamene poljubac.

„Hvala vam za divno veče, gospođice Anderson."

„Hvala vama, gospodine Janov."

Kada su nam se tela potpuno razdvojila, nakratko sam se rastužila. Odšetao je do lifta dok sam čežnjivo gledala za njim.

Onda se okrenuo: „Hej, Džejn?"

„Da?"

„Bolje igrače, da, ali ne i bolji tim", namignuo je. Zaustila sam da se pobunim u šali ali me je prekinuo: „Kasno je. Već si pristala."

Smejala sam se i kad su se vrata lifta zatvorila za njim.

***

Toliko sam bila srećna što je moj prvi izlazak sa Aleksom Janovim protekao u savršenom redu da sam isijavala pozitivnu energiju i više nego inače. Naredna tri dana do našeg ponovnog susreta bila sam produktivna i odradila jedan projekat koji sam prihvatila ranije a koji će me postaviti u sve veće tržne centre u zemlji. Na snimanju svi su govorili kako je iznenađujuće prijatno sarađivati sa mnom, jer su očekivali nezgodnu, razmaženu i zahtevnu balavicu, a pojavila se profesionalna devojka.

Do subote večeri već sam bila iscrpljena i spremna da odmaram ispred TV-a us Janovljevu utakmicu Prve lige Ukrajine. Počinjala je u savršeno vreme u vikend popodne, kad sam već završila sve planirano. Definitivno nisam imala nameru da izačem sa devojkama - ne, znajući da mogu da sedim kod kuće i gledam ga kako igra. Nije znao šta planiram jer mu nisam rekla ništa sem da ću biti zauzeta sa devojkama. Previše sam bila ponosna da priznam koliko mi se sviđa.

Ispratila sam devojke, napravila kokice i vodu s limunom i smestila se ispred TV-a, spremna da uživam. Kad je izašao na teren, ponovo su me proželi oni prijatni žmarci. Tako je bio zgodan, tako posvećen, ozbiljan, usredsređen. Sve to doprinosilo je njegovoj sveukupnoj privlačnosti, i taj stav kojim igra, kako je samopouzdano smiren, što je sigurno osobina koja ga je dobrim delom učinila najboljim golmanom na svetu sa samo dvadeset godina.

Devedeset dva minuta kasnije, njegov tim je pobedio a on opet nije primio nijedan gol. Bilo je pola devet kad mi je poslao poruku - *Pobedili smo* - čim je ušao u svlačionicu. Od tog saznanja bilo mi je toplo oko srca.

- Čestitam! Kako je bilo? - odgovorila sam istog trenutka bataliivši sva pravila za prve dane dejtovanja.

2:0

- Sjajno!

Hvala. Sad idemo do bara. Vidimo se sutra u deset.

- Jedva čekam.

Plan je bio da ceo dan provedemo zajedno pošto on nikad nije imao priliku da obiđe London jer su se sve njegove dosadašnje posete svodile na utakmice. Stoga smo se dogovorili da ga ja provedem svuda gde želi. Naredno jutro morao je da bude u Kijevu na redovnom treningu te je rezervisao povratnu kartu već to veče.

Bilo je zanimljivo biti vodič. Obukla sam se najneupadljivije što sam mogla ali smo uprkos tome privlačili mnogo pažnje. Srećom, većina ljudi nam se samo smešila i nisu nam prišli. Ništa nije pokvarilo taj savršen jesenji dan.

Rekao mi je šta najviše želi da vidi i jednu po jednu precrtavali smo znamenitosti sa spiska. Kada je počela da pada kiša, sakrili smo se u nimalo elegantan kafić na čaj a potom se smejali kako provodimo tipično englesko popodne. Dosta smo šetali, smejali se, prešli Hajd park uzduž i popreko jer se uvek nekako našao na našem putu. Vreme je prošlo tako brzo, iako nam je dan bio ispunjen. Zaboravili smo da jedemo, te kad smo shvatili da umiremo od gladi, već je bilo kasno i morali smo krenuti na aerodrom, pa smo tamo seli.

Bilo je tako zanimljivo raditi obične stvari s njim. Završili smo u Sabveju, uz okromne sendviče i koka-kolu, neprestano se šaleći na svoj račun kako ćemo goreti u paklu jer se nezdravo hranimo. Utom sam po prvi put toga dana u obližnjem ogledalu spazila svoj odraz, prasnula u smeh i udarila ga po ramenu.

„Zašto mi nisi rekao da sam se ukovrdžala?"

„Nisam hteo. Slatka si."

„Slatka, ili ličim na ovcu?" pokušala sam da popravim kosu ali bezuspešno.

„Ličiš na slatku ovcu."

Gađala sam ga kesicom kečapa - bio je prva osoba koja me nazvala ovcom a da smo se tome potom zajedno smejali.

Kada je došao trenutak rastanka, u meni su se ponovo pomešali radost i tuga.

„Hvala vam za najzanimljiviji obilazak Londona, gospođice Anderson", rekao je pre nego što se zaputio na pasošku kontrolu.

„Nema na čemu, gospodine Janov, ali još uvek niste videli sve."

„Znam. Voleo bih opet da dođem."

Ovaj put ja sam mu se primakla, naslonila grudi na njegove, čežnjivo ga gledajući, lica svega par centimetara od njegovog.

„Kada?" skoro sam prošaputala.

Podigao je ruku kako bi mi sklonio pramen kose s lica. Kada mi je dodirnuo obraz, zadrhtala sam. Skoro je video to.

„Kada bi ti htela?"

Ruka mu je sad bila na mom vratu. Zažmurila sam skoro zajecavši.

„Što pre."

„Onda će biti što pre." Poljubio me je u čelo.

Taj dodir nežnosti duboko me je dirnuo, te sam ga zagrlila, kao prethodni put, snažno, čisto, poput devojčice. Biti među njegovim rukama bio je neverovatno divan osećaj, u tim razvijenim rukama, toliko spretnim u sportu kojim se bavi, toliko snažnim, mekim, nežnim. Osećala sam kao da mogu zauvek da ostanem tu, među njima, bez ijedne brige na svetu.

3.

Što pre bilo je narednog četvrtka, što je bilo neočekivano, ali Aleksu je trener rekao da zbog dobrih rezultata ne mora da dođe na jedan trening jer će za narednu utakmicu uzeti drugog golmana. Saznao je to u sredu uveče. „Istog trenutka sam znao gde ću biti danas", rekao mi je tokom ručka.

Kiša je padala neprestano, u gustim zavesama. Ipak smo uspeli da obiđemo još neke znamenitosti, i čak se ispostavilo kao lepše tako jer je bilo manje turista i prolaznika na ulicama. Sakriveni pod kišobranom, bili smo neprimetni potencijalnim radoznalim očima.

Uprkos tome što smo vodili računa gde gazimo, cipele su nam bile mokre nakon sati i sati neumornog šetanja, pa smo morali da napravimo pauzu. Znala sam da treba da odemo ili u moj stan ili u njegov hotel, a ovo drugo, budući bliže, bilo je bolji izbor. Obuzela me je trema u iščekivanju onoga što sledi.

Izula sam čizme i čarape, skinula jaknu i otišla u kupatilo. Kosa mi je bila neuredna pa sam je malo sredila hotelskim češljem. Umila sam se više da bih lice ohladila od uzbuđenja, nego zbog razmazane šminke - sva sam gorela od uzbuđenja. Bio mi je to prvi put da sa muškarcem budem nasamo u tako malom prostoru.

Kad sam ušla u sobu, već je stavio obuću pored radijatora i spremao čaj.

„Čitaš mi misli", rekoh.

„Da, ali ne još dovoljno da znam želiš li kamilicu ili zeleni?"

„Kamilicu, hvala."

„Pretpostavljam bez meda?"

„Dobro pretpostavljaš." Prešla sam preko debelog, mekog tepiha do prozora da osmotrim grad. Koliko samo volim London. Tako je lep, čak i kad pada kiša.

„Je l' i u Kijevu ovakvo vreme?" pitala sam. *Pobogu, Džejn! Pričaš o vremenu!*

„Ne baš ovakvo. I ne većim delom godine."

Nasmejah se. „Sviđa ti se tamo?"

„Obožavam taj grad. To je najbolje mesto za život, ukoliko imaš sredstava da uživaš u njemu. Što mnogi Ukrajinci nemaju, pa ne mogu da vide njegov istinski šarm i lepotu. Smatram sebe velikim srećnikom."

„Znam na šta misliš."

„A ti?"

„Volim London. Ovde se osećam kao kod kuće, više nego u Dalasu." Okrenula sam se a on je ležao na krevetu u farmerkama i beloj majici, zgodniji nego ikada.

„Gleda li ti se nešto?"

Uspela sam da klimnem, znajući da je naredni korak da se smestim pored njega.

Sela sam na krevet a on mi je pružio daljinski. „Ti odaberi."

Prvo što mi je zapalo za oko bila je serija dokumentarnih filmova o Svetskim prvenstvima, počevši od Urugvaja 1930, četiri turnira po epizodi. Pogledali smo se i istog trenutka složili, što nas je oboje nasmejalo.

Odlučila sam da popijem čaj sedeći. Morala sam da se opustim a on mi je pomagao, osećajući koliko sam nervozna. Komentarisali smo utakmice i on se iznenadio mojim znanjem pojedinih igrača, činjenica i događaja koje samo pravi navijači i pratioci fudbala znaju.

„Iskreno, većinu ovoga naučila sam prilikom posete FIFA Muzeju svetskog fudbala u Cirihu", rekla sam.

„Bila si tamo?" zvučao je impresionirano.

„Naravno da jesam. Bilo je to prvo što sam uradila kad je snimanje u Cirihu završeno." I dalje me je gledao zadivljeno. „Šta je? Rekla sam ti da nisam klasična devojčica koja skače i vrišti kad fudbaleri poskidaju dresove."

„Da, imao sam jako dobru priliku da vidim kako reaguješ na skidanje dresova."

Prasnula sam u nekontrolisan smeh, toliko snažan da sam morala da spustim čaj na noćni stočić i uhvatim se za stomak. „Stvarno imaš smisla za humor, Janov." Ležala sam na leđima, pokušavajući da dođem do daha.

U trenutku se okrenuo na stranu. Iako je ležao pored, zbog svoje veličine, imala sam utisak da je svuda oko mene. Ponovo sam se sledila ispod njegovih očiju.

„A ti si najlepša žena koju sam ikad video, Džejn Anderson."

Oči koje su me gutale tada, pratiće me zauvek. Nisam mogla da udahnem, ali vazduh mi nije ni trebao. Gledali smo se, oboje sad ozbiljni, bez tračka humora. Zaigralo mi je u grudima. Primakao mi se. Oboje smo mislili isto. Toplim prstima dotakao mi je obraz, a potom ih spustio do ramena. Zažmurila sam i razmakla usne tek milimetar, ukrućeno.

Kada ih je dotakao svojima, kao da je struja prošla kroz mene, kroz celo lice i telo. Njegove usne bile su meke i nežne, a zubima me je tek okrznuo. Moja ruka me je iznenadila kad je jurnula u njegovu kosu koju sam htela da dotaknem još od one večeri na stadionu. Sve za čim sam čeznula od našeg prvog susreta sad je bilo usađeno u tom prvom poljupcu.

Privila sam se uz njega, tražeći još. Njegova ruka bila mi je na leđima, u kosi, držeći me posesivno, željno. I to je trajalo, savršeno dugo.

Skoro negodujući sam uzdahnula kada se odmakao, i kad sam shvatila da bi trebalo da udahnem. Njegove oči bile su jedino što vidim. Osmehivale su mi se.

„Ovo je bilo savršeno", šapnula sam.

Poljubio me je u čelo a ja sam ga zagrlila još jače, udišući miris sa njegovih grudi.

***

U početku nam nije bilo teško održavati vezu na daljinu. Možda zato što je za mene to bilo nešto novo, a možda iz razloga što mi je Aleks pružao neizmerno mnogo pažnje kad i na koji god način je mogao. Preko dana smo se dopisivali i na taj način uhodali u rutinu jedno drugog, naučili smo navike, imena prijatelja, delili anegdote s posla. Kad god je imao makar i malo vremena, dolazio je u London. Ja još uvek nisam htela da idem u Kijev. Smatrala sam to ogromnim korakom, a u isto vreme sam bila sigurna da se tata sa time ne bi složio. *Moja ćerka da ide kod tamo nekog momka kog je tek upoznala? Ni govora!* gotovo sam mogla da ga čujem kako govori.

Nakon mesec dana, nismo više mogli da se krijemo. Novinari i fotografi, kao i obični prolaznici koji bi nas sreli, neprestano su pisali o nama na društvenim mrežama, te nije bilo svrhe ćutati na tu temu. Znali smo da ako nastavimo da odgovaramo sa *bez komentara*, samo ćemo izgubiti simpatije, interesovanje i podršku javnosti.

Javnosti koja nas je obožavala.

Konsultovala sam tatu pre nego što sam bilo šta javno potvrdila. Bio je to jedan dug i naporan telefonski razgovor tokom kog sam objašnjavala svoja osećanja, Aleksova, njegove namere, šta ja smatram ispravnim, zašto sam se upustila u bilo šta sa momkom koji je udaljen na hiljade kilometara, zašto mislim da naša veza može da uspe, kako možemo biti sigurni da nije samo prolazni hir, kakvi su moji dugoročni planovi s njim, da li on ima takve planove sa mnom, i još milion drugih pitanja na koja sam morala da odgovorim smireno i bez uzbuđivanja. Znala sam vrlo dobro da drskost nije dozvoljena u razgovoru s tatom i da bi i sam njen naglasak mogao sve da pokvari.

„Kako god, moraću lično da ga ispitam. Nije da ti ne verujem, ali previše ti se približio", rekao je.

„Nema problema. Znaš da si uvek dobrodošao", odahnula sam uz olakšanje, osećajući da je razgovor pri kraju.

Narednog dana Aleks je ponovo došao u London i po prvi put smo izašli iz restorana držeći se za ruke, uzdignutih glava, bez skrivanja. Nisam primetila nikakve bliceve, ali posle samo pola sata Bea mi je poslala skrinšot svežeg članka. Do kraja dana naše držanje za ruke prouzrokovalo je lavinu slika, priča i emocija na svim medijima.

Meni je bilo lako da izađem na kraj sa brojnim pitanjima, praćenjima, pogrešnim nagađanjima, besmislicama i svime što ide ruku pod ruku sa statusom poznate osobe jer sam ceo život izložena tome. Sa druge strane, Aleks je tek učio kako da se nosi sa svime. Novinari su ga sad posvuda pratili. Čak su i treninzi njegovog kluba postali posećeniji od strane zapadnih medija, a nekad su ga čekali pre i posle treninga, ili ispred zgrade u kojoj živi.

Pomagala sam mu savetima. Uvidela sam da je prilično miran tip koji se skoro nikad ne uzbuđuje ni oko čega, čak i pomalo stidljiv. Ne voli da priča o svom privatnom životu a na previše privatna pitanja uglavnom bi se tajanstveno nasmejao, bez nerviranja, i odgovora.

Zbog svega toga, novinari su ga obožavali. Neki drugi momak bi se na sva usta hvalio kako izlazi sa najlepšom ženom na svetu, ali Aleks se samo osmehivao i neodređeno odmahivao glavom.

Postajao mi je sve draži, brzinom svetlosti.

U tom periodu, karijere su nam oboma išle uzlaznom putanjom. Kao da su naše ujedinjenje energije stvorile nezaustavljivu silu koja osvaja sve pred sobom. Nisam uopšte morala da tražim ponude, jer ih je toliko dolazilo na moju adresu da sam imala luksuz da pažljivo biram one koje najviše odgovaraju imidžu koji želim da utemeljim.

Aleks je igrao odlično. Išao je na sve prijateljske i zvanične utakmice sa reprezentacijom, kao i one u ligi. U svakoj je bio poput neprobojnog zida. Primio je par golova, ali to mu nije pokvarilo statistiku. I dalje je bio daleko najbolji golman na svetu, ispred Nemca Ditera Larmana koji je primio osam golova više.

Približavao se kraj novembra. Božićni ukrasi već su nicali po mom omiljenom gradu. Spremala sam se da idem na večeru s Aleksom. Sleteo je na Hitrou pre oko dva sata. Otišao je pravo u hotel da se presvuče i bio na putu do mog stana.

Oglasilo se zvono na vratima, prerano. Ipak sam otišla da otvorim, pretpostavljajući da je odlučio da me iznenadi.

I uistinu sam bila iznenađena.

„Z-zdravo, tata", promucala sam zabezeknuta.

„Zdravo, Džejn", rekao je. Bila sam skamenjena od šoka. „Mogu li da uđem?"

„Naravno", pomerila sam se i pustila ga da prođe.

Kad sam zatvorila vrata, okrenuo se, pogledao me od glave do pete i nasmejao: „Izlaziš?"

„Planirala sam."

„Sa onim Janovim?" Potvrdno sam klimnula. „Hm... Lepo izgledaš."

„Hvala."

Glava mi se zagrejala do usijanja. Šta sad da kažem Aleksu? Kako da mu objasnim da od našeg izlaska nema ništa. Pravo sa treninga jurio je na aerodrom da bi uhvatio avion što ranije kako bismo večerali zajedno. Drago mi je što vidim tatu, naravno, ali je svakako mogao da odabere bolji trenutak.

„Imam sreće da sam te zatekao kod kuće."

Trebalo je da se najaviš, htela sam da kažem ali sam vrlo dobro znala da tako nešto nije opcija u našem razgovoru.

„Gde ste hteli da idete?" pitao je.

„Samo do Balmorala na laganu večeru, a onda na piće u Skaj garden."

„Spavaćeš kod njega u hotelu?"

U takvim trenucima molila bih zemlju da se otvori i proguta me zbog te njegove direktnosti na ove teme. Ali oduvek je tako, i iako se nikada nisam u potpunosti navikla, morala sam da ga prihvatim i odgovorim iskreno, jer je tata nekako uvek znao da li lažem.

„Tako smo mislili, da", odgovorila sam suvog grla.

Izgledalo je da ga to nije uznemirilo. Dobar znak. „Je li Beatrisa ovde?"

Klimnula sam ka dnevnoj sobi.

Bea se pozdravila sa njim. Tata joj je poput strica, pošto su njen i moj otac dugogodišnji prijatelji i saradnici i neizmerno se međusobno poštuju. Tata joj je pružio kutiju od crvenog pliša - Beina mama joj je poslala svoju bisernu ogrlicu za sledeće snimanje. Bea mu se zahvalila i ostavila nas nasamo.

Tata me je ispitao kako mi ide na poslu i o predstojećim projektima, dao mi par saveta šta da odradim pre Nove godine a šta da ostavim za posle, kad se zvono na vratima ponovo oglasilo. Pogledala sam ga tražeći dozvolu da odem i otvorim.

„Idemo", ustao je i sačekao da krenem ispred njega.

Nije bilo nikakve šanse da upozorim Aleksa da ga po mnogima najopasniji čovek na planeti čeka sa druge strane vrata. Stoga sam se u sebi molila i za njega i za sebe prelazeći hodnik do vrata.

Kad sam ih otvorila, videla sam promenu na njegovom licu, od veselog do zabrinutog, čim je spazio moj izraz. Nisam mu čak ni skočila u zagrljaj da ga poljubim. Umesto toga sam se izmakla u stranu i pred njega je istupio tata.

„Aleks, ovo je moj otac, Bred Anderson", skoro sam štucnula.

Videla sam grč na njegovom licu i kako su mu se leđa najednom ukrutila, ali to ga nije sprečilo da priča.

„Drago mi je, gospodine Anderson. Ja sam Aleksandar Janov", pružio mu je ruku.

„I meni je drago, mladiću", tata ju je prihvatio. „Konačno i mi da se upoznamo."

Obojica su se nasmejala. Dobar znak.

„Džejn mi je rekla da idete na večeru. Mogu li da vam se pridružim?"

„Svakako", odgovorio mu je Aleks toliko smireno da sam mu se neizmerno divila u tom trenutku.

„Predlažem da prvo odemo na jednu izložbu na koju sam pozvan a onda u jedan restoran koji baš volim."

„Zvuči odlično."

Obojica su se okrenula ka meni.

„Ja... ću samo da uzmem torbu i kaput i možemo da krenemo", prozborila sam nervozno jurnuvši do sobe.

„Kakav vam je bio let, gospodine Anderson?" čula sam Aleksa kako pita. Dok sam se vratila, opušteno su ćaskali. To me je neopisivo ohrabrilo. Hteo - ne hteo, tata bi uvek oterao svakog muškarca koji bi mi prišao. Međutim, ovaj je bio istrajan. Bar za sada.

Izložba u Galeriji Volis[5] bila je impresivna. Jedan tatin saradnik ju je organizovao sa svojom suprugom. Njih dvoje su podržavali mlade umetnike i omogućavali im da izlože svoje radove. Tata nije ljubitelj slikarstva ali ume da prepozna i poštuje talenat, a i znao je koliko je važno, i njemu i njima, da se njihova imena nađu zajedno u istom članku. Tata ima prilično kontrolišući pristup ovakvim događajima i kako o njima

---

[5] Wallace Collection, galerija u Londonu.

izveštavaju mediji. Na primer, dao bi par kratkih intervjua ali novine nisu smele da ih objave dok događaj ne bi bio završen a on stoprocentno njime zadovoljan. Tim stavom sačuvao je i mene mnoštva tračeva i vulgarnosti koji su u više navrata mogli da mi ukaljaju imidž.

Kad smo završili sa izložbom, uputili smo se ka Hajdsiku, tatinom omiljenom restoranu u Londonu. Znala sam da voli i Balmoral, ali promenom planova samo je hteo da pokaže ko je glavni i da vidi kako će Aleks reagovati.

A njemu je išlo sjajno. Učestvovao je u svakom razgovoru, na svaku temu koju bi tata započeo, bio je obavešten na svakom polju, od sporta, naravno, preko politike i geografije, do agrikulture i privrede. Videla sam da je tata impresioniran. Kasnije sam to rekla Aleksu koji se istinski trudio ali to nije ničim pokazao. Iako uplašen, odlično se nosio sa svime.

„Znači, trenutno si najbolji?" tata ga je upitao otpivši od svog crnog vina.

„Tako kažu", Aleks je potvrdio.

„Ko su *oni*?"

„Statistike."

„Koliko dugo planiraš da budeš na vrhu?"

„Zauvek."

Sve troje smo se nasmejali.

„Sviđa mi se ta ambicionznost. Trudi se da to i ostvariš."

„Hoću."

Aleks je zvučao uverljivo, i čak i mene ohrabrio. Kako je veče odmicalo, bivao je sve sampouzdaniji. Bila sam ponosna, na njega, na svoj izbor. Nakon glavnog jela i druge flaše vina, i ja sam se opustila i ornije učestvovala u razgovoru, ali kad mi je tata uputio onaj dobro poznati pogled *Ostavi nas nasamo*, ponovo sam se sledila.

Uvek smo imali odličnu komunikaciju, tata i ja. Tome me je naučio još dok sam bila mala a on moja jedina podrška za sve što sam htela. Razumela sam ga bez ijedne izgovorene reči. Bilo mi je drago što smo toliko bliski, jer mi je to bilo potrebno bar sa jednim roditeljem, kad već sa majkom nisam bila. I sama sam znala da će neki razgovori uvek biti neprijatni, zbog same činjenice da je muškarac, ali ipak smo ih obavljali.

Uprkos tome, koliko god dobro da ga poznajem, i dalje ume da me iznenadi i znala sam da postoji deo njega koji nikad neću u potpunosti razumeti. Zbog toga ga oduvek i poštujem i plašim ga se.

I bespogovorno slušam. Stoga kad mi je samo jednom uputio oštar pogled i potom ga skrenuo u pravcu toaleta, znala sam da treba da nestanem i ostavim mu Aleksa na milost i nemilost.

U ogledalu sam videla koliko sam bleda i da bih mogla da popravim šminku. Sačekala sam oko deset minuta a potom se vratila, zaključivši da sam dovoljno dugo bila odsutna.

Kad sam ih videla kako se glasno smeju, osetila sam toplinu u grudima. Sve je kako treba.

Sela sam za sto a tata je predložio da preskočimo desert i umesto toga naručimo još jednu flašu vina. Naš razgovor postao je još opušteniji. Tata je propitivao Aleksa o njegovom načinu života, kako mu izgleda dan, koliko često ide u teretanu, kad viđa roditelje, i čak ga pohvalio što sa svime time uspešno izlazi na kraj. Potom je Aleks njega pitao kako izgleda dan najboljeg biznismena na svetu i kako uspeva da ostane u formi i pored toliko sati provedenih sedeći u kancelariji. Obojica su me oduševila.

Uprkos svemu, ogroman kamen mi je pao sa srca kad se večera završila. Bilo je skoro jedanaest sati i vreme da napustimo restoran.

„Gde da vas odvezem, gospodine Anderson?" pitao je Aleks kad smo seli u auto. „Ili da prvo odvezem Džejn?"

„Tata uglavnom spava kod nas u stanu kad je u Londonu", rekla sam.

„Koliko sam shvatio, vas dvoje ste planirali da provedete noć zajedno", tata je rekao bez pardona.

„Pa, da. *Planirali*", Aleks mu odgovori.

Tata se glasno nasmejao, a Aleks mu se pridružio odahnuvši što mu je šala prošla.

„Žao mi je što sam ti pokvario planove, Janov. Nisam namćor, nego stvarno želim da provedem malo vremena sa ćerkom."

„Razumem, gospodine Anderson."

Kasnije dok smo se rastajali ispred zgrade, samo sam snažno zagrlila Aleksa pre nego što smo se tata i ja zaputili u stan. Njih dvojica su se ponovo rukovala.

„Vidimo se", reče tata, što je bilo prilično ohrabrujuće.

U liftu je on bio taj koji je prekinuo tišinu.

„Pametan momak. Pretpostavljam da ti nije dosadno sa njim."

„Nimalo."

„I posvećen. Nije detinjast."

„Definitivno je zreo za svoje godine. Šta si ga pitao kad sam otišla u toalet?"

„Kako je imao petlju da uradi ono na stadionu", ponovo se nasmejao.

„I ja se pitam sve ovo vreme. Šta ti je odgovorio?"

Ušli smo u stan.

„Rekao je da je to bio jedan od onih trenutaka u životu kad znaš da moraš da uradiš nešto, iako si skamenjen od straha. U suprotnom, žalićeš celog života."

Toplina mi se uvukla oko srca.

„To zvuči prilično iskreno", rekoh.

„Slažem se. Zato mi se za sada i dopada."

Nasmejala sam se i zagrlila ga, pre nego što sam se povukla u sobu da se spremim za spavanje. Oboje smo bili umorni a on pogotovu iscrpljen zbog leta. Dogovorili smo se da naredno jutro ustanemo rano kako bismo otišli u teretanu i doručkovali zajedno, nakon čega on treba da uhvati let za Dizeldorf gde ima naredni sastanak.

U sobi sam konačno mogla da proverim telefon.

Šta je ono bilo? čekala me je poruka od Aleksa.

- Bez brige. Bio si odličan.

Drago mi je da to čujem. Je l' sve u redu kod tebe?

- Sve je sjano. Kako se osećaš?

Kao da me je krokodil žvakao par sati, a onda iz sažaljenja ispljunuo.

Sakrila sam lice u jastuk da ugušim smeh.

Naredno jutro nakon što sam ispratila tatu na aerodrom, rekla sam taksisti da juri najbrže moguće do Aleksovog hotela. Ostatak dana smo proveli zajedno, prepričavajući događaje od prethodne večeri. Nekako, oboje smo osećali da je sve u redu, i da smo pridobili tog zastrašujućeg čoveka, mog oca.

4.

Tih naših prvih par zajedničkih nedelja nisu mogle da se odvijaju bolje po Aleksa i mene. Jesenji deo fudbalske sezone priveo se kraju a on je i dalje bio najbolji čuvar mreže. Na drugom kraju Evrope, i meni je sve bolje išlo na poslu. Zajedno smo zavladali tržištem, što ni on ni ja nismo očekivali. Pomagali smo karijeru jedno drugom. Ja sam primala sve više ponuda, više nego što sam mogla da prihvatim, među kojima je bilo i nekih koje sam odbila teška srca. Projekti su se nizali jedan za drugim do te mere da sam imala celu narednu godinu isplaniranu.

Ono zbog čega sam bila najviše uzbuđena bio je jedan potpuno novi tip modnih revija koji sam prihvatila da snimim u Italiji. Ideja je bila da jedan deo revije bude muzički spot sa lokalnim pevačem, a drugi deo zajednički nastup uživo - sasvim drugačije od svega što sam ikad radila. Nakon diskusije sa devojkama, tatom i Aleksom, bila sam sigurna da će biti pravi pogodak. Tako nešto tražilo je vreme, posvećenost, vežbanje, ples i igranje, ali bila sam spremna da uložim sve napore i pružim što se od mene traži.

Znala sam da ću za sve to imati energije nakon Božićnih praznika koje sam planirala da provedem na Tatarskim planinama sa Aleksom i njegovim prijateljima. Predložio je to početkom decembra. Jedan od njegovih prijatelja ima kuću u oblasti Zakopane, popularnoj za skijanje i snoubording, te oni često tamo provode par dana tokom zimske pauze.

Dopala mi se ideja. Kad je on već upoznao moje najbolje prijateljice i oca, red je na mene da upoznam njegove. Smatrala sam i da je pravo vreme da provedemo nekoliko dana zajedno, pošto smo se tad viđali skoro tri meseca. Jedini uslov koji sam imala je da Božić provedem sa devojkama.

Budući da su nam porodice u Americi, Bea i ja nismo htele da se upuštamo u gungulu i rizik sa avionskim kartama u jednom od najprometnijih perioda u godini. Na sve to, vremenske nepogode dodatno prouzrokuju neplanirana kašnjenja i otkazivanje letova, a nismo želele da nam to pokvari planove.

Stoga smo Božić provele kod Lane a predveče posetile Endžinu porodicu. Njen brat Džonatan i ja već tad smo skoro zaboravili da se ikada išta dogodilo među nama te smo neobavezno ćaskali kao poznanici koji se dugo nisu videli. Čak se i u par navrata našalio kako bih mogla da mu nabavim neki od Aleksovih dresova da ih preproda i obogati se.

U svoj toj žurbi, uspele smo i da svima organizujemo i dostavimo poklone. Mami sam poklonila ogrlicu od rubina a tati odelo iz njegovog omiljenog butika u Londonu. On je, sa druge strane, bio velikodušniji i poslao mi maketu aviona sa oznakom njegove firme, što je značilo da u Nemačkoj naredne godine tokom Svetskog prvenstva mogu bez problema da se krećem od grada do grada privatnim avionom.

U više navrata smo pričali koliko bi bilo komplikovano, a verovatno i neizvodljivo prisustvovati svim utakmicama koje me zanimaju ako bih morala da brinem o kupovini avionskih karata, prolasku kroz standardne procedure na aerodromima ili, što je još gore, vožnji kolima između gradova. Ne bi bilo šanse da stignem bilo gde na vreme ako bi se dve važne utakmice zadesile na isti dan. Već tad bilo nam je oboma jasno da ću na turniru navijati za timove Ukrajine i Engleske, a čak i pre nego što sam upoznala Aleksa, tata i ja smo pominjali kako bismo otišli i na neke utakmice Amerikanaca, u znak poštovanja prema zemlji koja nam je takođe dom, ali i prema njegovom poznanstvu sa menadžmentom reprezentacije.

Sa toliko obaveza, planova i očekivanja, privatni avion bio je nešto preko potrebno, a tata uvek misli na sve.

***

Sletela sam u Krakov rano ujutru, 27. decembra, sama. Obezbeđenje na aerodromu znalo je da treba da dođem i da mi izađu u susret ukoliko bude neophodno. Stigla sam pre Aleksa, pa sam ga sačekala u jednom od kafića na dolascima. Padao je gusti sneg. Aleks je putovao sa dva prijatelja iz kluba. Ostali su ili već bili u smeštaju, ili će stići u toku dana.

Devojke su takođe bile pozvane da nam se pridruže, ali smo odlučile da je najbolje da ne idu. Morala sam sama da se suočim sa Aleksovim prijateljima, kao što je on sa mojima. Bila sam malo nervozna jer mi se činilo da je svet podeljen u dve grupe: jednu koja me voli i smatra dragom, prijatnom i simpatičnom, i drugu koja manje-više poštuje šta radim ali me ipak smatra otresitom, arogantnom i razmaženom bogatašicom. Znala sam da moram Aleksove prijatelje da pridobijem u prvu grupu.

Brinula sam se i zbog jezika - biću jedina osoba u društvu koja ne priča ukrajinski ili ruski - tako da sam znala da ako uporno budu pričali na svom jeziku, to će biti namerno, da bi me izolovali.

Međutim, samo sat vremena kasnije uverila sam se da nemam oko čega da strahujem. Nikolaj Pavlov i Ivan Rostov bili su toliko ležerni da nisam prestala da se smejem od trenutka kad smo se sreli na aerodromu. Istog trenutka su mi se dopali kada su obojica prilikom upoznavanja prihvatila moju ruku i poljubila je.

„Nisam znala da u Ukrajini još uvek postoje vitezovi", rekla sam oduševljeno.

„Hah, pa, mi smo zemlja koja se prilično sporo razvija," odgovorio mi je Nikolaj i svi smo se grohotom nasmejali.

Uzeli su moj prtljag i uputili smo se ka šalterima za iznajmljivanje kola. Sama nisam bila toliko upadljiva, ali nas četvoro zajedno privlačilo je previše pažnje, te smo na brzinu kupili kafu za poneti i krenuli. Aleks i ja smo seli pozadi a Nikolaj i Ivan napred gde su nemilosrdno bacali šale na račun jedan drugog.

„Da li se i inače ovako surovo zadirkujete?" pitala sam.

„Da, tako iskazujemo ljubav", odgovorio je Ivan.

„Upravo. I Al je inače uključen ali ovaj put smo odlučili da ga poštedimo pošto si ti tu", rekao je Nikolaj.

„To je veoma uviđavno od vas", reče Aleks, „nakon što ste mi pokidali svaki živac na putu ovamo."

Što smo se više odmicali od grada, sneg je gušće padao. Raspoloženje u kolima bilo je odlično. Setila sam se jedne avanture iz planina u Montani sa prijateljima iz Dalasa - Oskarom, Vanesom i blizancima Stivenson. Danijel i Harold su tada jedini imali dozvole, pa su vozili naizmenično, dok smo mi ostali pili na zadnjem sedištu. Zaglavili smo se u snegu kada je Danijel, previše se zanevši slušajući muziku, sleteo s puta. Nismo bili uplašeni. Valjali smo se od smeha.

Ovoga puta nismo zaglavili u snegu, samo u saobraćaju, ali nam je i dalje bilo zanimljivo. Svi su bili u prazničnom raspoloženju, a u kolima oko nas čak su se već pili pivo i vino. Usred bela dana! Mi smo se pak suzdržali jer smo planirali da pijemo uveče.

Kuća u kojoj ćemo biti smešteni narednih par dana pripada roditeljima jednog od Aleksovih prijatelja, Sergeja Lomina. Njegova majka je iz Poljske, pa je prostrana, moderna koliba u vlasništvu njihove porodice već decenijama. Bila je u savršenom stanju, sa odličnim podnim grejanjem i radijatorima, drvenim enterijerom i eksterijerom. Dopala mi se od prvog trenutka.

Veći deo Aleksovih prijatelja već je bio tu. Očekivali smo samo još jednu grupu kasnije u toku večeri, zbog kašnjenja letova. Kada smo stigli, Sergej i Danilo izašli su da nas dočekaju i pokažu gde da se parkiramo.

Unutrašnjost kolibe bila je topla i prijatna. Prepoznala sam aromu kolačića od cimeta i kuvanog vina, kao i pečenog mesa.

„Već miriše kao kod kuće", otelo mi se.

Devojka lepih oblina, snežnobele kože i tamne crne kose sklonjene od lica rajfom ušla je u dnevnu sobu, a odmah za njom mršava brineta.

„Hvala", rekla je crnka pruživši ruku „Ja sam Daša, Danilova supruga. Ovo je Mila, Igorova devojka. Mi smo kuvarice ove ekipe."

„Drago mi je. Atmosfera koju ste napravile je divna."

Ostali su pristizali sa svih strana i predstavili se. Unapred sam se izvinila ako pomešam imena jer bi samo robot iz prve zapamtio svih jedanaest, od kojih sam većinu tad čula prvi put, a neka nisam mogla ni pravilno da izgovorim.

Nakon toga, seli smo za sto da ručamo, počevši čašicom najjačeg pića koje sam ikad do tad probala - horilkom - za koju mi je Aleks kasnije objasnio da je mešavina meda i jake votke. Ukrajinci je obožavaju, ali ja sam se držala podalje. Više sam bila za kuvano vino koje su devojke savršeno spremile.

Uveče nam se pridružilo preostalo petoro - tri momka i dve devojke. Svi momci su bili reprezentativci Ukrajine, većina je igrala i u istom klubu u Prvoj ligi Ukrajine, sa Aleksom, osim njih par koji su bili u timovima Zapadne Evrope. Kada igraju za klub, često im je teško da se viđaju tokom sezone, te stoga vole međunarodne utakmice jer ih svako malo okupe. Takođe im je postala tradicija da se svake zime nađu negde, i, kako kažu, svake godine grupa se povećava, uglavnom jer momci nalaze devojke ili se venčaju.

„Ali prošle godine u ovo vreme, niko nije ni sanjao da će naredni put sa nama sedeti Džejn Anderson!" rekao je Vlad Starovski dok smo sedeli u dnevnoj sobi osveljenoj vatrom iz kamina i lampicama sa velike jelke, pijući još vina sa cimetom i komadićima jabuke i narandže.

„A posebno ne sa ovim ovde likom", dodao je Ivan pokazavši na Aleksa.

Već su mi rekli kako su svi bili i više nego zabezeknuti nakon Aleksovog postupka na Vembliju.

„I ja sam bila tamo, i nisam mogla da prestanem da zurim u njega", pričala mi je Oksana, žena Vitalija Kovala, dok sam joj pomagala u kuhinji ranije toga dana. „Vitalij mi je mahao i mahao ali ja nisam mogla da ne gledam u Aleksa. Nismo imali pojma šta će da uradi. Kad ti je dao dres, pomislila sam *Ovaj momak je načisto poludeo*! Uraditi ovako nešto sa Džejn Anderson! Bila sam sigurna da će ga tvoje gorile sčepati preko ograde i gurnuti mu dres niz grlo. Ali desilo se suprotno - bili ste tako slatki!"

„Momci mu od tad ne daju mira", ubacila se Sofija, supruga Mihaila Hrička, „a ni mi. On je oduvek onaj dobar momak iz kraja, kog svi roditelji priželjkuju za zeta. Ozbiljno je bio samo sa jednom devojkom, godinu dana, nije išlo, i on je to raskinuo lepo i smireno."

„I dalje je dobar momak iz kraja", nastavila je Oksana. „Znaš kako muškarci znaju biti popaljeni pa samo pričaju o devojkama, sisama i guzicama. Aleks se samo s vremena na vreme uključi u takve razgovore."

„A onda - ta-dam! Priđe najlepšoj ženi na svetu! Tek tako!" rekla je Sofija. „Čak se nikad i ne pravi mnogo važan zbog toga."

„Da li vam je on tražio da ga hvalite preda mnom?" našalila sam se.

Zakikotale su se. „Džejn, imaš najbrižnijeg, najdivnijeg, najposvećenijeg, najstrpljivijeg dečka od cele te ekipe, punog razumevanja", rekla je Oksana. „Da je mene odabrao, bez razmišljanja bih se udala za njega umesto za Vitalija."

„I ja!" dodala je Sofija i sve smo se nasmejale.

Veče je bilo ispunjeno šalama i pričama o životu u Kijevu. Svi su koristili engleski, čak i kad su razgovarali jedni sa drugima, zbog čega mi je laknulo. Kako sam uopšte mogla da pretpostavim da moj dečko, koji je tako divna osoba, može biti okružen neprijatnim i odbojnim ljudima.

Negde iza ponoći vatra u kaminu se ugasila i tek u tami shvatili smo koliko smo premoreni, što od letova, što od vožnje do kolibe, pa smo odlučili da je vreme za krevet. Sergejevi roditelji inače iznajmljuju kuću turistima, te nam je stoga na raspolaganju bilo ukupno deset soba: dve u prizemlju i po četiri na oba sprata - sasvim dovoljno mesta za osamnaest ljudi. Aleks i ja smo dobili sobu na prvom spratu, s pogledom na planine.

Dopalo mi se kupatilo. Obloženo plavim i crnim pločicama odavalo je utisak duboke topline. Imalo je i tuš kabinu i kadu. Osećala sam da bih u kadi zaspala, te sam se odlučila za brzo tuširanje. Aleks se istuširao nakon mene. Obožavala sam poštovanje i obzir koje mi je neprestano ukazivao. Tokom njegovih poseta Londonu, mnogo puta bismo proveli noć zajedno ali on nikada ne bi ništa pokušao. Samo bismo se grlili i tako ušuškani jedno u drugo spavali. Uprkos tome što sam bivala sve opuštenija u njegovom prisustvu, i dalje me je bilo strah da pređem *tu* granicu. Nekako, mnogo se očekuje od Džejn Anderson, oduvek, a kad se radi o seksu, u kom nisam imala nikakvog iskustva, jednostavno nisam mogla da imam samopouzdanja kao za ostale stvari, a nisam želela da razočaram. Ipak, znala sam da me on ne bi ponizio, šta god da se desi. Verovala sam da kada trenutak dođe, tela će nam se razumeti.

Skoro sam zaspala razmišljajući o tome, kad je i on legao u krevet i zagrlio me s leđa. Okrenula sam se da ga poljubim za laku noć i spustim mu glavu na grudi. Mogla sam cela tu da se sklupčam, toliko je krupan i snažan.

Poljubio me je u čelo, provukao ruku na leđa a onda me poljubio ponovo, ovaj put u usta. Tada sam osetila elektricitet koji mi se spustio od usana, između grudi, do stomaka i nogu. Htela sam još takvih poljubaca. Sviđao mi se taj sveprožimajući osećaj. Privukao me je još više i poljubio duže, intenzivnije. Zagrlila sam ga i uzdahnula. Elektricitet u stomaku preobličio se u vatru. Zagrebala sam ga po leđima tražeći još. Moja želja bila je jača nego ikad, jača čak i od straha.

Nadneo se nad mene tako da je jedino svetlo koje vidim dolazilo iz sjaja u njegovim morskoplavim očima. Odjednom više nisam bila ni umorna, ni pospana, čak ni omamljena od vina. Moj um bio je savršeno bistar. I želeo njega.

Pogledao me je u oči i razumeo želju, te nastavio da me ljubi niz vrat. Ljubičasti veš koji sam nosila bio je minimalan i jednostavan za skinuti. Uhvatio je moje grudi u šake i poljupcima prešao na njih. Od snage tog osećaja izvila sam se i ponovo uzdahnula, tražeći još. Kada ih je okrznuo zubima, telo mi je to doživelo istovremeno kao bol i nepregledno zadovoljstvo. Jedino o čemu sam mogla da mislim je kako želim još i zašto ovo nismo ranije radili. Prsti su mi prelazili iz njegove kose, preko leđa, grebući i privlačeći ga, tražeći još tog zadovoljstva koje tako divno daje.

Onda je krenuo nadole. Usnama mi je šetao ispod grudi, preko stomaka, i niže. Postala sam svesna ogromne lave koja mi je oživela u dnu stomaka. Osetila sam neutaživu potrebu da se ta vatra ugasi i bila spremna na sve zarad toga.

Kada se moj veš našao po strani, bila sam van sebe. Samu sebe sam iznenadila. Uvek sam mogla da se kontrolišem, ali ovaj put, sve moje kočnice su popustile. Razmaknuo mi je noge sa lakoćom, a ja sam bila sasvim nepripremljena za ono što sledi. Malo je nedostajalo da krenem da vrištim dok sam ga grlila nogama, uvijajući se pod dodirima koji su bivali sve intenzivniji. Jedan orgazam za drugim, trećim… posle svakog sam se pitala da li moje telo može još da izdrži. Osećala sam kako se rastapam u tečnost.

Za poslednju etapu ove neočekivane vožnje nisam znala da je uopšte moguća za žensko telo. Stavio je prste u mene i jezikom me poveo na najviši rolerkoster na koji sam se ikad usudila. U očima mi je bilo svetlo, iako su bile zatvorene. Oblivena zadovoljstvom, bolom, moći, slabošću, u isto vreme, osetila sam večnost trenutka i njegovu važnost.

Ležao je pored mene i dok sam se trudila da ujednačim disanje, osmehnuo se. Uskoro sam postala svesna koliko je cela kuća tiha. Kao i malopre, njegove oči bile su jedini izvor svetlosti u sobi. Stidela sam se da ga pogledam. Prisećajući se svojih postupaka od pre svega nekoliko minuta, bilo me je sram te naivne, neutažive želje nevine devojke.

On je bio taj koji je prekinuo tišinu. „Džejn Anderson, ti si mnogo više nego što muškarac može poželeti."

„Misliš napaljena kao usedelica?"

Nasmejao se. „Pre bih rekao nevina i čista. Tvoja… reakcija me je iznenadila."

„I mene." Okrenula sam se ka njemu. „Aleks, zašto nisi…?"

„Ne večeras, Džejn. Oboje smo umorni od letova i vožnje. Želim da naš prvi put bude poseban i da traje. Želim da snažno osetiš sve što hoću da ti radim."

Onaj škakljivi osećaj ponovo mi se javio u grudima. Zagrlila sam ga i kroz par minuta spokojno i srećno zaspala.

Narednih nekoliko dana uživali smo u skijanju i grudvanju. Između doručka i večere vreme smo provodili u obližnjim ski centrima. Ja sam se držala skijanja, a neki od momaka su išli na snoubording. Aleks nije bio jedan od njih. Bio je nekako previše krupan i nije dobro balansirao na snoubordu, zbog čega su ga ostali neprekidno zadirkivali.

Uživala sam u prirodnom snegu, u pauzama u komotnim kafeima gde smo se grejali kafom, čajem, toplom čokoladom i zavaravali glad keksima Božićnih ukusa. Uistinu sam se osećala na odmoru i da mi se baterije pune. Pričala sam sa devojkama u Londonu samo predveče, jedino vreme kad sam stizala da bacim pogled na telefon i pročitam mejlove. Zavidele su mi i odlučile da naredne godine pođu sa mnom.

Fino sam se snalazila i u kuhinji. „Glavne kuvarice", Daša i Mila, rekle bi mi šta da radim i ja sam im pomagala kad god bih stigla. Premda bih svakako radije radila nešto drugo, nisam htela da pomisle kako sam lenja ili bezobrazna. Uprkos tome, uživala sam da budem sa Aleksom 24/7. Bio je to najbolji Božićni poklon koji sam mogla da dobijem. Takođe, bila sam neizmerno srećna uvidevši da se nas dvoje slažemo i dok provodimo mnogo više vremena zajedno od par sati šetajući po Londonu.

Poslednji dan decembra bio je prilično hladan. Složili smo se da ostanemo kod kuće i spremimo pića, muziku, vatromet i roštilj za doček. Skijanje ćemo nastaviti u Novoj godini. Oko tri sata popodne, kada je sve bilo spremno, Nikolaj je predložio da malo odremamo jer smo želeli da ostanemo budni do daleko iza ponoći.

Meni se pak nije spavalo. Dan je bio sunčan a naša soba ispunjena svetlošću. Preslagala sam svoj kofer i ormar, tražeći šta da nosim to veče - nešto opušteno i klasično - kada je Aleks ušao u sobu i zaključao vrata za sobom. Način na koji me je gledao poslao mi je trnce niz celo telo.

Još uvek sam držala jednu od haljina kada je prišao i zagrlio me. Ispustila sam je istog trenutka i okrznula mu usne svojima, a on ih zadržao na sebi.

Prst kojim mi je dotakao obraz bio je ledeno hladan. Spustio ga je do mog vrata, preko grudi, do struka. Nisam mogla da se oslobodim njegovog pogleda, te kada me je uhvatio za kukove i privukao na sebe, znala sam da u očima može da vidi sve kroz šta mi telo prolazi. Bilo je utešno videti da je uzbuđen kao ja.

Skinuo mi je košulju i dalje me gledajući ravno u oči a ja sam svukla njegovu, ponovo se našavši zadivljena koliko je čvrst, snažan i privlačan. Još više me je uzbuđivalo saznanje da je ovaj muškarac moj, sasvim moj.

Nežno mi je poljubio vrat, od čega sam se naježila, a potom me okrenuo i stao nizati poljupce po leđima, jedan za drugim. Koža mi je bila naelektrisana, reagujući na svaki dodir njegovih usana i jezika. Ruke mu takođe nisu mirovale, te kada mi je otkopčao grudnjak, vreo talas mi je jurnuo u lice. Čipka je pala na pod a on mi je stegao grudi. U istom trenutku, osetila sam se i postiđeno i besramno. Kako je moguće da mi se sviđa sve što mi radi? Kako uopšte zna šta mi se sviđa, kad ni ja ne znam, kad nisam nikad ovo radila?

Zajecala sam okrenvši se da ga poljubim. Grudi su nam bile pritisnute jedne na druge. Shvatila sam da sam toliko uzbuđena da me guši ono malo odeće što je ostalo na meni. Otkopčala sam mu kaiš i farmerke i one su spale s lakoćom. Potom me je željno i blago odgurnuo na krevet i svukao moje, i dalje ne prekidajući kontakt očima. Gledao me je sa visine i to me je uzbudilo kao nijedan dodir do tada. Ceo život, nijedan muškarac nije mogao da me nadjača, da bude bolji od mene, da me ukroti i učini da se osećam željenom kao snažna žena kakva sam. Svi su mi bili podređeni, bespogovorno me slušali, želeli me ali nikad nisu uspeli da me nateraju da i ja poželim njih. Sve sami uplašeni dečaci.

Svi do ovog preda mnom. U tom trenutku divila sam mu se i želela ga više nego bilo šta drugo. Želela sam da mu dam sve, samo da bi mi on na kraju dao sebe. Nije to bila samo telesna želja. Odolela sam seksu mnogo puta ranije. Sada sam želela celog ovog čoveka, i njegovo telo, i njegove misli. Sve.

Spustila sam usne na njegov stomak, zarivši mu nokte u leđa. Svukla sam bokserice a on je uzdahnuo. Kada sam ga počela istraživati usnama i jezikom, prsti u mojoj kosi su se zgrčili. Nastavila sam, zadovoljna sobom. Htela sam da mu pokažem da umem, iako to nikad nisam radila.

Posle par sekundi, odmaknuo me od sebe. „Džejn, nemoj… molim te." Pogledala sam ga upitno. „Neću moći da se suzdržim."

Osmehnula sam se samozadovoljno i spustila još jedan poljubac na donji deo njegovog stomaka. Nadneo se nad mene i izvukao me iz ostatka donjeg veša. Soba je i dalje bila osvetljena te sam se pod snažnim i upornim zracima sunca osećala izloženijom nego ikad. Čitav taj prizor imao je nečeg romantično magičnog u sebi.

Pomerila sam se naviše na krevetu a on me ogradio rukama. Potom je krenuo da mi usnama para po stomaku, potom naviše, između i preko grudi, vrata, na kraju došavši do lica. Sa svakim poljupcem, uvijala sam se i grebala ga po leđima ne mogući da se kontrolišem. Sve ono što sam ikada zamišljala da mi radi jedan muškarac on je radio sad. To što su nam se tela tako savršeno složila i sinhronizovala nateralo me je da ga volim. Da volim sve u vezi sa njim.

Osetila sam ga dole, na butinama, i na pomisao šta sledi, naježila se i oblio me hladan znoj. Znala sam da čeka moje odobrenje, i zato sam se pomerila ispod njega tako da sam ga obujmila nogama. Upitno me je pogledao, ja sam se osmehnula, dotakla mu kosu i privukla ga u poljubac. Razumeo je i polako se pomerio.

Nisam mislila da će biti tako jednostavno. Glatko, nežno i bez napora. Kad je prvi put ušao, malo, očima me je pitao da li da nastavi, na šta sam ja odgovorila privukavši mu kukove dok se nisu spojili sa mojima. Oboje smo bili iznenađeni koliko lepo je sve išlo.

Nije bilo bola, već novog oblika zadovoljstva. Zadovoljstva koje je narastalo sa svakim pokretom. Nokti su mi se sad usecali u njegove kukove i leđa, pohlepno tražeći još. On nije želeo da žuri, iako sam ja žudela za vrhuncem. Polako ga je gradio, pažljivo, strpljivo, čineći ga još intenzivnijim, do te mere da sam mislila da neću moći da izdržim.

Nisam bila svesna svojih uzdaha koji su bili skoro pa vrisci. Jedino za šta sam marila bilo je zadovoljstvo koje mi pruža, i tražila sam još.

Odjednom kada su mu pokreti postali snažniji, dotakao je jednu tačku koju nije ranije. To je bio izvor ovog blaženog, divnog osećaja koji imam od početka. Vrisnula sam i privukla ga još jače. Razumeo je šta želim i ponovio pokret, dotakavši tačku ponovo, i ponovo, i ponovo.

Sve pred mojim očima sada se slilo u boje apstraktne slike, s tim što su se te boje kretale, prelivale jedna u drugu. Osetila sam kako lebdim, kako se i ja prelivam preko meke posteljine. Skoro da sam čula muziku u daljini, ili zvuk šume, i poj ptica, šum reke. Osetila sam sveprožimajuće, sveobuzimajuće blaženstvo.

Njegov poljubac probudio me je iz sanjarenja i raščistio boje. Shvatila sam da zurim u drveni plafon. Pogledala sam ga. Osmehivao se. Uzvratila sam mu i skupila se među njegovim rukama. Tako je topao. „Ovo je savršen Božićni poklon, Janov.”

„Slažem se, Anderson. Najbolji ikad.”

„Bolji čak i od onog stonog fudbala koji si dobio kad si imao osam godina?”

„Čak i od njega.” Poljubio me je u čelo. „Kad smo već kod poklona…” pružio se preko mene kako bi izvukao nešto iz fioke. Uspravila sam se u sedeći položaj, i dalje gola, ali sad već sasvim opuštena po tom pitanju. Pružio mi je malu crnu somotnu kutiju. Bila sam uzbuđena kao dete.

„Čekaj.” Nisam htela da otvorim pre nego što mu dam svoj poklon. Pružila sam se do poda i ispod gomile odeće u koferu izvukla malo veću crvenu somotnu kutiju. „Prvo ti.”

Unutra je bila crna kožna narukvica koja me podsećala na njega od trenutka kad sam je videla dok smo devojke i ja tražile poklone. Znala sam da ponekad nosi takve detalje ali da mu smeta što se brzo iskrzaju i pucaju. Za ovu narukvicu dobrano sam se postarala da bude kvalitetna.

„Vau, slaže mi se sa novim rukavicama”, rekao je.

„Nosićeš je i dok igraš?”

Zakopčao ju je na desnoj ruci. „Stalno.” Nagnuo se da me poljubi. „Sad je na tebe red.”

Znala sam da će biti nešto lepo, nešto što će mi se sigurno dopasti jer zna moj ukus. Ili možda zato što imamo sličan ukus. A možda mi je do njega već toliko stalo da će mi se dopasti bilo šta što odabere za mene.

Međutim, nisam očekivala male minđuše od roze zlata sa dijamantima, koje smo videli jednog tmurnog dana šetajući po Londonu, kad smo morali da se sklonimo u obližnju zlataru jer se kiša iznenada pretvorila u oluju. Čežnjivo sam ih tad pogledala ali ništa nisam rekla. Htela sam da se kasnije vratim i kupim ih ali nekako nikad nisam našla vremena.

On je to tad primetio i sve shvatio iz mog pogleda.
„Aleks, kako… Kad?" pitala sam, skoro bez daha.
Umesto odgovora, poljubio me je: „Srećan Božić, ljubavi."

5.

Početak nove godine bio je uspešan za oboje. Aleks je i dalje bio najbolji golman, mada mu je Diter Larman, golman nemačke reprezentacije, disao za vratom. Larman je bio stariji i dosta iskusniji od Aleksa te je to bilo i prirodno. Međutim, Aleks je bio odlučan da mu ne prepusti titulu i naporno trenirao svaki dan.

Projekti koje sam radila smestili su me na naslovne stranice svakog bitnog časopisa u industriji. Italijanski projekat, čijem sam začetku pomogla, ispostavio se kao pravi potez. Bio je u pitanju novi vid promovisanja odeće kroz interaktivnu modnu reviju i muzički spot. Snimanje smo obavili u Abu Dabiju, u Ujedinjenim Arapskim Emiratima, jer je vreme tamo u januaru savršeno ukoliko vam treba letnja atmosfera. Bilo je naporno, radili smo po ceo dan, ali svako na snimanju bio je pun entuzijazma i energije, kreativan, posvećen i voljan da pruži najbolje od sebe. Uživala sam u svakom trenutku snimanja, kao i na reviji koja je usledila krajem februara. Zbog tog projekta morala sam da krenem na časove plesa pre nego što smo otputovali u Abu Dabi a i tokom snimanja tamo. Bilo mi je veoma interesantno. Ispostavilo se kao odlična zamena za teretanu pošto sam na treninzima za ples ostajala znatno duže posle zvaničnog trajanja časa. Vežbala sam dok ne bih bila potpuno iscrpljena ili savladala pokrete za taj dan.

Glavna ideja bila je da na snimku nosim različite kupaće kostime i ostalu odeću i aksesoare za leto i plažu, a potom da na reviji, uživo, pred publikom, nastupam u jednoj od kombinacija sa snimka.

I to je prošlo odlično. Bilo je vredno sveg rizika. Kreator je postao zvezda preko noći a video mog nastupa sa italijanskim pevačem danima se vrteo po društvenim medijima i TV stanicama. Bukvalno dan nakon revije, dobila sam ponudu za drugi projekat istog tipa, samo što su ovaj put u pitanju bile dve svetski poznate pop i rep zvezde čiji će duet biti predstavljen na modnoj reviji u Njujorku. Mojoj sreći nije bilo kraja.

Međutim, bilo je i nekih naslova koji su kružili novinama, koji mi se nisu previše dopali a zbog kojih je čak i Aleks bio ljut.

Petrov se sprema da savlada Janova i preotme Džejn.
Džejn će biti nemačka nevesta, ubeđen je Beler.
Bjanki: „Dovešću Džejn na naše utakmice."

Ja sam uglavnom uspevala da ignorišem ovakve budalaštine, ali
Aleksu je bilo teško da ne reaguje na pretpostavke i izjave da će ga devojka
napustiti čim upozna nekog drugog fudbalera. Tata i ja bismo se sa
ovakvim stvarima obično izborili na svoj način - naterali bismo novine da
se izvine i prestanu. Međutim, ovaj put članaka i vesti bilo je nebrojeno
mnogo i dolazili su iz svih krajeva sveta, da nismo stizali sve ni da ih
pregledamo i čujemo za njih, a kako se Svetsko prvenstvo približavalo,
njihov broj samo je nezaustavljivo rastao. Odlučila sam da ih jednostavno
ignorišem dokle god lepe priče preovlađuju, ali bilo je situacija kad je čak i
meni bilo teško da ostanem hladne glave.

Svake nedelje bivalo je sve gore. U početku su mi takvi natpisi
prijali, laskali, pošto su izjave uglavnom dolazile od zgodnih i poželjnih
momaka o kojima mnoge devojke maštaju. Međutim, kad sam videla
koliko ozbiljno pogađaju Aleksa koji je po prirodi miran i tih, cela situacija
mi više nije bila smešna. Zarekla sam se da ću ih sve postaviti na mesto
prvom prilikom.

Početkom marta spremala sam se da krenem u Kijev po prvi put.
Nedeljama unapred mentalno sam se pripremala za taj put jer je bilo
neizbežno da ću upoznati Aleksove roditelje. On se šalio na moj račun,
govoreći kako ništa ne može biti teže od upoznavanja Breda Andersona, na
šta bih ja odgovorila da koliko god da je taj susret bio težak, Bred
Anderson je ipak samo jedan roditelj, a ja treba da se suočim sa dva. Osim
njih, ima i sestru, koja me je plašila skoro jednako kao oni. Posrećilo mi se
pak da ona ne bude tu tokom moje prve posete.

Uspela sam da suzbijem svoju radnu nedelju u četiri dana i
poletim za Kijev u petak ujutru. Aleks me je sačekao na aerodromu nakon
treninga a potom smo otišli na ručak i u obilazak grada. Bilo je hladnije
nego u Londonu ali i dalje prijatno. Jako mi je bilo zanimljivo da vidim gde
je išao u školu, na prve treninge, koja su mu omiljena mesta u gradu,
bioskop, restoran, park za trčanje.

Stan mu je takođe bio dopadljiv. Bio je prostran, beo, prozračan,
jednostavan, uredan i čist. Nalazio se u Distriktu Pečersk, u centru grada.
Na prvi pogled videlo se da dva disciplinovana muškarca tu žive. Luka
Fereira bio je tad u Brazilu gde je imao par treninga sa reprezentacijom te
taj vikend nije igrao utakmicu za klub.

To nam je dobro došlo. Bilo nam je divno da budemo sami negde što nije hotelska soba. Čak mi je bilo i neopisivo uzbudljivo da imamo seks svuda u njegovoj sobi, po celom stanu. Na taj način sam osećala kao da ostavljam deo sebe za sobom, tu, sa njim, nešto zbog čega ću mu još više nedostajati kad nismo zajedno.

Naredni dan zaputio se na stadion pre mene jer je imao kratak trening i zagrevanje pre utakmice. Oksana i Daša su me pokupile iz stana i nas tri smo krenule na utakmicu. Srećom, niko sem mojih najbližih prijatelja nije znao gde sam, te smo se nesmetano kretale ka i po stadionu, bez brige o reporterima. Radnici obezbeđenja bili su prvi koji su shvatili šta se dešava - da je Džejn Anderson došla u Kijev - i sproveli su nas do tribina bez problema.

Prva Aleksova utakmica kojoj sam prisustvovala protekla je najbolje moguće. Opet nije primio nijedan gol, njegov tim pobedio je 3:0, a on je pretrčao teren do mene i ponovo mi dao svoj dres. Ovoga puta nisam se zaledila, već ga umesto toga dugo poljubila kako bi svi fotografi imali vremena da snime i pokažu svim brbljivcima čija sam ja devojka.

Nakon igre bila sam zabrinuta oko nečega što nije imalo veze sa glupim komentarima praznoglavih fudbalera punih sebe - išli smo na večeru sa Tanjom i Oleksijem Janov.

Aleks i ja smo otišli do stana kako bi se on istуširao i spremio. Umirala sam od gladi ali nisam mogla ništa da prinesem ustima. Postarala sam se da sve na meni izgleda savršeno, od nakita - minđuša, koje su Aleksov Božićni poklon, i jednostavne ogrlice - do smeđih poludubokih odignutih čizama i bisernobele haljine od somota. Nisam htela da dozvolim da njegova mama dizajnerka primeti da mi išta fali.

Stigli smo u restoran pre njih, što je bilo dobro, jer nisam htela da kasnimo, pa da kasnije kažu kako previše odvlačim pažnju njihovom sinu.

Međutim, kad me je Tanja Janova stegla u zagrljaj čim me je videla - čak i pre nego što se pozdravila sa Aleksom - znala sam da sam gledala previše filmova sa zlim svekrvama. Ona je jednostavno bila neverovatno lepa sa svoje pedeset i dve godine, obučena u komplet boje lavande, ukrašen uparenim zlatnim visećim minđušama i ogrlicom. Videlo se da vodi računa o kosi koja je bila plava, kratka i stepenasta. Nosila je umerenu šminku, u skladu sa godinama, koja je naglašavala njene oči i crvenim karminom isticala usne tek toliko da izgleda divno. Njen osmeh je nešto na šta uvek prvo pomislim kad je se setim.

Aleksov otac bio je razlog što je njegov sin toliko zgodan i šarmantan. Prepoznala sam na njemu ista ramena, visinu, čak i stav i način govora. Jedino je njegova kosa bila drugačija - crna sa par belih pramenova. Izgledao je sjajno u teget odelu i bila sam sigurna da se devojke i dalje okreću za njim. U kombinaciji ovo dvoje ljudi, nije čudno što je Aleks toliko privlačan. Mogla sam samo da zamislim kako mu izgleda sestra.

Opustila sam se svega par minuta nakon što smo se upustili u razgovor i započeli sa večerom uz čašicu spotikača - još jednog omiljenog pića Ukrajinaca koje mi se nije preterano dopalo. Uprkos tome uspela sam da ga popijem svaki put tokom tri zdravice kako ne bih obrukala Andersone. Ležerno smo razgovarali o raznim temama - mom poslu i projektima, Aleksovom planu da ostane još godinu dana u istom klubu, našim priprmama za leto i za najvažniji događaj godine FIFA Svetsko prvenstvo.

Ispostavilo se da su Ukrajinci prilično samouvereni po pitanju ishoda takmičenja. Da ne izlazim sa jednim od njihovih fudbalera, to bi mi bilo smešno, čak prepotentno, ali pošto sam znala i lično videla koliko su Aleks i njegovi prijatelji posvećeni, složila sam se da imaju mnogo čemu da se nadaju i da će svet svedočiti jednom uzbudljivom turniru.

„Samo nemoj da im dozvoliš da te razbesne do te mere da zaboraviš ko si", rekao je Oleksij. „Suparnici će koristiti sve što mogu protiv tebe, a sad kad je i Džejn u igri, imaju materijala na pretek."

„Mislite na sve ono iz novina?" otelo mi se.

„Ne samo iz novina. Ima ga na sve strane, na TV-u, u svaki dan u vestima. Vas dvoje se nalazite u svakoj rubrici - sport, zabava, poznati, način života, a od skoro i u muzici. Samo još politika nedostaje."

„I čitulje, dragi", reče Tanja. „Dokle god ih nema tamo, dobro je."

Svi smo se od srca nasmejali i atmosfera se istog trenutka promenila od pomalo neugodne do ponovo prijatne.

„Samo želim da kažem da će ovog puta biti gore nego ikad. Aleks zna na šta mislim."

Njih dvojica su se značajno pogledali.

„Znam", reče Aleks.

„Ne dozvoli da ono što vas dvoje imate oni preokrenu u svoju korist."

Stegla sam Aleksovu ruku ispod stola. To je tačno ono što je trebalo da čuje.

Nakon te večeri Aleksovo raspoloženje po pitanju neukusnih članaka i pretpostavki znatno se promenilo. Bio je opušteniji, posebno kad je primetio da je na svaku ružnu stvar koju bi neko rekao o nama, bilo na desetine lepih koje su hvalile naš odnos koji negujemo i održavamo uspešno i na daljinu dok se karijera i jednog i drugog nazaustavljivo razvija.

Na kraju krajeva, mišljenja drugih nisu ni bila toliko bitna. Jedino do čega je nama dvoma bilo stalo je kako nam je dok smo zajedno i kako to utiče na naš posao. A sve, na svakom polju, kretalo se od dobrog ka boljem.

***

Pošto su moji roditelji bili zatrpani obavezama u Americi, složili smo se da je najbolje da upoznaju Janove na Prvenstvu, u Berlinu. Budući da je veliki obožavatelj fudbala, tata je planirao da uzme mesec dana slobodno i provede ih u Nemačkoj a i mama sa njim, tako da su oboje davali sve od sebe da završe što je više moguće posla pre takmičenja. Znajući da je upoznavanje porodica odloženo do Nemačke, i ja sam mogla da odložim na par meseci sav stres koji uz njega ide, i još temeljnije se posvetim jednom novom, uzbudljivom projektu koji je slučajno iskrsao.

Naime, par dana po povratku u London, tata me je nazvao da objavi dve stvari. Jednu sam slutila već neko vreme - postavljanje Lane na poziciju mog zvaničnog menadžera. Ona je već radila za mene mnogo više nego što običan prijatelj bi, starala se o problemima i nesuglasicama koje bi iskočile u razgovorima sa agentima i kompanijama koji su hteli saradnju sa mnom, a koje apsolutno nisu bile njena odgovornost, iako to od nje niko nije tražio. Moje ponude za posao tata bi prosledio njoj, a onda se ona bavila njima, i to je radila odlično. Nas dve smo se već ponašale kao da je moj savetnik i agent, ali nismo mogle to da ozvaničimo bez tatinog odobrenja. Sad, kako on kaže, moja karijera postala je previše opterećujuća za njega. Nakon filma *Nikad nazad*, Incidenta na Vembliju (veče kad mi je Aleks dao svoj dres), a posebno nakon modne revije u vidu mjuzikla, moje ime bilo je svuda i svakog dana, i ponude koje su pristizale na tatinu adresu pljuštale su kao kiša u Londonu. Ako ne želi da zapostavi svoj posao, i kako bi mojoj karijeri dao šansu, morao je da prenese odgovornost na nekoga, a niko nije bio sposobniji i stručniji od Lane, koja već ima neophodno obrazovanje i iskustvo, i na sve to mi je najbolja prijateljica.

Naravno, to je značilo da ona treba da se odrekne svoje karijere modela, ali već i ranije je u više navrata pokazala da uživa radeći kao moj menadžer, čak i više nego pred kamerama. Sve to uzbuđenje sveta mode koje i dalje drži Beu, Endži i mene, kod nje je splasnulo posle prvih par godina. Posao mog agenta videla je kao odličan napredak u karijeri.

Druga vest je zapravo bila okidač za prvu. Kap koja je prelila tatinu čašu bila je ponuda agenta jedne nemačke pevačice. Devojka je bila autor jedne od zvaničnih pesama sa albuma za Svetsko prvenstvo, i želela je da snimi video sa devojkama i ženama fudbalera, po principu jedna devojka iz svake zemlje učesnice. Nije bilo honorara. Umesto toga, sav prikupljeni novac nakon što snimak bude objavljen bio je namenjen u dobrotvorne svrhe.

Većina devojaka već je bila odabrana i prihvatila ponudu. Svega par zemalja je ostalo, a među njima Engleska i Ukrajina. Nisu bili sigurni koju bih odabrala, pa su mi dali izbor, znajući da ja moram biti deo tog projekta.

Ideja mi se istog trenutka dopala. Kad sam već imala luksuz izbora, odlučila sam da to uradim za Aleksa, da još jednom pokažem svetu kome sam verna i posvećena, i da je naša ljubav dovoljno jaka da natera *Džejn Anderson da prevagne sa engleske na ukrajinsku stranu čak i u fudbalu,* kako će novine kasnije pisati.

Snimanje je bilo u Berlinu i počeće čim ja donesem odluku. Dva dana nakon što je Lana razgovarala sa agentom nemačke pevačice, nas dve bile smo u avionu za glavni grad Nemačke. U hotelskoj sobi već me je čekao paket, a u njemu ženska verzija Aleksovog dresa. Odmah sam je probala i poslala mu slike. Bio je ponosan i siguran da će ostale devojke pored mene biti nevidljive.

Međutim, Lana i ja smo se susrele sa problemom već na prvom sastanku. Ona je predosećala da za to postoji mogućnost, jer se dobro informisala ranije, ali nije htela ništa da mi kaže jer nije verovala da će do toga zapravo doći.

Kad smo sele i rukovale se sa glavnim producentom i njegovim asistentima, i proćaskali neobavezno, prešao je na stvar.

„Džejn, znam da smo ti prvobitno ponudili da predstavljaš Ukrajinu ili Englesku, ali imam za tebe nešto bolje. Naime, još uvek nismo odabrali devojku za Nemačku. Debora, žena Fridriha Larsona, nam je opcija, ali sa njom čekamo, još joj se nismo javili. Moramo se suočiti sa neizbežnim činjenicama, a jedna od njih je ta da jedino što će ljudi da vide i zapamte od celog tog snimka si ti. A, moraš se složiti, nije fer da zemlja domaćin bude u senci." Klimnula sam iako i dalje nisam u potpunosti razumela na šta cilja. „Stoga smo došli do razumnog zaključka da tebe predstavimo kao lice takmičenja."

„Šta to znači?" pitala sam.

„Da predstavljaš Nemačku", odgovorila je Lana.

„Nemačku i Prvenstvo", dodao je producent. „Nosila bi crno-beli dres, što su skoro pa neutralne boje, dve zastave - nemačku i Fifinu, i pripao bi ti središnji deo videa."

Lana i ja smo osetile bes jedna druge, koji smo iskontrolisale samo zbog lepih manira.

„Slušajte, to je veoma lepo i velikodušno od vas, od vaše cele zemlje, da želi da je ja predstavljam", rekla sam, „ali nema ni govora da ja nosim nemački dres nakon svega što su vaši igrači besramno izjavili o meni."

Ustale smi i otišle ne davši im šansu da kažu bilo šta u svoju odbranu.

Te noći u hotelu bila sam razočarana čak i više nego ljuta. Razumela sam ih, ali oni očigledno nisu razumeli da tako nešto ja nikad ne bih mogla da prihvatim. Takođe sam bila i povređena - prirodno je da budem u tom videu, van svake pameti da iz tako nečega budem isključena. Kako je moguće da najpoznatija devojka fudbalera ne bude u spotu sa svim najpoznatijim devojkama fudbalera?

Kad me je Aleks nazvao, istog trenutka je primetio da nešto nije u redu. Planirala sam da mu ovo prećutim, pošto sam znala koliko ga može razbesneti, ali takođe sam osećala da nije baš fer da ga lažem, te sam nekako i to prevalila preko usta.

Razljutio se i opsovao na ukrajinskom.

„Ljubavi, u redu je", rekla sam. „Nije bitno. Već imam dovoljno posla i bez ovoga."

„Znam, ali bilo bi sjajno kad bi bila deo toga. Zamisli, moja devojka da uistinu bude na jedan način deo Svetskog prvenstva. To bi bilo ostvarenje i tvog sna."

„Nešto drugo će iskočiti, sigurna sam. Ili za naredno Prvenstvo."

„Ne mogu da verujem da će stvarno da dozvole sebi da te izgube. Tebe, najvažniju devojku u celom tom projektu."

Lana je tad upala u sobu cvrkućući od sreće: „Promena plana!"

„Kako?"

„Upravo sam pričala sa glavnim asistentom producenta. Ponudili su nam novi ugovor. Malo sam ga prepravila i sad je savršen,"

Pustila sam Aleksa na zvučnik. „Slušamo."

„Shvatili su da ne mogu da se upuste u ovakav projekat bez glavne zvezde, tako da su se vratili na prvobitnu ideju. Predstavljaćeš Ukrajinu, u Aleksovom dresu. Na završnom delu videa nosićeš dve zastave - ukrajinsku i Fifinu, a nemačke boje će biti u pozadini."

Skočila sam sa kreveta od sreće. „Savršeno!"

***

Kad je sve bilo gotovo, uputila sam se pravo u Ukrajinu kako bih provela vikend sa Aleksom i upoznala njegovu sestru. Planirano je da spot bude pušten da bude pušten na internet početkom aprila, kad svi snimci i isečci budu spremni i sređeni u savršena četiri minuta. Sam proces snimanja nije bio previše naporan pošto nas je bilo mnogo a ja sam svoj deo završila za tri dana. Aleks, njegovi saigrači i ja nismo mogli da dočekamo da vidimo krajnji rezultat. Radovali smo se poput dece. Velika zastava Ukrajine kako se vijori preko čuvenog Olimpijskog stadiona u Berlinu biće kao mokra čarapa posred lica svakom Nemcu koji je ikad rekao nešto ružno o meni, Aleksu ili ukrajinskom fudbalu.

Tog vikenda kad sam bila u Ukrajini, Aleks je imao utakmicu, i planirao je da joj prisustvujem sa njegovom sestrom, kako bismo imale vremena da porazgovaramo i malo se upoznamo. Ježila sam se svega toga, ali nisam mogla da odbijem. Kad god bi me oblio strah, setila bih se kako je on uspešno izašao na kraj s mojim ocem koji se tek tako pojavio na vratima, i naoružala bih se hrabrošću.

Ispostavilo se, po ko zna koji put, da sam brinula više nego što je trebalo. Marija jeste bila oštra i promućurna plavuša kučkastog lica koje generalno ne volim na devojkama, ali je istovremeno bila zanimljiva i prijatna. Voli svog brata i želi da bude srećan. To je bilo sve. Spavala je u Aleksovom stanu pošto je Luka ponovo bio u Brazilu. Naredno jutro smo išle na trčanje nas dve zajedno, potom u kratku kupovinu, i onda se zaputile na stadion. Bilo je to jedno interesantno prepodne. Ima dobar ukus za odeću te smo jedna drugoj pomogle oko odabira nekih komada. Dogovorile smo se da igramo tenis narednog dana i onda će nas ostaviti na miru, kako je rekla.

***

Pošto će april i maj biti moja dva najnapornija meseca u godini do tad, odlučila sam da odem u Ukrajinu još jednom, prve nedelje aprila. Nakon toga Aleks i ja nećemo imati priliku da se vidimo sve dok se ne vratim iz Amerike nakon mog rođendana, što je krajem maja. Preda mnom su bila dva izuzetno važna projekta - jedan u Engleskoj i drugi u Njujorku. Prvi je bio reklama, što sam već odrađivala rutinski. Međutim, drugi, modna revija u stilu mjuzikla, oduzeće mi ceo mesec, i bio je dosta intenzivniji i složeniji od prethodnog. Potom ću imati nedelju dana da provedem u Dalasu, gde nisam bila skoro godinu dana. Tata je tražio da dođem, a između ostalog, ni mamu nisam dugo videla. Iskreno, nedostajao mi je i ranč, moj najbolji prijatelj tamo, Oskar, jahanje, vatre uveče i priče koje idu uz njih. Morala sam ponovo da osetim to sve.

Aleks je bio pun razumevanja, na čemu sam mu bila neizmerno zahvalna. Stoga ga nisam obavestila da ću ga posetiti još jednom pre velikog „radnog raspusta". Htela sam da ga iznenadim.

Radnik obezbeđenja u njegovoj zgradi bio je toliko divan da mi je dao drugi ključ Aleksovog stana i pustio da nesmetano prođem, obećavši da Aleksu neće ništa reći kad se vrati iz posete roditeljima.

Kad sam naredni put izašla da kupim sastojke za Aleksove omiljene burgere, izgledalo je kao da kiša samo što ne krene da pada. U brzini sam uspela da nađem i vino koje voli a naručila sam i čizkejk iz njegove omiljene poslastičarnice. Toliko sam bila zauzeta u kuhinji, uzbuđena oko svega i jedva čekala da mu vidim reakciju, da nisam primetila nov par crnih patika u hodniku.

Kad je skoro sve bilo spremno, poslao mi je poruku.

Krećem od mojih. Idem u stan. Izgleda da će da lije kao iz kabla.

- Haha, skoro kao u Londonu.

Da. Hvala Bogu pa sam do sad navikao.

Počela sam sa postavljanjem stola. Stavila sam novi stolnjak, tanjire, pribor, čak i salvete sa srcima koje mi tad uopšte nisu izgledale neukusno, već naprotiv, slatko. Ceo taj aranžman razbio je jednostavnost stana koju preferiraju momci koji u njemu žive. Kad sam sve spremila i stavila hranu na sto, palo mi je na pamet da bi bilo lepo kad bi se tu našlo par sveća. Kiša je već počela da pada i nisam imala vremena da ponovo idem do prodavnice. Aleks bi se ionako vratio pre mene. Setila sam se da sam videla nešto u Lukinoj sobi, kad je Marija spavala u njoj. Kroz maglu sam se sećala starog svećnjaka na polici do prozora, pa sam jurnula u njegovu sobu.

Gde apsolutno i sasvim nisam očekivala da vidim njega.

Kako spava.

Samo i jedino u boksericama.

Skoro sam glasno uzdahnula ali sam pokrila usta rukom. Prvobitna reakcija mi je bila da vrisnem, ili opsujem, i maknem se iz te sobe.

Ali nisam mogla.

Umesto toga…

Ja sam zurila.

Bio je umoran, disao je duboko. Grudi su mu se podizale i spuštale dok je ležao nepokriven među četiri-pet velikih jastuka, Kosa mu je bila neuredna, sa ostacima gela. Usta su mu bila blago otvorena.

Video mu se svaki veći mišić na istreniranim nogama, presijavao se na svetlu koje se provuklo među zavesama. Celo njegovo telo bilo je prirodno potamnjeno, što zbog gena, što zbog dečačkih godina provedenih na plažama u Brazilu. Čak i spavajući, kao da je pozirao za naslovnicu nekog sportskog magazina. Sve na njemu izgledalo je savršeno i na mestu.

Savršen je.

I tako poželjan.

Zamisli! Nekad sam bila njegova obožavateljka, a sad, evo ga, leži preda mnom, polunag. Nema žene koja ne bi dala sve da bude na mom mestu. Mogla bih da ga imam tako lako. Treba samo da…

Trgnula sam se, prestravljena sopstvenim mislima, i iskoračila iz sobe, zatvorivši vrata verovatno jače nego što je trebalo, i vratila se u kuhinju.

Do đavola sa svećnjakom! mislila sam, nagnuta nad sudoperu, ubrzano dišući i skoro cela oblivena hladnim znojem. *Šta je to bilo?* Nisam verovala svojoj mašti. *Da li sam ja to upravo fantazirala o tome kako…*

Ne!

Presekla sam misli i umila se hladnom vodom. Moram da se saberem.

Uspela sam tačno na vreme. Sedela sam na trpezarijskom stolu, još uvek sa keceljom, kada je Aleks zakoračio unutra.

„Iznenađenje!" viknula sam.

„Šta? Kako? Kad?" Skočila sam mu u zagrljaj a on me okrenuo u vazduhu. „Ti si sve ovo spremila?" pokazao je na hranu na stolu. Klimula sam. „Neverovatna si. Uspela si da doletiš ovde da ne primetim, i čak napraviš gozbu." Poljubio me je. „Najbolja si, Anderson."

Osećala sam se užasno zbog onoga što se desilo par minuta pre nego što je došao, pa sam ga snažno zagrlila, i iz sve snage isterala zabranjene misli iz glave.

„Dobro je da si spremila dosta hrane. Luka se vratio", rekao je kad smo seli za sto.

„Znam. Zašto mi nisi ništa rekao?"

„Nisam ni ja znao. Sinoć je rekao da nije siguran da li će stići na jedan let ili na sledeći. Izgleda da je upao na prvi. Sad sam video njegove patike."

Kakva si ti glupača, Džejn, pomislih.

„Kako ti znaš?" upitao je. „Sreli ste se?"

„Ne, nego sam otišla do njegove sobe da uzmem onaj svećnjak, ali sam odustala od te namere kad sam videla da je tu i da spava."

„Hmm, da, ako je sleteo danas popodne, moguće je da će spavati do sutra ujutru."

Međutim, sat vremena kasnije, dok smo još bili na burgerima, čuli smo korake.

„Що ти приготував, Янове? Пахне добре![6] Uh, dođavola! Džejn! Izvini."

Ali već je bilo kasno. Pre nego što je otrčao nazad u svoju sobu, već sam ga ponovo videla polunagog, u boksericama, i ponovo su mi mislima proletele scene od malopre. Sva sam pocrvenela. Uspela sam da se saberem pre nego što se vratio, ovaj put komplet obučen, u šorts i majicu na kratke rukave.

„Drago mi je", pružio je ruku da se upozna. „Nisam znao da si ovde."

„Tek sam stigla", odgovorila sam, iznenađujuće mirno. „Hoćeš li da nam se pridružiš?"

Ispostavilo se da je prilično simpatičan, od onih dobrih momaka iz susedstva *kog svaki roditelj voli i želi za zeta*, kako je Sofija opisala Aleksa tokom našeg zimovanja. Uopšte nije bio nalik onom prepotentnom tipu sa reklama za donji veš i naslovnica sportskih časopisa. Aleks i on su se odlično slagali. Šalili su se na isti način, zadirkivali, razumeli nekad i bez potrebe da dovrše rečenice. Bilo mi je drago da Aleks ima nekoga kao što ja imam Beu, Endži i Lanu, jer su takva prijateljstva prilično retka. Ubrzo sam i zaboravila na sve što sam osećala kad sam prvi put videla Luku. Na kraju krajeva - nije li to normalna reakcija jedne žene na skoro sasvim golog, zgodnog muškarca par metara pred njom?

***

Reklama za parfem koju sam radila u Engleskoj bila je rutina u poređenju sa količinom strpljenja, snage i volje koju sam morala da uložim u stvaranje spota u Njujorku. Projekat u Italiji iz februara bio je prvi te

---

[6] „Šta si to spremio, Janove? Dobro miriše!", ukrajinski.

vrste. Ovaj nije, te samim tim nije imao luksuz poraza. Niko nije smeo da omane - ni pevači, ni produkcija, ni ja. Bilo je trenutaka na snimanju kad sam bila krajnje iscrpljena i nije bilo šanse da zapamtim naredni pokret. Ali kad je sve bilo gotovo, niko nije mogao da se otme osećaju da smo odradili sjajan posao i da će revija biti svetski hit. Premijera je planirana za prvu nedelju juna, sedam dana pre početka Svetskog prvenstva.

Na putu za Dalas nisam htela da mislim o svemu tome dok se moj jednonedeljni odmor ne završi. Jedino o čemu sam razmišljala bio je porodični ručak, nakon kog sledi veče uz jahanje sa Oskarom i priče kraj logorske vatre.

Tata me je pokupio sa aerodroma i odvezli smo se pravo na ranč. Osoba koja nas je dočekala bila je Sofi, našla glavna služavka ali i moja dadilja i zamena za baku, jer su svi moji babe i dede umrli dok sam bila previše mala da bih ih se sećala. Uvek sam volela Sofi jer nikada nije bila kao ostale bake koje stalno komentarišu da sam previše mršava, da treba da jedem više, da se uskoro udam i slično. Razumela me je i volela kao jedno od svojih unučića.

Druga osoba koju sam videla na ranču bio je moja zamena za deku - Arnold, upravnik našeg celog poseda. Bio je deo porodice gotovo koliko i Sofi i jedan od malo ljudi kojima moj otac veruje u potpunosti i na koje može da se osloni za sve u vezi sa rančem. Arnold me je naučio da jašem skoro u isto vreme kad sam naučila da hodam. Zbog njega sam zavolela konje kao dete.

Bilo je lepo videti i mamu. Isprva smo se zagrlile kratko i pričale o trivijalnim temama tokom ručka, ali smo se kasnije dotakle i nekih malo ličnijih koje su se izdešavale za tih godinu dana koliko sam bila odsutna. Ipak smo znatno napredovale u svom odnosu od onih svađa i nerazumevanja. Konačno je prihvatila moj izbor karijere i to je više nije mučilo, tako da je sada, umesto da me kritikuje, bila ponosna. Još uvek nisam znala da li se ikada oseti krivom što nije verovala u mene i što je ismevala moje prve korake u glumi, ali to mi nekako i nije bilo potrebno. Imala sam tatinu podršku, i to je dovoljno. Džozefina Anderson sad može da mi bude drugarica, i izgleda da je obema tako odgovaralo.

Kada sam videla Oskara to veče, bilo je kao na filmu. Čekala sam na konju na granici naših rančeva, gde se uvek nalazimo, kada se pojavio galopirajući. Nisam mogla da se suzdržim i preskočila sam ogradu. Sišli smo sa konja istovremeno i jurnuli jedno ka drugom. Kad me je zagrlio i okrenuo u vazduhu, primetila sam da je krupniji i zgodniji nego ranije.

„Džejn, nemoj nikada, ali nikada da ponovo odeš na ovoliko dugo!" još jednom me je stegao u zagrljaj.

Hteo je da zna sve o Aleksu, od Incidenta na Vembliju pa do sad, kao i sve u vezi sa mojim poslom, kako mi ide i šta sledi posle Prvenstva. Pričali smo neprestano. To je nešto što izrazito volim kod nas dvoje - svaki put kad se vidimo, osećaj je kao da i dalje živimo jedno do drugog, i kad počnemo da pričamo, samo nastavimo gde smo prethodni put stali, i svi protekli meseci stope se u tih nekoliko sati.

Kada sam mu ispričala sve što se desilo kod mene, već smo sedeli oko vatre sa radnicima sa njegovog ranča. Iznenada naš razgovor i razmenu šala prekinuo je pridolazeći galop.

„Očekujemo nekoga?" pitala sam.

„Iznenađenje!" povikao je Oskar kad sam se okrenula u pravcu iz kog je dopreo zvuk kopita. Začkiljila sam zbog sunca ali ipak vrisnula od oduševljenja. Bili su to moji prijatelji s kojima sam išla u školu, deca vlasnika ostalih susednih rančeva - Vanesa, tri godine starija od mene, kao Oskar, i blizanci plavušani Danijel i Harold Stivenson, moje godište. Dok smo bili mali, nisam baš mnogo volela njih dvojicu jer su me stalno zadirkivali i krali mi šnale, ali kako smo rasli, bivali smo sve bolji drugari. Nas petoro bismo se stalno okupljali posle škole, čak smo i učili zajedno i radili domaći kako bismo brže završili a potom mogli da se igramo. Nisam ih često viđala nakon što sam se preselila u London. Oskar je bio izuzetak zato što smo oduvek bliski, ali svakako mi je bilo neopisivo drago da ih sve ponovo vidim. Ostali smo budni do kasno, pijući, šaleći se i smišljajući planove za posle Svetskog prvenstva, jer oni nisu planirali da idu u Nemačku.

Nakon dva dana podsećanja na život koji sam vodila u Teksasu, Aleks je počeo da mi nedostaje mnogo više nego prethodnih dana. Moj rođendan se približavao, bila sam okružena ljudima koji me vole, a ja nisam bila srećna. Pokušala sam da to sakrijem, ali mama je primetila.

„Želiš li da pričaš o nečemu?" upitala me je posle doručka, kad je tata otišao.

„Čudno je. Ne znam da l' uopšte da počinjem."

„Zbog čega?"

„Bojim se da bih se osećala loše ako kažem. Zvučala bih nezahvalno."

„U pitanju je Aleksandar, zar ne?" Pogledala sam je i osmehnula se. Klimnula je s razumevanjem. „Znala sam. I pitala sam se kad ćeš ga pomenuti."

„Pa, šta misliš? Kako da promenim svoje raspoloženje i u nedelju, na svoj rođendan, ne budem tužna, već zadovoljna što sam okružena prijateljima i porodicom?"

„Tako što ćeš razmišljati o sredi, kada ćeš biti u avionu za Kijev."

„Trudim se, ali prošlo je skoro dva meseca. To me izluđuje."

„Samo misli na trenutak kad ćete zagrliti jedno drugo. Što više nedostaješ nekom, to je intenzivniji ponovni susret. A u slučaju prave ljubavi, daljina može samo još više da vas zbliži." Poljubila me je u čelo i ohrabrujuće gurnula ramenom. „Hajde, idemo da ti odaberemo tortu za rođendan", rekla je kao malom detetu, na šta nismo mogle da se ne nasmejemo.

Dan pre 23. maja, sve je bilo spremno i mama i ja smo se opustile u spa centru. Vanesa nam se kasnije pridružila kako bismo meni odabrale haljinu za sutra. Pitala je da li njena sestra Abigejl može da nam se pridruži na proslavi pošto se neočekivano vratila iz Čikaga. Sećala sam je se kroz maglu. Mlađa je od Vanese i nikad nije provodila previše vremena s nama. Išla je u privatnu školu u Čikagu i tamo nastavila i univerzitet, retko posećujući Dalas, tako da je niko nije previše viđao. Nije mi smetalo da dođe naredni dan. Što više, to bolje, zar ne.

Kad smo se sve tri vratile na ranč, jele smo na brzinu i onda smo Vanesa i ja krenule ka štalama. Uzele smo konje i krenule da se nađemo sa Oskarom i braćom Stivenson kako bismo jahali tokom zalaska sunca. Momci su spremili piće i naizmenično smo se trkali, pili i bodrili jedni druge. Dopadao mi se adrenalin i laknulo mi je što vidim da se moj kvalitet jahanja nije pokvario usled čitave godine pauze. Kako god, Oskar je bio bez premca, poput profesionalnog džokeja.

U povratku kući bila sam iscrpljena i jedino o čemu sam mogla da mislim bilo je poslednje pivo za to veče, koje ću popiti s tatom, mamom i Arnoldom, i hladna, meka posteljina u koju ću potom da se srušim. Jedva sam se koncentrisala da razumem o čemu moji prijatelji pričaju.

„Ko je, dođavola, to?" iznenada reče Harold.

Svi smo se okrenuli u pravcu ka kom je gledao. Dve figure na konjima kaskale su ka nama, uz ogradu. Sunce im je bilo za leđima tako da isprva jedino što sam videla bile su siluete. Ali u narednom trenutku razrogačila sam oči. *Ne! Nije moguće!*

Jednog od jahača prepoznala sam istog trenutka - odrasla sam gledajući Arnolda na konju. Drugi je bio previše dobar da bi bio stvaran.

Nisam bila svesna da su mi usta otvorena. Njih dvojica su nam se približavala a ja jednostavno nisam verovala svojim očima.

„Da li je to...?" Vanesa je zašaptala.

Jeste. Nosio je farmerke, kariranu košulju, kaubojske čizme i šešir. Jahao je iznenađujuće spretno i u svakom smislu oduzimao dah.

„Aleks!" vrisnula sam. „Otkud ti?"

Dojahao je do mene i nagnuvši se uhvatio me oko struka. „Da li si zaista mislila da ću propustiti tvoj rođendan?" Iskrivio je glavu tako da su šeširi sakrili naš poljubac od radoznalih očiju čiji vlasnici su navijali, oduševljeni.

Ponovo sam se zaljubila u njega.

Ispostavilo se da je ovaj put planirao još odavno ali nije hteo da mi kaže.

„Ti si mene iznenadila u Kijevu. Sad je na mene bio red", rekao je.

Kod kuće svi smo se okupili da mu uz piće poželimo dobrodošlicu, a on nam je sve ispričao. Prvo se čuo s tatom i pitao ga da li je u redu da se pojavi na ranču kako bi mu iznenadio ćerku. Aleks se tako pametno nosio sa Bredom od samog početka da od mene nije bilo ponosnije devojke, a ni srećnije. Tati se ideja dopala i pomogao mu je poslavši vozača da ga dočeka na aerodromu, a potom i predloživši da me iznenadi tokom našeg večernjeg jahanja.

„Nisam imao pojma da ste tako romantični, gospodine Anderson", rekao je Danijel.

„Retko", reče mama, „ali kad je romantičan, onda objasni." Nagnula se i poljubila ga u obraz. Bila je skoro jednako uzbuđena kao i ja.

„U isto vreme sam hteo da vidim koliko dobro jaše", reče tata. „Zato sam poslao Arnolda s njim."

„Čuvaj se, s ovim likom uvek si pod lupom", Oskar reče Aleksu na šta smo se svi nasmejali.

Ja sam bila oduševljena, nisam mogla da pustim Aleksovu ruku, i htela sam svuda da ga vodim i sve mu pokažem, još uvek ne verujući da je stvarno došao.

Trenutak koji me je vinuo u zvezde od sreće došao je na samom kraju večeri kada tata nije namenio nijednu sobu Aleksu, što je značilo da možemo da spavamo zajedno u mojoj. To je istovremeno značilo da je Aleksandar Janov sasvim i potpuno pridobio Breda Andersona.

Moj rođendan počeo je veselo i u porodičnoj atmosferi. I tata i mama uzeli su slobodan dan od svih obaveza na ranču, te smo počeli dugim doručkom, a potom se sve četvoro zaputili na jahanje, kako bismo

Aleksu pokazali posed. Dan je bilo savršen, sunčan, svež i blistav, ne previše topao. Mojoj sreći nije bilo kraja.

Rano u toku podneva stigla je i moja torta sa trešnjama a cela kuhinja radila je punom parom pod Sofinim nadzorom. Oskarovi roditelji, Alehandro i Maribel, takođe su došli da me vide i provedu dan sa nama, kao i cela porodica Stivenson.

Ja sam sedela sa „mladima" na terasi sa zadnje strane kuće odakle smo imali lep pogled na polja, kada je Vanesa stigla sa svojom sestrom.

Nastupila je grobna tišina, toliko iznenadna i neprijatna da smo joj se kasnije smejali. Niko, čak ni ja, nije mogao a da ne zuri u Abigejline ogromne, prevelike grudi. Videla sam Oskarov izraz lica i odmah se okrenula ka Aleksu koji je takođe imao pogled deteta koje je upravo videlo ogroman slatkiš. Poludela sam.

Nosila je farmerke i običnu majicu na kratke rukave, koja zapravo nije ništa otkrivala, ali te grudi jednostavno nije bilo moguće prikriti. *Ne mogu biti prave!* Ali bile su. Znala sam. U svojoj karijeri videla sam dovoljan broj plastičnih grudi da mogu da napravim razliku. *Ovo nije fer!*

„Ćao, ja sam Abigejl", rekla je slatko, ali za mene je bilo kasno. Nije mi se dopadala.

Oskar je prvi skočio da se pozdravi, previše uzbuđeno. „Ćao, Abi! Sećaš me se? Ja sam Oskar."

„Naravno da se sećam." Zagrlila ga je. „Najzgodniji kauboj u kraju." Oskar je bio pogođen Kupidonovom strelom.

Pogledala je u nas. „Zdravo, Džejn. Dugo se nismo videle."

Aleks me je gurnuo kako bih ustala i pozdravila se.

„Da. Dugo", odgovorila sam kruto. Oči su mi i dalje šetale od njenog lica do grudi joj i nazad. *Ovo zaista nema smisla!*

„Zdravo, Aleks", pružila je ruku. „Ja sam Abigejl, Džejnina komšinica."

Promatrala sam mu lice dok se upoznavao, čekajući da vidim gde će oči da mu krenu, ali, srećom, zadržale su se na njenom licu. Dobro se kontrolisao. Za razliku od Oskara, koji je bio idiotski opčinjen.

„Ona je Vanesina sestra", šapnula sam mu malo kasnije. „Ne možeš ništa s njom da probaš."

„Zašto ne?"

„Ne budi detinjast."

„Nisam. Ozbiljan sam."

Munula sam ga laktom u rebra. „To što ima velike sise, ne znači da joj je i srce veliko."

„Da li si ti to ljubomorna?" nasmejao se te sam ga munula još jače, ovaj put u stomak.

Na svu (njenu) sreću, Abigejl nije skakala okolo gurajući svoje balone svima u lice. Ako (uspemo da) izuzmemo grudi, mogla sam da kažem da je smešna i druželjubiva, ali trebalo mi je prilično vremena da prestanem da budem drska i uljudno pričam s njom. Nije odavala utisak potpune glupače kako sam isprva očekivala, već je čak bila i zanimljiva - zbog čega je Oskar bio još više zagrejan.

„Ponosna sam na tebe", rekla sam Aleksu kad smo ostali sami.

„Zašto?"

„Zato što nisi poput budale zurio u njene grudi."

„Koje grudi?"

Prasnula sam u smeh. Zagrlio me je i poljubio u kosu.

Svi zajedno ručali smo u kući a potom prešli na terasu da uživamo u zalasku sunca, pucketanju vatre i torti od trešanja. Arnold je svirao kantri pesme na gitari a mi smo pevali. Čak je i Aleks znao neke tekstove. Veče nije moglo da bude savršenije. Bila sam srećna, ispunjena, i zahvalna što su svi meni dragi ljudi tu.

Osim devojaka u Londonu, naravno, ali obećale smo jedna drugoj da ćemo nadoknaditi svaki propušteni dan tokom leta, a posebno narednog meseca sporta, koji počinje za manje od tri nedelje u Evropi.

***

Po povratku iz Amerike, vreme je letelo brzinom svetlosti. Prisustvovala sam poslednjoj Aleksovoj utakmici sezone i njegov tim je osvojio ligu, a potom sam odjurila nazad u London na nekoliko intervjua. Svega par dana kasnije bila sam u avionu ponovo za Njujork, kako bih nastupala na mjuzikl modnoj reviji, koja je zatresla dvoranu. Na konferenciji za novinare koja je usledila, pljuštale su samo pohvale, a u narednih nekoliko dana, kada su videi objavljeni po društvenim mrežama, znali smo da je dugotrajan uspeh zagarantovan. Cela kolekcija rasprodata je u par minuta.

Nakon toga, sve što mi je ostalo da uradim bilo je da se spremim za Svetsko prvenstvo, da spakujem kofere i preselim se na mesec dana u Nemačku. Prva stanica je Berlin, gde ću prisustvovati ceremoniji otvaranja, a potom ću se zaputiti u Hanover, gde Ukrajina treba da igra svoju prvu utakmicu, protiv Češke.

Aleks i njegovi saigrači bili su spremni i puni entuzijazma. Nakon godina pripreme sa Milanom Andrejevičem, bivšim igračem najboljih španskih timova i trenerom koji obećava, imali su visoke ciljeve.

Veče uoči 9. juna zakopčala sam poslednji kofer, zaključala stan i zaputila se na aerodrom, odakle će me avion preneti u, za mnoge, uključujući i mene, centar svemira. U tom trenutku, i u narednih trideset dana, nije bilo nijedne stvari na svetu važnije od fudbala.

6.

Kako se takmičenje približavalo, a posebno nakon spota nemačke pevačice, vesti i članci o tome kako ću ostaviti Aleksa zbog nekog drugog momka, fudbaleri koji se na sva usta hvale kako će me preoteti i slične budalaštine bili su prisutni u svakom izdanju, svakih novina, svakog bogovetnog dana. A Nemci su u tome prednjačili.

I Leon planira da da Džejn svoj dres.
„Dovešću je na naše utakmice", tvrdi Petrov.
„Janov je samo imao sreće da je upozna prvi", kaže Beler.

Znala sam da je većina tih rečenica samo izvučena iz bezobzirnih i nepromišljenih izjava ovih momaka i ukrašena do krajnjeg neukusa, ali konstantna prisutnost svega toga i činjenica da se te usijane glave neumereno šale na moj i Aleksov račun, ne razmišljajući ama baš nimalo kako to na nas može uticati, u zadnje vreme su me izbacivale iz takta. Htela sam da stanem na kraj svemu tome. Pogotovu zbog Aleksa, kog je pogađalo koliko god se trudio da ignoriše. Htela sam da bude opušten i spreman za svoje utakmice, a ne da mu misli budu negde drugde.

Dan pred otvaranje Prvenstva na Olimpijskom stadionu u Berlinu, devojke i ja probudile smo se skoro u podne i odlučile da se spremimo, odemo u kraću kupovinu, prošetamo gradom, iskoristimo lepo vreme i doručkujemo negde usput. Tata je odabrao hotel za nas. Bio je na dobroj lokaciji, u blizini svega što nam je potrebno. On i mama će nam se pridružiti narednog dana, kad ćemo svi zajedno da idemo na ceremoniju. Aleks neće prisustvovati otvaranju pošto su igrači imali isplanirano da idu pravo u svoj prvi grad domaćin, Hanover, gde ću i ja preći odmah narednog dana.

Kad smo konačno bile spremne da krenemo iz hotela, devojke i ja smo se zajedno zaputile ka liftu. Dogovarale smo se šta ćemo nositi naredni dan, kad smo iznenada prekinute.

„O-la-la!"

Sve četiri smo se zaledile i okrenule u smeru iz kog je dolazio glas.

„Vidi, vidi, ko nam je to ovde!" Četiri muškarca u crno-belim trenerkama su nam prišla. Prepoznala sam ih istog trenutka i zacrvenela se od besa - nemački reprezentativci. „Čopor."

Endži je prasnula u smeh. Htela sam da je pljesnem. Njih četvorica su stala ispred nas, preprečujući nam ulaz u lift i besramno nas odmeravajući.

„Hajde, hajde, ne ujedamo", rekao je najniži među njima, Lens Petrov.

„Ali mi da", prosiktala sam.

„Uh, to obećava!" dodao je plavušan levo od Lensa, i svi su se kretenski nasmejali, i dalje nam blokirajući lift.

„Dakle i vi ste smeštene ovde?" nastavio je Lens. „Otkud to? Tvoj dragi je u Hanoveru."

„Moj otac je ovde."

„Odlično! Šta kažete na večeru danas?"

„Ni mrtva", odgovorih.

Ponovo su se glasno nasmejali.

„Zašto ne? Nemačka hrana je ukusna, a ni mi nismo neki dosadnjakovići", ubacio se drugi plavušan, Ben Švimer.

„Ne, hvala. Hoćete li nas sad pustiti da idemo?"

„Samo ako nam se pridružite na piću večeras", rekao je ponovo Petrov, razbesnevši me.

„Slušaj me, ti, pikavcu", unela sam mu se u lice, „bilo bi ti bolje da držiš taj jezik za zubima. Ne biste smeli da se usudite ni da nas pogledate nakon sveg đubreta koje ste rekli o nama."

I dalje se pokvareno smeškao. Htela sam da mu opalim šamarčinu iz sve snage, ali treći momak, Mihael Krim, verovatno je to predosetio i skonio svog prijatelja ispred mene. „Ostavi ih na miru, Lens", rekao mu je.

Lift je stigao u tom trenutku.

„A ti…" okrenula sam se ka četvrtom među njima, Matijasu Beleru, spremna da ga stavim gde mu je mesto.

Ali nisam mogla. Jezik mi se zavezao.

Zurio je u mene, zbunjenog izraza lica, otvorenih usta kao u šoku, bledog lica i crnih očiju dečje razrogačenih. Shvatila sam da jedini sve to vreme nije progovorio ni reči. Koliko dugo me posmatra tako?

Devojke i ja smo zakoračile u lift.

„Nisi tako pričljiv kao u novinama", uspela sam da kažem pre nego što su se vrata pred nama zatvorila.

„Šta to bi!" Endži je prekinula tišinu.

„Banda balavaca", odgovorih, još uvek razmišljajući o Belerovom izrazu lica.

„Ovo nije moguće", reče Lana. „Od svih mogućih hotela u gradu, mi da odsednemo u njihovom."

„Neverovatno", složila sam se. „Vidim li ih još jednom, razbiću im par čaša o one umišljene glave."

„Ona dvojica definitivno zaslužuju, ali Krim i Beler su bili pristojni", reče Endži.

„Da, zato što se Beler spetljao gledajući u Džejn kao kuče", reče Bea.

„I ti si primetila?" pitala sam.

„Od trenutka kad su nam prišli, mislim da nije ni trepnuo."

Đubre! mislila sam. *Ko zna čega se sad igra.* Ovakvo ponašanje definitivno ne odgovara osobi kakvu je predstavio u svojim izjavama. Neprestano se hvalisa o svojim veštinama, kako je fudbaler svetske klase, kako će me osvojiti čim me vidi. Sad sam samo čekala da kaže nešto nepristojno i bezobrazno kao prijatelj mu Lens, međutim, definitivno nisam očekivala da ću ga videti sasvim zbunjenog i bez reči.

Odmahnula sam glavom. *Hah! On mora da je od onih koji su hrabri samo na rečima, a kad treba da se baci na posao, nema mu ni traga, ni glasa.*

***

Ceremonija otvaranja planirana je za petak, pet popodne, 11. juna. Bila sam uzbuđena poput deteta. Požurila sam devojke da se spreme i da krenemo ka stadionu znatno ranije kako ne bismo zapale u gužvu u saobraćaju. Tata i mama će nam se pridružiti nekih pola sata pred početak ceremonije, nakon što slete i ručaju nedaleko od stadiona.

Tačno u pet, prva nota „moje" pesme koju sam snimila sa drugim devojkama igrača, zatutnjila je stadionom, i ja sam vrisnula od oduševljenja. Video je bio na svim velikim ekranima, gde je izgledao daleko bolje nego na laptopu ili telefonu. Navijači iz različitih zemalja uzvikivali su i navijali kako bi se pojavila njihova devojka, a sve tribine su se zatresle kad je ukrajinska zastava ispunila ekrane. Podrška je dolazila od strane i Ukrajinaca i Engleza, kao i Amerikanaca. Znala sam da je Aleks ponosan dok gleda ovo u Hanoveru.

„Možemo reći da si na neki način otvorila Prvenstvo", rekla je Endži, na šta smo se svi nasmejali.

Nakon pesme, igrači i plesači u bojama zemalja učesnica rastrčali su se po terenu, mašući zastavama i obeležjima takmičenja. Atmosfera je bila sjajna i publika je uživala. Žurka je počela i pre nego što je Bernd Beker, legendarni domaći trener koji je osvojio prethodno nemačko zlato, stupio na scenu i otkrio Fifin trofej koji je zablistao u punom sjaju i slavi pod snažnim svetlima stadiona i zracima sunca.

I vatromet i konfete koje su se raspršale sa svih strana bili su spektakularni, dajući celom momentu tračak magije. Nakon toga, osoblje je brzinskim i uigranim pokretima rasklonilo svu opremu sa trave kako bi je pripremilo za prvu utakmicu Prvenstva, između domaćina Nemačke i Urugvaja.

Primetila sam da je došlo mnogo imena bitnih u svetu sporta. Neki su se javili tati, neke sam znala od ranije, a one koje nisam, tata je upoznao sa mnom i oni su poželeli Aleksu sve najbolje u naredne četiri nedelje.

Kad je sve bilo spremno, svega par minuta pred prvi zvužduk, prišao mi je radnik obezbeđenja. Diskretno mi je predao parče papira i povukao se pre nego što sam stigla išta da ga pitam.

Nadam se da večeras imamo tvoju podršku. M.B.

Ruka mi se zatresla i oblili su me ledeni žmarci. Pročitala sam poruku bar deset puta u tri sekunde. Zaustila sam da nešto kažem devojkama ali grlo mi je bilo suvo. Znala sam istog trenutka ko je M.B.

„Šta nije u redu?" pitala je Endži.

Kad sam pokušala da joj odgovorim, bilo je prekasno. Tata je primetio moje neobično ponašanje. „Šta je to, Džejn?"

Ruka mi se tresla kad sam mu pružila papirić, i dalje ne mogući da prozborim ni reč.

Brzo je više puta preleteo očima preko cedulje. Ni njemu nije trebalo mnogo vremena da shvati o kome je reč.

„Matijas Beler. Šta hoće on?" Osetila sam u njegovom glasu koliko je ljut, ali ovaj put na mene. „Zašto misli da može ovako da ti šalje poruke?"

„Ne znam. Ne znam ništa", traljavo sam odgovorila.

„Možda je namenjeno svima nama", Endži se ubacila pokušavši da me spasi.

„Onda bi bilo ko mogao da je primi. Ovo je namenjeno samo i posebno Džejn." Pogledao me je na način od kog mi se svaki put zamrzne krv u žilama. „Jesi li imala nešto s ovim klincem?"

Obledila sam se. „Ne, tata! Naravno da nisam!"

„Pobogu, Brede, ne pravi scenu", umešala se mama.

„Bolje bi ti bilo", nastavio je za nijansu mirnijim tonom. „Aleksandar je dobar momak i ne zaslužuje ovakva sramotna ponašanja."

„Ali, tata", zacvilela sam, „ja nemam pojma šta mu ovo znači. Nikada nismo razmenili ni reč. Nikad!"

„U redu. Kao da se ništa nije desilo. A ti se potrudi da se i ne desi. Ili ću ja. Ne zanima me šta će da priča po tabloidima, ali ovako neće da se ponaša."

Klimnula sam poslušno, složivši se, a potom sela, još uvek se tresući.

U meni su se kuvala pomešana osećanja. Bilo mi je krivo što se tata naljutio na mene. Bila sam besna što se taj idiot usudio da mi se obrati tako direktno. Bila sam i tužna jer je sve ovo takvo nepoštovanje prema Aleksu. Htela sam da vratim Beleru za sve to.

Sa druge strane, nisam mogla da ne budem i malo uzbuđena. *Zna da sam sa roditeljima, i opet se usudio na nešto ovakvo. Hrabro od njega. A možda je sve ovo za njega samo šala. Da! Biće da je tako. Cilj mu je samo da nam se podsmehne. Meni, Aleksu, čak i tati.*

Ali niko nikad nije čak ni probao da ovako isprovocira tatu, ovako mangupski! Beler sigurno zna da rizikuje mnogo.

Um mi je radio neverovatno brzo, poduprt uzbuđenjem koje mi je vrilo u stomaku. Znala sam da ovo mora da prestane. Taj Matijas mi uzrokuje probleme s tatom, i moram ga postaviti gde mu je mesto.

Ali, možda, iznenada mi je sinulo, *možda bih mogla da zaigram ovu igru koju je započeo, samo da ga ponizim i izađem kao pobednica. Igranje vatrom ne mora uvek da se završi loše.*

Ne! Očistila sam glavu od tih misli. Naredni put kad ga vidim, sve ću mu reći i postarati se da shvati da njegove provokacije nisu zanimljive i da bi mu bolje bilo da prestane.

Publika je navijala glasnije nego ikad kad su domaći igrači stali izlaziti na teren. Nosili su crno-bele dresove a Urugvajci tamnoplave. Neki od njih imali su nervozne izraze lica, ali je većina ipak bila uzbuđena. Čekali su na ovaj trenutak četiri godine, neki od njih ceo život, i konačno su tu.

Stali su pravilno, jedan do drugog, zajedno sa decom iz nemačkih sirotišta. Kapiteni oba tima pročitali su po pasus o borbi protiv rasizma u sportu, a potom se spremili za izvođenje himni.

Suvišno je reći da kad je orkestar započeo da svira *Das Lied der Deutschen*[7], tlo pod nogama nam se zatreslo. Znala sam da cela zemlja prati

---

[7] *Pesma Nemaca*, nemačka himna.

ovaj trenutak i peva zajedno sa svojim igračima. Nemci su odlični navijači koji uvek pružaju nemerljivu podršku svojim sportistima. Oni ih uistinu obožavaju. Kad ne bi igrali kako treba, prema najvišim standardima, navijači bi ih kritikovali, ali kako je vreme prolazilo, to se pokazalo kao motivacija igračima da treniraju još više i napornije i daju bolje rezultate. Čak uprkos lošem iskustvu sa tim brbljivcima, bilo mi je drago, i bio je lep osećaj biti tu i iz prve ruke svedočiti atmosferi koju kreiraju nemački navijači.

Nije prošlo mnogo vremena pre nego što smo uvideli da je domaćin bolji tim. Trčali su kao da imaju pogon u nogama. Dodavali su loptu jedan drugom savršeno precizno. Bili su zastrašujuće brzi, što je izluđivalo njihove suparnike koji su se bezuspešno trudili da dođu u posed lopte, ali bez uspeha, već naprotiv, do gola za Nemce.

Lens Petrov, niski hvalisavac, jedan od pet najboljih strelaca sveta sa svojih dvadeset godina, prihvatio je loptu od Mihaela Krima, i iz prvog kontakta, sa sigurnošću, poslao je u gornji desni ugao neprijateljskog gola. Prvi pogodak na Prvenstvu nije mogao biti lepši, i Lens je to znao. Proslavio ga je rastrčavši se po terenu dok su saigrači jurili za njim.

Manje od dvadeset minuta kasnije, kratka akcija koju je započeo Larman, golman, a preuzeo Beler rezultirala je još jednim golom od strane Petrova i vođstvo je povećano na 2:0. Čak i trener, Rolf Gotfrid, skočio je sa klupe da proslavi sa njim. Koliko god bio brbljivac, Lens je ipak bio spretan i dobar igrač i umeo da opravda svoje hvalisanje. Bio je sjajan fudbaler i vrlo svestan toga.

„Dobri su", tata je prokomentarisao tokom poluvremena.

„Da, svaka linija im je dobra", složila sam se, „napad, centar, odbrana."

„Bacio sam pogled i na statistike. Ovi igrači su kvalitetni na drugačiji način, u poređenju sa Englezima, Špancima i Italijanima. Ako se izdvoji jedan od njih, on i nije tako sjajan. Sumnjam čak da bi se ijedan lako uklopio u neki tim van Nemačke."

„U pravu si, ali kada su zajedno, nepobediva su mašina za postizanje golova. Čitala sam predviđanja za ovu godinu. Imaju najviše šansi da osvoje turnir", rekla sam iako mi nije bilo baš drago. „Kako god, sigurna sam da će Aleks i njegovi prijatelji izaći na kraj sa njima."

„Niko to ne očekuje od njih."

Pogledi su nam se susreli i nasmejali smo se.

„Upravo to je njihov kec u rukavu", dodala sam.

Drugo poluvreme bilo je jednako zanimljivo za posmatranje. Nemci su se uporno držali na neprijateljskoj polovini terena. Koliko god se

Urugvajci trudili, jednostavno nisu mogli da smeste loptu iza leđa Larmanu. Nasuprot tome, jedan neprecizan šut od strane momaka u plavom, smestio je loptu tačno na kopačku Fridriha Larsona, koji nije mogao a da je ne pošalje između stativa, iako je bio daleko u liniji odbrane.

Berlin je goreo. Mogli smo to da vidimo na velikim ekranima koji prikazuju trgove i barove iz celog grada, gde su se ljudi iskupili da gledaju i podrže svoj tim. Fudbaleri nisu mogli da ih usreće više.

Kad se utakmica završila, uspeli smo svi zajedno da se povučemo do izlaza, do kola a potom do hotela. Trebalo nam je oko dva sata zbog gužve i veselih, pijanih navijača na ulicama, ali nije nam smetalo. Zbog te atmosfere smo i došli.

„Dame, šta mislite da večeramo u glavnom restoranu za pola sata?" predložio je tata. „Nadam se da vam je to dovoljno vremena da se osvežite i sredite. Ja ću otići da se javim Piteru i Sari."

Beini roditelji nisu stigli da prisustvuju ceremoniji jer im je u poslednjem trenutku iskrsnuo važan sastanak. Njen otac jednako je zainteresovan za fudbal kao moj, te im je plan za taj mesec bio isti. Roditelji Lane i Endži nisu toliko zagrejani, pa su dešavanja pratili od kuće.

Otišla sam do sobe na brzinsko tuširanje i preobukla se u široku ležernu žutu haljinu i vratila se tačno na vreme. Pozdravila sam se sa gospodinom i gospođom Lejn i sela između tate i Bee. Sto je bio okrugao, te smo svi mogli da vidimo jedni druge i nesmetano razgovaramo. U blizini je bio i TV na kom smo mogli da vidimo reprizu prve utakmice.

Naručili smo hranu i šampanjac da bismo proslavili okupljanje. Nije često da se naše porodice i dragi ljudi ovako iskupe za jednim stolom, pogotovu kad se uzme u obzir da Bea i ja ne živimo ni blizu svojih roditelja. Bio je divan osećaj što smo se ponovo okupili, i to u mestu poput Nemačke tada, epicentru svih važnih dešavanja.

Pojela sam pola salate i razgovarala sa Beinom mamom o projektu u Njujorku i zašto nisam imala vremena da skoknem do Pitsburga da ih vidim čak ni na jedno veče, kada su se začuli glasni povici iz pravca recepcije, i jedan po jedan, nemački reprezentativci stali su ulaziti u restoran.

Umalo sam se zagrcnula, stegnuvši viljušku. U sekundi me je oblio hladan znoj. Nisam mogla čak ni da podignem pogled kako bih videla tatinu reakciju. Ovo je neverovatno! Jeste, htela sam da vidim Belera što pre kako bih ga postavila na njegovo mesto, ali ovo je prerano!

Svi za našim stolom pokušali su da ne obraćaju pažnju na njih, ali prilično je teško ignorisati najpopularnija dvadeset i tri momka u državi. Trudila sam se da ne gledam u njihovom pravcu uopšte i umesto toga se uključivala u razgovore sa ljudima oko sebe, ili sam se bar pravila da je tako.

Iznenada, nakon manje od deset minuta, Bea je uzdahnula. „Oh, Bože, ovo se ne dešava..."

Podigla sam glavu kako bih videla šta se događa, i u narednom trenutku telo mi se ohladilo i oduzelo - Matijas Beler i Rolf Gotfrid prilazili su našem stolu, i to pravo tati.

„Gospodine Anderson", počeo je Matijas, „u ime celog tima došli smo da vam se zahvalimo što ste nas gledali danas, i, uopšte, što ste došli u Nemačku. Velika nam je čast."

Glas mu je bio dubok i zvučao sigurno, ali mogla sam da vidim da je ispod tog hrabrog izraza lica preplašen.

I tata je bio iznenađen. Bio je siguran da će trener da priča, a ne ovaj klinac, kako ga je ranije nazvao. Ipak, ustao je i rukovao se s njima. Znala sam da to znači da je impresioniran.

„Hvala vam. Uistinu smo uživali danas", reče tata.

„Da li smo ispunili vaša očekivanja?" upitao je Gotfrid.

„U svakom pogledu."

„Da li to onda znači da ćemo imati vašu podršku do kraja?" upitao je Matijas, i svako je mogao videti kako mu je lice pobelelo a potom pocrvenelo u svega nekoliko sekundi. Tako glupo od njega da podseti tatu na to pisamce sa tribina.

Srećom, tata se samo osmehnuo i odgovorio: „Iskren da budem, imali biste da nije Ukrajinaca. Oni će dogurati daleko ove godine."

Gotfrid se nasmejao. „Andersone, to je prilično subjektivno i nerealno, čak nemoguće. Nadam se da si svestan toga."

U tom trenutku primetila sam da Matijas gleda u mene kao i prethodni dan kad smo se sreli ispred lifta. Proždirao me je očima, ponovo sa tim dečačkim izrazom lica. Nisam znala kako, ali bio mi je simpatičan, uprkos tome što je trebalo da budem ljuta na njega. Bila sam zbunjena svojom reakcijom.

„Videćete", rekao je tata. „Veoma malo vas na ovom takmičenju ima ikakvu predstavu kakvu mašinu za golove imaju Ukrajinci."

„Bolje reći odbrambenu mašinu", odgovori Gotfrid. „Prijatelj tvoje ćerke je bez premca."

„Kao i ona", otelo se Matijasu, skoro nečujno, ali su ga ipak svi čuli.

Zaledila sam se pod naletom straha, zbunjenosti, ljutnje i još bezbroj osećanja. Nije mi bio jasan, ali sam ga i dalje gledala.

Žene za stolom su se zakikotale i čak se i tata nasmejao. „Dečače, bogami si se dobrano iskupio za onu zahvalnicu od danas," potapšao je Matijasa po ramenu, „ali ne znam šta ćeš da radiš sa Janovim."

„Protrešću mrežu iza njega", odgovorio je, ovaj put sa više samopouzdanja, i dalje ne skrećući pogled sa mene.

„Nakon svega ovoga? Bojim se da nemaš nikakve šanse."

„Srećom imam još igrača koji umeju da daju golove", reče Gotfrid. „Neke koji malo bolje kontrolišu svoje hirovite hormone", i on je potapšao Belera po ramenu.

„Prema onome što već neko vreme izjavljuju o mojoj ćerki, reklo bi se da svi imaju istih problema s hormonima."

Ta rečenica trgla me je iz obuzetosti Matjiasovim očima i podsetila da treba da budem ljuta na njega i njegove saigrače. U tom trenutku i mama se umešala: „Zašto vas dvojica ne ostavite tog momka na miru i svi nam se ne pridružite na večeri?"

„Hvala, gospođo Anderson, ali trebalo bi da se vratimo ostatku tima", odgovorio je Gotfrid. „Hteli smo samo da vam se zahvalimo što ste danas navijali za nas. Uistinu znači mnogo kad podrška dolazi od jedne od najuvaženijih porodica." Još jednom se rukovao s tatom i gurnuo Belera opomenuvši ga da učini isto. „Da li biste došli na još neku od naših utakmica? Obezbedili bismo vam karte i sve što je neophodno."

„Ako možete da ih sredite za sve nas", tata je rukom pokazao na pun sto za kojim smo sedeli, „što da ne?"

„Onda dogovoreno", reče Gotfrid i okrenu se ka meni: „Popričaću sa momcima u vezi sa tim šta pričaju za novine. Biće sređeno."

„Hvala vam", nekako sam se nasmešila.

U stomaku mi je kuvalo. Ovo je bilo nešto na šta nisam spremna, na šta ni u najluđem snu nisam pomišljala. Nakon svega što su rekli i uradili, sad hoće još više da nam se približe, i to ne samo direktno preko mog oca, nego na način koji ne može da se odbije.

Devojke i ja smo se okupile u mojoj sobi nakon večere.

„Beler pokušava da ti priđe i to čak i ne skriva", reče Endži. „Istovremeno, čini to na lep način da ne možeš da se žališ."

„Upravo tako. Sve je fino i pristojno. Čak ni tvoj otac ne može ništa da kaže", složila se Lana.

„Ali, niko nikada…" nisam uspela da završim rečenicu.

„Niko nikada nije išao preko Breda do tebe. U pravu si", pomogla mi je Lana. „To je ono što me najviše zbunjuje. Previše je hrabar za nekoga ko samo hoće da se zafrkava."

„A zar ne bi trebalo, jednostavno, da te bude briga?" upita Bea. „Bilo da on ima ozbiljne namere ili ne. Već si u savršenoj vezi. Bilo šta što Beler ili neki drugi muškarac kaže ili uradi, ne bi trebalo uopšte da te zanima. Jednostavno im odgovoriš *Žao mi je, volim svog dečka, nisam zainteresovana, hvala, doviđenja,* i to je to."

„Jeste, Bea, potpuno si u pravu", osetila sam se postiđeno, „ali zbunjena sam, iznenađena i ljuta, izgubljena!" krstila sam prste. „Ne znam šta da radim. Poslaće nam te karte i ako tata odluči da ide, a ja nemam druge obaveze, *moram* ići s njim, jer koliko god da mi se ne ide i koliko god znam da će Aleks biti besan, ne mogu da kažem ne tati, što znači da bukvalno idem Beleru pod noge dok on sve lepo diriguje!"

Nisu imale šta da dodaju. Skoro sam zajecala od osećaja nemoći kad me je pogodila jačina istine svega što sam rekla. Nakon svega što su ti majmuni izjavili, nakon što su bezbroj puta iznervirali mog dečka, sad su uspeli da pridobiju mog oca i navuku ga da dolazi na njihove utakmice, što mi isprva nikada nije bilo ni na kraj pameti.

„Nisi mogla bolje to da složiš", reče Lana prekinuvši tišinu.

„Sad mi ostaje samo da se molim da tatu ne zanimaju te utakmice nešto preterano, ili ako ipak hoće da ide, da imam nešto neodložno da radim sa Aleksom."

„Ili jednostavno budi svoja", reče Bea. „Ako dođe do toga da moraš da ideš sa Bredom, budi s njim sve vreme. On će brinuti o tebi i da ne dođeš u neku neprijatnu situaciju. Dokle god si kraj njega, sve će biti u redu. Nije glup. Čula si šta je rekao Gotfridu o njegovim igračima i šta je ovaj odgovorio. Tvoj otac zna šta oni misle o tebi i neće dozvoliti da ti se nešto loše desi."

„Ima pravo", reče Endži. „Možeš čak i celu situaciju da okreneš u svoju korist - odeš tamo, pratiš utakmicu bez i trunke emocija na licu, budeš hladna kučka, a oni neće smeti ništa da kažu jer im je trener zapretio."

Sve smo se glasno nasmejale i osećala sam se bolje. U pravu su. Na kraju krajeva, tata je uvek tu da me zaštiti.

***

Naredni dan Endži, Lana i ja uputile smo se za Hanover, a Bea će nam se pridružiti na dan utakmice kako bi imala više vremena da provede sa roditeljima. Iznenadila sam Aleksa u hotelu. Uspela sam da se ušunjam u njegovu sobu uz pomoć recepcionera koji mi je dao ključ.

Dogovorili smo se da tokom celog takmičenja boravimo u istom hotelu, ali zvanično u različitim sobama. Nismo hteli da ikome damo za pravo da kaže da Aleks zapostavlja svoje treninge zbog mene. Ostale devojke i žene Ukrajinaca isto su postupile. Izgleda lepše za javnost, iako zapravo svako zna ko s kim spava.

Kad se Aleks vratio s treninga, zatekao me je na krevetu u novom tirkiznom čipkanom vešu.

„Pod tuš, golmane.”

„Već sam se istуširao na stadionu”, rekao je i u narednom trenutku već bio pored mene.

Zaputili smo se na ručak pre njegovog popodnevnog treninga, i ispričala sam mu sve što se desilo u Berlinu prethodnog dana. Morala sam jer bi saznao pre ili kasnije, a i kad dođe trenutak da treba da idem, morala bih da mu objašnjavam otkud to da moj otac ide na nemačke utakmice i mene vuče sa sobom.

Suvišno je reći da je kipteo od besa.

„Polomiću mu noge, svega mi! Ubiću Boga u njemu i ukrasiti mu onu iritantnu facu!”

„Iskreno, to ne bi bilo loše, ali za sad je najbolje da situaciju pustimo da se odvija svojim tokom, i ostavimo tati da se za sve pobrine”, stavila sam ruku preko njegove.

„Želim i ja nešto da uradim! Imao sam osećaj da će do ovoga doći, ali sam mislio da su obične kukavice jake na rečima, koje se neće usuditi na bilo šta više od toga. Ali sad želim svakome od njih da razbijem vilicu! Uključujući i onog ljigavog trenera!”

„Aleks, neće ništa uraditi. Oni su samo jedna grupa razmaženih galamdžija, naviklih da uvek dobiju šta požele, ali ovaj put ciljaju previsoko, i prevariće se. Videćeš.”

„U redu. Ali, Džejn, ako ikada sretnem bilo koga od njih, ne mogu da ti garantujem da neće biti problema.”

„Ni ne tražim ti da mi garantuješ”, namignula sam mu. „I ja ću da podelim par šamara čim za to bude prilike.”

„Dogovoreno!” kucnuli smo se pesnicama kao dva ortaka i do kraja večeri nismo se dotakli te teme. Umesto toga, planirali smo šta ćemo da radimo naredni dan, na njegov dvadeset prvi rođendan, kad smo mislili i da se naši roditelji upoznaju.

7.

Aleks i saigrači odlučili su da proslave njegov rođendan naredni dan, nakon njihove prve utakmice na Prvenstvu, jer će, prirodno, biti opušteniji. Stoga, sve što je Aleks i ja trebalo da uradimo 13. juna je da se postaramo da porodična večera protekne u savršenom redu. Nisam htela da dam ni mami ni tati, a ni Janovima, nijedan povod da kažu *Bilo je lepo, ali....* To veče nema *ali*.

Aleks je pronašao prijatan restoran uređen u starinskom stilu, koji služi međunarodnu hranu. Igrači su taj dan imali samo jedan trening, nakon kog odmaraju do sutra popodne, kad će se zaputiti na stadion za zagrevanje pred utakmicu. Aleks je otišao pre mene kako bi proverio da li je sve u redu, a naći će se sa roditeljima ubrzo potom. Ja sam čekala svoje da dođu sa aerodroma. Smatrali smo da je tako najbolje, da se naše porodice upoznaju u restoranu, pre nego u holu hotela.

Tata i mama nikad nisu imali problema da izgledaju savršeno dok putuju, tako da smo krenuli čim su se prijavili i dobili ključ sobe. Tata je ostao u sivom odelu a mama u krem suknji i jakni i sa velikim zlatnim visećim minđušama. Divno su izgledali jedno uz drugo, kao i uvek.

Restoran je bio skoro prazan kad smo stigli, zbog čega sam bila opuštenija, nije bilo previše radoznalih očiju. Znala sam da mogu da verujem Aleksovom izboru.

Njegovi roditelji su ustali da se pozdrave kad smo nas troje prišli stolu.

„Konačno!" zasijala je Tanja. Zagrlila je i poljubila mamu i rukovala se s tatom. Oleksij je pristojno protresao tatinu ruku a potom poljubio maminu.

Ona je uzdahnula: „Pravi kavaljeri su danas ugrožena vrsta."

Tata je pročistio grlo: „Prava si srećnica što si se udala za jednog."

Svi smo se nasmejali a potom smestili na udobne stolice. Kad je Aleks seo do mene, uhvatila sam mu ruku ispod stola. Pogledi su nam se sreli i osmehnuli smo se jedno drugom. Sve će biti savršeno, baš kao što smo planirali.

Kako je veče odmicalo i jela se smenjivala na stolu, i ja sam bila opuštenija. Naši roditelji sad su već pričali kao drugovi iz srednje škole. Razmenjivali su priče, ideje, ubeđenja. Sve je bilo prirodno i spontano. Bog je uslišio moje molitve.

Kasnije te večeri, dok sam pratila tatu i mamu do sobe, on je rekao: „Fini su ljudi. Lepo su ga vaspitali. Drago mi je zbog tebe." Osetila sam novi nalet olakšanja. Zagrlio me je i poljubio u čelo, nešto što se dešava jednom u sto godina. „Vodi računa o ovom momku. Dobar je."

***

Taj 14. jun, dan Aleksove prve utakmice na Svetskom prvenstvu ikada, počeo je kao na filmu. Prethodno, celu noć, grlio me je, budio se svaka dva sata, ponekad zabrinut, ponekad uzbuđen. Ubeđivala sam ga da će sve biti kako treba. Uprkos tome što njegov tim nikada nije imao većeg uspeha na ovom takmičenju, bila sam pristrasno sigurna da će ovaj put daleko dogurati. Na sve to, Ukrajina nikada pre nije imala najboljeg golmana na svetu. Znala sam da će ove godine biti drugačije po njih. Prava bitka krenuće u kasnijem delu takmičenja, kad krene izbacivanje, ne u grupnoj fazi.

Osim Češke, protiv koje su igrali taj dan, druga dva neprijatelja bili su im SAD i Kolumbija. Imali smo šanse protiv svih njih. Ne mogu tačno da se setim kad sam počela da govorim *mi* misleći na Ukrajinu, ali samo se desilo jednog dana. Sada je *mi* predstavljalo ili Engleze ili Aleksov tim. Naravno, pružiću podršku i Amerikancima, ali nikada nisam mnogo marila za njihovu igru. Ima toliko drugih sportova u kojima su bolji.

Atmosfera među ukrajinskim igračima bila je prilično vesela tokom doručka kom sam prisustvovala sa devojkama. Svi smo bili uzbuđeni i sigurni da ćemo pobediti, a predstojeća proslava Aleksovog rođendana samo je doprinela još većem poletu.

„Ako pobedimo, imamo pravo da se odvalimo od pića", povikao je Nikolaj Pavlov. „Ako izgubimo, možemo samo malo da zalijemo."

Svi smo se nasmejali, ali trener Andrejevič jasno je stavio do znanja da im nije dozvoljeno da piju dokle god se takmiče - čak ni u *medicinske svrhe*, kako je jedan od igrača definisao opijanje kako bi utopili tugu u slučaju poraza.

Temperatura je bila prilično visoka, skoro neprijatna za igru. Nosila sam šorts i Aleksov dres umesto uske haljine koju sam prvobitno planirala, jer nije bilo drugog načina da se izborim sa toplotom.

Kad je došlo vreme da igrači istupe na teren, bilo je uistinu kao san. Jedan za drugim samuvereno su gazili po svežoj travi i formirali dva reda, jedan žuti i jedan crveni. Ovo je bila po mnogo čemu prva utakmica za mnoge od nas koji joj prisustvuju: Aleksova prva utakmica na svetskim prvenstvima, prva za trenera Ukrajine Milana Andrejeviča, prva za mnoge njegove igrače, i prva za mene u ulozi nekoga tako direktno uključenog u takmičenje. Zvuči kao uvod u bajku, i bila sam sigurna da će u tom danu biti nečeg magičnog.

Ja sam, pak, iznenadila svakoga ko je utakmicu gledao i pevala ukrajinsku himnu zajedno sa ostalima. Znala sam svaku reč. Kamere su me snimile a potom i Aleksa, koji je sijao od sreće. Taj video preplavio je internet u roku od par minuta. Aleks je bio iznenađen, naravno, jer mu nisam rekla da se spremam da naučim himnu njegove zemlje, niti mi je to ikad tražio. Znala sam da će ga moj postupak dodatno motivisati, i osećala sam se sjajno što smo ponovo pokazali svim onim idiotima da je naša ljubav prava, čista i iskrena, i da nema šanse da ću ga zameniti bilo kim čim mi se ukaže prilika.

Prvi deo igre bio je miran. Obe strane igrale su kao da se zagrevaju. Lopta je prelazila s jednog na drugi kraj terena bez posebnog cilja. Za mene je to bilo dobro, sve dok Aleks ne primi nijedan gol. Imao je za cilj da uzme Zlatnu rukavicu i bilo šta drugo smatrao porazom.

Drugo poluvreme slično je počelo. Jedna strana je napadala, druga se branila, potom napadala. Dodavanja su bila lepa i glatka, precizna, ali svaki pokušaj bi se završio bez pogotka.

Sasvim neočekivano, u šezdeset nekom minutu, Aleks je dodao loptu Hričku, koji ju je kratko razmenio sa Lominom i Krasinskim, a potom je završila sa Rostovim, koji je bio na levoj strani. Nijedan Čeh im se nije uspešno umešao u dodavanje. Rostov je ubrzao i iznenadivši nas sve, prošao kroz češku odbranu. Sad su se pred njim nalazila svega dva igrača i golman. Za trenutak je razmišljao kome da pošalje loptu, i onda se odlučio za Barnika, najmlađeg igrača u timu, koji ju je samouvereno šutnuo pravo ka neprijateljskom golmanu. Svi smo uzdahnuli razočarano i uhvatili se za glave, jer je izgledalo da je prokockao sjajnu šansu.

Ali nije. Lopta je ipak završila u golu. Mreža se tresla. Oglasila se sudijina pištaljka. Pogodak za Ukrajinu!

Vrisnula sam zajedno sa ostatkom žute i plave mase na stadionu. Gol nije mogao biti lepši, savršen za jednu mladu zvezdu a i da povede momke u vođstvo. Atmosfera se zagrejala. Sad je naš tim bio taj koji gura napred, na neprijatelja koji ima poteškoća da održi svoju odbranu.

Još jedna dobra akcija koju su započeli Lomin i Volomin a nastavio Hričko došla je do prednje linije gde su bili Pavlov, Barnik i Savčenko, i završila se golom. Ovoga puta postigao ga je Nikolaj Pavlov. Bilo mi je drago zbog njega. Dugo je čekao da učestvuje u ovom takmičenju kako bi pokazao svoj kvalitet, a nije bilo boljeg načina od ovog. Ponovo se tresao stadion u Hanoveru pod stopalima hiljada Ukrajinaca koji su skakali i čestitali jedni drugima. Na dobrom smo putu.

Nije bilo neophodno produžavati igru pošto je bila čista i bez prekida i incidenata. Kad se u devedesetom minutu oglasila pištaljka, Aleks je skinuo rukavice i zaputio se ka centru terena, kao pobednik.

Vratili smo se u hotel. Utakmica između Kolumbije i Amerike već je bila na poluvremenu kad smo se devojke i ja spustile u restoran kako bismo se našle sa momcima. Oni su došli ubrzo potom u timskim trenerkama i, naravno, slaveći i pevajući već s vrata.

Poljubila sam Aleksa kad mi je prišao.

„Odlično odrađen posao, najbolji golmane. Ponovo nula.“

„Ti si me motivisala.“ Zagrlio me je. „Bila si sjajna na tribinama. Pogotovu kad si zapevala himnu. Nikad se ne bih ni usudio da ti to tražim, ali, ti si jednostavno savršena devojka.“

Istopila sam se od topline u njegovim očima i ponovo ga poljubila.

„Hajde, golupčići!“ povikao je Nikolaj. „Dosta. Pridružite nam se. Danas dupla proslava!“

Nakon večere, restoran se ispraznio te smo samo mi bili pristutni da podelimo Aleksovu rođendansku tortu, igramo uz muziku i uživamo u ostatku dana. Još pre utakmice, pobrinula sam se da najveći čizkejk u gradu bude dostavljen na vreme. Imao je tri različita ukusa - jagodu, trešnju i kupinu, Aleksove omiljene. Takođe je oduvao dvadeset i jednu svećicu i otvorio poklone: od Nikolaja krpu da briše svoju Zlatnu rukavicu, od ostalih saigrača svoj dres iz kluba i reprezentacije sa brojem nula, pošto su ga u zadnje vreme tako novinari nazivali - Golman Nula, iliti golman bez primljenog gola u najdužem periodu u istoriji fudbala. Dobio je još neke smešne stvarčice od prijatelja, a od mene karte za Fidži, pošto smo planirali da odemo na poduži odmor po završetku turnira, samo nismo definitivno odlučili. Imala sam na umu naš prvi izlazak, kada smo shvatili da je to ostrvo želja oboma, te sam to smatrala savršenim poklonom.

Kad smo se dokopali sobe kasnije, oboje smo bili iscrpljeni od sjajnih događaja koji su se odigrali toga dana. Ipak me je zagrlio s leđa i zagnjurio mi lice u kosu. Obožavam kad to uradi. „Hvala ti za sve, Džejn. Ti si ostvarenje svakog mog sna.“

Okrenula sam se i okrznula mu usne svojima. „I ti mog. Pružaš mi sve, samim tim, i zaslužuješ sve što mogu da ti dam.“

„Danas sam shvatio nešto, Džejn“, spustio je šaku na moj obraz. Uvek se osetim maleno i zaštićeno kad to uradi. „Pre tebe, često sam zamišljao kako izgleda moja savršena devojka, koliko je visoka, kako će da se smeje, da se ponaša, razume me, kako ću zbog nje da se osećam. Kad sam te video prvi put, izgledala si baš kao ta devojka iz moje mašte, a nešto u tvom pogledu uverilo me je da si divna i iznutra. Što vreme više prolazi, više uviđam da nemaš samo osobine devojke mojih snova, već mnogo, mnogo više."

Iglice razn#eženja projurile su mi srcem, i zagrlila sam ga još jače, smestivši glavu na njegove grudi.

„Činiš za mene sve što bih voleo", nastavio je, „ali takođe činiš i stvari koje mi nikad ne bi palo na pamet da ti tražim. Činiš me neizmerno srećnim, Džejn, a na sve to, moja devojka je najzgodnija žena na planeti. Pa, može li bolje od ovoga?"

Nasmejala sam se i ponovo ga poljubila. „Može."

Skočila sam obuhvativši mu kukove nogama. Okrenuo me je u vazduhu i spustio na krevet. Nije bilo važno što smo umorni. Nikad nije bilo. Kad god bismo se dotakli, istog trenutka bi nas preplavila ogromna količina energije koja ne može da se ukroti ili iskontroliše, već samo istopi u strasti koja kulja iz nas u vidu divljih i nežnih pokreta koji kulminiraju savršenstvom. Takvo je bilo naše vođenje ljubavi, od samog početka. I nakon svakog puta voleli smo se više.

***

Utakmica Ukrajine i Kolumbije bila je za pet dana, ponovo u Hanoveru. Svi smo bili sigurni u njen ishod. Momci su imali dovoljno vremena da odmore, treniraju i spreme se za taj susret. Koliko god da sam želela da budem uz Aleksa sve vreme, takođe sam htela i da prisustvujem ostalim utakmicama, posebno onim engleskog tima. Njihov prvi okršaj bio je 16. juna, u tri sata popodne, u Minhenu, što je značilo da rano ujutru treba da sednem u avion.

Aleks je sve razumeo. Većinu dana provodio je na treninzima i sastancima sa timom. Kad je bio slobodan, trebao mu je odmor, što je osim odlaska u teretanu podrazumevalo i leškarenje, masaže, i suzdržavanje od seksa. Želeo je da postigne najbolje moguće rezultate, a ja nisam htela previše da ga izazivam i mešam mu se u režim. Bavljenje samo mojim aktivnostima fino je balansiralo našu situaciju.

Nemci su uistinu prestali da baljezgaju po novinama. Od našeg susreta na onoj večeri, ništa se nije pojavilo ni na jednom mediju niti društvenoj mreži. Izgleda da stvarno duboko poštuju i slušaju svog trenera.

To je bila još jedna njihova neobična osobina. Iako skoro svi igraju u različitim klubovima Bundeslige, najbolje nastupe imaju pod vođstvom

Rolfa Gotfrida. Sa svoje četrdeset i dve godine smatran je prilično mladim, a iza sebe je imao sjajnu karijeru, tokom koje je stekao nemerljivo iskustvo, promućurnost i odličan smisao za taktiku. Bernd Beker je jednom prilikom rekao da je postavka Gotfrida za trenera reprezentacije jedna od najboljih odluka u nemačkom fudbalu.

Druga zanimljiva činjenica u vezi sa njima bila je atmosfera koju Gotfrid kreira, taj osećaj pripadnosti porodici, poverenja i poštovanja. Svi se slažu, a ko god odudara, jednostavno nije deo tima. Uzajamno su se uvažavali i cenili, ali takođe su i gajili strahopoštovanje prema treneru. On im je bio kao drugi otac, slušali su ga kao deca, i rezultat takvih odnosa bio je najuspešniji tim u kvalifikacijama za Prvenstvo. Bilo je to delom što su ga se plašili, ali i zato što mu svi oni duguju svoje uspešne karijere. Većinu njih upravo je Gotfrid učinio zvezama tako što im je dao im šansu kad su bili mladi. Zauzvrat, oni su morali da mu daju golove i poštovanje.

Bila sam mu zahvalna što je stao ukraj svim onim neukusnim hvalisanjima. Čak sam poželela da sam ranije stupila u kontakt s njim. Kako god, međutim, nije mi se dopalo što nam je ponudio karte. Nešto tu nije bilo kako treba.

Tata me je nazvao popodne. Već je bio u Minhenu. „Ćao, Džejn! Je l' sve okej tu?"

„Jeste. Baš sad se spremam za sutrašnji let. Stići ćemo u Minhen oko jedanaest ujutru. Mislila sam da možemo da vam se pridružimo na ručku, a onda da zajedno krenemo na stadion."

„Odlično. Čuj, hteo sam da popričam s tobom o nečemu." Istog trenutka sam znala o čemu se radi. „Gotfrid me je nazvao jutros, u vezi sa utakmicom između Nemačke i Jordana sutra."

„Tata, to je u Berlinu a mi ćemo biti u Minhenu. Nema šanse da stignemo na vreme."

„To sam i ja mislio, ali malo sam računao i pričao sa pilotom i stjuardesama. Oni misle da možemo stići u Berlin čak bez kašnjenja."

Istog trenutka sam se unervozila. Htela sam da se usprotivim ali znala sam da od toga nema ništa.

„Je l' baš insistirao?" pitala sam.

„Recimo da jeste. Objasnio sam mu kakvu jurnjavu to znači za nas, čak i sa privatnim avionom, ali on je naglasio da će doći mnoga bitna imena sporta, politike i biznisa, da će biti čak u istoj zoni sa nama. Nakon što smo ih podržali u prvoj utakmici, bilo bi zanimljivo da ponovo budemo viđeni tamo. Čak će i Rotmajer, jedan od mojih dugogodišnjih saradnika, prisustvovati sa prijateljima. Bilo bi dobro da se pojavim. Obnovio bih neka poznanstva."

Znala sam da je odluka već doneta. Sva moja veselost od prethodnih par dana iščilela je u tih nekoliko minuta. „Dobro, i, šta si odlučio? Ko sve ide?"

„Džozefina kaže da bi njoj to bilo previše jurnjave, a i hoću da je ostavim sa Metjuom, pošto nas je pozvao na večeru posle utakmice. Lejnovi su već u Drezdenu, pošto će Amerikanci tamo igrati za par dana. Tako da ostajemo samo ti i ja."

„Mogu li da povedem bar jednu devojku, za slučaj da se ti upustiš u poslovne razgovore sa tim ljudima?"

„Naravno."

Uzdahnula sam nevoljno, ali potrudivši se da on to ne čuje.

„U redu", rekoh. „Kad se vraćamo?"

„Prekosutra. Ti možeš da odeš u Hanover, a ja ponovo u Minhen."

Mrzela sam ono što sledi. Nisam imala nikakvu kontrolu nad dešavanjima. Bea je jednom prilikom rekla da Džejn Anderson nikad ne dozvoljava nijednom muškarcu da joj govori šta da radi, što je istina, osim kad je u pitanju ovaj jedan, koji mi je otac i ima sva ovlašćenja nada mnom. Ubedila sam sebe da zna bolje od mene šta radi i šta je dobro za njega i posao na duže staze, te sam tako to predstavila Aleksu.

Koji je, prirodno, besneo po sobi skoro pola sata. Bespomoćan baš kao i ja.

„Neće ništa dobiti ovim, ljubavi, kad ti kažem", pokušala sam da ga smirim. „Samo ćemo otići, odgledati utakmicu i svako na svoju stranu. Vrlo moguće nećemo provesti više od deset minuta s njima."

„Siguran sam da će vas smestiti u svoj hotel i nakon utakmice pozvati na piće."

Bio je u pravu, ali nisam ništa mogla da uradim. Morala sam da idem sa tatom i da verujem da će on sa svime izaći na kraj kako treba.

Endži je pošla sa mnom. Kad sam upitala devojke koja je voljna da mi se pridruži, prva je odreagovala, dok su Bea i Lana bile zbunjene i iznenađene. „Ti hvalisavi gadovi. Videće oni kako je kad čačkaju Čopor", rekla je Endži.

***

Oko devet i trideset narednog jutra već smo bile na putu za glavni grad Bavarske, a na Alijanc Arenu smo stigle na početak utakmice u tri sata. Toliko sam bila pod stresom zbog naredne utakmice, one u Berlinu, da mi je čak bilo muka, i tokom izvođenja himne *God Save the Queen*, skoro sam preskočila tekst.

Englezi su igrali protiv Argentine, i od početnog zvižduka videlo se da će utakmica biti zanimljiva i neizvesna. Igrači su jurišali jedni na druge, šutirali se, udarali, gađali na gol. Samo u prvih dvadeset minuta bilo je mnogo kartona, nakon čega su se obe strane primirile, kako ne bi ostale bez igrača.

Tri minuta pred kraj prvog poluvremena, jedan igrač u teget plavom dresu uspeo je da smesti loptu iza leđa našeg golmana Harolda Dera. Nije to bio sjajan gol, već više rezultat trapave odbrane zbog koje je Der bio besan i šutirao flašice s vodom po ivici terena.

Tokom petnaestominutne pauze, jedino na šta sam mogla da mislim bilo je šta će se sve desiti nakon utakmice Nemaca to veče. Skoro da sam ignorisala sudiju koji je zviždukom oglasio početak drugog poluvremena.

„Sredi izraz lica, devojko", rekla je Endži. „Izgledaš kao da te je neko naterao da dođeš na ovu utakmicu, a ne da moraš da ideš na narednu. Ljudi će primetiti i skontati da nešto nije u redu."

Klimula sam i dala sve od sebe da se dovedem u red. Ne smem da se brinem oko nečega na šta ne mogu da utičem.

Srećom po engleski tim, Džošua Hadli uspeo je da izjednači na pola drugog dela igre, razveselivši beli deo publike i uspevši i mene da oraspoloži. Do kraja utakmice, oba tima su se svojski trudila, ali ostalo je nerešeno. Bar nismo izgubili.

„Hajdemo", reče tata ubrzo potom. Progutala sam teško i krenula za njim.

U avionu za Berlin, presvukla sam se u belu suknju visokog struka i do kolena, top i cipele. Uz Endžinu pomoć popravila sam kosu i šminku kako bih izgledala elegantno i pristojno u slučaju da me tata upozna sa nekim od svojih kolega.

Imao je pravo za tajming - stigli smo na stadion čak pola sata pre početka utakmice. Naša sedišta imala su sjajan pogled, i istog trenutka kad smo stigli, tata je prepoznao neke od prisutnih i upustio se u razgovor s njima. Stigla su i pića za nas, a petnaestak minuta kasnije i poruka od Gotfrida.

Zadovoljstvo nam je što ste večeras ovde. Nadam se da je vam je let bio udoban. Tražite od osoblja šta god vam treba. Videćemo se kasnije u restoranu u hotelu.

Aleks je bio u pravu. Ipak, ponovila sam sebi da tata zna šta radi.

Utakmica je od starta bila odlična. Domaćini su leteli na krilima podrške mase koja je ispunila stadion. Skoro cele tribine bile su prekrivene crno-crveno-zlatnim zastavama. Samo mala grupa navijača bila je iz Jordana. Atmosfera je bila divna - neprestano pevanje navijačkih pesama, ohrabrujući povici, podrška i navijanje kad god bi neki igrač napravio dobar potez. Ovakvi navijači nemaju cenu.

Prvi gol postignut je nakon nekih dvadeset minuta, od strane Mihaela Krima kome je asistirao Ben Švimer. Pogodak je bio izuzetno lep - lopta je letela u dugom ali preciznom luku, i zaustavila se u gornjem levom uglu, na milimetar od prstiju jordanskog golmana. Ceo stadion je zaurlao, zadivljen, a onda stao uzvikivati Mihaelovo ime. On im je samo mahnuo, zagrlio svoje saigrače i vratio se na svoju poziciju, spreman da se igra nastavi.

Mihael Krim je bio neobična ličnost. Klubovi su se neprestano otimali oko njega, ali on se nije micao iz onog u kom je započeo karijeru, još kao dete. Veliku važnost pridavao je svom privatnom životu i nikad u javnost nije izlazio sem kad se radi o sportskim vestima, i samo zato što je fudbaler svetske klase i to je neizbežno. Uprkos tome, svako je znao njegovu tragičnu priču i zbog toga su ga novinari poštovali i nisu mu zadirali u privatnost više nego što je želeo da otkrije.

Naime, kad je imao deset godina, roditelji su mu poginuli u planinama u Crnoj Gori. On nije bio na tom putovanju sa njima samo zato što je bio na letnjem fudbalskom kampu. U suprotnom, ni on ne bi preživeo. Taj put poznat je po čestim saobraćajnim nesrećama i stradanjima i gospodin i gospođa Krim su se, nažalost, našli u pogrešno vreme na pogrešnom mestu. Mihael je prešao pod starateljstvo svog dede, očevog oca, bogatog udovca koji je živeo na jugu Nemačke. On je drugačije zamišljao karijeru svog bistrog unuka, ali kad je video koliko mu fudbal pomaže da izađe na kraj sa traumatičnim gubitkom, nije hteo da se meša u njegove ambicije. Ta podrška rezultovala je jednim od najtraženijih igrača sveta danas.

Na terenu se zakuvavalo. Domaćini su pritiskali goste i konačno postigli još jedan gol pre odlaska na pauzu. Strelac je bio Beler. Za razliku od svog prijatelja, on se rastrčao po terenu kako bi proslavio i pokupio pohvale. Ostali su mu se pridružili.

„Kakvi idioti", prokomentarisala je tiho Endži. Dok su svi oko nas skakali i slavili, mi smo sedele, bezizražajne.

„Apsolutno", složila sam se, nadajući se da će neko snimiti moj *ama baš me briga* izraz lica i smestiti ga na veliki ekran, tako da im naredni put i ne padne na pamet da me zovnu.

Sa druge strane, tata je istinski uživao. Mnogo njegovih poznanika bilo je prisutno. Pričao je s njima na nemačkom, što je meni dalo još jedan izgovor da se ne upuštam u razgovor. Potrudila sam se da ostavim utisak kao da cenim što sam tu, ali da mi nije posebno drago. Između poluvremena Endži i ja smo otišle do toaleta da se malo osvežimo od sunca i vrućine, a kad smo se vratile, čekali su nas kokteli. Na moj upitan pogled, tata mi je odgovorio da ih je poslao Gotfrid. Stvarno se trude da impresioniraju.

Drugi deo utakmice Jordanci su započeli puni energije. Napadali su divlje, probijajući tu poznatu odbranu koju malo ko uspeva da prodre. Nemci su bili iznenađeni, posebno kad su ti napadi rezultirali pogotkom. Ja sam zamalo skočila od oduševljenja. Bio je tako dobar osećaj videti ta lica puna sebe kako ne mogu da veruju šta im se upravo desilo.

Gotfrid je urlao i vikao, a na velikom ekranu videli smo da Larman radi isto. Gol koji su upravo primili nije bio ni slučajan ni glup, već rezultat par odličnih razmena lopte i preciznog napadača jordanske strane, koji je prvi koji je uspeo da postigne gol protiv Nemaca u više meseci, te čak i ako izgube, ceo svet će ga zapamtiti po tome.

Ispostavilo se da sam se prerano radovala. Taj jedan primljen pogodak samo je razbesneo domaćine koji su postali svesni važnosti utakmice, turnira, i činjenice da igraju pred milionima svojih navijača. Morali su da isprave napravljenu grešku. Jurišali su na suprotnu stranu. Morali su da se oduže svima koji su došli da ih gledaju, kao i onima koji prate sa malih ekrana i po barovima. Uveli su jednu zamenu u sredini, što im je dalo dodatnu energiju i petnaest minuta od primljenog gola, dali su još jedan, time podigavši rezultat na 3:1.

Ponovo se ceo Olimpijski stadion tresao od sreće, pevanja i oduševljenja. Čak i ja sam morala priznati da je gol lep. Lens Petrov je poslao loptu iz ugla koji je bio skoro nemoguć, ali on je ipak uspeo.

Ostatak igre bio je nabijen energijom i pun napada sa obe strane, ali rezultat je ostao isti. Na poslednji zvižduk, domaći navijači stali su skakati i proslavljati kao da su njihovi momci osvojili takmičenje. Endži i ja smo konačno ustale, s namerom da odemo što pre. Nisam želela da me previše kamera snimi tu.

To je druga stvar koja me je brinula, te sam pitala tatu kad smo se smestili u kola i bili na putu ka hotelu. „Šta ćemo da radimo kad svi lokalni mediji krenu da samostalno zaključuju zašto dolazimo na njihove utakmice? To će im doći kao savršen materijal da potvrde sve ono što su igrači iznosili ranije.“

„Ma, kakvi! Do sad su već napisali toliko smeća. Ovo nije ništa posebno", odgovorio je nezainteresovano.

„Jesi li siguran u to? Pošto su već tračali o meni i napadali me na način koji je prilično agresivan." Bila sam ljuta i nisam mogla da verujem da on ne vidi koliko smo mi kao porodica zanimljivi u ovoj zemlji, posebno kad se radi o njihovim omiljenim sportistima.

„Pretpostavljam da sa svim svojim iskustvom mogu da te uverim da ništa loše neće proizići iz ovoga. Nikad nije."

„Tata, već neko vreme stvari su van tvoje kontrole!"

Videla sam kako se Endži trgnula na moj ton i kad me je tata pogledao, istog trenutka sam zažalila što sam išta rekla.

„Koliko se sećam, vratio sam ih pod kontrolu. Pričao sam s Gotfridom i stvar je rešena, zar ne?" Poslednje dve reči rekao je glasnije, te sam mogla samo da klimnem, pretrnula od straha.

Po povratku u hotel, otišli smo pravo u restoran. Nisam ni znala koliko sam gladna dok nisam počela da jedem. Htela sam da zbrzam i završim pre nego što se igrači pojave, tako da ne bih morala da ostanem duže nego što treba.

Čim smo završili s večerom, oni su prodefilovali u prostoriju galameći.

„Mrzim ovu situaciju, Endži", rekla sam kad je tata otišao u toalet. „Sad još i izgleda kao da samo na njih čekamo. Kako ponižavajuće!"

„Samo zadrži taj omalovažavajući izraz lica i sve će biti u redu."

Primetili su nas, naravno, ali su ipak seli u drugi kraj restorana, verovatno jer im je tako rekao trener. Kad se tata vratio, nije prošlo ni pet minuta, a Gotfrid nam je prišao. Njih dvojica su se rukovali.

„Još jednom vam hvala što ste ovde", rekao je. „Da li biste nam učinili čast i pridružili nam se?"

Jedva nekako sam se kruto osmehnula, i sve troje smo krenuli za njim, dok sam škrgutala zubima od ljutnje i straha od nepoznatog. Odveo nas je do stola gde su bili Lens Petrov i Mihael Krim. „Pretpostavljam da znate ove momke", rekao je, a njih dvojica su ipak ustala i predstavila se, rukujući se s tatom.

„Imale smo zadovoljstvo", prosiktala sam ne uspevši da se suzdržim. Nisam pružila ruku, kao ni Endži. Svi su se nasmejali i seli smo, Endži s moje desne strane a tata s leve.

„Hoćete li nešto da popijete?" pitao je Gotfrid.

„Da, molim", odgovorio je Lens, na šta se Endži nasmejala.

„Samo gosti, Petrov", odgovorio je Gotfrid.

„Ali, treneru, i mi smo zaslužili!" pobunio se Lens.

„Sutra ostaješ duže", odgovorio je trener strogo, poput oca nestašnom detetu, a Lens je baš tako i odreagovao, zakolutavši očima, što je nekako i mene navelo da se nasmejem.

„Da li svaki put ostaju duže na treninzima kad se suprotstave?" pitao je tata.

„Da."

„Čak i kad mu se ne suprotstavimo", ubacio se ozbiljno Mihael Krim, nekako tiho, više za sebe, nego za nas, zbog čega smo svi prasnuli u smeh.

„U redu. Onda mi dozvolite da vam preporučim vino", reče Gotfrid. Pogledao je u tatu koji je odobravajuće klimnuo.

Uskoro su se pred nama nalazile čaše sa lokalnim belim vinom mirisa koji omamljuje, morala sam priznati. Igrači, sa druge strane, pili su sveže ceđene sokove i proteinske šejkove.

„Ovo je najbolje nemačko vino", objasnio nam je trener. „Otkrio sam ga pre nekih dvadeset godina u Minhenu."

„Minhen je baš divno mesto", ubacila se Endži. „Ima sve, istoriju, arhitekturu, divne ljude, sjajnu hranu i pivo, otvorenost... Mogla bih da živim tamo bez problema."

„Dobrodošla si u bilo koje doba."

„Nazdravimo tome!" reče Lens.

„Prvo da nazdravimo vašoj pobedi večeras", reče tata.

Piće mi se dopalo, opustilo nas je. Ubrzo sam primetila da ovi momci i nisu toliko loši. Lens i Mihael uspeli su da vode sasvim normalan razgovor sa mnom, tatom i Endži. Impresionirali su me svojim znanjem o Americi i Engleskoj, koje seže van fudbala, u politiku, kulturu i klimu. Takođe su nas propitivali o mojoj i Endžinoj karijeri, kakvi su nam planovi za kasnije, nakon Prvenstva. Lens je uporno ispitivao o mom videu sa njihovom pevačicom i devojkama ostalih fudbalera.

„Jedan veoma poverljiv izvor šapnuo mi je da ćeš ti da nosiš naš dres i mašeš našom zastavom. Šta je bilo s tim?"

„Mogu ti samo reći da taj tvoj izvor nije računao na moju vernost Engleskoj i Ukrajini."

„Poštujem to, ali moraš priznati da bi zaista izgledalo sjajno. Najzgodnija riba na svetu predstavlja najjaču zemlju na takmičenju."

„Već to radim."

„Ma, hajde, Džejn! Razumem da podržavaš svog dečka, ali moraš biti objektivna. Ukrajinci nemaju šanse protiv nas."

„Vi nemate šanse protiv Aleksa", odgovorila je Endži. „Nakon svega što ste lajali o Džejn, prilično je odlučan u nameri da od vas ne primi ni jedan jedini gol."

„Može da bude odlučan koliko hoće, ali ne može da se nosi sa Mihaelom", reče Gotfrid.

„Videćemo", rekla sam.

„Kako god, taj video je odličan", Lens je dodao. „Sjajno odrađen posao. Voleo bih da si moja devojka i da je Prvenstvo negde drugde. Vijorenje naše zastave u lice svih naših neprijatelja da bio bi sjajan osećaj."

„Jeste, veruj mi."

Uspeli su da nas oraspolože. Nisam znala da li zbog načina na koji pričaju s nama ili zbog vina, ali primetila sam da su pored svega, prijatni i zanimljivi. Nisu vređali Aleksa, niti su pričali o njemu ponižavajuće. Divili su se meni i tati i poštovali čime se bavimo. Bili su potpuno drugačiji nego što sam stekla utisak kroz njihove izjave iz novina. Ponavljala sam sebi da ne dozvolim da me prevare za kratko vreme, ali posle nekog vremena nisam mogla da se suzdržim i da se ne smejem na njihove šale i smešne komentare. Trudila sam se da budem utegnuta i kruta i da se ne upuštam ni u kakve dublje razgovore, ali bili su toliko samouvereni i zanimljivi, da su nas na kraju ipak uvukli u priču. Nisam mogla da ih ignorišem pod izgovorom da su dosadni i glupi, jer jednostavno nisu bili.

Simpatično mi je bilo kako Mihael i Lens pričaju kada su zajedno. Lepo se dopunjuju. Mihael je miran i ozbiljan, a Lens neprestana šaljivdžija, čak i kad se ne trudi. Bilo je očigledno da su njegove šale spontane. Posle nekog vremena, postalo mi je smešno sve što bi rekao, i više nisam smatrala da su površni fudbaleri. Iako su se naši razgovori vrteli oko fudbala, istorije, pa čak i mode, impresionirali su me svojom informisanošću.

Dok sam se slatko smejala još jednoj od Lensovih šala, ovaj put na račun njihovog trenera, stolu su prišli Ben Švimer i Matijas Beler. Kad su se meni i Matijasu susreli pogledi, nisam mogla da skrenem svoj. Ovaj put nije bio zbunjen poput deteta. Gledao je ravno u mene, pred tatom, jednako samouveren kao ranije toga dana na terenu.

„Brede, dozvoli da te upoznam sa Benom Švimerom. On i Beler su takođe iz Bavarske. Belera si upoznao prošli put", reče Gotfrid.

Rukovali su se.

Nije bilo mesta za stolom.

„Hoćeš li da proćaskamo i sa ostalim momcima?" upitao je Gotfrid.

„Zar to ne bi bila na neki način izdaja Engleza i Ukrajinaca?" tata je odgovorio, predosećajući da ne bi bilo dobro da me ostavi nasamo s njima.

„Svakako ne. Samo biste upoznali pobednike Prvenstva", ubaci se Matijas, daleko sigurniji u sebe nego prošli put.

„Ne želim da ostavim devojke same."

Bravo, tata! pomislila sam. Gadovi su sve pažljivo isplanirali, ali i dalje nisu pametniji od Breda.

„Mi ćemo brinuti o njima, gospodine Anderson, ne brinite", reče Lens.

Tata se grohotom nasmejao. „Petrov, tebi od svih ovde najmanje verujem", na šta su svi prasnuli u smeh.

„Ja ću pripaziti na njega", reče Ben.

„Zar vas dvojica niste odrasli zajedno?" tata upita, zbog čega su se svi koji su čuli ponovo nasmejali.

„Meni možete verovati, gospodine Anderson", ponovo iznenada, u svom stilu, rekao je Mihael, miran, tih i ozbiljan.

Imajući u vidu da sad situacija može samo postati neprijatna, tata je pogledao u mene, tražeći odobrenje. Nisam mogla da mu ga dam, jer sam se i dalje borila sa vrtlogom osećaja koje mi Matijas prouzrokuje svojim prisustvom, pa se Endži umešala.

„Biće sve u redu sa nama, gospodine Anderson. Možete da idete i uživate."

Ponovo me je pogledao i ovaj put sam klimnula.

Gotfrid je odštetao sa tatom a dve slobodne stolice popunili su Ben i Matijas, koji je seo odmah do mene. Istog trenutka sam osetila varnice između nas i stala se truditi da ih ignorišem. Ovaj tip mi se nimalo ne sviđa. Odakle dolazi ova neobična energija?

„Zdravo, Džejn", rekao je i primakao mi se.

Pogledala sam ga sa željom da ga pljesnem po tom samouverenom licu, istovremeno se kontrolišući i podsećajući na manire, jer sam imala osećaj da je svako za stolom prekinuo svoj razgovor i sad sluša i čeka da vidi šta ćemo mi uraditi.

„Konačno smo se upoznali", dodao je.

Nije to više bio onaj zbunjeni dečak od pre par dana. Prštao je od samopouzdanja, u pobedonosnom raspoloženju, zgodan do bola, i gledao me ravno u oči. Nešto neobično i hladno prostrujalo mi je svakim nervom, sve do kostiju. Ponovo su me zarobile te crne oči.

„Da, bio si prilično željan toga", odgovorila sam, skrivajući se iza čaše.

„Već duže vreme", dopunio me je, kucnuvši svoju limunadu o moje vino. „Nazdravimo tome!"

„Čemu sve ovo?" pitala sam. „Mogla sam ti poslati sliku sa autogramom bez ovih silnih zavrzlama."

Svi su se nasmejali.

„Još uvek možeš to da uradiš za mene", dobacio je Lens.

„Hteo sam da pričam s tobom." Matijas me je i dalje gutao očima.

„I prilično si radio na tome. Išao si i preko mog oca. Impresivno."

„Nisam hteo da izgledam kao nesiguran klinac."

„I nisi. Ovo što radiš je prilično hrabro. Čak ludo."

„Učinio bih bilo šta da se probijem do tebe."

Na drugom kraju stola Lens i ostali momci uvukli su Endži u razgovor, ostavivši me praktično nasamo s njim.

„Zašto, Beleru?"

„Samo sam hteo da mi sama kažeš kako ti se čini Nemačka."

Nasmejala sam se. „*Ich liebe es!*" citirala sam Mekdonalds.

„Drago mi je da to čujem."

„Eto, dobio si svoj odgovor. Da li i dalje moram da dolazim na tvoje utakmice?"

„Bilo bi mi ogromno zadovoljstvo", podigao je moju ruku sa stola i prineo je svojim usnama. Oblili su ne neoprostivi, uzbuđujući žmarci. „Znajući da si na tribinama i da me gledaš, leteo bih po terenu."

Njegove oči su zbunjivale.

„Sreća pa u tvom timu ima drugih momaka koji mogu da lete i bez mog prisustva", skoro da sam promucala.

Osmehnuo se a mene je ponovo prošla jeza.

„Veruj mi, svima je drago da te vide", rekao je.

„Šteta po tebe", odgovorila sam.

„Zašto? Nisi uživala danas?"

„Ne vidim nijedan valjan razlog da dolazim na nemačke utakmice kad već pratim dva druga tima."

„Zato sam ovde - da ti dam razlog."

Nisam mogla više da se suzdržim. Naljutio me je, uvredio, i uzbudio, sve u isto vreme.

„Matijase Beleru", udahnula sam, „da li si svestan da besramno i neporecivo flertuješ sa mnom, dok sam ja sasvim nezainteresovana i pritom zauzeta devojka?"

Usledila je kratka pauza tokom koje smo i dalje gledali jedno drugo, kao da niko drugi ne postoji. Bukvalno sam mogla da osetim plamen između nas. Mislima mi je proletela slika tih usana kako ljube moje, te sam brzo progutala, uplašena, kako bih je otklonila.

Nisam mu poljuljala samopouzdanje koliko sam htela. Čekala sam da vidim šta će da kaže.

„Pod jedan, da, flertujem sa tobom", rekao je, „svesno, odlučno, namerno. Pod dva, mislio sam da si do sad shvatila..." otpio je svoju limunadu, „da me je baš briga za tvog dečka."

U milisekundi bes je zamenio uzbuđenje.

„I pod tri", nastavio je, „nisam baš siguran da si sasvim nezainteresovana."

Samo pristojni maniri sprečili su me da mu pljusnem ono najbolje nemačko vino u lice.

„Ti arogantno đubre!" prosiktala sam ustavši iz stolice i okrenuvši se ka Endži: „Spava mi se. Idemo!"

„Ne! Stani!" Matijas je skočio iz stolice uhvativši me. „Nisam tako mislio."

„Jesi!" pogledala sam u njegovu ruku koja je čvrsto stezala moju.

„U pravu si, jesam", priznao je.

Svi su nas gledali i slušali. Odlučila sam da ipak ne pravim scenu, udahnula i ponovo sela. On se osmehnuo.

„Momci, kako izdržavate s ovim iritantnim dripcem?" pitala sam i dalje ga gledajući.

„Razmenimo par ćuški kad zatreba", odgovorio je Ben.

„Da li biste to sad uradili, moliću?" otpila sam svog vina a u narednom trenutku osetila Matijasovu ruku na mojim leđima. To hrabro đubre mi je tek tako stavilo ruku na leđa! „Ako moj otac vidi tu ruku, otkinuće ti je", prosiktala sam.

„Rizikovaću", odgovorio je ne trepnuvši.

Okrenula sam se kako bih razgovarala sa ostalima, jer nisam želela da ikome dam povoda da kasnije priča kako sam celo veče bila posvećena samo ovom jednom momku.

„Gde su druge dve devojke, Džesika Simpson i Lois Lejn?" pitao je Lens.

Endži i ja smo se isprva zbunjeno pogledale a onda smo shvatile šalu i prasnule u smeh. Nikada nam ranije nije palo na pamet, ali Bea uistinu liči na Džesiku Simpson, a Lana na Lois Lejn.

„Sad me baš zanima kakav ste nadimak meni nakačili?" upitala je Endži.

„Ti si gospođica Džoli", odgovorio je Lens. Svi smo prasnuli u smeh.

„A ja?" pitala sam.

„Ti si samo Džejn", rekao je Matijas. „Ti si jedinstvena." Začkiljila sam ka njemu. „Objasniću ti šta mislim time narednom prilikom, kad tvoj otac nije u blizini. U suprotnom, otkinuće mi glavu."

„Nastavi da se primičeš, i otkinuće je svakako, večeras."

„Ne ako ga ti zaustaviš."

Ponovo sam imala osećaj da samo nas dvoje postojimo u prostoriji. Molila sam Boga da Endži zabavlja ostale za stolom kako ništa ne bi primetili.

„Zašto bih to uradila? Ne dopadaš mi se ama baš nimalo."

„Mogu da te ubedim u suprotno."

„Oh, zaista? Kako?"

„Zavisi hoćeš li brzo ili sporo?"

Boja njegovog glasa nanovo me je uzbudila. Trnci su mi se iz grudi proširili do stomaka, i nazad do glave, koja je sad gorela od treme.

„Da li bi to pojasnio?" pitala sam tiho.

„Dakle - brzo bi bilo ako bismo se posle večere našli u mojoj sobi. Vodio bih ljubav s tobom na takav način da bi ti trebalo mesec dana da se oporaviš."

Umalo sam se zagrcnula vinom.

„Mi nikako ne možemo da vodimo ljubav", sabrala sam se dovoljno da kažem. „Ti ne znaš ništa o meni, i ne možeš da me voliš. Jedino što hoćeš je da me odvedeš u krevet."

Osmehnuo se, nepoljuljan.

„Istina je sve što kažeš. Ne poznajem te u potpunosti, i još uvek te ne volim, i, da, istina je, želim da imam seks sa tobom. Ali ja te obožavam, Džejn. Od prvog dana kad sam te video. I stoga te uveravam da mogu da vodim ljubav s tobom tako dobro, da ćeš umirati od želje pitajući se kako će divno biti jednog dana kad stvarno budemo ludi jedno za drugim."

Skoro da nisam mogla da udahnem. Više nisam znala da li igra igrice sa mnom ili je iskren. Sve vreme gledao me je u oči, ne trepćući. Uglavnom umem da prepoznam muškarca koji samo hoće seks na brzinu, ali ovaj je delovao sasvim drugačije.

„A… sporo?" promucala sam. Čak su mi se i ruke tresle.

„Sporo bi bilo da, za početak, odemo na kafu. Daj mi tu šansu, Džejn, da odemo samo na kafu, kao prijatelji. Ako ti ne bude lepo, bar ćeš me upoznati i imati razloga da ti se ne dopadam. Ali garantujem ti da ćeš uživati."

Disanje mi je bilo kratko i površno. Iz nekog neobjašnjivog razloga htela sam da prihvatim njegov poziv, ali mozak mi je radio munjevitom brzinom, sprečavajući da kažem da.

„Šta misliš?" insistirao je.

Usta su mi se osušila. Bila sam sasvim zbunjena. U mojoj glavi anđeo i đavo su se svađali oko odgovora.

Tata i Gotfrid su prišli stolu, prekinuvši sve. Matijas se odmakao kako ne bi bilo očigledno da mi je preblizu. Otpila sam još malo vina i shvatila da mi se ruke i dalje previše tresu. Popila sam čašu do kraja i brzo je spustila na sto kako niko ne bi primetio koliko sam nervozna.

„Trebalo bi da krenemo, devojke", reče tata. „Bilo je zadovoljstvo sedeti sa vama."

„Zadovoljstvo je naše", odgovorio je Ben. „I nadamo se da ćemo vas videti na nekoj od narednih utakmica."

„Ne mogu da obećam, a ne mogu u ovom trenutku ni da odbijem." Pogledao je u mene i dao mi znak da krenemo.

Ustala sam, verovatno prebrzo, jer mi se zavrtelo u glavi i svet oko mene je postao zamućena mešavina crnog i ljubičastog. Matijas je odmah skočio sa stolice i prihvatio me.

„U redu sam", rekla sam brzo.

„Vino je dobro, zar ne?" rekao je Gotfrid dok mi se vid pročišćavao. Jedino na šta sam mislila je koliko će tata biti besan jer ga ovako brukam, kako sam se napila. I ja sam bila iznenađena jer nisam popila čak ni tri čaše. Uglavnom se mnogo bolje nosim sa alkoholom.

„To je samo normalna reakcija kad se proba prvi put", nastavio je trener.

Endži mi je pritekla u pomoć: „Da, da, i ja se isto osećam."

Toliko sam bila zabrinuta šta će tata da mi kaže da nisam ni pogledala u Matijasa ponovo. Uhvatila sam tatu ispod ruke, zahvalila se svima, i otišli smo.

„Pa, šta vi, devojke, mislite o celoj ovoj ekipi?" tata je upitao kad smo ušli u lift. Primetila sam po njegovom tonu da nije ljut i laknulo mi je.

„Smešni su", rekla sam. „Bili su prilično uviđavni, za razliku od onoga kako su se prikazali u novinama ranije. Mislim da mogu izaći na kraj s njima. Ne brinu me više." Ono što me je brinulo bio je Matijasov poziv na kafu, ali odlučila sam da se time pozabavim kad budem nasamo u svojoj sobi.

„Slažem se", reče Endži, „ali ne sviđa mi se onaj Gotfrid. Znajući mu reputaciju, previše je fin i ljubazan prema nama. Skoro neprirodno."

„U pravu si", reče tata. „To je upravo ono o čemu razmišljam otkako nam je ponudio karte za utakmice. Imam neki osećaj da nešto planira, ali ništa mi ne pada na pamet."

„Verovatno je u pitanju neki poslovni plan ili sponzorstvo", reče Endži.

„Moguće. Pretpostavljam da ćemo saznati do kraja takmičenja. Za sad njega prepustite meni, a vi se nosite s momcima. Ako postane neprijatno, znamo kako da ih smirimo."

Izašli smo iz lifta i bili pred tatinom sobom.

„Džejn, ti uvek budi dama, i lojalna. Baš kao danas. Ako budemo išli na još neku od njihovih utakmica, nemoj previše da pokazuješ da navijaš za njih. Neće izgledati lepo, a ne bi bilo fer prema Aleksandru i Metjuu."

„Ne brini, tata, još uvek me nisu toliko pridobili." Poljubila sam ga u obraz. „Laku noć."

Kad smo zamakle iza ćoška, Endži me je uhvatila za ruku: „Želim sve da znam! Sve o čemu ste vas dvoje pričali!"

„Naravno, ali sutra, u avionu. Sad trenutno ne mogu da se nosim s ovim haosom u glavi."

„Imaš glavobolju?"

„Da, Endži, i nemam pojma kako. Poznaješ me. Tri čaše vina mi inače ne mogu ništa. Da nismo svi pili iz iste flaše, bila bih sigurna da su mi stavili neku drogu."

„Okej onda. Idi sad spavaj i pričaćeš mi sutra."

Ušla sam u sobu i svukla odeću na putu do kupatila. Mogla sam da mislim samo na tuš i krevet. Dan je bio dugačak, naporan i pun dešavanja. Na sve to, vrtelo mi se u glavi. *Šta ću, kog đavola, da kažem Matijasu Beleru?* Znala sam da bi odgovor trebalo da bude ne, ali sam užasno želela da pričam s njim kao s normalnom, običnom osobom. Kad su se već ostali igrači pokazali kao smešni i ljubazni, možda ni on nije đubre za kakvo se izdavao po novinama. Njegovi prijatelji su takođe imali neukusne komentare o meni, ali su bili jako prijatni tokom večeri.

Plus, on je drugačiji od ostalih. Dok su oni bacali tipične muške fore, on je krajnje iskreno i direktno izjavio da me želi - ne kao prijatelja, već kao partnera, devojku. Zašto, pobogu, toliko razmišljam da li treba ponovo da ga vidim ili ne?

Nadala sam se da će me vreo tuš iscrpeti toliko da se samo stropoštam u krevet i utonem u san bez snova. Nisam imala odgovor na svoje pitanje. Umesto toga, nastavila sam da razmišljam o njemu. Izgledao je sjajno danas na terenu, i bez dresa. Kad je seo pored mene i stavio onu ruku na moja leđa, primetila sam obrise njegovih čvrstih, isklesanih mišića ispod majice. *Mora da je sjajan osećaj kad te ruke zgrabe i bace na krevet. Ili kad te čvrste grudi pritisnu tvoje dok vam se tela sinhronizovano pomeraju, vođena željom. Verovatno ostavlja bez daha kad ne nosi nijedo parče odeće. Poput grčke izvajane statue. Prikaz njega kako me uzima bila bi najviša forma umetnosti.*

Zavrnula sam tuš dok su mi misli još uvek počivale na toj slici. Osetila sam se grešno, ali sam dala sebi par minuta za te zabranjene misli jer mi je bilo toliko teško da ih odagnam. Kako bih izbegla osećaj krivice, ubedila sam sebe da je to jedini način da ih se oslobodim za stalno.

Učinilo mi se da sam čula kucanje na vratima, ali pretpostavila sam da umišljam jer sam bila pijana i umorna. Brzo sam namazala mleko za telo i spremala se da navučem pidžamu kad se kucanje ponovilo. Ovaj put sam bila sigurna da sam dobro čula. Prebacila sam preko sebe ljubičasti lagani ogrtač i krenula ka vratima, uznemirena.

„Pobogu, Endži, stvarno ne mogu da pričam sad", rekla sam otvarajući vrata i sklonivši se ustranu kako bih je pustila da uđe.

Osim što na vratima nije bila ona.

Već Rolf Gotfrid.

Istog trenutka sam se otreznila i oblio me hladan znoj. Na sebi sam imala samo kratki, skoro providni ogrtač, a on je stajao preblizu, gledajući me na način nimalo nalik onom od ranije toga dana, koji je bio sa distance i pun poštovanja.

„Kakva dobrodošlica", rekao je.

Bila sam izbezumljena u svakom pogledu, i sasvim zbunjena. „M-mogu li vam nekako pomoći?" promucala sam. Oči su mu brzo šetale po meni. „Zaboravili ste nešto?" glupo sam pitala.

„Da, jesam", odgovorio je i jednostavno ušao u sobu kao da je njegova.

Ustuknula sam, uplašena, ali ne previše. Nisam htela da mu pokažem da me je strah.

„Možemo li o tome sutra? Sad sam stvarno umorna."

„Ne", zatvorio je vrata, ne skidajući pogled sa mene. „Moramo večeras."

Budi hrabra. Moraš biti hrabra, ponavljala sam u sebi. Po šta god da je došao.

„Uz sve dužno poštivanje, gospodine Gotfrid, nisam vas pozvala u svoju sobu. Ako želite da razgovarate s mojim ocem oko bilo čega, moliću vas da to obavite sutra. Umorna sam, za mnom je dug i naporan dan i imam pravo da odmorim. Stoga ću vas još jednom lepo zamoliti da napustite moju sobu."

„Hah, zar sad, kad sam već ovde? Nema šanse. I mogu da se kladim da nećeš zvati nikoga da te spasi."

Prošla me je jeza ali više nisam bila uplašena. Glupi muškarac, kao i svi drugi. Pokušala sam da namirišem alkohol na njemu, ali nije ga bilo. Nije pijan kako sam pretpostavila.

„Šta je to s vama Nemcima? Vi stvarno svi mislite da je vaša arogancija meni šarmantna?"

„Ne mislim, nego znam. Možda nisi svesna, ali uveravam te da je tako."

„Ma, hajde! Ostavi me na miru." Nisam više htela da mu persiram.

„Poznajem takve kao što si ti. Sve ovo te uzbuđuje", pokvareno se nasmejao.

Kiptela sam od besa. „Hoćeš li sad izaći?"

Nije se ni pomakao.

„Ti ni ne želiš da odem. Pogledaj se. Čak ni ne vičeš. A mogla bi. Otac ti je svega par soba niže. Ako bi samo malo povisila ton, stvorio bi se ovde u roku od par sekundi i moja karijera bi možda bila završena. Ali ti to nećeš. Želiš da ostanem."

Tresla sam se. Ali više to nije bio strah. Već nešto drugo.

„Izlazi", slabašno sam rekla.

„Mogu da se kladim i da si sad uzbuđena", nastavio je. „Reci mi - kad si poslednji put spavala s Janovim? Sigurno pre početka Prvenstva?"

„To nije tvoja stvar", drsko sam odgovorila.

Primakao mi se, ali ovaj put nisam ustuknula. Razdaljina između nas sad je bila opasno mala.

„Svejedno, znam. S obzirom na to kako dobro igra, sigurno se suzdržava već neko vreme. Isto tako znam da ti trenutno nisi sasvim zadovoljna žena."

Munjevitom brzinom, koju nisam očekivala, jednom rukom me je uhvatio i privukao na sebe, a drugu mi spustio na dojku. Stegao ju je, a ja sam zajecala. Ponovo se pokvareno nasmejao. Ponovio je pokret i zenice su me se razrogačile, u naletu osećaja koji me je preplavio. Gledala sam ga u oči, zaprepašćena ovim što je otkrio - nečim što ni ja nisam znala da se u meni krije.

Kratkim pokretom razvezao je mašnu ogrtača koji mi se raspustio oko tela. Prstom mi je dotakao bradu, a potom ga povlačio polako, niz vrat, između grudi, niz stomak. Bila sam prekirvena trzajima uzbuđenja, nesposobna da se pomerim. Shvatila sam da su mi usta otvorena tek kad mi je stavio svoj palac na jezik, a onda ga preneo na moju bradavicu.

Nisam verovala šta se događa. Pitala sam se da li sanjam, ali njegovi pokreti su me brzo vratili i uverili u stvarnost.

Šta se to sa mnom dešava?

Obema rukama prelazio mi je preko leđa. Polako me je gurao ka krevetu. Nije me nijednom poljubio. Nije ni trebalo. Potreba koju smo oboje osećali bila je drugačije prirode.

Sela sam na krevet. Telo mi je pod njim bilo skoro nepomično, obamrlo. Nadneo se nad mene i stavio mi ruku između nogu a potom se na isti opak način nasmejao videvši iznenađenje na mom licu jer nisam mogla da poverujem da sam uistinu uzbuđena. Blago me je gurnuo i opružila sam se na krevetu. Gurnuo je jedan prst, a ja sam već gorela od želje.

„Bolja si nego što sam očekivao", rekao je gurnuvši još jedan prst a drugom rukom otkopčavajući pantalone. Na zvuk njegovog kaiša protresla sam se, ne od straha, već od uzbuđenja. Više se ničega nisam plašila. Njegovi prsti su se pomerali, izazivajući me, i sve o čemu sam mogla da razmišljam bilo je kako da ugasim tu vatru koju je zapalio u meni.

Kada je svukao bokserice, skoro sam zajecala videvši koliko je on uzbuđen, koliko spreman, i na pomisao šta može da uradi, *šta će meni da uradi.*

Seo je do mene. Nije trebalo ništa da mi kaže. Istog trenutka sam ustala i smestila mu se u krilo, prihvatajući ga u sebe, i skoro vrisnula od naleta uzbuđenja. Isprva sam osetila i bol, zbog iznenadnosti trenutka. Ali sa svakim pokretom, užitak je bivao veći. Svršila sam veoma brzo i snažno, skoro posramljena koliko pohotno. Video je koliko sam uzbuđena i željna.

Još uvek su me potresali ostaci prvog orgazma, kad je stao ljubiti i gristi moje grudi. Potom me je uhvatio za kukove i stao ih pomerati, povevši me na još jednu ludu vožnju. Stegla sam mu ramena zarivajući nokte u njih, pitajući se zašto i dalje ne igra fudbal sa ovom snagom. Što me je snažnije pomerao, više sam tražila. Žudela sam za još jednim orgazmom i videla kako je i on zadrhtao na tragove svog. Nije hteo da ga dosegne prebrzo. Hteo je da se pokaže. Bilo me je briga. Htela sam još i još sam uzimala.

Kad sam se popela na vrh ovih ludih stepenica, nisam uspela da suzdržim vrisak, koji je bio pomešan sa bezobraznim smehom. To mu se dopalo i pridružio mi se.

Oboje smo ubrzano disali, ležeći na krevetu jedno do drugog. Kucanje srca mi se polako vraćalo u normalu, dok mi je jedna jedina misao bila na umu - *šta se to, dođavola, upravo dogodilo?*

On je bio taj koji je prekinuo tišinu. „Frau Anderson, impresioniran sam."

„Sigurna sam da jesi", mirno sam odgovorila. Polako sam počela da povezujem šta se sve odigralo. „Znači, ceo ovaj cirkus - iniciranje razgovora s mojim ocem, pozivanje na utakmice, sumnjivo prijateljski stav prema nama - sve samo kako bi mi se uvukao među noge? I sve ono smeće po novinama od strane tvojih igrača, sve je bilo samo da se skrene pažnja sa tebe?"

Nasmejao se. „Nisi nimalo glupa, Džejn."

„Ali očigledno prilično željena?"

„Skoro kao onaj trofej."

Oboje smo se nasmejali.

„Ti si jedan jako čudan čovek, Gotfride. Sa ovakvim telom i nastupom možeš imati bilo koju ženu bez svih ovih peripetija - moj otac, razdaljina između gradova, sređivanje karata za utakmice, rizik da neko ne sazna."

„U pravu si, ali ja sam hteo Džejn Anderson. Baš kao i svaki drugi muškarac."

Ponovo sam se nasmejala. Dopadao mi se ovaj čovek, više od dvadeset godina stariji, koji mi tako direktno daje komplimente.

„I sve te komplikacije i cirkus vredeli su ovoga. Ti si jedna prokleto privlačna i uzbudljiva žena, Džejn."

„A ti si jedan prilično neuviđavan i zahtevan muškarac, Rolf."

„Ja definitivno nisam bio zahtevniji pre par minuta. I mislim da se nećeš baš žaliti zbog moje neuviđavnosti."

„Hah! Ponovo ta vaša arogancija."

„Koja ti se dopada, Džjen, priznaj. Znaš da sam u pravu."

„Možda jesi, možda nisi." Ustala sam i ponovo se uvukla u ljubičasti ogrtač. „Da li bih sad mogla da te zamolim da odeš? Zaista moram da spavam i izgledam sveže sutra ujutru."

Stao se oblačiti. Bio je zgodan. Nikada nisam obraćala pažnju na muškarce godina mog oca. Nikad mi nisu bili interesantni. Ali posle ovog incidenta, više nisam ni bila stopostotno sigurna oko svojih želja, stavova i vrednosti.

Ono što me je iznenadilo još više od činjenice da sam upravo imala seks sa nemačkim trenerom, bilo je odsustvo krivice ili griže savesti. Nisam osetila ama baš ni trunku. Narednog dana ponovo ću se videti sa svojim dečkom, kog sam upravo prevarila, i uopšte se ne osećam loše zbog toga. *Kad se probudim, sve će biti normalno, kao da se ništa nije desilo.*

Setila sam se onog dana kada sam upala u Lukinu sobu, sama u Aleksovom stanu u Kijevu, i šta sam tad osetila, i pomislila sam, *Zašto tad nisam ništa preduzela? Trebalo je. Ako je bilo ovako dobro s ovim starim tipom, sa Lukom bi tek bio vatromet!*

8.

Probudila sam se rano ujutru i osećala sasvim normalno. Nije me čak ni bolela glava od onog vina od prethodne noći. Obukla sam se, našminkala, namestila kosu, spakovala na brzinu i pogledala u ogledalo. *Kidaš, devojko!*

To mi je bila rutina. Nekako sam očekivala da će tog dana izostati. Ali nije. A ja sam se osećala sjajno.

Pred tatom sve je bilo normalno. Pred drugim ljudima isto. Niko me nije sumnjičavo gledao kao što sam negde podsvesno očekivala. Čiji god pogled da sam uhvatila, bio je pun divljenja i obožavanja. Niko ništa ne sumnja. Niko ništa ne zna.

Od svesnosti toga oblili su me žmarci uzbuđenja. Imam jednu veliku tajnu. Razmenila sam ogroman užitak sa jednim od najpoželjnijih muškaraca na planeti, i niko za to ne zna sem nas dvoje. Nema čak ni posledica. Moj dečko ne zna, i ne postoji način da sazna. Ikada. Zašto bi? I kako? Samo Gotfrid i ja znamo. Ne postoji način da to ikada dođe do bilo koga drugog osim ako nas dvoje to ne želimo. A on sigurno zna da mu ne ide u korist da kaže velikom broju ljudi, ionako nema nikakav dokaz. I da se to desi, sve bih porekla. Niko mu ne bi verovao. Osim toga, zašto bi se sporečkao sa mnom? Sjajno smo se proveli.

Kad sam videla Aleksa u Hanoveru, potrčala sam mu u zagrljaj, poljubila ga, zagrlila, vodila ljubav s njim. Sve je bilo kao i obično. Bio je srećan da sam se vratila. Gledao je utakmicu i video koliko sam bila nezainteresovana na stadionu u Berlinu. Dopalo mu se. Ispričala sam mu kako smo posle utakmice popili piće sa igračima i da su se pokazali kao zanimljivi i ljubazni, iznenađujuće drugačiji od imidža iz novina. Nije mislio da je to bilo iskreno, ali verovao mi je da znam šta radim i kako da se ponašam.

Neobjašnjivo je kako dobro sam uspela da kontrolišem misli i osećanja u Aleksovoj blizini. Nisam osećala ni tračak krivice. Samo sam rekla sebi da se prebacim u ulogu devojke kakva sam inače. Nevaljala Džejn ostala je u juče. Čitala sam knjige u kojima su se žene nakon prevare osetile prljavo, ili kao da na sebi nose ostatke svog ljubavnika, u vidu mirisa ili tragova po koži. Ništa od toga nije se odnosilo na mene. Osećala sam se kao da se ama baš ništa loše nije dogodilo. Iskrena da budem, osećala sam se odlično. Seks sa Gotfridom bio je nešto novo. Nije da Aleks nije dobar. Savršen je. Ali Gotfrid je bio drugačiji. A ta promena dobro je delovala na mene, devojku koja je do sada spavala samo sa jednim muškarcem.

Nakon što je Aleks otišao na trening, devojke i ja smo se skupile u Beinoj sobi.

„Spavala sam s Gotfridom", rekla sam bez ustezanja.

Lana se zagrcnula, Bea ispustila neseser sa šminkom a Endži uzviknula: „Znala sam!"

„Jesi?" nasmejala sam se dok su me Bea i Lana gledale otvorenih usta.

„Taj gad je previše prijateljski nastrojen. Juče sam rekla da nešto sprema."

„Ček, ček, ček!" Bea je rukama dala znak da usporimo. „Ti si incirala ili on?"

„Pa, on se stvorio u mojoj sobi, nije hteo da izađe uprkos mojim zahtevima, naskočio na mene…"

„To je onda silovanje!"

„Ne, Bea, nije. Nisam se preterano bunila."

Bila je u neverici. I razočarana. Jasno sam videla.

I to me je zabolelo.

„Šta ti je bilo, Džejn?" rekla je kroz šapat.

„Ne znam. Zato sam htela da pričam s vama. Ne znam šta mi se desilo, kako ili zašto. Tuširala sam se, misleći na Belera, koji sad i nije više toliko bitan, a Gotfrid mi se samo pojavio na vratima. Ne znam. Bila sam uzbuđena, on me je samo malo ohrabrio i završili smo u krevetu. Vatreno."

Mrtva tišina.

Koju je Bea prekinula: „I nakon toga si se vratila ovde i vodila ljubav sa svojim dečkom kao da se ništa nije dogodilo?"

„Pa, da."

Ponovo tišina.

„Kakva si hladna kučka!" ovog puta Endži ju je prekinula prasnuvši u grohotan smeh, zarazivši i mene.

„Nije smešno!" brecnula se Bea.

„Nimalo", složila se Lana.

„Zašto ste vas dve tako uštogljene?" Endži me je branila. „Mlada je i zaslužuje da se malo zabavi, a kad već to može sa zgodnim, iskusnim muškarcem, što da ne?"

„Anđelina! Ona voli Aleksa!" ciknula je Bea. „Ceo svet to zna! Ceo svet to *gleda*!"

„Niko ne zna šta se desilo osim Džejn i trenera."

„Mi najbolje znamo kako svaki prljav veš pre ili kasnije izađe na videlo!"

„Ne kad si ćerka Breda Andersona", rekla sam.

Sve su ponovo zaćutale.

„U pravu je", rekla je Lana. „Međutim, Džejn, imaj na umu da si ovaj put prepuštena sama sebi. Tvoj otac ne zna šta se desilo…"

„Niti će ikad saznati", dodala sam.

„Naravno. Tako da ste u igri sad samo ti i Gotfrid, a on je opasan. Moraš biti na oprezu."

„Misliš da neće stati na ovome?" pitala sam.

„Da li bi htela da stane?" ubacila se Bea.

Zastala sam na trenutak. „Iskreno, ne znam. Bilo je dobro, ali bojim se da se ne bih ponovo svojevoljno upustila u tako nešto. Bilo bi najbolje da stane."

„Ja baš mislim da neće", Endži reče. „Ni on, ni ostali."

„Koji ostali?" pitala sam.

„Mislim na Belera." Sve tri smo je upitno pogledale. „On ti je poslao ono pisamce na prvoj utakmici. Ne Gotfrid. Svi momci su samo pričali kako će da te muvaju tokom Prvenstva, ali sve su to šale i gluposti. Beler je jedini koji je otišao korak dalje i pozvao te napolje."

„Molim? Šta? U ovo nismo upućene", reče Bea zbunjeno. Na brzinu sam im prepričala šta se desilo tokom večere.

„Sve to, plus kako te gleda", rekla je Lana.

„Zar je tako očigledno?" pitala sam.

„Da!" Lana i Bea rekoše istovremeno. „I slepac bi primetio kako mu oči zasijaju kao u kučeta kad god te vidi", dodade Lana.

„Misliš da obojica hoće da je se dokopaju?" pitala je Bea.

„Skoro sam sto posto sigurna u to", reče Endži. „Jedino što mislim da nijedan od igrača nema pojma šta njihov trener zapravo planira. Čini se kao da svi pomažu Matijasu. One fore tipa ohrabruju ga, pomeraju se da može da sedne do nje."

Sve to bilo je mnogo materijala za razmišljanje. Nakon što je Gotfrid napustio moju sobu, u potpunosti sam zaboravila na Matijasa. Mislila sam da se samo zafrkavao sa mnom, da su sve samo reči, bez dela, ali ovo što devojke tvrde ima smisla. Ponovo sam stala sanjariti o tim ugljenocrnim očima, o onoj ruci preko mojih leđa, o sporom i brzom ubeđivanju da je zainteresovan za mene…

Međutim, došlo je vreme kad sam morala da složim sve te misli u jednu kutijicu i odložim je negde na kraj uma. Trebalo je da se nađem sa svojim dečkom, a bilo kakve *nemačke* misli bile su zabranjene.

***

Narednog dana Aleks je imao samo jutarnji trening pošto mu je druga utakmica Prvenstva dan posle. Odlučili smo da provedemo popodne zajedno. Prethodno smo se dogovorili da odemo u kratku šetnju gradom, ali ja sam imala drugačije planove. Kad se vratio sa treninga, čekala sam ga u krevetu, bez odeće.

„Džejn, platićeš za ovo", rekao je. „Nisam se istuširao na stadionu."

„Ja da platim za to što si ti bio lenj da se na brzinu okupaš?" uspravila sam se u sedeći položaj i grudi su mi se otkrile. Dopao mi se njegov izraz lica.

„Žurio sam da se vratim kako bih što pre bio s tobom." Bacio je torbu na pod i stao brzo svlačiti odeću pošavši u kupatilo. Kad sam čula pljuštanje vode, pridružila sam mu se. Kosa mi je već bila nameštena, ali nije me bilo briga. Naš seks pod tušem uvek je za pamćenje, a tako je bilo i ovaj put. Već je bio očvrsnuo kad sam kročila u kabinu, i pre nego što je shvatio da sam tu. Uzela sam šampon i trljala mu leđa i grudi. Za sve to vreme, ni jedan jedini trenutak nije sklonio pogled s mog lica. Vatra u dnu stomaka mi se rasplamsala na sam pogled na tu želju u njegovim očima. Nije morao ništa drugo da uradi.

Uzeo je u ruku gel za tuširanje i stao prelaziti preko mojih ramena i grudi. Snažno ih je stegao na šta sam zajecala. Jednim iznenadnim pokretom privukao me je na sebe i jednom rukom uhvatio za kosu, kvaseći je, kako ne bih mogla da izbegnem njegov oštar poljubac, dok je drugu ruku spustio između mojih nogu. Pustila sam ga da me izaziva neko vreme, sve dok se nisam osetila toplijom od vode iz tuša, kad nisam više izdržala i zajecala: „Uzmi me sad!"

Poslušao je, i gurnuo me na zid, a ja sam mu obavila noge oko kukova, rukama ga zagrlivši oko vrata. Podigao me je lako, kao da sam perce. Obožavam tu snagu kod njega. Mogao bi da me drži samo jednom rukom. Nevaljalo sam se nasmejala, a onda je ušao. Oči su mi se raširile od naleta blaženog zadovoljstva.

Obožavam sve, kako se ophodi prema meni, kako me mazi, dodiruje, zadovoljava. On je savršen dečko. Naravno da ga volim.

Jedva sam stajala na nogama kad se naša tuš epizoda završila, pa sam zamotala kosu u peškir, ogrnula se bade mantilom i pošla da se opružim na krevetu. Tek što sam smestila glavu na jastuk, neko je pokucao na vrata. Kad sam otvorila, nisam videla nijednu osobu, već ogroman buket ružičastog i belog cveća svih vrsta. Miris im je bio divan i istog trenutka ispunio mi nozdrve i sobu.

„Frau Anderson, dostava za vas", rekao je glasić mučenog kurira ispod buketa.

„Kako ste znali gde da me nađete?"

„Narudžbina je bila jasna - da bude dostavljeno vama, bilo u vašoj ili sobi Herr Janova."

„Oh, u redu onda. Vielen Dank."

„Tu je i poruka."

Hvala nebesima da sam brzo reagovala i prvo pročitala pisamce. Kurir je i dalje držao cveće kad sam ga otvorila.

Još uvek mi nisi odgovorila. : M.B.*

Srce mi je stalo.

„Džejn, ko je to?" Aleks je izašao iz kupatila.

Uprkos prvobitnoj ukočenosti od iznenađenja, uspela sam brzo da reagujem.

„Uništite ovo", šapnula sam kuriru, gurnuvši mu papirić u džep jakne. Potom sam uzela cveće i zatvorila vrata odahnuvši. Kad sam ga spustila na pod, Aleks me je upitno gledao.

„Neki veliki obožavatelj?" pitao je.

„Imam ih na milione", namignula sam mu i uspeo je da se nasmeje. Odlučila sam da budem poluiskrena. To će me na duže staze spasiti mnogo problema. „Od Nemaca je. Zahvaljuju se što smo bili na utakmici."

Nije mu se dopalo, ali nije napravio scenu.

„Siguran sam da je i tvoj otac dobio identičan", rekao je i oboje smo se nasmejali.

„Bacić́u ih čim se obučem." Poljubila sam ga dugo i rasprava je bila gotove pre nego što je počela.

Taj Matijas je jedno ludo đubre! Da bude toliko kuražan da mi pošalje onoliki buket i još toliko osion da naredi da mi bude dostavljen bilo da sam sama ili sa Aleksom! Samo nenormalan i bezobrazan muškarac spreman je na tako nešto.

Ili veoma zainteresovan.

Počela sam razmišljati o tome, i to se produžilo u ostatak dana i noć. Čak sam ga i sanjala - nas dvoje kako idemo na dejt i posle samo sat vremena odlučimo da budemo zajedno, kako me odjednom Aleks više ne zanima, niti šta će ljudi da kažu.

Probudila sam se okupana hladnim znojem više puta u toku noći. Svaki put san bi se završio stupanjem tate na scenu i njegovim nekontrolisanim besom zbog svega što sam uradila porodičnom imenu. Ali svaki put, okrenula bih se i videla Aleksa kako spava pored mene, i odahnula uz olakšanje. *Ne postoji niko drugi. Samo moj muškarac i ja. Zauvek.*

***

Utakmica između Ukrajine i Kolumbije bila je u šest popodne, tako da je Aleks nakon ručka pripao svojim saigračima i treneru. Devojke i ja smo se izležavale na bazenu i planirale tu da ostanemo dok ne bude vreme da se krene na stadion.

„Moram se naći sa roditeljima sutra u Štutgartu", rekla je Bea. „Hoće da idu na utakmicu Italije protiv Kostarike i pitali su me da idem s njima. Neka od vas želi sa mnom?"

„Ja!" prva sam se javila. „Moram da odmorim glavu od ovih silnih misli i zaokupim ih nečim drugim, a trenutno je fudbal najbolji lek."

„Slažem se. Moraš da obnoviš svoju listu prioriteta i vratiš se u normalu", reče Bea.

„U redu. Lana i ja ćemo se spustiti do Minhena i tamo se naći za utakmicu Engleske i Ujedinjenih Arapskih Emirata u ponedeljak", rekla je Endži.

„Dogovoreno!"

„Šta ćeš reći Beleru?" pitala je Endži otpivši svoj sok od dinje.

„Da je ostavi na miru, naravno!" Bea je odgovorila umesto mene. Usledila je tišina. Okrenula se ka meni. „Nadam se?"

Mrzela sam kad bi me tako pogledala, zato što sam znala da je apsolutno u pravu. Ali nisam mogla da ne budem iskrena. Pogledala sam u Endži, moleći za pomoć, jer je očigledno jedina koja me razume po ovom pitanju, mnogo bolje od druge dve prijateljice.

„Naravno da je razmišljala o toj kafi", Endži reče nestašno.

„Džejn, nemoj mi reći..." Bea je zaustila.

„Još uvek nisam prihvatila", branila sam se.

„Još uvek! *Još uvek*! Šta to znači? Anđelina, je l' joj ti daješ ove lude ideje?"

„Ali on je tako ubedljiv", rekla sam. „Zaista sam zaintrigirana. Zanima me da vidim da li nas dvoje možemo imati normalan razgovor, kao dvoje prijatelja.

„Kakvi prijatelji?" bivala je sve bešnja. „On samo želi da spava s tobom, Džejn! To je najprisnije dokle ćete vas dvoje otići."

„Bea, vrlo dobro znaš da su se pre Aleksa svi momci plašili i da me pogledaju, zbog Breda. Aleks i Matijas su jedina dvojica koji su istupili pred njega. Matijas čak i hrabrije jer je prvo prišao tati, pa onda meni. I ne možeš reći da nema šta da izgubi. Mlad je igrač sa karijerom u usponu. Može sve da izgubi.”

„Ovo je uistinu smešna i čudna situacija”, rekla je Lana.

„Ali, ne razumem”, nastavila je Bea. „Zašto uopšte osećaš potrebu da mu daješ bilo kakve šanse? Sama si rekla - imaš savršenog dečka. Iako ti je prvi za mnoge stvari, najbolji je. Osećaš to. Rekla si bezbroj puta.”

„Bea, samo sam radoznala. Zanima me šta će da kaže. Neću odmah u krevet s njim.”

„Gotfrid nije mnogo rekao a završila si u krevetu s njim očas posla.”

„Beatrisa, dosta!” rekla je Endži pre nego što sam stigla da odgovorim. „Koliko god da si konzervativna, voliš Džejn, i moraćeš da odlučiš hoćeš li biti uz nju ili ne. Ovo zvocanje ne pomaže, već samo kvari atmosferu.”

„Ne mogu da podržim nešto ovakvo, Anđelina! Prevarila je savršenog dečka jednom i sad se sprema da to uradi ponovo, a Prvenstvo je tek počelo. Strah me da pomislim šta sve može da se desi u naredne tri nedelje.”

Ponovo je usledila tišina.

Nisam mogla ništa da kažem Bei zato što je imala pravo. Ona me odlično poznaje. Odrasle smo zajedno, deleći sve. Vrlo dobro je znala šta mi je na umu, i to joj se nije dopadalo. Zato što nije ispravno. Endži me je razumela, takođe, ali za nju sve ovo je uzbudljivo, baš kao i meni. Nijedna od nas nije mogla da objasni odakle moje čudno ponašanje.

Uprkos svemu, Bea je bila uz mene. „U redu”, rekla je. „Videćemo šta će se dešavati. Ali, Džejn, molim te, nemoj od mene da tražiš da lažem Aleksa. Mogu da lažem čak i tvog oca, ali Aleksa ne. Previše je dobar i neću to da radim.”

Složila sam se s tim i promenile smo temu. Bilo je iznenađujuće prijatno razgovarati samo o odeći i šta ćemo nositi na narednim utakmicama, umesto o momcima koji ih igraju.

Nekih sat vremena pre nego što smo krenule sa bazena, prišao nam je jedan od zaposlenih u hotelu. „Gospođice Anderson, traže vas”, rekao je nervozno.

Sve četiri smo se pogledale.

Previše zbunjena da bilo šta pitam, navukla sam prozirnu haljinu za plažu i pošla za radnikom. Nisam imala ni najmanju predstavu ko može biti u pitanju. Bilo ko dolazi u obzir - uporan novinar, ili obožavatelj, neki lokalni umetnik koji želi saradnju, možda čak i tata.

U maloj prostoriji iza recepcije zaposleni je nešto rekao na nemačkom muškarcu u farmerkama i beloj majici, koji je stajao ispred jedne od plavih baroknih stolica, okrenut mi leđima i posmatrajući sliku na zidu. Zaposleni se potom brzo i diskretno povukao.

Kad se tajanstveni muškarac okrenuo, osetila sam poznate mi trnce u grudima i niz kičmu. Izgleda sjajno u jednostavnoj odeći. Primetila sam snažna ramena i ruke, i oni su me podsetili na scenu sa grčkom skulpturom od pre par večeri.

Osmehnuo se a ja sam mu umalo uzvratila kad sam shvatila da bi trebalo da budem besna.

„Šta tražiš ovde, Beleru?" prosiktala sam. „Treba da budeš u Dizeldorfu!"

„Oh, pa, ti znaš moj raspored?"

„Nisi normalan! Da dođeš u moj hotel i tek tako me tražiš! Ko te je pustio? Ovo nije dozvoljeno! Žaliću se menadžeru…"

„Došao sam po svoj odgovor", ponovo se nasmejao.

„Kakav odgovor? Ti si lud! Odlazi pre nego što se vrati!"

„Ne plašim se tvog dečka, Džejn." Bio je miran, kao da ne radi ama baš ništa čudno.

„Beleru, zašto radiš ovo? Šta će ljudi koji su te videli da kažu i misle?"

„Šta mogu da kažu? Došao sam da vidim prijateljicu."

„Nestani!" Okrenula sam se i pošla ka recepciji. Nisam htela da me iko vidi ni blizu njega, ne ovoliko daleko od terena. Previše je opasno.

U trenutku, uhvatio me je za ruku i privukao na sebe. Lica su nam bila tako blizu jedno drugog, ponovo sam se izgubila u dubini tih tamnih očiju koje sam primetila još prvi put kad smo se sreli.

„Nemaš pojma koliko želim da ti zatvorim usta svojima jer izgledaš prokleto neverovatno privlačno u tom ljubičastom kostimu i providnom ogrtaču. Ali neću da žurim i da te uplašim." Bila sam zbunjena poput devojčice, i samo zurila u njegovo savršeno lice. „Za sad ću samo da te pitam jednu stvar, a to je - da ili ne? Hoćeš li da izađeš sa mnom, Džejn?"

Mozak mi je otupeo iako se trudio da radi brzo. Znala sam šta želim da kažem, ali isto tako i šta bi trebalo. Istovremeno, bila sam skamenjena od njegovog pogleda, mirisa, i snažnih ruku koje sam sanjala da me grle. Toliko je blizu. Uplašila sam se da bi Aleks mogao naići i koliko god sam uživala u Matijasovom zagrljaju, znala sam da moram da ga nateram što pre da ode.

Ponovo se nasmejao, već znajući šta sledi.

„Da", rekla sam.

Pustio me je posle par prekratkih sekundi. Videla sam mu na licu da je zadovoljan. Znala sam da gorim od uzbuđenja a činjenica da je ovo što radimo zabranjeno uzbuđivala me je još više.

„Javiću ti sve za vreme i dan", rekao je. „Sad moram da idem."

Gledao me je još za trenutak, a onda mi se primakao i poljubio me u obraz, nespretno kao dečak svoju prvu simpatiju. Uspela sam da mu se osmehnem i otišao je.

***

Pojavila sam se na stadionu u jednostavnoj plavo-žutoj haljini. Devojke su ponele šalove i zastave. Bila sam spremna da podržim Aleksov tim još srčanije jer je ova utakmica potencijalno odlučujuća - ako pobede, sigurno idu dalje, a ako izgube, pa, nisam to videla kao opciju.

Počelo je mirno. Navijači obe strane bili su neverovatno srčani. Stvorili su prijatnu atmosferu čiji je deo bilo izuzetno lepo biti. Tanja, Oleksij i Marija su takođe bili tu, red pred nama. Svi zajedno smo pevali i vikali, mašući zastavama. Neki navijači su nam prišli da se slikaju i mi smo im se posvetile što smo više mogle jer utakmica nije obilovala preokretima.

Sve dok nismo začule zvižduk usred ko zna kog po redu *Ptičicaa*. Za trenutak smo bili zbunjeni, ali onda sam videla Tanju kako skače od radosti. Pogledala sam na veliki ekran i videla da smo postigli gol, a potom se pridružila ostatku uzbuđene mase.

Ispratili smo celu akciju na ponovljenom snimku - Rostov je šutnuo loptu koju mu je dodao Savčenko. Imao je dobar pregled i nije mogao da promaši. Bio je to jedan lep i gladak gol.

Međutim, to nije bilo dovoljno momcima. Nastavili su da jurišaju na Kolumbijce punom parom i u poslednjem minutu produžetaka dali još jedan gol. Ovaj put to je bio Vitalij Koval.

Tokom pauze devojke i ja smo otišle da popijemo pivo sa Janovima. Kad smo se vratili na tribine, navijači su već uveliko pevali iz sveg glasa.

„Nikada u istoriji Ukrajine nije bilo ovoliko navijača na jednom Svetskom prvenstvu", rekao je Oleksij.

„I još ih pristiže", dodala je Marija. „Stvarno nemam pojma gde i kako nalaze karte, ali dolaze autobusima, vozovima, avionima."

„Naletela sam na jedan članak koji kaže da će na narednoj utakmici protiv Amerike biti više Ukrajinaca nego Amerikanaca", rekla je Bea.

„To je sjajno!" rekla je Tanja. „Ali Amerikanci nikad nisu preterano marili, zar ne?"

„Jeste, ali ove cifre će ući u istoriju", rekao je Oleksij, „istoriju čiji je deo naš sin." Poljubio ju je u kosu, sijajući od ponosa.

Kad je drugo poluvreme počelo, neprijateljski tim je od prvog minuta želeo da ispravi rezultat i na taj način se spasi izbacivanja sa takmičenja. Prethodno su izgubili od Amerike, i ako se ništa ne promeni, neće ići u naredni krug. Međutim, igrati protiv Ukrajinaca nije bilo nimalo lako. Bili su spremni za ovakav tip *očajnih napada*, kako je to definisao trener Andrejevič. Ne samo da je ukrajinska odbrana bila neprobojna, već su još i napadali punom snagom i odlučnošću.

Milan Andrejevič se smatra početkom slavnog poglavlja u istoriji ukrajinskog fudbala. Uzeo je tim koji se raspadao i nikad ništa značajno nije postigao, obnovio ga iz korena i ispunio bezbroj stranica sportskih novina sve samim pobedama i rekordima. Prvo što je uradio bilo je da omogući momcima da se osećaju kao da su rod. Hteo je da se slažu i poštuju, a u isto vreme uživaju u igri. Uspeh njegove metode dokazan je činjenicom da su momci sjajni prijatelji i van terena, da provode zajedno praznike i odmore, rođendane i proslave. Trener Andrejevič uvek to navodi kao ključ za svoj i njihov uspeh. Kad igraju zajedno, momci se osećaju kao da igraju za svoju porodicu, za svoju zemlju, a tek onda sve ostalo. Navijači ih zbog toga obožavaju.

Na pola drugog poluvremena, Ukrajinci su postigli treći gol, a za manje od pet minuta i četvrti. Oba su bila rezultat uspeha odbrambenih igrača. Igra je završena a rezultat 4:0 bio je više nego dovoljan. Kolumbijski igrači ležali su rasuti po travi. Od njih se očekivalo da prođu dalje, ali bili su iznenađeni.

Što se tiče nas, sad je već bilo sigurno da prolazimo u naredni krug. Svi smo to očekivali, ali sad, kad je sto posto sigurno, nekako smo svi odahnuli s olakšanjem. Naredna utakmica bila je protiv Amerikanaca, teoretski nebitna, ali značila je meni, jer mi je ipak u nekoj meri stalo do zemlje u kojoj sam rođena.

Po povratku u hotel kratko smo proslavili. Večera je bila glasna i vesela, sa mnogo zdravica i pevanja. Igrači su sad bili puni samopouzdanja, mada je trener Andrejevič više puta ponovio da su im rezultati odlični, ali da nisu dogurali ni do pola puta.

Kad je prvi put to rekao, prošlo mi je kroz glavu - šta će se desiti sa mnom ako Ukrajina ispadne iz takmičenja? Istog trenutka bih imala rešenje situacije u koju sam se dovela - svi ti *problematični* muškarci bili bi daleko od mene. Sad sam im još uvek svima u blizini.

Uprkos tome što sam znala da ne bi trebalo i da je pogrešno, bila sam strašno uzbuđena oko svega što sledi.

9.

Sačekala sam naredno jutro kako bih Aleksu saopštila da ga napuštam na dva dana, jer nisam želela da mu pokvarim raspoloženje. Znala sam da mu se neće dopasti, iako razume da je tokom Prvenstva on taj koji radi, a ja na jednomesečnom odmoru. Nisam mogla samo da sedim u hotelu i kraj bazena i čekam da se vrati kako bismo ukrali par sati između njegovih treninga, utakmica i sastanaka sa timom. Htela sam da imam svoj društveni život, pogotovu jer su devojke sa mnom i kretale smo se od grada do grada.

Nakon doručka nas četiri smo otišle na aerodrom. Endži i Lana su otišle u Minhen a Bea i ja u Štutgart, gde smo stigle na vreme da popijemo kafu s njenim roditeljima pre odlaska na stadion. Beina majka, Sara, italijanskog je porekla. To je bio glavni razlog za njihov dolazak na utakmicu. Drugi je bio taj što je Bein otac, Piter, hteo uživo da vidi kako igraju čuveni Italijani.

Pokušale smo da sakrijemo da ćemo biti na utakmici kako bismo izbegle problematične pretpostavke. Međutim, naš trud bio je uzaludan. Stekla sam utisak da od trenutka kad smo kročile na tribine i zauzele sedišta, blicevi nisu snimali nikoga drugog sem igrača i nas. Neprestano sam morala da vodim računa kakav mi je izraz lica, jer nisam htela da pokažem da sam presrećna što sam tu, pošto su i italijanski igrači rekli par vulgarnih stvari o meni i čak i o devojkama.

Prvo poluvreme bilo je dosadno u poređenju sa utakmicom kojoj smo prisustvovale dan ranije. Lopta je šetala od jednog do drugog tima, i iako je bilo par dobrih akcija, nije bilo golova. Nijedna strana se nije čak ni približila neprijateljskim stativama. Pauzu smo iskoristile da proćaskamo sa fanovima u blizini i slikamo se, a Bein tata nam je doneo da nešto prezalogajimo. Kad se vratio, igrači su već bili nazad na terenu, spremni za nastavak.

Drugo poluvreme bilo je znatno zanimljivije. Šokirajući sve, Kostarikanci su uspeli da daju gol najboljem italijanskom čuvaru mreže, Frančesku Rusou. Izgledalo je neverovatno. Skoro sam se grohotom nasmejala iako treba da navijam za momke u plavom. Italija je jedan od standardnih favorita na ovom takmičenju još otkako je počelo pre skoro veka, a ove godine svi su smatrali da će sigurno biti bar u polufinalu.

A sada gube od Kostarike.

Kako je utakmica napredovala, činilo se da minuti protiču brže nego inače. Nisam htela ni da pomislim kako je fudbalerima. Odjednom, već je bio osamdeset sedmi minut, a rezultat se nije promenio. Odbrana Kostarike bila je neprobojna, a italijanski red napadača sad se sastojao od tri igrača, sa četvoricom u sredini.

Odjednom, niotkuda, jedan Italijan je primio loptu i jurnuo napred. Na velikom ekranu mogli smo da vidimo njegovo besno, crveno, izobličeno lice. Bio je nezaustavljiv. Bio je toliko brz da je izbegao neprijateljske igrače i uskoro se našao sam ispred golmana. Morao je brzo da reaguje, i jeste. Šutnuo je loptu, ona je poletela u gornji levi ugao, golman je skočio, ali uspeo je samo ovlaš da je dotakne prstima. Bilo je 1:1.

Stadion sačinjen većinom od Italijana zatresao se kao da je voz prošao direktno ispod nas. Fudbaler crvenog lica pao je na zemlju a preko njega njegovi saigrači. Činilo se da će ga ugušiti koliko dugo su ležali tako, ali kad je ustao, povratio je normalan izraz lica. Strelac je bio Marko Moreti, dvadesetsedmogodišnjak na vrhuncu karijere, a ovo je bio njegov prvi gol na turniru.

Italijanski trener viknuo je na svoje igrače da se mrdnu pre nego što sudija oglasi poslednji zvižduk. Produžeci su bili samo dva minuta - još uvek nešto može da se uradi.

I iznenadivši sve, pošlo im je za rukom.

Neprijateljski tim je još uvek bio ošamućen od gola od pre par minuta. Navijači nisu imali vremena ni da odmore glasne žice, kad je sudija oglasio još jedan gol i veliki ekran pokazao rezultat 2:1 za Italiju. Ovoga puta strelac je bio igrač sredine terena, koji je postigao gotovo identičan gol kao Moreti. Navijači u plavom urlali su od oduševljenja i mahali zastavama i šalovima, i utakmica je vrlo brzo i završena. Sasvim neočekivano, i na neki način nefer, Italijani su uspeli da ne izgube.

Morala sam priznati, na kraju, da ova utakmica i nije bila potpuno gubljenje vremena kako sam isprva očekivala. Atmosfera koju su kreirali navijači, zajedno sa igrom drugog poluvremena, vredela je posete Štutgartu.

Dok smo došli do hotela, sve četvoro smo bili iznureni i gladni, te smo otišli na večeru koja se, na insistiranje Beine majke, sastojala mahom od italijanskih jela i pića. Ja sam naručila njoke, koje nisam jela baš dugo, i pila proseko. Već negde na pola večere, slistila sam jednu flašu sama, a moj tanjir bio je skoro netaknut. Proseko je bio divan i istog trenutka me pristojno i prijatno omamio. Kao i Beu.

„Devojke, da li vi i inače pijete ovoliko?" pitala je njena majka.

„Koliko? Ovo nije mnogo", odgovorila joj je Bea, slučajno štucnuvši, zbog čega smo se sve četvoro stali smejati.

„Bogami, jeste", rekla je Sara.

„Ne prema kapacitetu Andersona."

„Bea!" brecnula sam se u šali. „Tvoja majka će pomisliti da sam alkoholičarka."

„Neće", umešao se Piter. „Bred i ja često pijemo zajedno. Njegov kapacitet je nemerljiv."

„Nazdravimo tome!" rekla sam i svi smo se ponovo glasno nasmejali.

Kad je večera skoro završena i sve četvoro se smejali kao ludi na brašno, bez namere da idemo uskoro na spavanje, dva muškarca, svaki sa po buketom ruža, ušla su u restoran. Očima su špartali po prostoriji dok crnokosi nije uhvatio moj pogled. Potom su se obojica okrenula u našem pravcu i prišla nam. Odmah sam prepoznala Stefana Silvija, italijanskog igrača, ali za crnokosog mi je trebalo još par sekundi. Bio je u pitanju Marko Moreti, ali ne sa onim crvenim, izdeformisanim licem sa stadiona, već normalnim, pravilnim, smejući se.

„Šta radite vas dvojica ovde?" rekla sam iznenađena. Bea me je munula u rebra, podsetivši na manire.

„Došli smo da vam se zahvalimo što ste bili danas na utakmici. Niko nije imao pojma da ćete doći, niti bi nam ikada palo na pamet", rekao je Marko gledajući me.

„Možeš da zahvališ ovim ljudima. Nije kao da mi je bila namera da dođem", odgovorila sam, na šta me je Bea ponovo gurnula.

Stefano je pružio ruže Beinoj mami Sari. „Hvala vam što ste došli i poveli svoju lepu ćerku i njenu prijateljicu."

Začkiljila sam ka njemu. Nikad nisam bila ljubomorna na Beu, ali reći ovako nešto bilo je sasvim idiotski.

„Nema na čemu, momci", odgovorila je Sara. „Jeste li za piće?"

„Nije im dozvoljeno", odgovorila sam umesto njih.

„Ovom prilikom možemo popiti jedno", rekao je Marko. „Neka to bude naša tajna."

„Moraćemo porazgovarati o tome."

Moja osionost je bez sumnje poticala od količine alkohola koju sam unela, ali bilo me je briga. Uživala sam da budem oštra sa momcima koji su puni sebe.

Doduše, kasnije sam morala da priznam da se ponašaju kao džentlmeni, da su prijatni, nenapadni, da umeju da vode razgovor sa svima od nas jednako. Nije mi bilo dosadno koliko sam očekivala. Lepo su se izražavali, bili vaspitani i znali o čemu pričaju. Čak su bili i dobro obučeni, u dizajnerskim pantalonama i košuljama ukusno iskombinovanim.

Nakon pola sata Beini roditelji su morali da krenu.

„Izvinjavamo se, sutra rano ujutru imamo let za Minhen", rekla je Sara, „ali verujem da devojke mogu da ostanu još malo."

„Ne predugo, doduše, jer idemo istim avionom", dodao je Piter.

„Bez brige, gospodine Lejn", rekao je Marko, ustavši da se pozdravi. „Zadovoljstvo vas je bilo upoznati. Nadamo se da ćemo vas videti ponovo uskoro."

Nakon što su Beini roditelji otišli, ostalo nas je desetak u restoranu. Marko se okrenuo ka meni i pun samopouzdanja rekao: „Znači, istina je - prava si odsečna kučka, Džejn."

Umesto da budem zgranuta i ljuta, što bi mi bila normalna reakcija, ja sam zastala za trenutak, a onda prasnula u grohotan smeh.

„A tvoje lice izgleda daleko bolje ovde nego kad igraš fudbal", odgovorila sam. Stefano se nasmejao, na šta ga je Marko ovlaš udario. „Popij nešto. Opusti se", pružila sam mu svoju čašu proseka.

Otpio je malo i vratio mi je. „Naručićemo drugi, bolji."

„Nas dve smo već dovoljno pile večeras", umešala se Bea.

„Ja nisam", rekla sam. „Slobodno naruči."

Za manje od deset minuta na stolu je bila nova flaša divnog penušavog pića. Nisam primetila znatnu razliku u odnosu na prvo, moguće zato što sam već bila pijana i preumorna.

Razgovor nam se talasao od površnog ćaskanja, do njihovih početaka u fudbalu, koji su bili prilično laki zbog činjenice da su rođeni u zemlji u kojoj je fudbal jedan vid religije. Roditelji su ih podržavali, počeli su da zarađuju još kao tinejdžeri, a sve ostalo došlo je kao rezultat teškog i napornog rada i posvećenosti. Takođe su pričali o Siciliji, odakle je Stefano, i o jezeru Komo, blizu kog je Marko nekada živeo sa roditeljima. Bilo bi to jedno sasvim obično okupljanje prijatelja, da Marko nije povremeno dotakao moju nogu ispod stola. Kad je prvi put to uradio, trgla sam se, pogledi su nam se sreli, i pošto mi se osećaj dopao, nisam ništa rekla.

„Italiju nije moguće nikada u potpunosti istražiti", pričao je Stefano. „Priroda, hrana, more. Čovek im se uvek vraća."

„Kao žene kad probaju Italijana", dodao je Marko, pogledavši ka meni.

„Mnogo umišljaš", odogovori mu Bea šaljivo.

„Garantujem. Nema boljeg muškarca od Italijana."

„Probala sam. Nije istina."

„Trebalo bi da probaš opet." Namignuo joj je.

Kako je veče odmicalo, a nijedno od nas nije htelo da se završi, odlučili smo da igramo jednu igru. Svaka strana postavi pitanje i ko odgovori pogrešno, mora da pije. Kao da već nismo bili dovoljno pijani. Ali nisam se pobunila. Sviđalo mi se u kom smeru se situacija razvija.

Počeli smo sa trik pitanjima uglavnom iz oblasti geografije, ali budući lukavi, njih dvojica su brzo prešla na podatke i činjenice o svetskim prvenstvima i fudbalskim pravilima. Bea je tu bila početnica, ali ne i ja. Znala sam odgovor na sve što su pitali, od kad su prvi put učestvovala trideset i dva tima (1998), pa do gde je naredna utakmica Italijana (u Lajpcigu). Mogla sam čak i da im preporučim šta da vide i rade tamo, pošto sam posetila taj grad pre par godina povodom jedne konferencije kojoj je tata prisustvovao.

„Veoma si informisana, Džejn", rekao je Marko. „Impresioniran sam."

„Pošto si malopre rekao da sam odsečna kučka, shvatiću ovo kao ogroman kompliment."

Svi smo se nasmejali.

„I dobro igraš."

„Mhm, odlično mi ide."

„Pokaži mi." Ustao je.

„Molim?" Iznenadio me je. „Ne moram ja tebi ništa da pokazujem. Idi na Jutjub i videćeš."

„Ne verujem dok ne probam. Stefano, pusti nešto."

Oklevala sam.

„Šta je? Plašiš se? Hajde, dobar igrač može da se prilagodi svakoj pesmi, zar ne?" pružio mi je ruku, a ja sam je prihvatila.

U trenutku kad ju je spustio oko mog struka, osetila sam one iste trnce uzuđenja kao kad me je Gotfrid prvi put dotakao. Znala sam da je trebalo da ustuknem istog momenta ali... Zar nije u pitanju samo igra? Njegova, ili moja... Više nije ni bitno. Uživam u svemu ovome, da budem u centru pažnje svih ovih muškaraca koji su inače toliko puni sebe, ali pred lepom devojkom se pretvore u dresirane kučiće. Svi su oni budale, ubeđeni da su glavni u ovoj situaciji, neodoljivi osvajači, dok zapravo jedina osoba koja drži sve konce u rukama sam ja.

„Reci mi sad iskreno", šapnula sam mu na uho, „zbog čega ste ti i Silvi ovde?"

Nasmejao se. „Nisi glupa."

„Što sam malopre i dokazala."

„Hteo sam da progovorim s tobom reč-dve."

„Do sad si progovorio znatno više."

„Ne vidim da se mnogo buniš."

Htela sam da se izmaknem, ali biti u njegovom naručju bilo je isuviše dobro.

„Još uvek ne.", odgovorila sam.

„Dakle, možemo da nastavimo u ovom smeru?"

Umesto odgovora, samo sam se osmehnula. Sirena za upozorenje u mojoj glavi pištala je da se tu zaustavim, poželim im laku noć i odem u sobu, ali đavo mi nije dao mira. Pred kraj pesme, šapnula sam mu „Soba 1050. Daću ti vodič za Lajpcig".

Isprva je bio iznenađen, ali vrlo brzo je povratio samopouzdanje i namignuo mi umesto odgovora.

Nisam rekla Bei šta mi je plan. Poželele smo im laku noć i uputile se ka sobama. Ona je bila previše omamljena od pića i umora da me bilo šta pita, te smo se samo rastale i dogovorile kad ćemo se naći ujutru, obećavši da nećemo kasniti.

I ja sam bila omamljena, ali uzbuđenje je preovladalo. Bacila sam pogled na telefon. Nema poruke od Aleksa. Hah, ipak mu ne nedostajem toliko.

Htela sam da se istuširam na brzinu, ali nisam imala vremena. Ni pet minuta od ulaska u sobu, začula sam kucanje na vratima. Kad sam otvorila, Marko je bio preda mnom dahćući. Očigledno je išao stepenicama, nasmejala sam se u sebi i odmakla da ga propustim da prođe.

„Hajde, uđi", rekla sam nakon što je nastavio da blene u neverici. „Šta je? Uplašio si se?"

Konačno je ušao i zatvorio vrata za sobom. „Ne, *bella*, samo sam uživao u pogledu."

Znala sam da je već osvojen, ali htela sam da ga još malo izazivam. Odšetala sam do police na suprotnoj strani sobe i savila se, kao da tražim nešto, svesna koliko mi je haljina kratka.

„Ups, pogrešila sam", uspravila sam se, „ipak nisam ponela vodič."

„Zašto sam se onda peo čak na deseti sprat, i to stepenicama?" prišao je. Krv mi je jurnula u lice od uzbuđenja a nervi se naoštrili.

„Mislim da znaš odgovor na to pitanje bolje od mene", rekla sam tiho. Lica su nam bila svega par milimetara razmaknuta. Gorela sam od uzbuđenja, a isto mi je bilo i u stomaku. Nisam sigurna da li je to mogao da mi pročita u očima, ali u narednom trenutku me je zgrabio tako da nisam mogla da se pomerim. Poljubac je bio divalj i grub, pun strasti.

Odneo me je do zida i podigao haljinu. Pocepeo mi je veš, a ja rastrgla dugmiće njegove košulje. Otkopčao je pantalone i spustio ih. Već je bio čvrst. Htela sam ga u sebi što pre. I on je želeo isto. Podigao me je i ušao, jak i prodoran. Vrisnula sam. Pokrio mi je usta rukom.

Bilo je toliko drugačije nego sa Gotfridom. Ispunio me je užitkom, ali na drugačiji način. Njegovi pokreti bili su brži, zahtevniji, sebičniji. Bio je poput deteta u radnji slatkiša, sve je hteo da dohvati, da proba, što pre. I to mi se dopadalo.

Prislonjena uza zid, sve sam osećala snažnije nego inače. Držala sam se za njegova ramena, jureći svoj vrhunac, kad sam primetila da su njegovi uzdasi postali dublji. Narednog trenutka umirio se.

Pustio me je da se stanem na noge, duboko dišući, glave oslonjene na zid pored moje. Za trenutak je vladala tišina, koju sam prekinula došavši do daha.

„Vidim da si baš bio uzbuđen zbog ovoga.”

„Naravno. Šta si očekivala?”

„Da svršim, na primer.” Odgurnula sam ga i stala se smejati.

„Da li me ti to ismevaš?”

„Ne, nikako, dečače. Za svoje godine bio si sjajan. Koliko ti je, beše? Šesnaest?”

To mu je pogodilo ego. Skinuo je svu preostalu odeću i prišao mi. „Ovo je bio samo početak, *bella*. Morao sam da se oslobodim pritiska. Najbolje tek sledi.”

Svukao je haljinu sa mene. Ostala sam samo u grudnjaku i štiklama.

„Svega mi, ti si savršena.” Izmakao se par koraka da me bolje osmotri. „Da si moja devojka, ne bih silazio s tebe nedeljama.”

„Je l' možeš to da sabiješ u jedno veče?”

Povukao me je za kosu i ponovo divlje poljubio. Osetila sam mu drugu ruku među nogama. Igrao se, uzbuđujući me sve više. Otkopčao mi je grudnjak i stao gristi bradavice, dovodeći me do ludila. Zajecala sam. Kad je gurnuo jedan prst u mene, mislila sam da ću se rastopiti. Ponovo je bio uzbuđen, kao pre svega par minuta. Želela sam ga unutar sebe, što pre.

„Okreni se”, naredio mi je. Poslušala sam. Savio me je samo malo a potom ušao jačinom kao malopre, samo što je ovaj put osećaj bio znatno intenzivniji. Skoro sam vrisnula, ali povukao me je za kosu. „Ne smeš da ispustiš ni glasa.”

„Zašto?” skoro sam zavapila.

„Mnogo je bolje ako ne vičeš. Videćeš.”

Kako je nastavio, pred mojim očima su se pretapali oblaci i boje
oduševljenja i zadovoljstva, dok sam se trudila da ne ispustim nijedan
uzdah. Umalo sam dotakla orgazam. „Pređimo u krevet", zahtevno sam
rekla.

„Ne, svršićeš ovde", rekao je siguran u sebe.

„Ne mogu…"

„Pokazaću ti. Možeš."

Promenio je ugao, ritam, potpuno me iznenadivši. Razni osećaji su
me oblili istovremeno, i u narednom trenutku sam svršila, snažno. Ali on
se nije zaustavio, te sam uskoro uspela još jednom. Ni tad nije stao.

„Sad ćemo preći u krevet", rekao je.

Legla sam, još uvek se tresući od jačine osećaja. Nadneo se nada
mnom.

„Zar si već iscrpljena?" pitao je podigavši mi jednu nogu. „Još
uvek nisam gotov," i ponovo ušao.

Isprva sam osetila snažan bol, ali on se potom pretopio u užitak.
Kretao se polako, i to me je izluđivalo. Kad sam umalo ponovo svršila, stao
je. Oči su mi zasuzile, ne verujući šta mi se dešava.

„Ne budi razočarana."

Okrenuo me je na stranu i ponovo ušao. Kretao se sporo, a potom
brže. Kad je osetio da sam blizu vrhunca, ponovo je stao.

„Sad je tvoj red da vodiš", rekao je i legao na leđa. Toliko sam bila
puna želje da sam se istog trenutka uspravila i sela na njega, ali pre nego
što sam ga prihvatila, zaustavio mi je kukove. „Moraš da radiš sve što ti
kažem", rekao je. Klimula sam. „Obećavaš?" Klimnula sam još jednom.
Iznenadio me je pokretom u ušao tako jako da sam ponovo zajecala.

Slušala sam i radila sve što mi je rekao. Još bezbroj puta smo
promenili poze. Kad god sam mislila da ne postoji više nijedan drugačiji
ugao, on mi je pokazao suprotno. Bila sam gore, dole, na strani, savijena,
odignuta, i na kraju, kad mi se celo telo nekontrolisano treslo od napetosti
nerava, pustio me je da svršim. I to je trajalo. Bio je sav u znoju jer nije stao
ni u jednom trenutku. Svršili smo u isto vreme i oboje se stropoštali među
jastuke i zaspali.

Negde usred noći probudila sam se. Sunce samo što nije izašlo.
Mišići su me boleli. Nasmejala sam se u sebi znajući uzroke tome. Primetila
sam da sam sva lepljiva i znojava i istuširala se. Bacila sam pogled na
telefon po povratku u sobu. Ovoga puta čekala me je poruka od Aleksa.

Nedostaješ mi.

Probudla sam Marka.

„Trebalo bi da kreneš.”

Nije dramio niti odugovlačio. Znao je da mu je bolje da se vrati pre nego što neko primeti da nije u svom hotelu.

„Kad ćemo se ponovo videti?”

Glupi muškarci.

„Ne znam.”

„U redu. Poradiću na tome.”

„Nemoj da budeš sumnjiv tokom treninga danas.”

„Ne brini. Nakon ovoga, imam energije za do kraja Prvenstva.”

Otišao je. Bez poljupca, bez zagrljala. Baš kao prava avantura za jednu noć.

***

Samo što ćemo ući u avion, stigla mi je poruka.

Hajde da se nađemo sutra na doručku. Ti i devojke možete posle doći na naša utakmicu. M.B.

Matijas. Sladak je. Istog trenutka mi je skrenuo misli sa ispunjene noći koja je bila za mnom.

Odgovorila sam da ću videti šta mogu da uradim po tom pitanju. Odlazak u Dizeldorf znači da moram naći dovoljno dobro objašnjenje za Aleksa, što će biti prilično teško ako i tata ne pođe na utakmicu. Ali znala sam da moram da ga vidim. Ovaj momak zaintrigirao me je više od svih ostalih.

Kad sam ušla u sobu, još jedan buket cveća me je sačekao, sa porukom *Najlepšoj ženi na svetu. M.B.*

Zaigralo mi je u grudima. Stvarno se trudi.

Našli smo se sa mojim roditeljima, Endži i Lanom, i svi smo zajedno otišli na ručak u Hofbrojhaus, jedan od najboljih restorana u Minhenu ako želite sjajne atmosferu, pivo i hranu, a potom smo se zaputili ka Alijanc areni, gde će Englezi imati okršaj sa Ujedinjenim Arapskim Emiratima. Bili smo sigurni da će se utakmica završiti u našu korist, ali glavni razlog za okupljanje bio je da se vidimo sa Metjuom Vansom, pošto smo prethodni put tata i ja morali da odjurimo da gledamo Nemce.

Kako smo i pretpostavili, utakmica je bila opuštena i mirna, i završila se rezultatom 2:0 za nas. Atmosfera na stadionu nije bila toliko zagrejana, te ni veselje nakon završetka. Stoga smo se vratili u hotel prilično brzo, čak smo popili jedno piće pre nego što su se igrači vratili. Tata je tražio da samo mi i reprezentativci budemo u restoranu kako bismo mogli da ležerno razgovaramo.

Kada su igrači i trener Vans došli, svi smo ustali da se pozdravimo. Konačno sam upoznala Džošuu Hadlija, san hiljade devojaka širom Velike Britanije, i moj pre Aleksa.

Uistinu je bio šarmantan, sa svojom tršavom kosom i kokni akcentom. Nisam htela da propustim priliku da pričam s njim i drugim momcima, pa sam odvukla devojke do njihovog stola dok su naša mesta zauzeli trener Vans i njegovi asistenti.

Bilo je istinski sjajno ćaskati na engleskom i bacati šale koje svako iz prve razume.[8] Osećala sam se kao da sam na nekom okupljanju sa prijateljima u pabu. Endži je prešla na drugu stolicu kako bi se još dublje upustila u raspravu s jednim od igrača oko toga koji grad je bolji za život, London ili Mančester, tako da sam ja sela odmah do Džošue.

„Ne mogu da verujem da sam te konačno upoznao," rekao je.

„Zašto? Baš ti je bila želja?" rekla sam ne razmišljajući, i u narednom trenutku shvatila da u poslednje vreme šta god kažem u prisustvu muškaraca nekako zvuči kao da flertujem.

„Da. Godinama."

„Hah, ne verujem ti."

„Od prvog trenutka kad sam te video."

„Okej, dosta. Zvučiš previše pesnički."

„Dvanaesti novembar, pre tri godine." Gledao me je, čekajući da se setim.

„Ne znači mi ništa taj datum", otpila sam vino.

„Modna revija Sandre de Vi."

Zinula sam u čudu. „Znaš moj CV bolje od mene. Otkud ti tamo?"

„Moja sestra je bila jedna od manekenki."

Nisam se sećala nijedne od devojaka sa te revije pošto sam ja bila glavna zvezda. Jedino što sam zapamtila je da je taj projekat bio uspešan i da je nakon te večeri sledilo nekoliko pohvalnih članaka koji o tome svedoče.

„Zašto se tad nisi javio?" pitala sam.

---

[8] Razumeju iz prve jer je svima engleski maternji jezik. U razgovorima sa Ukrajincima, Nemcima i sl. Džejn i devojke nekad moraju da pričaju sporije ili da objasne neke šale i anegdote, jer je za njih engleski strani jezik koji neki od njih i ne govore najbolje.

„Bio sam glup i nesiguran."

„Ne činiš mi se kao ni jedno, ni drugo."

„Verovatno sam bio očaran."

Za trenutak sam ga pogledala pronicljivo. *Oh, kako volim ove igrice!* Uzvratio mi je očima koje govore da je i dalje očaran i zbunjen.

„Svega mi, ima nešto u vezi sa tobom," nastavio je, „primetio sam to tada i istog trena se skamenio od straha. Pomislio sam *Ne, nema šanse da bi ova devojka čak i razmislila o ideji da izađe s tobom.* Tako da se nisam ni usudio da pitam. Na sve to, tu je i tvoj otac."

„Hm, ne mogu da kažem ništa sem da je trebalo da probaš. Bio bi apsolutno bezbedan." Namignula sam mu preko čaše.

„Kako to misliš?"

„Kako da se izrazim a da nakon toga ne šetaš okolo umišljeno kao paun…" oklevala sam.

„Bilo kako!"

„Ti si jedini Britanac kog je moj otac hteo za mene."

Nastupila je tišina, tokom koje sam se ja zadovoljno smeškala, dok je u njegovim očima besnela oluja.

„To nije moguće", rekao je bez daha.

„Jeste", potvrdila sam.

„Ne, nema šanse…"

„Da ga pitamo?" Odmah sam uhvatila tatin pogled dok je Džošua, jadničak, i dalje bio zabezeknut. „Hej, tata, šta si mi ono uvek govorio za Džoša?"

Tata se nasmejao. „Da bi bio savršen zet. Po svim mojim standardima. Sad je, nažalost, kasno."

Ostali igrači su se takođe stali smejati, a meni je najednom bilo krivo zbog Džošue, koji se nije čak ni osmehnuo.

„U redu je. Nije nam suđeno", rekla sam.

„Ovo mi je mnogo informacija da svarim odjednom. Da saznam da me je najopasniji čovek na planeti zapravo hteo za svoju ćerku, a ja nisam uradio ništa po tom pitanju. Au!" Stavio je glavu među ruke.

„Možda nisi dovoljno želeo ćerku," zadirkivala sam.

„Ma, daj, Džejn, koji muškarac tebe ne bi hteo?" unervozio se, videla sam to iz načina na koji je stao krstiti prste. „Ne mogu da verujem. Bojim se da sebi nikad neću ovo oprostiti. Bio mi je san da mi budeš devojka - da dolaziš na moje utakmice, da te pratim na revije i premijere. Ali uvek sam brinuo šta će tvoj otac da kaže i uradi ako negde zabrljam."

„Ne znam šta da kažem. Ni ja nisam bila potpuno ravnodušna kad se radilo o tebi. Ali nije na devojci u mojoj situaciji da pravi prvi korak."

„Nemoj više. Trenutno mrzim sebe!"

„Hej, polako, smiri se. Moraš biti spreman za narednu utakmicu. Ne smete da nas obrukate."

„Da, u pravu si. Nećemo. Daću sve od sebe." Popio je do kraja svoju vodu. „Dakle, ti i Janov... Vi ste, hm, sasvim sigurni, ozbiljni? To je to?"

Prasnula sam u grohotan smeh. „Da, Aleks je ljubav mog života. On je moja druga polovina."

Završila sam sa svojim pićem i odlučila da se povučem u sobu. Izvinila sam se svima rekavši kako mi treba sna pošto sam premorena od jurnjave tamo-vamo. Devojke su krenule sa mnom.

Džošua mi je bio tako sladak. Želela sam da mogu da kažem kako bih volela da sam znala koliko je zapravio zainteresovan za mene, ali nakon devet meseci provedenih sa Aleksom, bila sam sigurna da nisam ništa propustila. Ipak, zanimalo me je kako bi se stvari odvijale sa mojom tinejdžerskom simpatijom.

Međutim, imala sam o čemu drugom da mislim. Gore u sobi, morala sam da isplaniram kako da odem u Dizeldorf, a da se ne posvađam sa Aleksom ili da tata nešto ne posumnja.

„Moraćeš reći Bredu", odmah je rekla Endži. „Ne možeš da odeš, a da mu ne kažeš. Uradiš li to, stvorićeš sebi problem koji ne želiš u životu. Ako se Bred složi, ideš, ako kaže ne, ne možeš, i to je to."

Osetila sam kao da mi gruba, surova šaka steže srce, zamišljajući Matijasove tužne oči ako mu kažem da ipak ne mogu da dođem.

„U pravu je. Nema drugog načina", rekla je Bea.

Misli, Džejn, misli! vikala sam u sebi. U tom trenutku neko je pokucao na vrata - tata i mama. Pustila sam ih da uđu i u narednom trenutku tata je izvukao kovertu iz unutrašnjeg džepa sakoa. „Primio sam ovo jutros ali sam tek sad otvorio. Deset karata za sutrašnju utakmicu Nemaca. Znaš li išta o tome?"

Mozak mi se zahuktao od procesuiranja misli.

„Znam", rekla sam. Devojke su prebledele i pogledale u mom pravcu. „Poslali su mi cveće pre neki dan, zahvalili što smo došli na prethodnu utakmicu i pozvali da dođemo ponovo. Pretpostavila sam da će poslati neke karte pre ili kasnije." *Au, kako dobro lažem! I to na licu mesta!*

„Pa, devojke, imate li nešto u planu ili da sutra krenemo za Dizeldorf?"

Sve četiri smo stale potvrdno klimati u neverici, a potom, shvativši koliko čudno to mora da izgleda, i verbalno sam potvrdila da nam se ide.

Kad su tata i mama izašli iz sobe, bacila sam se na krevet, i dalje se osećajući kao da sam u epizodi neke TV serije.

Devojke su otišle uskoro a ja sam se uvukla pod tuš. Kad sam završila, sačekala me je poruka od Matijasa.

Da li si stvarno mislila da bih ti prepustio da se za sve pobrineš sama? :)

- *Neverovatan si. Hvala ti. Kasnićemo na doručak, doduše.*

Imam plan i u tom slučaju. Super ćemo se provesti.

- *Bolje bi ti bilo. Ja sam turista a ti lokalac. Potrudi se da mi bude zabavno.*

Nema problema. Samo dođi.

Dobra stvar je bila da je njihova utakmica u četiri popodne. U poslednjem krugu timovi iz iste grupe igraju u isto vreme kako bi se izbeglo nameštanje rezultata, tj. da bi se sprečilo da timovi kalkulišu koji rezultat kome najviše odgovara kako bi ili ne bi dobili jačeg odnosno slabijeg protivnika u narednom kolu. Za nas to je značilo da nemamo mnogo vremena za gubljenje. Moraćemo krenuti u Dizeldorf odmah nakon doručka.

Suvišno je reći da se Aleksu ništa od svega ovoga nije dopalo. Čak preko telefona mogla sam da osetim bes u njegovom glasu kad sam mu rekla da ponovo idem s tatom da gledam Nemce.

„Znaš šta mi nije jasno - ne mogu da verujem da tvoj otac ne vidi kakvi su oni kreteni. Ja ću pričati s njim i tražiti mu da prestane da te vuče unaokolo."

„Ljubavi, molim te, smiri se. Znaš da to ne dolazi u obzir."

„Zašto ne? Možda shvati kad mu ja izresem kako stvari izgledaju iz mog ugla."

„Zapravo sam sigurna da bi ga to samo razbesnelo. Video bi to kao da hoćeš da ga učiš kako da vodi računa o sopstvenoj ćerki. On smatra da zna najbolje."

„Svako može nekad da pogreši."

„Ali ne i Bred Anderson."

„Džejn…"

„Aleks, slušaj - i jedno i drugo znamo da ne možemo, ne smemo, naljutiti mog oca." Zaćutao je. Tačno sam znala šta mu je na pameti.

„Ljubavi, moraš se koncentrisati na treninge i svoje utakmice. Znaš vrlo dobro da sam ja tvoja i samo tvoja devojka. To niko ne može promeniti. Nikad. Čak i tata to zna. Zato me i vodi sa sobom. Poznaje me dovoljno. Zna da je sve ovo - upoznavanje ljudi, sklapanje dogovora i šta sve ne - jedan veliki šou. Izbaci svoj bes na travi, a kad se vratim, nadoknadićemo sve propušteno vreme. Je l' dogovoreno? Volim te."

„Volim i ja tebe", rekao je i već sam mogla da osetim da mu bes popušta. „Vrati se brzo."

Moram priznati da sam se u tom trenutku istinski osećala loše zbog svojih postupaka, ali to je potrajalo svega par sekundi. Podsetila sam sebe koliko sam uzbuđena što ću videti Matijasa, te sam Aleksa i naš razgovor gurnula negde na kraj uma i umesto toga misli usmerila na ono što će se desiti. Morala sam sam lepo da se ponašam kako niko ništa ne bi posumnjao. Sreća je bila na mojoj strani - sve se dešava takvom brzinom da nemam vremena da budem zbunjena. Toliko brzo da nisam stigla čak ni devojkama ispričati šta se desilo sa Markom Moretijem. Kako god, uspešno sam kontrolisala svoje misli te se nisam brinula oko polulaži koje kreiram. Nisam čak bila ni nervozna. Za sada sam se pokazala kao prilično dobar lažov.

U Dizeldorfu smo, ponovo, odseli u istom hotelu kao i igrači. Par minuta nakon što sam ušla u svoju sobu, stigla mi je poruka.

11:30 ispred ulaza u bar.

Navukla sam teksas šorts, jednostavnu belu majicu na kratke rukave i ravne sandale, i spustila se dole tačno u pola jedanaest. Bila sam uzbuđena kao pred dejt, iako ovo treba da bude samo odlazak na kafu sa poznanikom.

Čekao je, prokleto zgodan u farmerkama i jednostavnoj beloj majici na kratke rukave - nesvesno smo se obukli skoro identično. Nakon što smo detaljno osmotrili jedno drugo, stali smo se smejati tome.

„Zdravo", rekao je stidljivo.

„Ćao", odgovorila sam, osetivši kako mi je krv jurnula u lice.

„Bolje da krenemo kako ne bismo gubili vreme."

Poveo me je do sporednog izlaza hotela gde su nas čekali automobil i vozač.

„Nemamo mnogo vremena na raspolaganju pošto moram da budem u hotelu u jedan", rekao je kad smo se smestili na zadnje sedište, „ali sve sam spremio za večeras."

„Večeras? Šta ako neću nigde da idem s tobom večeras?" oštro sam ga pogledala.

„U redu. Odlučićeš nakon ovih sat i po."

Nije probao da stavi ruku oko mene, niti da mi se primakne. Bio je kulturan i uljudan i držao se svoje strane sedišta. Setila sam se kako je bio napadan prvi put kad smo imali priliku da razgovaramo, kad je stavio ruku na moju stolicu pun sebe. Sad smo oboje bili poput tinejdžera.

„Gde idemo?" pitala sam.

„Videćeš. Niko nas neće uznemiravati, to je sigurno."

„Hvala ti." Kao da je odgovorio na pitanje koje mi je bilo u glavi ali ga nisam postavila. Najviše me je brinulo da li će nas iko videti. Dopadalo mi se što zna šta me brine i u skladu s tim se ponaša.

„Kako ti se čini fudbal ovih dana?" pitao je. „Ovo je tvoje prvo Prvenstvo, zar ne?"

„Jeste, konačno. Odlično se provodim." Pred očima su mi proleteli Gotfrid i Moreti ali sam ih brzo odgurnula. „Za prethodno sam bila premlada. Tad mi još nije bilo toliko stalo. Sada je drugačije. Uživam, u svakom pogledu." Umalo sam štucnula.

„Vidim. Skačeš od grada do grada non-stop."

„Nije toliko teško sa privatnim avionom, a i devojke su pune energije. Međutim, svakako će mi trebati pravi odmor kad sve ovo bude gotovo."

„Je l' ti se više ide negde na plažu ili u planine?"

„Na plažu. Praznu."

„Gde?"

„Neću da ti kažem."

„Znači sve je već rezervisano?"

Oboje smo znali da ako nastavimo razgovor u ovom smeru, moraćemo pomenuti Aleksa, tako da mu nisam ništa odgovorila i on je razumeo.

„Šta ti više voliš?" pitala sam.

„Ove godine, nakon što se turnir završi, voleo bih da odem negde na snoubording."

„Gde?"

„U Kanadu."

„Moraćeš da odeš prilično daleko na sever."

„Znam. Već sam nešto isplanirao."

„Ideš sam?"

Pogledao me i nasmejao se. „Da. Svoje devojke ne vodim na ovako zahtevna putovanja."

„Jer su previše opasna?"

„Ne, već zato što nikad nisam ozbiljan sa njima."

Začkiljila sam.

Shvatio je šta je upravo rekao. „Ja... Ovaj... Znaš na šta mislim. Većini devojaka sviđa se samo fensi deo mog života. Do sad se nijedna nije pokazala kao dovoljno hrabra i izdržljiva da je povedem na neku avanturu u prirodu."

„Izdržljiva?"

Bilo mi je simpatično kako pocrveni kad se zbuni i unervozi - nikako u skladu sa hvalisavcem kakav je javno, kakvog sam ga upoznala pre par dana.

„Da, za oštro vreme, adrenalin i to... Hajde da promenimo temu."

Nasmejala sam se.

„Tvoja prva reklama koja se vrtela na svim TV stanicama bila je sjajna. Morao sam to da ti lično kažem", rekao je.

„Sportska oprema?"

„Da. Sećam se da si bila previše seksi za jednu trinaestogodišnjakinju. Čak si imala i grudi."

Ponovo sam se nasmejala. „Kao da te je bilo briga za devojke tad. Nemoj sad da mi lažeš. Koliko si imao godina, petnaest?"

„Sedamnaest. I ne lažem. Sećam se vrlo dobro tih tvojih početnih dana. Svi su neprestano pričali o tebi - novine, momci iz kluba, vršnjaci u školi. Konstatno si bila tu negde. Ali nikada nisi došla ni na jednu od naših utakmica kad smo igrali u Engleskoj, ni sa reprezentacijom, ni sa klubom."

„Bila sam zauzeta. Kad god je utakmica negde van Londona, teško mi je da prisustvujem. U svakom slučaju, nisam ni bila u kući non-stop. Mogao si da se javiš u nekom od pabova."

„Da, svakako, dok te tvoj otac neprestano motri. Taj tip mi uliva strah u kosti. Reci mi - ima li kod kuće u Teksasu neki ogroman teleskop kojim prati sve što radiš i kuda se krećeš?"

Uhvatila sam se za stomak od smeha, zamišljajući tatu iza teleskopa. „Uveravam te da nema ništa slično tome, ali zna kako da vodi računa o meni."

„Znam. Vidim. Ti si pravi dragulj, gospođice Anderson."

Ponovo sam se zarumenela, osećajući toplinu u grudima. Sve ovo što mi govori, ovi komplimenti, sve je tako kliše, ali mi prija.

Automobil se zaustavio i izašli smo. Nisam znala gde smo, sem da je u pitanju grad, negde blizu reke Rajne. U blizini je bio krcat park, ali niko nije obratio pažnju na par koji je upravo izašao iz sivog audija. Trudio se da budemo neupadljivi i nisam mogla to da ne cenim.

„Pođimo ovuda", pokazao je na visoki toranj. Videla sam kako mu je ruka krenula ka mojoj, ali ju je istog trenutka spustio, shvativši šta je pokušao da uradi, i kao da se postideo.

„Hvala ti", rekla sam. Ispravno bi bilo da ga kritički pogledam, ali nisam mogla. Jer sam želela da me uhvati za ruku.

Kad smo se približili ulazu u TV toranj, primetila sam da u blizini nema nikoga. Osoblje nas je prijatno dočekalo i bez suvišnih reči povelo do lifta.

„Koliko znam, ovakva mesta se plaćaju i vrve od posetilaca", rekla sam, progutavši kako bih se oslobodila pritiska u ušima dok smo se peli naviše.

„Postarao sam se da danas rade samo za nas."

Pogledala sam ga očima koje su sijale od uzbuđenja. Vrata lifta su se otvorila i iskoračili smo u kružnu prostoriju koja je takođe bila prazna kao i hodnik na ulazu.

„Džejn, dobrodošla na vrh Dizeldorfa."

Stajala sam zadivljeno, posmatrajući grad pod sobom koji je sijao od života i fudbalski prazničnog raspoloženja.

„Ti nisi normalan", promucala sam, duboko udahnuvši.

Zgdade su se nizale jedna do druge uz široku, veliku reku. Na podnevnom suncu sve je izgledalo kao slika. „Zašto si sve ovo uradio? Usred sezone. Od svih mogućih mesta u gradu. Mora da nije bilo nimalo lako."

„Hteo sam da imamo mir i tišinu, bez ljudi, i ovo mi se učinilo kao pravo mesto. U srcu je grada a opet daleko od buke i vike." Stao je iza mene. Osetila sam njegovu blizinu i okrenula se.

„Hvala ti."

„Ovo je već treći put da mi se zahvaljuješ." Nasmejao se i stavio mi pramen iza uha. Nismo mogli da prestanemo gledati jedno u drugo. „Ne moraš da mi se zahvaljuješ ni za šta danas. Hteo sam da uživamo i da nam bude što je prijatnije moguće, uz sve date okolnosti."

„Dobar si organizator."

„Bio sam prilično motivisan."

Uzvratila sam mu osmeh, osetivši lepršanje u stomaku.

Poveo me je u malu turu pokazavši razna važna i poznata mesta u gradu. Nismo imali mnogo vremena, te smo seli na piće. Konobar je stavio pred nas razno voće, sendviče i kolačiće. Pila sam sok, solidarišući se s njim pošto tokom Prvenstva ne sme da takne alkohol. Na neki neverovatan način osećala sam se kao da sam na sasvim normalnom prvom dejtu.

„Reci mi, Džejn - šta si prvo pomislila o meni?" pitao je preko stola. Bila sam mu zahvalna što nije seo odmah do mene. Da je to uradio, bila bih skroz izgubljena.

Malo sam oklevala ali na kraju ipak odlučila da budem iskrena. „Da si kreten."

Oboje smo se glasno nasmejali.

„Kad je to bilo?" pitao je.

„Kad si prvi put rekao nešto prljavo o meni."

„Nikad nisi čula za mene pre toga?"

„Jesam ali nisam obratila pažnju. Ako nisi znao, mi u Engleskoj imamo prilično dosta dobrog fudbala. Nisam skidala pogled sa Džošue Hadlija."

„Hah! Taj pikavac sa govornom manom! Ne znam šta vi, devojke, vidite u njemu."

„Nema govornu manu! Njegov akcenat je šarmantan", ponovo sam se grohotom smejala.

„Onome ko može da ga razume."

Uhvatila sam se za stomak pokušavajući da se smirim.

„Morao sam nečim da ti privučem pažnju", rekao je.

Začkiljila sam. „Onim glupim izjavama?"

„Sad znam da je trebalo da imam drugačiji pristup. Radio sam isto što i ostali kreteni. Trebalo je da budem malo…"

„Prefinjeniji?"

„Mislim da se tako kaže."[9] Naslonila sam se na sto kako bih otpila soka, i on je uradio isto, smanjivši razdaljinu između nas. „Dakle, reci mi sad, Džejn, zašto si ovde?"

Zurili smo jedno u drugo, činilo se večnost. Sviđao mi se taj osećaj. Isprva sam htela da se igram rečima, ali nisam mogla da se nateram da izgovorim nijednu. Bilo šta osim istine činilo se previše složenim. *Dođavola, ne bi trebalo to da kažem. Ili možda bi? Ne mogu da lažem sad. Ili bi možda trebalo?*

„Zbog načina na koji me gledaš", izašlo je pre nego što sam uspela da sprečim.

„Kako?" Nije bio arogantan, već istinski radoznao. Dopadale su mi se crte njegovog lica, dubina u njegovim očima.

„Kao sad", glas mi je bio ravan šapatu.

---

[9] Engleski Matijasu nije maternji jezik, a Džejn je u originalu upotrebila reč *subtle* koju on ne zna.

„Da li bi to pojasnila?" Uzeo mi je ruku sa stola i stao se igrati prstima. Uzbuđenje mi je jurnulo celim telom poput struje. Gledala sam naše isprepletane ruke, ne izvukavši svoju, a potom podigla oči ka njegovima.

„Drugi muškarci, koji su takođe izjavili raznorazne gluposti, gledaju me... Kao da sam komad mesa. U njihovoj blizini osećam taj životinjski način na koji me žele. U tvom slučaju... Drugačije je."

Kakva si ti glupača, Džejn! Možeš li biti iskrenija? Upravo mu ulećeš u zamku, i dopuštaš da se igra tobom. Umesto da bude obrnuto!

Pustio mi je ruku, i s tim su me prošli i oni prijatni žmarci.

„Pa, lepo je čuti da ne zurim u tebe kao seksualni manijak."

Istog trenutka sam se ponovo opustila i nasmejala.

„Biću iskren, Džejn. U početku sam i ja razmišljao kao ti momci. Jedina razlika je što sam uvek nekako o tome mislio na duže staze, u smislu da ako ću već da budem u ozbiljnoj vezi, zašto ne bih bio sa najzgodnijom devojkom na svetu. Ali taj dan ispred lifta... Taj susret promenio je sve."

Jasno sam se sećala događaja o kom priča, dan pred početak takmičenja.

„Lens je bio tako uzbuđen i reagovao istog trenutka, dok sam ja..."

„Zablokirao", dopunila sam.

„Da. Videvši te ispred sebe, u istom hotelu. Jednostavno je izgledalo neverovatno. Ti sama izgledala si previše dobro da bi bila stvarna. Nisam mogao da trepnem."

„Dalo se primetiti."

„Zaista?" Klimnula sam. „Mislio sam da su samo momci shvatili. Oni znaju kako se inače ponašam sa devojkama. Sad mi je neprijatno."

„Nema potrebe. Moje drugarice čuvaju tajne."

„Hvala im. Moji prijatelji se ne ustežu da svako malo spomenu kako izgledam i zvučim kao apsolutni idiot kad si u blizini."

„Misliš, kao arogantno đubre?" podsetila sam ga na naš prvi razgovor.

„Da. To baš i nije bio sjajan početak sa devojkom koja mi se sviđa."

„To ipak nije skroz pokvarilo utisak koji sam stekla."

„A to je?"

Uzbuđenje i zadovoljstvo koje prate osećaj privlačnosti, mešali su se i nadirali mi u grudima. Htela sam to da počelim s njim, ali zvučala bih previše privrženo, a nisam htela da zna koliko me je već zaintrigirao i zainteresovao.

„Možda ti kažem kasnije."

„Da li to znači da ćemo se sresti i nakon utakmice?"

Zacrvenela sam se i spustila pogled. *Dođavola, baš se ponašam kao klinka!*

„Zavisi šta planiraš", odgovorila sam.

„Ako misliš na ono kako bih te naterao da ti se dopadnem na brz način, o čemu smo pričali prethodni put, bojim se da ću morati da te razočaram i kažem da ne, to nije ono što sam spremio za večeras." Zavalio se u svoju stolicu. Ponovo je bio pun samopouzdanja, a to me je privlačilo poput neizbežnog magneta. „Osim ako ne insistiraš? Ne bi mi smetalo da završimo veče time."

„Ne, ne insistiram", ponovo mi je glas bio šapat.

„Onda nemoj o tome da brineš."

„Šta si isplanirao?"

„Neka to bude iznenađenje."

Osetila sam nalet uzbuđenja i straha. Proučavao je reakciju na mom licu i video šta mi prolazi mislima.

„Džejn, upamti ovo - nikada neću uraditi ništa što može naškoditi tvojoj reputaciji na bilo koji način." Ponovo se nagnuo nad sto i stavio ruku preko moje. Istog trenutka sam pogledala okolo da vidim gde je konobar i da li je to primetio. „Čak i ako nešto vidi, dobro je plaćen da ne priča", odgovorio je na moju reakciju. „Zaista to mislim, Džejn. Sasvim razumem situaciju u kojoj se nalaziš. To što se ne plašim tvog dečka ne znači da ću se praviti da ne postoji. Ono cveće koje sam poslao pre neki dan bilo je nepromišljeno s moje strane, ali sad razumem vrlo dobro kako moraš da se ponašaš i ja te neću primorati ni na šta što ne želiš. Potrudiću se da uživamo u vremenu koje provedemo zajedno, a na kraju, ti ćeš odlučiti." Vilica mi je pala do poda, dok sam se trudila da pojmim sve što se kovitla u meni. „Da, dobro si me razumela - igraćemo igru, po tvojim pravilima."

Odahnula sam s olakšanjem.

„Dakle, što se tiče večeras…" zaustila sam.

„Veruj mi. Za početak."

Ponovo me je uhvatio u zamku svojih prodornih, dubokih, ugljenocrnih očiju. Nisam mogla da im umaknem.

„Mogu li i devojke da pođu?" promucala sam.

„Ne. Idemo samo ti i ja."

Mogla sam da se opkladim da se hemija između nas manifestuje u vidu varnica.

„Samo nas dvoje? Čak ni tvoji prijatelji?" glas mi je podrhtavao.

„Bez mojih prijatelja. Bez tvojih prijateljica. Idemo samo nas dvoje. Oni nam ne trebaju. Samo bi privlačili pažnju."

„A mi nećemo?"

„Pobrinuo sam se za to."

Udahnula sam duboko i na kraju rekla: „U redu."

Nasmejao se i podigao mi ruku sa stola, ponovo se igrajući prstima.

„Dakle, večeras nakon utakmice, pokupiću te iz tvoje sobe. Budi spremna u jedanaest. Najverovatnije nećemo organizovati nikakvu večeru jer rano ujutru letimo za Hanover, pa je Rolf odlučio da ne pravi ništa. Porazgovaraće na kratko s tvojim ocem, čisto formalnosti radi, i to je sve. Ne verujem da će tvoj tata insistirati da večeras idete, pošto ste, tehnički, tek malopre stigli. Što tebi i meni ostavlja celu noć da budemo zajedno." Namignuo je a ja sam uzvratila osmehom, dok mi je u stomaku kuljala bura osećaja.

Onda mi je nešto palo na pamet: „Matijase, da li tvoj trener zna za ovo?"

„Ništa mu nisam rekao, ali sumnja, zbog mog idiotskog ponašanja kad god se ti pomeneš."

„I on je okej sa tim?"

„Da, čak i podržava. Janov mu je trn u oku. Kao i svima nama. Hoćemo da Larman dobije Zlatnu rukavicu, ali s tvojim plavušanom to će biti prilično teško."

„Nemoguće. On će je uzeti."

„Ne ako Ukrajinci igraju protiv nas i ja mu dam sedam golova." Uputila sam mu izrazito oštar pogled. „Okej, u redu, osetljiva tema. Menjamo je."

„Stekla sam utisak da tvoj trener vodi mnogo računa o imidžu tima, a ti mi sad kažeš da mu nimalo ne smeta da se jedan od njegovih igrača mota oko zauzete devojke?"

„Nije problem kada je ta devojka Džejn Anderson."

U normalnoj situaciji odgovorila bih *Ima smisla* i nastavila s razgovorom, ali ta lepršava Džejn koja je sasvim izgubljena i zaneta ovim zgodnim momkom, samo je pocrvenela. U isto vreme mozak mi je naporno radio pokušavajući da razume postupke tog opakog trenera. Ako već toliko podržava Matijasa, zašto se usudio na išta sa mnom? Da je zaista kao otac svima njima, trebalo je da se drži postrani. *Moraću da popričam sa devojkama i budem posebno oprezna što se tiče ovog veterana.*

„Nažalost, sad moramo da krenemo", rekao je prekinuvši mi tok misli. „Gotfridu ne smetaš ti, ali ako zakasnim na utakmicu, dići će grad u vazduh."

„Bolje da ne rizikujemo onda."

Vrativši se u hotel, ušli smo na ista vrata koja smo ranije koristili da se iskrademo. Pre nego što smo se rastali, oboje smo zastali, gledajući čežnjivo jedno u drugo.

Dotakao mi je obraz zbog čega su me oblili prijatni žmarci. „Vidimo se večeras, Džejn?"

Klimnula sam.

„U jedanaest."

Potvrdila sam osmehom. Pomerio se, noge kao da su mi se istopile. Zažmurila sam. Ruka mu je bila na mom obrazu, skoro sam uzdahnula, razmaknuvši usne tek milimetar. Međutim, osetila sam njegove usne u uglu svojih, nežno. Iako sam žudela za pravim poljupcem, ovaj me je oborio s nogu. Bio je čist i nevin, zbog čega mi se dopao još više.

„Vidimo se", rekao je odmaknuvši se, osmehujući se kao tinejdžer.

„Biću spremna."

„E, da, umalo da zaboravim - obuci se... mirno. Je l' može?" Pogledala sam ga upitno. „Previše si atraktivna u haljinama, a ni jedno ni drugo ne želimo privući previše pažnje. Tako da bi nešto *mirno* bilo sjajno. Znaš na šta mislim? Ne nešto da se ljudi okreću."

„U redu. Iskombinovaću nešto *mirno*", nasmejala sam se.

Namignuo je i otišao. Sačekala sam oko minut a onda bukvalno odlepršala u sobu.

Gore sam brzinski prerovila kofer i našla bele farmerke i crnu svilenu majicu. Jednostavno i pristojno. *Mirno.* Kad sam se našla sa devojkama, nije bilo vremena da im sve ispričam, pošto smo morale krenuti na stadion, te smo se dogovorile da se okupimo nakon utakmice, pošto neće biti zvanične večere.

Za tu priliku nosila sam crnu haljinu sa velikim crvenim pojasom. Izgledala je istovremeno opušteno i elegantno, a bila lagana na letnjem žaru.

„Još ti samo zlato fali", Endži je rekla čim me je videla. Bila je u pravu - nosila sam boje nemačke zastave.

„Ne fali", pokazala sam na svoje zlatne minđuše i narukvicu.

„Znači seks je bio dobar?"

„Nije bilo seksa."

„Molim?"

„Išli smo na kafu."

„Nisi ozbiljna?" Izraz lica joj se promenio. Nije mi verovala. „Mislila sam da je doručak samo izgovor."

Nisam shvatala na šta cilja.

„Anđelina, dosta za sada", Bea se umešala. „Čućeš sve detalje nakon utakmice."

Moji roditelji su bili u kupovini u gradu pa smo se s njima našli na stadionu. Ovaj put nisam bila ledena kraljica kao na prethodnoj utakmici. Nasuprot, osmeh mi nije silazio s lica - i to se ljudima dopalo. Prekrivalo nas je na hiljade bliceva sa svih strana. Sjajno sam se osećala. Uživala sam slikajući se sa navijačima obe strane, koje smo srele na putu do sedišta na tribinama.

Kad su igrači izašli na teren, Lana mi je skrenula pažnju da sednem i uzdržim se od skakutanja poput čirliderke. Dala sam sve od sebe da kao tata samo povremeno aplaudiram.

„Gotfrid mi je javio da večeras neće biti okupljanja", rekao je, „tako da, šta misliš da sutra zajedno krenemo za Dortmund?"

„Idete sa nama?" pitala sam. Mislila sam da će preskočiti poslednju utakmicu Ukrajine po grupama i ići pravo u Drezden gde Engleska treba da igra protiv Maroka.

„Naravno da idemo. Gde da propustim da vidim zeta protiv Amerikanaca."

„Kad ćemo, onda, da krenemo?" Znala sam da mnogo rizikujem prepuštajući njemu da to odluči, ali morala sam biti oprezna prilikom prikrivanja svojih planova.

„Sutra ujutru vam odgovara? Posle doručka?"

„Dogovoreno!" Odahnula sam s olakšanjem.

Kad su himne odsvirane i igrači se rasporedili, oglasila se pištaljka i utakmica je počela. Naša sedišta bila su odlična, odmah iznad timskih klupa. Mogli smo sve jasno da vidimo. Igrači su bili rasuti po celom terenu. Obe strane bile su pune samopouzdanja. Domaćini su znali da prolaze u naredni krug na čelu grupe. Tunižani nisu imali šanse da prođu dalje, ali to nije negativno uticalo na njihov borbeni duh - prethodne dve utakmice su izgubili, tako da su ovu igrali baš kao da nemaju ništa više da izgube. U par navrata stvarno su namučili Ditera Larmana.

Prvo poluvreme završilo se bez pogodaka, ali je bilo daleko od dosadnog ili mirnog. *Mirnog* - nasmešila bih se kad god bih se setila te reči i konteksta u kom ju je Matijas iskoristio.

„Devojko, moraćeš da pripaziš malo više", Lana mi je rekla dok smo se osvežavale uz pića. Čačkala je telefon.

„Jer?"

Dodala mi ga je bez reči. Na internetu su već bile slike nas, uz vesti, tj. bolje reći pretpostavke.

„Lana, ovo je tipično đubre." Vratila sam joj telefon. „Zašto mi trošiš vreme i kvariš raspoloženje?"

„Samo te upozoravam da ćeš morati da se objasniš svom dečku."

„Kako, dođavola, hoćeš da se ponašam?" odgovorila sam arogantno. „Nije mi dozvoljeno da budem srećna?"

„Niko to nije rekao, ali za devojku koja je zauzeta, mnogo više ti je odgovarala ona nezainteresovana faca", rekla je Endži strogo. „Trenutno izgledaš kao da si devojka jednog od momaka sa terena."

Zaustila sam da im obema uzvratim, ali sam umesto toga duboko udahnula. Znala sam da su obe iskrene i da mi samo žele dobro.

„Tako je već bolje", rekla je Endži gurnuvši me.

Nazad na tribinama uskočila sam u ulogu umišljene devojke koja je naterana da tu dođe. Pazila sam kako reagujem, znajući da već popravljam načinjenu štetu.

Koliko sam sjajna glumica pokazalo se tokom tri gola koje su Nemci postigli jedan za drugim u roku od petnaest minuta. Sve je počeo Fridrih Larson u šezdeset sedmom minutu, nastavio Saša Rot u sedamdeset sedmom, a završio Matijas u osamdeset drugom. Naravno, poslednji gol bilo je najteže ignorisati ali sam ipak uspela iako se ceo stadion tresao kao da je zemljotres. Svaki nerv u meni morao je da se obuzda da ni na koji način ne pokažem koliko mi je drago zbog Matijasovog tima.

U trenutku kad je utakmica završena, tata je ustao, što je značilo da idemo. Probili smo se do kola a potom vrlo brzo i do hotela. Tata i mama su se odlučili za večeru u sobi pošto su bili umorni, što je nama savršeno odgovaralo, te smo se okupile kod mene i konačno imale vremena da ozbiljno pričamo.

One nisu delile moje oduševljenje, kako sam bila očekivala.

„Džejn, ovo ne sluti na dobro", rekla je Endži, iznenadivši me svojim neodobravanjem.

„Dečko je drag. Šta nije u redu s tim?"

„Džejn, seks je jedna stvar. Nemam nikakav problem s onim što se desilo sa Gotfridom i Moretijem. Malo si se zabavila. Oni isto. Odlično. Ali da ideš na dejt i razvijaš osećanja nešto je skroz drugo. Opasno je."

„Ma, daj."

„Nemoj ti meni *Ma, daj*. Mogu da te podržim u malim *izletima* sa tim momcima, ali ne da *stvarno* varaš svog dečka."

„Već ga je prevarila, Anđelina", rekla je Bea.

„Da, ali emotivna prevara je mnogo gora. Aleks je Džejn prvi momak s kojim je imala seks. Razumljivo je što je htela da proba još nešto pre nego što se skrasi. Ali ovo sa Belerom će se oteti kontroli, a ti ćeš, devojko, patiti."

„Već sam vam objasnila - rekao je da ćemo igrati po mojim pravilima. Sve ovo je samo jedna igra", pokušala sam da se obrazložim.

„Da, igra tokom koje izgledaš poput pijane kokoške čak i kad se ne igraš."

Nismo se uzdržale i prasnule smo u smeh. To je malčice popravilo atmosferu.

„Ja mislim da je lepo to što Matijas radi", rekla je Bea, „ali to i dalje ne menja moj prvobitan stav. Ti i Aleks ste savršeni jedno za drugo. Apsolutno sve u vezi sa vama dvoma se savršeno uklapa - kako se gledate, kako pričate, kako ste posvećeni od početka. Očigledno ste stvoreni jedno za drugo. Tako da smatram da bi, bez obzira na sve napore drugih momaka i na bilo kakvu hemiju koju možda osetiš s njima, pre ili kasnije sve to izbledelo. Ništa od toga nije, niti će ikad moći da bude jako kao ovo što imaš sa Aleksom."

Ponovo sam osetila grižu savesti. Volim Aleksa. To je nepobitno. Ali jednostavno ne mogu da odolim ovim igricama, a u Matijasovom slučaju, osećam se kao da ne postoji mogućnost da ga odbijem. Želja za njim izuzetno je jaka i moram da je utolim. U suprotnom, patiću i emotivno i fizički.

„Šta mislite o Gotfridu?" pitala sam, promenivši temu jer sam predosećala glavobolju.

„Dosta je čudan", reče Lana.

„Ne bih rekla", reče Endži. „Prilično je jednostavno - hteo je dobar seks, probao je i dobio ga. Svi znaju koliko je oštar, strog i autoritativan. Ne bi me iznenadilo da u svojoj glavi misli da ono što je uradio je skroz na mestu - stariji je, iskusniji i na neki način je *opipao teren* za svog *pulena*."

„Slažem se", reče Bea. „Na sve to, to će ostati vaša tajna, niko drugi ne mora da zna, bez obzira na to šta se desi između Belera i tebe."

„Ili jednostavno pretpostavlja da se ništa neće desiti sa Belerom, pa ga je briga", reče Lana.

„Kako misliš?" pitala je Endži.

„Možda misli da Džejn nikada neće ostaviti Aleksa zbog Belera. Kao što je Bea rekla - ko god vidi Džejn i Aleksa, vidi da su savršen par. Ni

Beler, ni Petrov, niti bilo ko drugi ne može to da promeni. Tako da sad igra ulogu dobre očinske figure koja ga podržava, dok zapravo sve vreme zna kako će se završiti."

„Moguće", reče Bea.

„Ili se starkelja nada da ćete ti i Beler biti zajedno, da bi ti bio blizu", reče Endži kroz smeh. „Onda bi mogao da te ucenjuje i redovno vodi u krevet."

Gađala sam je jastukom i sve smo se stale smejati. „Ovo nije telenovela!"

„Draga, više nisam sigurna. Zapravo, jedva čekam sledeću epizodu."

„Anđelina!" ovaj put Bea ju je gađala jastukom.

„Nadajmo se da će se ovo završiti najbolje po sve", rekla je Lana nakon što smo završile gađanje jastucima. „Ja bih jedino bila jako oprezna sa Gotfridom da sam na tvom mestu, Džejn. Vidi kako se ponaša, pa se i ti ophodi u skladu s tim. Nemoj Matijasu da govoriš ništa protiv njega jer ne znamo koliko duboko ide njihov odnos, o čemu pričaju i ne pričaju. Čuvaj se." Klimnula sam i napravila mentalnu zabelešku. „A sad, ako nemate ništa protiv, ja bih da večeram."

Jedanaest sati nikako da dođe. Bila sam spremna mnogo ranije. Pre nego što sam otišla, devojke su me ubedile da izgledam *mirno*, u jednostavnim belim farmerkama, crnoj majici i sandalama i sa jednako neupadljovom crnom torbicom preko ramena. Poželela sam Aleksu laku noć, ubedivši ga da je sve što je pročitao na internetu standardno smeće. Sklopila sam ga u jednu mentalnu kutiju i gurnula daleko van misli, i u narednom trenutku ušla u ulogu lepršave, uzbuđene devojke kakva sam bila to jutro.

Kad je Matijas pokucao na vrata, kolena su mi zaklecala.

„Idemo", rekao je čim sam odškrinula vrata, uhvativši me za ruku, „čini mi se da neko dolazi."

Pratila sam ga bez reči. Prošli smo kroz vrata za u slučaju požara i stupili na stepenice. Tu smo zastali za trenutak. Odmerio me je od glave do pete.

„Vau, Džejn, rekao sam neupadljivo."

„Rekao si mirno."

„Nema veze. Ti, očigledno, ne možeš nikad proći nezapažena."

I on je izgledao sjajno, u jednostavnim tamnim farmerkama i svetloplavoj majici.

„Ni ti nisi skroz *miran*", omaklo mi se. Njegov miris me je omamio.

Nasmejao se, a onda smo krenuli.

Ovaj put smo izašli na drugu stranu gde su nas opet čekali kola i vozač.

„Dakle?" pitala sam kad smo se smestili.

„Dakle šta?"

„Šta radimo večeras?"

„Idemo napolje."

Šok, razočaranje, neverica, i još nešto, sve zajedno pomešano, bljesnulo mi je pred očima.

„Napolje, misliš… Među ljude?"

„Da."

„Šta kog đavola, Beleru!" viknula sam.

„Stani…"

„Ne, ti stani! Pusti me da izađem! Ne idem nigde s tobom." Uhvatio me je za ruku. Otresla sam ga. „Ne diraj me! Reci vozaču da se okrene i vrati pred hotel!"

„Ženska glavo!" uhvatio me je za ramena. „Smiri se i saslušaj." Pogledi su nam se susreli. „Šta sam te zamolio danas?" nastavio je. „Da mi veruješ, je l' da? I ti si rekla da hoćeš. Veruj mi sada."

„Hoćeš da me izvedeš u javnost. Kako da prihvatim tako nešto?"

„Džejn, već sad mi je previše stalo do tebe da bih uradio bilo šta što ti ne odgovara." Glas mu je bio umirujuć. „Veruj mi."

Volela bih da sam mogla da iskapim neki dupli viski kako bih se opustila. Umesto toga samo sam duboko udahnula i izdahnula i izbrojala do deset. „U redu. Ali ako se nešto desi - bilo šta što mi se ne dopada čak i malo - ispariću, a kasnije ću se postarati da ti se desi nešto jako neprijatno."

„Dogovoreno", rekao je s takvom sigurnošću da sam se oslobodila straha. Pokušao je da zapodene neobavezan razgovor, ali odgovarala sam kratko, čisto da bih ga mučila za ovo izlaganje riziku mene, nas oboje.

Nakon kratke vožnje, automobil se zaustavio. Otvorio mi je vrata i pružio ruku da mi pomogne da izađem. Muzika noćnog kluba dopirala je između zgrada.

„Reci mi, Džejn, kada si poslednji put išla na žurku?"

„Ne sećam se. Pre više nedelja."

„Ali sigurno je bilo nešto u vezi sa poslom. Mislio sam na pravu žurku, provod."

„Pre sto godina." Pokušala sam da se setim, ali mi nije išlo za rukom. Svakako je bilo jednom, nekad, negde sa Aleksom, krajem zime, pre nego što je godina postala prepuna obaveza za oboje.

„Onda idemo sad. Hajde." Pružio mi je ruku i pogledao na isti onaj način kako me gleda od početka. Nisam mogla da ga odbijem i znao je to. Pitao me je da mu verujem, i u tom trenutku znala sam da mogu. Prihvatila sam ruku i krenula za njim.

Zaputili smo se ka izvoru muzike. Dopadala mi se. Bila je zarazna i pozivala na igranje.

„Matijase, ovaj klub će biti pun ljudi. Svi će da nas vide."

„Džejn, poznajem ovaj kraj. Ovo je malo, zavučeno mesto, unutra je prilično mračno, ne vidi se ništa. Ako te neko i prepozna, neće verovati da je prava Džejn Anderson došla u ovakav lokal."

„Je l' to tvoja jedina garancija da nećemo upasti u problem?"

„Bio sam ovde više puta. Svi unutra su opušteni. Neće nam dosađivati."

„Zanimljivo", rekla sam sarkastično.

„Moraću da potražim to u rečniku"[10], rekao je nasmejavši me.

Ovo je uistinu sasvim ludo! Ali znala sam da ako bilo šta pođe po zlu, mogu da se izvučem, potražim taksi i vratim u hotel za manje od petnaest minuta. Na sigurnom sam, ubedila sam sebe.

Unutra je bilo baš kao što je opisao - mračno, jednostavno i opušteno. Obezbeđenje na ulazu pustilo nas je bez bilo kakve provere. Ceo klub sastojao se od dugačkog bara, ugla u kom je stojao DJ i podijuma na kom je već bilo ljudi, ali ne previše. Bilo je dovoljno prostora da može normalno da se diše i lepo da se čujemo. Niko nije obratio pažnju na nas.

„Ako hoćeš da piješ alkohol, slobodno", rekao je.

„Neću, hvala. I ja ću se držati podalje. Ne želim da izazovem sumnjičave poglede sutra kad izađem pred tatu."

Nasmejao se. „Osećam se kao da sam izveo maloletnicu u grad."

„Po nekim standardima i jesi. Još nemam dvadeset jednu godinu."

„Ali si uveliko prava žena."

Oblili su me prijatni žmarci.

U tom trenutku krenula je jedna od mojih omiljenih pesama. Nisam je čula godinama. Niko je više nije ni puštao u klubovima. Vrisnula sam u oduševljenju i skočila na podijum. Matijas mi se pridružio. Vratila sam se u rane tinejdžerske godine kad smo devojke i ja izlazile i ostajale bez glasa prateći tekst ove pesme. Sjajno sam se osećala, bila sam nekako opuštena bez i kapi alkohola. Nakon te pesme, sledilo je par drugih, na

---

[10] U originalu Džejn kaže *enticing*, što znači *zanimljivo*, ali se koristi ređe od interesting. Pošto je Matijasu engleski strani jezik, nije ranije čuo tu reč.

nemačkom. Nisam ih nikad čula, ali Matijas jeste, pa je on pevao, a ja pokušavala da ga pratim, zbog čega smo se oboje smejali.

Bio je u pravu - niko nije obraćao pažnju. Čak i kad sam bacila pogled okolo, bilo je previše mračno da bih čisto videla druga lica. Nije bilo bliceva niti napadnih svetala. Bila sam opuštena i uživala u svemu oko sebe. Drago mi je bilo da sam mu verovala po pitanju ovoga. Toliko je ludo! Nisam mogla da se setim kada sam poslednji put izašla u klub bez pratnje telohranitelja, ili bilo kakvog drugog vida nadzora, a sad sam ja, Džejn Anderson, u zapuštenom, zavučenom nemačkom noćnom klubu sa Matijasom Belerom! Kome bi ikad tako nešto palo na pamet?

„Moraš češće da radiš lude stvari", rekao je, kao da mi čita misli.

Videla sam da me gleda sa onim obožavanjem od ranije.

„Ne mogu. Nikad nisam ni mogla."

„Neću te pitati zašto, jer je očigledno. Ali reći ću ti da ovakvih mesta ima bezbroj, širom sveta. Uvek postoji način da se uradi nešto ludo, da se opustiš, a da sve i dalje bude tajno."

„Radije ne bih da rizikujem. Ne radi se samo o meni. Već i o tati."

„Nisam siguran da to razumem."

„Nisam ni ja sigurna da ćeš ikad moći." Trgnuo se. „Nisam htela da zvučim drsko, ali postoje stvari koje vi koji niste ceo život pod lupom nikada nećete razumeti."

„Hoćeš li do malo bolje da objasniš?"

Uzdahnula sam i uzela ga za ruku, povevši ga do bara. Naručila sam kiselu vodu, a potom se okrenula ka Matijasu, blago se nagnuvši kako bi me čuo kroz muziku.

„Trudiću se da budem kratka, ali je prilično komplikovano. Činjenica je da ne srećeš često porodice kao što je naša - Andersoni. I ne pravim se važna, već samo iznosim činjenice: zgodan, samostalan, uspešan engleski milijarder oženi se lepom američkom milionerkom; njih dvoje dobiju ćerku koja je savršena mešavina njih oboje; imaju savršen, miran u uspešan život; bez preljuba, intriga, razvoda; ćerka nije problematična ili narkomanka. Sve u vezi sa tom porodicom je savršeno. Ljudi ih u isto vreme obožavaju i mrze. Žele sve to za sebe, vole ih, ali su isto tako ljubomorni. Neprestano čekaju da se desi nešto ružno. Da li me sad bar malo shvataš? Naš svaki korak prati se 24/7. Moj posebno. Tata već vodi računa o velikom broju neukusnih laži koje bi dospele u novine. Zamisli kad bi morao da se nosi sa nečim što nije samo trač - nikada mi ne bi oprostio. Ne želi da mu išta ukalja reputaciju. Iz tog razloga ne rizikujem sa ovakvim ludostima."

„Rizikuješ sad, sa mnom."

„Da sam znala da ti je ovo plan, nikada ne bih izašla iz hotela."

Nasmejao se glasno. „Dobro je pa ti nisam rekao kakvo iznenađenje je u pitanju."

„Da li rizikujem verujući ti sad?"

Zastao je i ponovo se zagledao u moje oči.

„Previše mi se sviđaš da bih dozvolio da ti se nešto loše desi. Već sam ti to rekao", bio je ozbiljnog izraza lica.

„Pretpostavljam da ćeš morati da mi to i pokažeš", odgovorila sam.

Osmehnuo se. „Dokle god mi daš priliku za to."

Barmen je doneo još jednu kiselu vodu, prekinuvši varnice koje su nam sevale između očiju.

„Zvuči kao da ti je život prilično naporan, gospođice Anderson", nastavio je. „Ne sastoji se samo od crvenih tepiha i modnih revija kako se čini iz novina."

„Ne mogu da se žalim ni na šta, uzevši u obzir sve što imam. Ja jesam oduvek vredna, počevši od škole pa sve do poslednjeg projekta koji sam uradila, ali nikad nisam morala da budem. Ogromna razlika između mene i nekoga čije ostvarenje sna u potpunosti zavisi od upornog i marljivog rada. Nisam se mnogo nervirala oko poslovnog uspeha na taj način. Sa druge strane, uveravam te, da ceo život imati tako visoke standarde nije baš jednostavno", uzdahnula sam.

„Da, nemoj da razočaraš tatu, nemoj da razočaraš mamu, šta će ljudi reći, razmisli dobro pre nego što išta uradiš, nemoj ovo, nemoj ono - već me boli glava od same pomisli na sve to", rekao je uspevši ponovo da me nasmeje.

„Drago mi je da si dobio bar neku ideju kako sve to izgleda. Ali, kako ti uspevaš sve ovo da radiš? Javna si ličnost, popularna, posebno ovde, u Nemačkoj. Kako uspeš da izađeš napolje, praviš ludosti, i ne upadneš u problem?"

„Zato što radim ono što ljudima nikad ne bi palo na pamet da ću uraditi. Poput ovoga. Ko bi ikada pomislio da bismo se nas dvoje, zajedno, pojavili na ovakvom mestu? A evo nas. Niko neće poverovati svojim očima. Ako nas neko i primeti, jednostavno ćemo umaći pre nego što nastane gungula, i to bi bilo to. Nema slika, nema davanja izjava. Ako neko nešto pita, samo sve poreknemo i kraj. Misliš li da bi iko zdrav poverovao da je jedan Gotfridov igrač proveo noć u klubu tokom Svetskog prvenstva?"

Grohotom sam se nasmejala. Ima pravo.

Nastavili smo sa kiselom vodom, što je bio jedini razlog da nas barmen sumnjičavo gleda, pošto su svi oko nas već uveliko bili pijani, ali ništa nije rekao. Naše raspoloženje bilo je bolje svakog minuta. DJ kao da je znao kakvu muziku volimo. Puštao je sve - novo, staro, osamdesete, dvehiljadite, pop, rok, pank, rep.

Ali svakako nisam očekivala da začujem pesmu sa muzičkog projekta u Njujorku odmah nakon *Geronimo's Cadillac*[11]. Vrisnula sam skoro ispustivši svoju flašu *Sprudelwasser*[12] (koju sam do tad naučila kako da naručim na nemačkom).

Vežbala sam uz tu pesmu milion puta, tako da su mi pokreti dolazili sliveno i prirodno. Ritam me je celu obuzeo, a sa Matijasom kao partnerom sve je bilo još intenzivnije. Osećala sam se toliko ludo i hrabro, da sam sklonila sve prepreke u glavi i privila se uz njega. Isprva je bio iznenađen, ali je već narednog trenutka prihvatio izazov. Njihali smo se na talasima muzike, skakali, čak i bacali na pod, ustajali, sve vreme savršeno sinhronizovani, kao da smo nekada ranije vežbali. Kad se pesma privela kraju, skoro da nisam poverovala da se sve to stvarno desilo.

„Ovo je neverovatno!" rekla sam. Zagrlio me je s leđa i naslonio glavu na moje rame. Bila sam zadihana, naslonjena na njegove grudi. U narednom trenutku, odjednom, osetila sam se kao da nisam više Džejn. Ili kao da jesam ja, ali u nekom drugom životu, gde sam jedna sasvim obična devojka, kao milioni drugih - samo devojka koja je izašla sa dečkom. Osećaj je bio iznenađujuće prijatan.

„Misliš li isto što i ja?" pitao je.

„Divno je."

„Da, nekad prija biti samo normalan." Poljubio me je u obraz. „Hajde, idemo."

„Kuda?"

Već me je vukao kroz masu ka izlazu. „Par devojčica su nas sumnjičavo gledale. Bolje da se izgubimo."

Bila sam malo tužna i razočarana što je veče gotovo. Iako su sati prošli, meni se činilo da se radi o minutima.

„Jesi li umorna?" pitao je.

„Ne."

„Odlično." Dok smo ulazili u kola, na nemačkom je nešto rekao vozaču, i zaputili smo se na naredno mesto.

---

[11] Geronimo's Cadillac, pesma nemačkog benda Modern Talking, iz 1972. godine.
[12] Sprudelwasser, kisela voda.

Tamo smo ostali samo sat vremena. Bio je u pitanju bar, ne toliko klub, te smo samo popili još par kiselih voda, uživajući u muzici. Ponovo niko nije obratio pažnju na nas, i otišli smo pred samo zatvaranje. Stopala su me bolela od igranja uz svaku pesmu koju su pustili, ali nisam marila. Odlično sam se provodila i adrenalin mi je jurio telom, držeći me budnom i uzbuđenom.

„Još uvek nisi umorna?" pitao je dok smo izlazili i nasmejao se kad je moj odgovor ponovo bio negativan.

Naredna lokacija bila je blizu TV tornja gde smo bili ranije tog dana. Bio je u pitanju park pun žbunja procvetalog, ljubičastog cveća. Nikoga nije bilo sem nas. Uzeo je ćebe iz kola i prostro ga pored malog jezera. Seli smo, ovaj put čvrsto pribijeni jedno uz drugo. Skupila sam se ispred njega, a on me je jako zagrlio. U potpunosti sam se opustila i naslonila na njegove grudi.

„Reci mi da se ovo zaista dešava", rekao je.

Promeškoljila sam se.

„Sviđaš mi se, Džejn. Ne mogu da se oduprem tome", rekao je kroz šapat.

Okrenula sam se kako bih mu videla lice. Osećala sam se divno, drugačije, kao nikada pre, ni sa kim. Sve ovo bilo je ludo i… Nisam imala reči kojima bih opisala sve što je u meni. Gledao me je na isti onaj način kao i kad smo se prvi put sreli. U stomaku su mi previrala razna osećanja pomešana sa uzbuđenjem. Delilo nas je svega par milimetara. Na njemu je i dalje bio onaj parfem koji me obara s nogu. Prislonio mi je prste uz obraz. Bože, kako prija njegov dodir!

U trenutku kad više nismo gledali jedno u drugo, povezali smo se drugim putem. Njegove usne, o kojima sam danima razmišljala, konačno su bile na mojima. Zadrhtala sam celim telom, svaki nerv mi je odreagovao. Pretpostavljala sam da se momak kao on dobro ljubi, ali ovo je nadmašilo sva moja maštanja. Jezici su nam plesali, jedan uz drugi, u savršenom, usklađenom ritmu, baš kao i naša tela pre svega par sati u klubu. Njegov ukus je izazivao. Što sam ga više osećala, više sam tražila. Razdvojili smo se samo da bismo uhvatili daha, a potom se ponovo spojili.

Prošaputao mi je ime kad smo se razmakli, sa željom i iznenađen njenom jačinom. Zajecala sam kad je stao, a on me je zagrlio, potpuno me sakrivši među ruke.

Bila sam srećna, iako sam znala da je sve ovo apsolutno pogrešno. Rekla sam sebi ranije toga dana da ću da uživam u ovoj igri, i baš sada uživala sam u trenutku. Nisam htela uopšte da razmišljam zašto je sve loše.

Sedeli smo neko vreme u parku a potom odlučili da se vratimo u hotel. U kolima nismo mnogo pričali, samo smo se držali za ruke, dok mi je glava počivala na njegovom ramenu. Sviđalo mi se da mu budem blizu. Ispunjavalo me je prijatnim uzbuđenjem.

Nije bilo nikoga u ulici, te smo nesmetano prošli do izlaza u slučaju opasnosti. Kad smo se popeli do mog sprata, okrenula sam se ka njemu. Nisam znala šta da kažem, kako da se rastanemo - da li da obećamo jedno drugom da ćemo se ponovo videti, ili ne, da li da mu kažem koliko mi je bilo lepo, ili ne - uzevši u obzir da ko zna da li ćemo se ikada više ponovo videti. Ono u šta sam bila sigurna je da to želim.

U mraku je uspeo da mi uhvati pogled i nežno me naslonio na zid, sa rukama na mojim kukovima. Zagrlila sam ga oko vrata, a on me je privio u dug poljubac, ispunjen svim osećajima koje smo stvorili u tom jednom danu.

„Neverovatno je teško pustiti te", rekao je osmehujući se. „Ne znam kad ću te ponovo videti. Čim nešto smislim, javiću ti. U narednih par dana sigurno."

Njegov miris me je svu pokrio. Stajali smo tako, u tišini, nepomični, i gledali se, nepregledno. I ja sam osetila da mi je nerazumno teško da se rastanemo, da fizički budemo razdvojeni.

„Voleo bih kad bismo mogli ostati ovde. Ne bih te ispustio celu noć. Kad samo ne bi morala da ideš."

Nešto ludo mi je palo na pamet.

„Možda ne moram", rekoh. „Bar ne pre doručka." I dalje je bio zbunjen. „Hajdemo u tvoju sobu."

Nije mu bilo jasno šta želim, ali isto tako nije hteo da gubi vreme. Uhvatio me je za ruku i poveo par spratova niže. Imali smo sreće da ni na nikoga ne naletimo u hodniku. Kad smo se konačno sakrili iza vrata sobe, stala sam se kikotati kao dete koje je uradilo nešto nevaljalo - što nije bilo daleko od istine. I on se nasmejao.

„Nisam hteo da postavljam previše pitanja", rekao je nadnevši se nad mene kako bi me ponovo poljubio, „ali sad bi mogla da mi kažeš šta ti je plan?"

„Želim da spavam s tobom ovih par sati pre nego što se svi probude", rekla sam iskreno. „Potom ću otrčati u svoju sobu i praviti se da sam tamo bila celu noć."

Videla sam kako mu se sreća ocrtava na licu. „Šta god ti kažeš." Podigao me je i okrenuo nekoliko puta. Bila sam jednako uzbuđena. Nisam znala otkuda to dolazi. Ovaj momak, preda mnom, za kog sam isprva mislila da je jedan običan galamdžija, sad me ispunjava srećom i uzbuđenjem kakve nisam iskusila ranije.

Izula sam samo sandale jer nisam htela da ujutru gubim vreme na oblačenje, i, nekako, nisam htela da me tako brzo vidi polunagu.

To je bilo čudno, kad se uzme u obzir šta sam uradila već dva puta do tad, ali sa druge strane i prirodno. Sa Gotfridom i Moretijem bio je u pitanju samo seks. Sa Matijasom je drugačije, poput izlaženja s nekim ko ti se sviđa. Nisam tek tako mogla da spavam s njim posle prvog dejta, a ni on se zbog toga ne buni. Štaviše, bio je srećan što ćemo spavati jedno uz drugo. Nije čak ni očekivao nešto više.

Ni on nije skinuo svoju odeću. Dopadalo mi se to suptilno poštovanje koje mi pruža. U trenutku kad sam spustila uho na njegove grudi, jedino što sam osetila bili su mir, umor i ostatak njegovog parfema. Zaspala sam brzo i mirno kao beba.

10.

Alarm me je probudio par minuta pre sedam. Osećala sam se kao da bih dala pola sveg svog novca onome ko bi me pustio da spavam još nekoliko sati, ali vrlo dobro sam znala da nemam izbora. Matijas me je i dalje držao u zagrljaju, čvrstom i mekom. Telefon je i njega probudio. Nasmejao se kad me je video.

„Ne sanjam, je l' da?" pitao je.

Uzvratila sam mu osmeh.

„Da mi je neko juče rekao da ću se danas probuditi pored Džejn Anderson, odgovorio bih da je sišao s uma."

„Mi i jesmo na neki način sišli s uma."

Izvukla sam se iz njegovih ruku i stala tražiti sandale.

„Voleo bih da ne moraš da ideš", rekao je. „Napravio bih ti savršen doručak."

„Zvuči primamljivo. Možda drugi put", izletelo mi je dok sam vezivala kaiš na sandali.

Ustao je iz kreveta i seo pored mene. Ramena su nam se dodirnula, što mi je opet proteralo prijatne trnce kroz telo.

„Kad će biti taj drugi put?" pitao je.

Pogledala sam ga u oči i onemela. Sijale su dečačkim uzbuđenjem i sa tračkom zabrinutosti u iščekivanju odgovora.

„Kad i ako za to bude prilike", rekla sam, ne mogući da skrenem pogled.

Osmehnuo se i ponovo stavio ruku na moj obraz. „Učiniću sve što je u mojoj moći da se prilika stvori što pre."

Pre nego što su nam se usne ponovo dotakle, mislila sam jedino o tome koliko sam ispunjena srećom. Još uvek je tu bilo tragova uzbuđenja od protekle noći za koju sam znala da želim da ponovimo. I to uskoro. I ako treba da se malo potrudim, učiniću taj napor.

Uzela sam svoje stvari a on me je ispratio do vrata. Ponovo smo željno zurili jedno u drugo, pre nego što smo konačno skupili snage da se poljubimo i rastanemo.

Vratila sam se u svoju sobu skoro skačući od sreće, ali nisam imala mnogo vremena da premotavam snimak svega što se dogodilo. Istuširala sam se hladnom vodom kako bih se sabrala. Ne smem pred roditeljima da izgledam kao da sam celu noć provela po klubovima. Oči su me pekle od umora, toliko da sam naručila kockice leda da ih tapkam po licu kako ne bih bila toliko očigledno otečena.

Poslednja sam sišla na doručak, ali pogledi koje su mi devojke uputile bili su ohrabrujući te sam zaključila da izgledam dobro. Roditelji nisu ništa posumnjali. Nisam kasnila, a i ako pitaju zašto dolazim poslednja, uvek mogu da kažem da mi je ovakav tempo života naporan, trčanje iz grada u grad, nekad i dve utakmice dnevno. Pripremila sam čvrste argumente u glavi, za svaki slučaj.

Po dolasku u Dortmund, bila sam uzbuđena što ću videti Aleksa. Matijas mi nije bio ni na kraj pameti. Moralo je da bude tako, ako ne želim da se otkrijem. Osim toga, Aleks mi je stvarno nedostajao. Znala sam da je ljut jer sam bila odsutna tri dana umesto dva, za šta su razlog bili Nemci, koje sad već ne podnosi. Kako bih ispravila načinjenu štetu, htela sam da mu spremim nešto. Kad smo mi stigli u hotel, Ukrajinci su već bili na treningu i neće se vratiti još dva sata, što je meni ostavilo dovoljno vremena da skoknem do obližnje prodavnice i kupim sastojke za mafine koje Aleks voli. Zamolila sam da me puste u hotelsku kuhinju gde bih mogla da ih ispečem. Na kraju mi je pomogao i šef kuhinje kako bi sve bilo gotovo na vreme i čak mi dao da zadržim kao uspomenu lep tanjir ukrašen tradicionalnim plavim šarama.

Popevši se u Aleksovu sobu, spustila sam mafine na noćni stočić i odlučila da prilegnem. Kako se ispostavilo, bila sam toliko premorena da sam zaspala.

„Hej, ljubavi", Aleks me je pomazio.

Sanjivo sam otvorila oči i videla ga kako sedi do mene u krevetu. Privukla sam ga u zagrljaj i da legne pored. „Hajde da spavamo još", promumlala sam.

„Nemam ništa protiv, jedino popodnevni trening."

„Ah, propusti ga i reci da ti ja nisam dala da ideš", uspuzala sam se na njegove grudi.

„Ako nastaviš ovako, baš to ću i da uradim." Poljubio me je u kosu. „Da li sad vidiš koliko te iscrpljuju ti letovi svaki drugi dan. Razbolećeš se."

„U redu je, Aleks, izdržaću. To je samo mesec dana." Poljubila sam ga u obraz. „Trideset dana koji su igrom slučaja najuzbudljiviji mesec u sportu u četiri godine."

„Kad tako kažeš, ne mogu da te ne shvatim." Ponovo me je poljubio. „Stvarno imam sreće s tobom da smo na istoj talasnoj dužini kad se radi o fudbalu. Toliko žena ne razume."

„Jer ne znaju šta propuštaju."

Đavo u meni se na ovo nasmejao, dok sam se zbog anđela zamalo zagrcnula.

Aleks je otišao da se istušira i brzo se vratio u krevet s tanjirom mafina. Sklopila sam oči i osetila ga kako se smešta iza mene uz komentar *Sjajni su*. Par minuta kasnije nijedan nije ostao, a on je legao i zagrlio me, te smo oboje zaspali.

Bila je to naša savršena rutina, naš savršen mir, savršena srećna. Sve je baš kako treba. Kao i uvek.

Oko četiri sata probudio nas je njegov alarm. Ubrzo je otišao a ja sam prešla u svoju sobu. Nisam čak ni pogledala telefon. Osećala sam se previše smućeno za bilo kakvu moždanu funkciju. Znala sam da u jednom trenutku u toku večeri treba da se nađem sa devojkama, verovatno za večeru, te sam se stala spremati.

Telefon je zazvonio toliko me iznenadivši da sam skočila.

„Gospođice Anderson, neko želi da razgovara sa vama", rekao je glas recepcionerke.

„Ko?"

Nastupila je kratka tišina, potom meškoljenje, a onda je muški glas progovorio u slušalicu, tiho: „Ja sam. Je l' mogu da se popnem?"

„Ko si ti?" nisam isprva prepoznala glas iako je zvučao poznato.

„Lens. Hitno je."

„Jesi li ti pri sebi?" više nisam bila smućena. „Silazim."

„Ne, ovde je previše ljudi. Samo im reci da mi kažu broj tvoje sobe. Sve sam probao, neće."

„Reci im da će dobiti najveći bakšiš koji je jedan hotel ikada primio."

„Dakle?"

„O čemu se radi, Lens?"

„Ovde je previše prometno, isto je u baru i restoranu, a za ovo što hoću da ti kažem, bolje da da nas niko ne čuje."

„Moj dečko će se uskoro vratiti sa treninga."

„Znam vrlo dobro da je upravo otišao. Video sam ih u autobusu."

Nisam znala šta da kažem. Šta da radim? Kaže da je važno. Nemam pojma u vezi sa čim. Mozak mi je radio munjevitom brzinom. Došao je čak iz Dortmunda a treba da bude u Hanoveru sa ostatkom tima, samo da bi mi lično rekao nešto. Mora da je važno, za mene ili za Matijasa.

Zahvalila sam recepcionerki što je ispravno radila svoj posao i dozvolila joj da ga pusti do moje sobe. Pre svega ovoga htela sam da naručim ogromnu šolju kafe ali Lens mi je sasvim poremetio planove, tako da sam odlučila da sačekam sa tim malim ritualom dok on ne ode. Unervozila sam se te mi je bilo drago što je brzo došao. Kad sam čula kucanje, potrčala sam da otvorim, previše uzbuđeno.

A on je stajao na vratima, smeškajući se. Njegov opušten izraz lica me je smirio a potom zbunio. „Da?" pitala sam zatvorivši vrata za njim.

„Daj mi par minuta. Tek sam stigao."

Ponudila sam mu da sedne. „Ako hoćeš nešto da piješ, uzmi iz mini bara." Smestila sam se u drugu stolicu. „Slušam."

Propisno me je odmerio.

„Ne znam odakle da krenem", rekao je.

„Pretpostavljam da nemaš previše vremena, tako da bi bilo dobro da počneš što pre. Je l' sve u redu s tobom i momcima?"

Misteriozno se nasmejao. „Sve je u redu, što se tiče zdravlja, ako na to misliš." Nešto u njegovom izrazu lica nateralo mi je jezu niz leđa. „Nešto drugo nije kako treba."

„Hajde, reci."

„Znam da si spavala sa Gotfridom."

Kao da me je grom pogodio. U trenutku mi se zavrtelo u glavi od iznenađenja, ali brzo sam se sabrala. „Taj matori gad!" prasnula sam u smeh.

Lens je bio iznenađen mojom reakcijom.

„Šta sad hoće? Zašto mi to kažeš?" rekla sam.

„Došao sam da te upozorim. Ti si, izgleda, prilično opuštena po pitanju toga što se desilo."

„Da li mi to on po tebi šalje upozorenje ili šta?"

„Ne. Kad mi je rekao, isprva nisam poverovao, ali onda sam shvatio da nemaš pojma koliko je opasan."

Upitno sam začkiljila. „Ne razumem."

„Misliš da je samo napaljeni starkelja koji je hteo dobar seks. On, zapravo, ima nešto drugo u planu."

„Kao na primer?"

„Još uvek ne znam. Nisam uspeo da zaključim iz onoga što mi je rekao, ali veruj mi kad ti kažem da je prilično opak. A ti se, na sve to, igraš Matijasom njemu pred nosom..."

„Ne igram se njime."

Ponovo je bio zbunjen. „Zašto si to, onda, uradila?"

„Matijas mi se stvarno sviđa. Rolf se samo desio. Tad nisam imala prilično lepo mišljenje ni o jednom od vas."

„Potrudiću se to da razumem. Međutim, ne mogu dovoljno da ti naglasim da moraš biti jako oprezna sa Gotfridom. On te želi, baš kao i svaki drugi muškarac. Pokušao je da te dobije, i uspeo. Sad me ne bi iznenadilo da razrađuje plan kako da te zadrži."

„Lens, ne pričaj gluposti!"

„Možda su gluposti, a možda i ne, ali bolje bi ti bilo da si ga odbila."

Način na koji je to rekao me je zabrinuo. Ali samo na trenutak.

„Ja ipak i dalje mislim da je on samo napaljeni starkelja koji je hteo dobar seks." Opustila sam se. „Ništa čemu treba pridavati posebnu pažnju."

„Džejn, poznajem ga godinama. Činjenica da mi je rekao govori da nešto smera."

„Da li zna za Matijasa i mene?"

„Naravno."

„Matijas mi je sinoć rekao da nije siguran."

„Nije te slagao. Njih dvojica još uvek nisu pričali o tebi, i kad god te neko pomene, Rolf je diskretan i ne komentariše. Ali zna sve. Rekao mi je jutros."

Nešto u celoj njegovoj priči nije bilo kako treba.

„Jesi li rekao Matijasu?" pitala sam.

„Nisam."

„Zašto?" uputila sam mu prodoran pogled. „Zar ne bi trebalo da zaštitiš svog najboljeg prijatelja od devojke poput mene?"

Nije odgovorio. U narednom trenutku videla sam kako su mu oči zacaklile uz osmeh koji mu je zaigrao na usnama.

„Osim toga", nastavila sam, „sve ovo mogao si da mi kažeš i preko telefona, porukom." Ustala sam i nadnela se nad njega. Oči mu nisu znale gde će pre, ali su se zaustavile na mojim grudima koje je sad mogao lepo da vidi izbliza. Vratile su se na moje lice koje je bilo svega par centimatara od njegovog. „Zašto si ovde, Lens?"

„Da me podmitiš da ćutim."

Vrlo dobro sam znala šta hoću u tom trenutku, a znao je i on. Uprkos tome što sam bila svesna da je sve pogrešno i zabranjeno, nije bilo sumnje. Znala sam i šta njemu prolazi mislima. Isto što i meni. Ne strah ili griža savesti, već - *što da ne*?

Narednog trenutka ruka mu je bila u mojoj kosi, privlačeći me u poljubac. Nisam glumila iznenađenost niti se branila. Umesto toga nisam htela da gubim vreme. Bio je previše dobar da propustim priliku.

Istovremeno sam mislila kako sam samu sebe nadmašila. Toliko devojaka širom sveta sve bi dalo da provede samo par minuta s ovim momkom koji je meni postao drug, a on, evo, sam mi je došao u sobu, dok treba da bude par stotina kilometara dalje i sprema se za utakmicu. Nisam mislila na Aleksa. Čak ni na Matijasa. Jedino da ovu priliku ne mogu da propustim. Lens Petrov bio je u samom vrhu liste najpoželjnijih muškaraca na svetu, prokleto zgodan, i stvorio se preda mnom. Nije mi trebalo više ubeđivanja.

Prešli smo na krevet, sa svakim korakom skinuvši parče odeće. Oslobodio me je grudnjaka i prepustila sam se čistom primanju. Činilo se kao da je spreman da da mnogo bez da traži previše zauzvrat. Bio je grub, što mi se dopalo. Upravo tako sam zamišljala seks s nekim poput njega.

Pomogla sam mu da skine bokserice pre nego što me je podigao i bacio na još uvek namešten krevet. Nizao mi je grube poljupce niz vrat, preko stomaka, te svukao i poslednji komad odeće koji sam nosila. Tad već nisam želela ništa drugo, nisam želela igrice, samo njega.

„Mogao bih sad da uronim u tebe i dam ti šta oboje želimo ili…”

„Uradi to!” prekinula sam ga.

Nasmejao se pun sebe. „Nikada nisam verovao da ću čuti najzgodniju ženu na svetu kako to izgovara.”

„E, pa, sad nemoj da je razočaraš.”

„Ne brini.”

Seo je na krevet, između mojih nogu, a potom mi podigao kukove i privukao na sebe.

Umalo sam ispustila vrisak u naletu uzbuđenja i zadovoljstva koje je skoro bolelo. Kad se stao pomerati, jedva sam se kontrolisala da ne jecam glasno, a u isto vreme, zbog tog suzdržavanja svaki njegov pokret doživljavala sam jače i intenzivnije.

Nisam se kajala ama baš nimalo što imam seks sa Matijasovim najboljim drugom manje od petnaest sati nakon što sam lepršala kao tinejdžerka s njim na prvom dejtu. U mom pregrejanom umu nije bilo mesta ni za jednog drugog muškarca osim Lensa. Mislila sam samo na svoj užitak i kako da dobijem što više. Kad je spustio ruku među moje noge, skoro da mi se zamutilo pred očima. Bojala sam se da neću izdržati toliko napetosti, ali brzo mi je pokazao da grešim. Svršila sam, tresući se i u grčevima, jednom, a onda i drugi put, a onda i on, uz krik, snažno, stežući mi butine.

Stuštio se pored mene dok smo oboje duboko uzdisali. Kad sam shvatila šta se zapravo odigralo, kroz glavu mi je prošlo *još jedan ide na spisak*, i stala sam se glasno smejati.

Upitno me je pogledao: „Da li mi se rugaš?”

„Daleko od toga, Lens. Ovo je bilo neverovatno.”

Ubrzo sam ga naterala da se obuče i ode. Niko od njegovih prijatelja ili kolega iz tima koji su u Hanoveru nisu znali gde je i zašto je odsutan i bilo bi bolje da tako i ostane.

„Lens, mrtva sam ozbiljna - ono što se desilo u ovoj sobi stroga je tajna. Niko, čak ni Gotfrid, ne sme da zna. Briga me za vaše hvalisanje iz svlačionice. Ako na bilo koji način ugroziš moju reputaciju ili vezu sa Aleksom, ne opraštam.”

„Razumeo sam, Anderson. Ali šta ćemo sa Matijasom?”

„Zar ne bi trebalo to ja tebe da pitam?” prodorno sam ga pogledala.

Zbunio se. „Pa… ništa. Nisam mislio ništa da mu kažem. Lud je za tobom.”

„Zašto si onda ti ovde?”

„Nisam hteo da propustim ovakvu priliku kod tebe. Matijas ionako nikad nije bio posebno ozbiljan sa devojkama.”

„Dakle, ti misliš da ću mu uskoro i ja dosaditi?” Nije mi se dopalo kako to zvuči ali morala sam da pitam.

Zaćutao je za trenutak. „Ne znam. Možda je ovog puta drugačije, pošto si ti u pitanju. Ali, svakako, što se mene tiče, znam da mu neću ništa reći. To bi samo upropastilo naše prijateljstvo i bilo šta što postoji ili može da se razvije između vas dvoje”, rekao je pogleda uprtog u pod. Čitajući s njegovog lica, znala sam šta mu se vrzma po glavi. Hteo je da mu bude krivo zbog ovoga što je upravo uradio, ali nije. Bio mi je skoro pa smešan.

„Onda smo se dogovorili?” htela sam da to veče i naš sastanak privedem kraju.

„Možeš mi verovati što se tiče ovoga, Džejn”, rekao je uverljivo.

Čim je izašao iz sobe, shvatila sam da bi mi bolje bilo da se što pre okupam i spremim da se vidim sa devojkama kako bih im sve rekla pre nego što se Aleks vrati sa treninga.

Suvišno je reći da nisu mogle da veruju šta se sve dogodilo. Reakcije su im varirale od besa i razočaranja, do straha i neverice.

„S kim ja to živim svih ovih godina!” uzviknula je Bea. „Kao da te ne poznajem.”

„Ni ja nikada nisam poznavala ovu stranu sebe.”

„Nimfomanko”, rekla je Lana.

„Nije mi jasno kako ne razumete”, bunila sam se. „Svi ti momci su jako zgodni. Pratile smo ih na TV-u, utakmicama, maštale smo o njima, čeznule, i sad, kad su mi tako blizu, kako da odbijem šta mi se nudi?”

„Tako što ćeš misliti na svog vernog i posvećenog dečka, Džejn!” Bea je rekla kritički.

„Ali onda bih propustila toliko toga.”

„Ti nam zapravo kažeš da ni u jednom trenutku, sa ova četiri muškarca, nisi pomislila na Aleksa, bar nimalo?” pitala me je Lana.

„Ne. Kako i bih? Da sam mislila na njega, nikada ne bih mogla tako nešto da uradim. Niti bih mogla da mirno spavam. Svaki put kad se nešto desilo, ja bih Aleksa isključila.”

Usledila je kratka tišina.

„*Isključila?*” potvrdila je Lana.

„Da. Jednostavno bih ga izbacila iz misli, uživala bih, a kad treba da se vratim u normalu, da budem sa njim, onda bih celu tu avanturu isto tako izbacila iz misli i *isključila.*”

Ponovo mrtva tišina.

„Ti si jedna opičena lujka!” reče Endži grohotom se smejući. „Volela bih da i ja mogu sve to da radim, a onda noću mirno spavam.”

„Mogu da ti održim par časova”, uzvratila sam joj i sve smo se nasmejale, čak i Bea i Lana, koje ništa od ovoga nisu odobravale, iskreno i majčinski zabrinute za mene.

„Moraš biti veoma oprezna, Džejn. Zaista me brine ono što je Lens rekao o Gotfridu”, reče Lana. „Čak i ako ti sama sve odradiš kako treba i sačuvaš tajnu, on bi čisto iz pakosti mogao da ti spremi nešto.”

„Takođe se ne plaši tvog oca kao ostali, mlađi igrači”, dodala je Endži. „Dobro izgleda, ostvaren je, bogat. Čak i kad bi Bred sredio da izgubi posao, imao bi brdo izvora prihoda i ostatak života proživeo uživajući.”

„Pitanje je da li bi te tata podržao kad bi saznao da si stvarno uradila sve što si uradila, i da nisu u pitanju samo laži koje su Nemci izmislili”, rekla je Bea.

Glava je htela da mi naprsne od svih mišljenja i saveta. Znala sam da su u pravu po pitanju svega, i da moram hladne glave dobro razmisliti šta i kako dalje. Odlučila sam da pustim da prenoći, i da se time bavim sutradan, pre utakmice. Večeras treba da sa svojim zvaničnim dečkom provedem još jedno opušteno, normalno veče.

Sve je bilo savršeno u redu što se tiče Aleksa kad se vratio sa stadiona. Bio je zadovoljan i pun samopouzdanja, siguran da ni sutradan neće primiti nijedan gol. Dok mi je prepričavao događaje sa treninga i skidao trenerku, posmatrala sam ga, pažljivo slušajući svaku reč, i razmišljala koliko je savršen u svakom pogledu. Njegov izgled, stav, čak i kako lepo priča engleski, bez jakog akcenta, njegovo ponašanje na terenu, van terena, njegova ljubav prema porodici, prema meni. Zgodan, krupan, snažan i sa tim morskoplavim očima i plave kose, izgledao je kao naslikan četkicom umetnika. Volim ga celim svojim bićem.

Zašto se, onda, nalazim sa drugim muškarcima, dajem im svoje telo i uzimam njihovo? Zašto mi se toliko dopada momak koji je apsolutna Aleksova suprotnost? Matijas je viši, sitniji, crnckos sa ugljen crnim očima, drsko hrabar, hvalisavac i na prvi utisak nepristojni gad. Čak igra i na poziciji napadača, a Aleks je golman. Njih dvojica potpuno su dve krajnosti. Šta se to dešava sa mnom? Da li uopšte znam šta želim?

***

Dan je počeo u sjajnom raspoloženju. Moji i Aleksovi roditelji, devojke i ja zajedno smo doručkovali s momcima iz tima. I oni su svi do jednog bili pozitivni, delom jer su znali da idu u naredno kolo, a delom jer su im treninzi u prethodnih par dana bili posebno naporni i iscrpljujući. Osećali su se poput Spartanaca - nepobedivo. Jedno o čemu su brinuli bilo je da li će biti prvi ili drugi u svojoj grupi, grupi E, i ko će im biti neprijatelj iz grupe F. Belgija i Italija borile su se za prvo mesto. Niko nije naglas rekao, ali svi su znali da momci navijaju da dobiju Belgiju i da ih je strah Italijana zbog njihove duge i slavne fudbalske istorije.

Trener Andrejevič im je ponavljao da se usredsrede na predstojeću utakmicu a na narednog suparnika će misliti kad za to dođe vreme. I ja sam poslušala taj savet. Bilo mi je teško da pomislim i na mogućnost da Ukrajina bude eliminisana sa takmičenja. Mom umu je to bilo nepojmljivo, i htela sam tako da ostane i u stvarnosti. Bila sam sigurna da moj dečko neće primiti nijedan gol, čak ni od Italijana. Jedan njihov igrač je već *prošao* kod mene, a karma uvek drži balans.

Momci su otišli na stadion, a ubrzo potom i mi. Atmosfera na tribinama bila je zagrejana. Sve se treslo od pevanja i podrške sa obe strane. Američki ambasador u Nemačkoj sedeo je sa svojom porodicom pored nas. Zadirkivao me je pitanjima o tome koga podržavam, a umesto odgovora, samo sam pokazala na svoju žutu haljinu i plave cipele.

Otpevala sam obe himne, a ubrzo potom i utakmica je počela. Navijači su pevali sve glasnije i grlatije nego pre igre, bez namere da se smire. Beini roditelji bili su izrazito glasni, zajedno sa mojom mamom, koja je takođe rođena i odrasla u Americi. Tata je bio suzdržan. Samo je posmatrao igru, pomalo razgovarajući sa prisutnima oko sebe. Sad se već mogao nazvati engleskim Amerikancem, ali je i pored toga više navijao za engleski tim.

Uprkos tome, kad je postignut prvi gol, nije mogao ostati suzdržan. Cela akcija bila je divna za gledati. Aleks je započeo, poslavši loptu nazad u igru, nakon što je odbranio potencijalni pogodak i šutnuo loptu skoro preko pola terena. Nakon nekoliko dodavanja od odbrane ka napadačkoj liniji, prednji igrači su razmenili loptu tri puta, na kraju stvorivši Savčenku sjajnu priliku za udarac. Što je on iskoristio, i to veoma precizno. Suparnički golman nije mogao ama baš ništa da uradi. Bacio se na pravu stranu ali nije stigao na vreme. Ukrajina je vodila 1:0.

Momci su se rastrčali po terenu da proslave, a potom se vratili u igru sa još više samopouzdanja. Dvadesetak minuta kasnije, kad su se timovi povukli u svlačionice na pauzu a mi osvežavali hladnim pićima na tribinama, većina nas je bila znatno opuštenija nego pre utakmice.

Drugo poluvreme bilo je jednako uzbuđujuće. Amerikanci su pokazali mnogo više srčanosti i poleta nego u prethodnim igrama, ali to nije bilo dovoljno da izađu na kraj sa spremnošću i veštinom Ukrajinaca. Sedam minuta pre kraja, još jedna akcija rezultovala je lepim golom. Kad su svi već bili sigurni da će lopta odleteti van terena, Pavlov se pojavio niotkuda, trčeći brže nego ikada. Pred njim su bila dva američka igrača koji ga nisu očekivali te nisu odreagovali na vreme. Kad su jurnuli za njim, on je već bio daleko ispred i bilo ga je nemoguće stići. Jedini igrač suparničkog tima pred njim bio je golman. Ko god je to popodne gledao, bio je siguran da nema šanse da ovo bude pogodak - ali Pavlov nije tako mislio. Kako će nam kasnije prepričavati, bio je siguran da pogađa.

Utakmica se završila, sa konačnim rezultatom od 2:0 za tim mog dečka. Skakala sam od sreće, ali sam se ipak trudila da ne reagujem preterano uzbuđeno, iz poštovanja prema zemlji u kojoj sam rođena i provela veći deo života.

Krenuli smo nazad u hotel s namerom da rezervišemo ceo restoran za nas i tim, kako bismo gledali utakmice Italije protiv Južne Koreje i Belgije protiv Kostarike, da vidimo ko će nam biti neprijatelj u završnoj fazi.

Prema proračunima momaka, trebalo bi da navijamo za Italiju i da se nadamo da će Belgija izgubiti, kako bismo dobili Belgijance, a ne Italijane. Ja sam i dalje bila ubeđena da koji god ishod ovih dveju utakmica bude, naš naredni suparnik je taj koji treba da bude zabrinut. Aleks je bio jedini golman na turniru koji još uvek nije primio ni jedan jedini gol.

Kad su momci ušli u restoran, nisam se suzdržala, te sam otrčala Aleksu u zagrljaj pre nego što su to stigli da urade njegovi roditelji i sestra.

„Ponosna sam na tebe. Cela zemlja je ponosna na tebe", šapnula sam mu dok sam ga stezala rukama. Poljubila sam ga, a onda prepustila porodici.

Dok su se svi smestili, utakmice u Lajpcigu i Štutgartu već su počele. Na kraju prvog poluvremena Italijani su vodili jednim golom, dok su Belgijanci igrali nerešeno, tako da su Ukrajinci bili raspoloženi. Međutim, narednih četrdeset pet minuta bilo je uzbudljivo na oba stadiona, i sva četiri tima davala su sve od sebe. Na kraju Belgija je pobedila 2:0 a Italija 2:1. Usledila je grobna tišina - naredni suparnik Ukrajine biće višestruki prvak sveta.

„Ovo je trenutak kad sve pada u vodu", rekao je Nikolaj Pavlov pesimistično.

Vlad Starovski ga je gađao viljuškom: „Ućuti!"

„Hvala ti za to", rekao je trener Andrejevič. Duboko je udahno. Svi pogledi bili su uprti u njega. „Momci, možemo dobiti i ovu utakmicu", rekao je samouvereno. „Već dve godine se spremamo i treniramo zajedno, i do sada su se moje taktike pokazale kao uspešne. Ako ne verujete meni, otvorite novine. Ne interesuje me što su Italijani osvojili brdo trofeja u prošlosti. Ove godine taj pehar je naš."

Dođavola, Džejn! Šta ćemo sad da radimo?

- Na šta misliš, Matijase?

Tvoj plavušan. Dobio je Italijane. Za tri dana završava takmičenje.

- Ukrajinci će ostati na turniru. Dobri su.

Draga, prevelik si optimista. Nerealan. Oni nemaju šanse.

- Samo ću te podsetiti da Aleks još uvek nije primio nijedan gol.

Što ne znači ama baš ništa. Molim te, moramo da se dogovorimo šta ćemo da radimo. Ne mogu ni da zamislim da napustiš Nemačku pre nego što je takmičenje gotovo.

- Ni ja. Smisliću nešto sa tatom u slučaju da Ukrajina izgubi, ali to se neće desiti.

U redu. Što se tiče našeg narednog viđanja - možeš li doći u Hanover u subotu?

- Daću sve od sebe.

Na putu do Drezdena imala sam vremena na pretek da smislim kako ću sutradan otići u Hanover. Aleksu nisam ništa rekla. Raspoloženje mu je osciliralo od dobrog, preko optimističnog, do tužnog. Proveli smo kraj bazena zajedno par sati ujutru, pre nego što sam krenula na aerodrom sa Beinim i svojim roditeljima i sa devojkama. Engleska u Drezdenu igra protiv Maroka, a mi smo, naravno, imali karte.

„Tata, kako ti se čine utakmice Nemaca?" pitala sam u avionu.

„Prilično su uzbudljive. Sa mnogo golova."

„Da li bi išao sutra da ih gledaš protiv Portugala?"

Pogledao me je pronicljivo. „Bih. Zašto pitaš? Javili su ti se ponovo?"

„Da. Beler, da budem precizna."

Devojke su me pogledale, šokirane da sam tek tako izrekla jednu polulaž, ali ja sam ostala mirna.

Tata se glasno nasmejao. „Samo sam čekao da taj klinac ponovo iskoči odnekud. Poludeo je za tobom."

Progutala sam knedlu pre nego što sam uspela da se osmehnem. „Izgleda."

„Baš je loše sreće. Kao i svi ostali iz te ekipe."

„Na šta misliš?" pitala je mama.

„Svi oni balave kad su naše devojke u blizini. Čak i Gotfrid."

Umalo sam se zagrcnula, a bila sam sigurna i devojke. Prebledela sam od iznenađenja, zahvalna šminki što je to pokrila.

Mama se nasmejala. „Ma, daj, Brede, mora da si pogrešno shvatio. Takvo ponašanje je prirodno kad se muškarci nađu u prisustvu lepih devojaka."

„Jeste, ali trebalo bi da budu u prisustvu devojaka svojih godina. Hteo sam da razbijem vilicu Gotfridu kad sam ga prvi put uhvatio kako gleda Džejn, kao da je video komad mesa. Nisam samo zbog manira i jer mi je ćerka dama."

Tad već nisam mogla da se suzdržim i stvarno sam se zagrcnula, ali sam to zamaskirala kašljem.

Kako sam mogla da budem tako glupa da pomislim da tata neće ništa primetiti? Hvala nebesima da još uvek nije shvatio šta se stvarno odigralo između njegove ćerke jedinice i tog opakog čoveka. Prošla me je jeza.

„Ali, da, možeš reći Beleru da ćemo doći sutra na utakmicu", dodao je.

Ostatak leta nisam ništa rekla, iako su devojke dale sve od sebe da ćaskamo o nečemu kako moji roditelji ništa ne bi posumnjali. Kad smo konačno sleteli, razdvojili smo se u troja kola. Ja sam bila sa Endži i Lanom, moji roditelji u drugima a Bea je sa svojim roditeljima otišla na ručak.

„Zanima li te da čuješ još malo smeća o sebi, Džejn?" pitala je Lana. „Čisto da se malo opustiš?"

„Slušam."

„*U svojoj nedavnoj izjavi, Kodi Svinston je rekao: 'Razlog što Aleksandar Janov tako dobro igra leži u tome što se suzdržava od seksa sa svojom devojkom.' Američki golman je dodao i: 'Što govori o tome koliko je prokleto profesionalan, jer ja stvarno ne znam kako bih se ikad suzdržao da ne naskočim na Džejn kad god je vidim.'*"

To je upalilo i osvežilo atmosferu. Prasnule smo u smeh.

„Ova izjava je malo kulturnija: *Robin Bram se nada da će Holandija dobiti priliku da igra protiv Ukrajine u četvrtfinalu jer bi onda bio u istom gradu sa Džejn. 'Pozvao bih je na večeru.'*"

„To je previše fino", rekla je Endži. „Daj nam još nevaljalih izjava."

„I ovo je slatko. Od danas je: *Pitali smo Matija Belera da li zna zašto Džejn od skoro dolazi na nemačke utakmice. Odgovorio je da je dobila priliku da ih bolje upozna i da se verovatno uverila da nisu toliko loši kakvima su joj se činili ranije. Kad smo ga pitali koliko mu se Džejn dopada, rekao je: 'Ona je pametna, prijatna, duhovita i neverovatno lepa. Nemoguće je da se nekome ne dopadne.'*"

Kad smo završile sa cičanjem raznženosti, već smo bile pred hotelom. Odmah smo otišle u restoran, gde se ispostavilo da igrači završavaju sa svojim obrokom pred utakmicu. Trener Vans se pozdravio sa nama a prišli su nam još neki igrači. Svi smo bili gladni te smo odlučili da tu ručamo, nakon čega ćemo se brzo presvući i zaputiti na stadion.

Istog trenutka kad smo seli, primetila sam kako Džošua Hadli zuri u mene. Sav je bio pocrveneo. Nisam isprva shvatila šta pokušava da mi pokaže, ali ubrzo mi je postalo jasno šta znači njegov pokret glavom ka izlazu kad su svi igrači ustali da krenu. Budući radoznala, nisam mogla da ga tek tako ignorišem, pa kad su svi izašli, izvinila sam se da moram do toaleta.

Čekao me je kod vrata.

„Izgledaš divno", rekao je svojim koknijem. „Hoću li dobiti priliku da te vidim posle utakmice?"

„Bojim se da ne. Idem da gledam Nemce sutra, tako da ćemo odleteti večeras."

„Oni su bitniji od tima tvoje zemlje?" Očigledno se sneveselio.

„Nisu bitniji. Idemo samo radi zabave. Igraju protiv Portugala. Sigurna sam da će ta utakmica biti pravo uživanje."

„A ja sam siguran da bi se bolje provela na bilo kojoj našoj utakmici", nije odustajao. „Kao i nakon što se završe."

„Oh, stvarno?" Zakoračio je u polje na kom ja već imam dosta iskustva. „Šta bismo radili tako kasno?"

Ponovo je pocrveneo. „Igrali bismo karte."

„Ne znam nijednu igru."

„Naučio bih te."

„Nudiš mi privatan čas?" osmehnula sam se.

Usne su mu se razmakle od iznenađenja. „Tako nešto."

„Čuvaj se, Džoš. Igraš opasnu igru", odgovorila sam, okrenula se i otišla, trudeći se da sakrijem samozadovoljan osmeh a njega ostavivši još zbunjenijeg nego što je do malopre bio.

Na putu do stadiona tata je rekao da on i mama ipak neće sa nama u Hanover.

„Već sam prisustvovao dvema utakmicama", objasnio je, „a kako stvari stoje, bićemo u prilici da ih gledamo još. Džozefina je umorna, a i hteli bismo da ostanemo sa Metjuom."

„Razumem vas u potpunosti", rekla sam.

„Ako hoćeš da ih izbegneš, reci im da ti ne dam da ideš. Ali ako ti se ide, slobodno, avion ti je na raspolaganju."

Htela sam da mu skočim u zagrljaj ali znala sam da bi to prouzrokovalo više zla nego dobra, te sam se suzdržala.

„Hvala ti, tata."

„Ali budi na oprezu, suzdržana i pristojna, znaš na šta mislim."

Nešto u stomaku mi se promeškoljilo, ali morala sam da ga prigušim i ućutkam. Podsetila sam se da tata ne zna ništa o tome koliko sam nesuzdržana i nepristojna u prethodnih nekoliko dana, kao i da nikad neće saznati, i naterala se da se usredsredim na sve dobro što je proizišlo iz ovog razgovora - idem u Hanover, samo sa devojkama, bez roditelja od kojih bih morala da se skrivam i iskradam.

Poslala sam poruku Matijasu čim sam ostala nasamo. Bio je na sedmom nebu. Rezervisao nam je sobe i organizovao sve ostalo. Srešćemo se i pre i posle utakmice. Prvobitno je želeo da me čeka to veče da sletim iz

Drezdena, ali ubedila sam ga da je bolje da spava, jer naredni dan igra važnu utakmicu. Na sve to, nisam znala kad ćemo stići jer se utakmica Engleske završava u jedanaest uveče. Takođe sam ga podsetila da ga trener za sad prilično podržava u vezi sa mnom i da nema potrebe da to pokvari tako što će koncentraciju usmeriti sa fudbala na ženu tokom najvažnijeg meseca za taj sport.

Bilo mi je teško da s punom pažnjom pratim utakmicu kojoj prisustvujem znajući koliko će naredni dan biti uzbudljiv. Nisam javila Aleksu da ću se vratiti dan kasnije nego što je planirano. Odlučila sam da to odložim i njega još jednom spakovala u jednu mentalnu kutijicu i gurnula van misli. Sve okolnosti odigravaju se savršeno po mene i nisam htela da dozvolim savesti da me muči i pokvari mi raspoloženje.

Sama utakmica nije bila toliko interesantna koliko je Džošua tvrdio da će biti. Englezi su postigli tri gola u prvom poluvremenu, što je igrače Maroka ostavilo bez imalo nade. Negde pri sredini drugog poluvremena uspeli su da jednu akciju pretvore u lep gol. Kad je sudija označio kraj, proverili smo i rezultat druge utakmice u grupi: Argentina je pobedila UAE 1:0, čime je stala na čelo grupe. Engleska je bila odmah iza nje. To je značilo da su naredni suparnici Engleza bili Norvežani, najbolji iz grupe G.

„Ovo će biti zanimljiva utakmica", prokomentarisao je tata, sa čime smo se svi složili, kao i da ćemo joj prisustvovati za tri dana u Dizeldorfu.

Poželela sam roditeljima laku noć, kao i Bea svojima, i onda sam ih sve tri požurila da pojurimo na aerodrom, zbog zabrane noćnih letova[13]. Uspele smo da poletimo pre ponoći a u hotel u Hanoveru stignemo negde oko tri ujutru. Bez reči, ophrvane naporom, svaka je otišla u svoju sobu.

Spremila sam se da legnem u krevet i ne maknem se do jutra, kad sam videla veliki papir ispod ulaznih vrata.

Otvori. Posebna dostava. P.R.

Prva utakmica osmine finala počinjala je u pet popodne. Probudila sam se u dvanaest, sa mučninom. *Nije trebalo to da pijem*, pomislila sam, ali nisam mogla da kažem da je to bila sasvim greška. Isprva, nisam mogla da

---

[13] U nekim državama, kao što je Nemačka, postoji zabrana obavljanja avio saobraćaja noću, kako bi se sprečila velika količina buke koja bi remetila san stanovništva. Najčešće se radi o vremenu između ponoći i pet sati ujutru.

se setim svega što se desilo. Njega nije bilo, ali boca crnog vina koju je doneo stajala je na stolu za kojim smo je i iskapili. Za kojim je sve i počelo.

Zazvonio mi je telefon od čega sam skočila.

„Hvala nebesima! Džejn, živa si!"

Dođavola! Trebalo je da se nađem s Matijasom!

„Gde si?" pitala sam, i dalje se trudeći da sklopim kockice šta se sve dogodilo i šta naredno treba da uradim.

„U lobiju. Čekam te. Već sat vremena. Mislio sam da se nešto desilo."

I jeste. „Nije se ništa desilo. Uspavala sam se. Ne znam kako nisam čula alarm." *Nisam ga ni podesila.* Plus, Džejn Anderson se nikad ne uspavljuje. Zato me vole snimatelji, producenti i agenti. Uvek sam odgovorna kad se radi o vremenu. Hvala Bogu, Matijas to ne zna.

„Oh, stvarno si premorena. Žao mi je", uzdahnuo je. Iako sam bila mamurna i polubudna, osetila sam mu u glasu da je ljut, ali da neće da mi to pokaže. „U redu. Zaboravimo na izlazak bilo gde."

Bacila sam pogled na sobu, znajući vrlo dobro da postoji samo jedna ispravna stvar koju mogu da kažem. „Ne, nemoj ništa da otkazuješ. Spremiću se i silazim."

Znala sam neću izgledati reprezentativno, ama baš nimalo, ali morala sam da se vidim sa njim nakon sveg napora koji sam uložila da doletim ovde i truda koji je on uložio da nam obezbedi mirno mesto na kom ćemo se videti. Nisam mogla da ga pozovem u sobu. Ni pod tačkom razno. Miris seksa izvirao je iz svakog konca izgužvanih prekrivača.

Ustala sam previše brzo, od čega mi se vid zamutio i postao ljubičast, ali nisam mogla da se bavim time, te sam pozvala odeljenje za čišćenje i zamolila da mi detaljno obrišu i dezinfikuju sobu od poda do plafona, a potom sam prerovila kofer da nađem odgovarajuću haljinu. Nije bilo vremena za šminku, čak ni za maskaru. Samo sam se istuširala, naprskala parfem i jurnula u lift.

„Ne pamtim kad mi se ovako nešto prethodni put dogodilo. Nisam imala osećaj da sam toliko iscrpljena", rekla sam. Htela sam da izbegnem izvinjavanje. Bilo bi sumnjivo.

„U redu je", stavio je ruku preko moje na stolu. „Bitno je da si sad ovde. To je više nego što sam se nadao."

„Da, i to bez roditelja da motre na mene."

„Sve se lepo namestilo."

Sedeli smo u prijatnom, tihom kafiću nedaleko od hotela. Unutra nije bilo nikoga sem nas. Svi su sedeli u bašti, da li zbog lepog vremena, ili što se Matijas za to postarao, nisam bila sigurna. Doručkovali smo uz odličnu kafu. Svaki gutljaj bio mi je kao eliksir života, razbistrivao mi je misli i pomagao da se sastavim i u koncentrišem misli kako mi nešto glupo ne bi izletelo. On više nije bio uznemiren što sam kasnila. Više je bio zabrinut, ali uspeli smo da skrenemo temu na veselije priče o prvim školskim danima i uspomenama iz detinjstva.

Odrasli smo slično, većim delom. Njegova porodica je takođe dobrostojeća ali nikada nije privlačila pažnju poput moje. To je bilo nešto po čemu nikako nismo mogli da se poredimo. Takođe je imao i podršku oba roditelja što se tiče fudbala i snoubordinga za koje se od malih nogu zanimao. Uvek bi dobio ono što hoće, borio se za to, naravno, ali bez pritiska i straha od neuspeha. Kao i u mom slučaju: naporno radiš i boriš se za nešto; ako uspeš, odlično; ako ne, pa, ništa strašno. I dalje imaš kuću u kojoj živiš, kola, računi su plaćeni, a možeš i otići negde na odmor da napuniš baterije i rasteretiš um, kako bi po povratku probao opet.

„Ali da bih ušao u *Die Mannschaft*[14], morao sam da se borim kao da mi svaki obrok zavisi od treninga", rekao je. „Čak je i Hajneman, trener pre Gotfrida, prilično strogo i pažljivo birao reprezentativce. Momci iz mog kluba, koji su igrali u njegovom timu kad je meni bilo petnaest, pričali su nam kako bi proplakali krv i znoj kako bi on bio zadovoljan na kraju treninga."

„Koliko sam shvatila, Gotfrid je gori?" rekla sam.

„Jeste, ali bar znam da dajem sve od sebe, da sam zaslužio sve. Isto je i sa momcima. U suprotnom, nijedan od nas ne bi bio tu gde je."

Razumela sam. I ja sam naporno radila. Bile su mi neophodne godine da tečno progovorim italijanski i španski, nedelje znojenja u teretani i borbe sa upalom mišića kako bih naučila da plešem kao profesionalac za projekat u Njujorku, i, prosto, trebalo je da naporno vežbam svaki dan kako bih održala telo u formi, i samim tim imala posao. Sa druge strane, imala sam sreće da budem rođena sa svojim izgledom, u porodici koja oduvek privlači pažnju. Neizbežno je da budem pod lupom, htela - ne htela. Bila sam zahvalna roditeljima i devojkama koji su me godinama podsećali na sve to i činili da cenim sve što imam. Imala sam oduvek sve uslove da budem srećna u svakom trenutku.

Šta radim onda sad? Srećna sam sa svojim divnim dečkom, koji mi je u potpunosti posvećen, voli me i brine o meni, koji je i vredan i uspešan sportista. Zašto sam ovde, sa ovim muškarcem, i varam ga? Zar upravo sad ne gazim po svemu što su me roditelji i prijatelji naučili?

---

[14] Die Mannschaft, Tim, u nemačkom. Najčešće se misli na nemački nacionalni fudbalski tim, ali može se koristiti i za nacionalni tim bilo kog drugog sporta.

Znala sam da će mi te misli samo pokvariti izlazak, te sam zapela iz petnih žila, spakovala ih i gurnula u zapećak, koncentrišući se na ovog zgodnog muškarca koji sedi prekoputa mene.

Promenili smo temu. Pričao mi je kako ga kolege iz tima zadirkuju u prethodnih par dana, tj. oni koji znaju za nas: Lens, Ben i Mihael, njegovi najbolji prijatelji. Ostali su sumnjičavi ali niko ništa nije rekao naglas. Bili smo poput neke velike porodične tajne. Neugodno mi je bilo da znam da je toliko osoba zapravo upućeno u dupli život koji vodim, ali Matijas me je uverio da je sve pod kontrolom i da neće ničemu dozvoliti da negativno utiče na moju reputaciju.

„Znači ti tvrdiš da je sasvim bezbedno da devojke i ja večeras dođemo na vašu sobnu žurku nakon utakmice? Niko neće saznati za to i reći novinama?" pitala sam.

„Upravo tako. Nemaš oko čega da brineš. Garantujem za svoje ortake. Nikada ne bi učinili ništa loše jedan drugom."

Najbolji prijatelj ti je kresnuo devojku. Ako to nije nešto loše, onda stvarno ne znam, prolazilo je kroz glavu pijanoj Džejn.

„U redu. Onda se vidimo nazad u hotelu."

„Da. Najverovatnije ćemo se okupiti u Lensovoj sobi jer je on jedini koji najduže može ostati budan i i dalje naredni dan biti svež i spreman za trening."

„Dogovoreno."

„A sad mi reci šta ćemo da radimo sledeće nedelje, u slučaju da tvoj Ukrajinac ode kući?"

„Ostala bih sa tatom. On je ionako uzeo mesec dana godišnjeg odmora i neće se vraćati pre finala. Uglavnom imamo većinu karata za sve utakmice do tad. Tako da ću ostati s roditeljima."

„Ne može biti bolje po nas, zar ne? Plava napast van radara, ti ovde sama, sjajno!"

Šutnula sam ga ispod stola, na šta je uzvratio uhvativši mi obe ruke i nagnuvši se da me poljubi. U trenutku sam se prestravila, misleći kako je lud ako će to da uradi u javnosti, ali i očarana njegovim ugljenocrnim očima.

„Nemaš pojma koliko mi se sviđaš", šapnuo mi je na uho.

„I ti meni, Matijase", uzvratila sam šapatom i sklopila oči. Usne su mu dotakle moje, dajući mi taj meki dodir kog nisam bila svesna da mi toliko nedostaje. Njegov jezik je tačno znao kuda da se kreće, uzbuđujući me do te mere da mi se naoštrio svaki nerv, podigla svaka dlaka na telu.

Ako su mu poljupci ovakvi, mogu samo da mislim kako vodi ljubav. Jedva sam čekala taj trenutak na koji ipak nekako još uvek nisam bila spremna. Znala sam da je to sasvim u suprotnosti sa mojim prethodnim postupcima i ponašanjem, ali sam takođe i razumela sebe. Sa drugim momcima bio je samo seks. Sa Matijasom je toliko više od toga. Za njega mi treba vreme.

Kad smo se rastali u hotelu, lepo sam spakovala ta čarobna dva sata u mentalnu kutiju sa naznakom *Matijas*, zaključala je, udahnula, zaboravila na nju, i nazvala Aleksa.

Pre nego što sam našla poruku ispod vrata svoje sobe, pisala sam mu, ali odgovor koji sam pročitala pre nego što sam sišla da se vidim sa Matijasom me je zabrinuo. Bio je previše kratak i krut.

Nije se odmah javio, što mi je prouzrokovalo neprijatno trenje u stomaku, ali nakon sedmog tona, konačno sam mu začula glas.

„Žao mi je što ti se nisam ranije javila. Spavala sam, a onda sam morala da se nađem sa devojkama, i tek sad sam konačno nasamo.“

„I?“

Prošla me je jeza. Kipti od besa.

„Htela sam sve lepo da ti objasnim. Tata je sve uprskao. Pozvali su ga, isprva je prihvatio, ali u toku dana promenio je mišljenje, i kako ne bismo nikog uvredili, pitao me da idem umesto mame i njega.“

Par sekundi nije ništa rekao.

„Da li je stvarno to ono što se desilo?“ pitao je.

Progutala sam knedlu.

„Da.“

Ponovo tišina.

Nisam znala treba li išta da kažem, ili možda da se branim i objasnim podrobnije svoje postupke. Nisam bila sigurna da li bi me to uvuklo u još veći problem i još više ga razbesnelo.

„U redu“, konačno je rekao. „Pričaćemo kad se vratiš.“

Nikada nisam mogla ni zamisliti da bi on, moj Aleks, bio u stanju da ispolji takvu hladnoću. Trudila sam se da mislim racionalno i objektivno: on ne zna za Matijasa i mene, niti ništa o ostalim momcima. Samo je ljubomoran i uznemiren jer sam došla na utakmicu Nemaca. Samo je to u pitanju. Moraću time da se pozabavim kasnije i lično mu objasnim, kako bi me razumeo. On samo ne voli da o ovakvim stvarima bude obavešten porukom. Osim toga, ne podnosi Nemce. To je razlog svemu ovome.

Kad sam raščistila sve sa sobom, spakovala sam ga u mentalnu kutiju, ponovo, zaključala je, i bacila se na premotavanje snimka događaja od prethodne noći.

Blagi Bože!

Posebna dostava od P.R-a. Kad sam otvorila vrata, nisam imala pojma ko bi P.R. mogao da bude, tako da kad je ušao u sobu, trebalo mi je bar desetak-petnaest sekundi da shvatim da je to zapravo on.

„Šta…” zaustila sam.

„… ja radim ovde?” završio je.

Potvrdno sam klimnula.

„I…”

„Otkud to?”

Ponovo sam klimnula.

„Jednostavno je. Čuo sam da je Džejn Anderson u gradu i nisam mogao to da propustim.” Odšetao je do stola i spustio flašu vina. „Hajde, uzmi čašu. Ovo je najbolje portugalsko vino.”

Zatvorila sam vrata. Pronašao je čaše u kredencu i sipao. Nismo ni reči progovorili dok nisam uzela ponuđeno vino i otpila povelik gutljaj. Istog trenutka ispunilo me je samopouzdanje.

Sela sam na stolicu prekoputa. „Šta radiš ti ovde?”

„Pijem vino s tobom.”

„Pred utakmicu sutra?”

„Da. Ovo je za mene poput vode, dušo. Nema ama baš nikakvog uticaja.” Bio je sasvim opušten. „Šta *ti* radiš ovde?”

„Čula sam da će Paulo Reiš biti u gradu. Nisam mogla to da propustim.” Grohotom se nasmejao. „Pogotovu nakon sveg onog đubreta koje je izjavio o meni.”

„Oh, htela si da se postaraš da se ti naslovi obistine?”

Iskapila sam svoju čašu. „Nikada mi se nisi dopadao.”

Paulo je bio zadivljen brzinom kojom pijem te mi je sipao još.

„Šteta. Lepo bi legla na mene.”

Bio je baš onako arogantan kakvim se predstavlja u javnosti. Devojke širom sveta padale su na to.

„Misliš *išla uz tebe*. Kaže se *uz*.[15] Kako god, loše si sreće. Nikada ne bih bila sa tobom. Prevelik si galamdžija i hvalisavac.”

„Mislio sam što sam rekao - lepo bi legla *na* mene. Ili sela, ako ti je to jasnije.”

Već poznati osećaj zaigrao mi je u stomaku. Otpila sam još malo vina. „Samo sanjaj.”

On se ponovo nasmejao. „Prava si kučka, Džejn.”

---

[15] U originalu Paulo kaže *You'd look good on me*, a Džejn, misleći da je pogrešio, ispravlja ga jer bi pravilno bilo reći *You'd look good next to me*.

„Šta ja da kažem za tebe - pojavio si mi se na vratima u tri ujutru sa flašom vina?"

„Da sam uporan."

Ovaj put sam se ja nasmejala. „Pametan odgovor."

„Hajde da vidimo da li si i ti pametna devojka." Popio je svoje vino do kraja i sipao još. „Šta misliš - zašto sam došao?"

Vino me je već omamilo. Bila sam dovoljno hrabra i luda da kažem šta god mi padne na pamet. „Da pokušaš da realizuješ neke od stvari koje si rekao."

„Hm, da kažemo da si delimično pogodila." Začkiljila sam. „Neću samo da pokušam. Ostvariću sve to."

Ponovo sam uzela povelik gutljaj i nasmejala se.

„Garantujem ti", rekao je. „U narednih trideset sekundi izvući ću te iz tih minijaturnih gaćica i ući u tebe tako da ćeš poželeti da te niko nikad pre mene nije takao."

Oči su mi se raširile od iznenađenja, a vilica pala do poda dok sam zamišljala sve to što je upravo obećao, i istog trenutka bilo mi je toplo u dnu stomaka.

Ustala sam, popivši do kraja svoju čašu vina. „Mogu da se kladim da samo pričaš gluposti. Hvala ti za ukusno vino, a sad idem da spavam." Krenula sam ka krevetu.

Uistinu su bile u pitanju sekunde - ustao je, uhvatio me za ruku, okrenuo i životinjski poljubio. Pravila sam se da ga guram od sebe, dok sam zapravo htela da nastavi. Obuzeli su me njegov miris, njegovo mišićavo telo, koje je bilo kao sa naslovnica magazina koje sam čitala kao tinejdžerka: čvrsto, jako i poželjno. Nisam mogla da se suzdržim.

Na zvuk otkopčavanja farmerki, ruke su mi jurnule da mu pomognu da ih skine. Za sve to vreme nismo prestali da se divlje ljubimo. Smakao mi je gaćice.

„Hah, bila si spremna još kad sam kročio ovde."

Ponovo me je okrenuo, presavivši preko stola, a onda prodro.

Ponovo je bilo drugačije. Bilo je grubo, bezobzirno, životinjski. Vrisnula sam, zaboravivši gde sam i koliko je sati. Nakon svega par pokreta, svršila sam, i on sa mnom. Teško sam disala, opružena na stolu, ali on me je podigao. „Još uvek nismo gotovi", gurnuo me je na krevet.

Za manje od deset minuta bio je ponovo čvrst. Moje telo želelo je još, i jedino na šta sam mogla da mislim je kako tu želju da utolim. Ne na Matijasa. Ni na Aleksa. Obojica su bila negde u nekom krajnjem kutku mog uma, u izmaglici. Nimalo bitni.

Moj neželjeni gost smestio me je u krilo, i pomagao mi da se krećem, sa usnama na mojim grudima. Kroz mene je prošlo nekoliko slabih, prijatnih drhtaja dok smo se zajedno peli ka vrhu. Na tom putu stigao je pre mene, ali nisam bila razočarana. Znala sam da je čvrsto odlučio da mi se ureže u pamćenje.

Kad je očvrsnuo ponovo, sedela sam na komodi, nogu oko njegovih kukova, što je bio još jedan novi osećaj za mene. Isprva kad je ušao, nije bio spreman, ali sa svakim pokretom bivao je sve čvršći. Zenice su mi se raširile usled iznenađenja. Nasmejao se. „Postoji toliko stvari kojima bih mogao da te naučim", rekao je.

„Nauči me večeras najviše što možeš", odgovorila sam zubima mu okrznuvši uho.

Grudi su mi bile čvrsto pripijene uz njegove dok smo se žustro peli ka narednom vrhuncu, jačem od prethodnog. Htela sam da vrištim, ali Paulo mi je povukao kosu unazad kako bi me sprečio, na čemu sam mu bila zahvalna.

Kad smo prešli na krevet, oboje smo hteli još. Nisam znala odakle izvlačim svu tu energiju - bila sam iscrpljena, čak i pre nego što mi je banuo u sobu. Vino mi je definitivno pomagalo. I ludost koja me je obuzela.

Okrenuo me je na stomak i spustio ruku između nogu koje je s lakoćom razmakao iako sam ih čvrsto skupila pod naletom osećaja.

„Džejn, imaš divno telo, neuporedivo ni sa jednim drugim. I ne kažem to svakoj ženi."

Već sam znala da sam neuporediva, ali prijalo mi je da čujem, pogotovu od ženskaroša kao što je on.

U narednom trenutku osetila sam njegov jezik kako se penje sa dna mojih leđa, sve do ramena, a potom nazad, sve do moje butine, koju je najednom brutalno zagrizao. Umesto bola, prožela me je još jača želja. Razumeo je govor mog tela, odigao me sa kreveta i ponovo ušao. Uskoro smo oboje svršili, uzdahe prikrivajući u jastuku.

Ono čega nisam mogla da se setim narednog dana je da li smo pre nego što smo zaspali imali još jedan vatren seks, ili je sećanje kako sedi u fotelju a ja njemu u krilu samo san. Znala sam da je sve ostalo java jer kad me je telefon probudio, soba je bila ispunjena mirisom alkohola i seksa. Tokom tog kratkog razgovora s Matijasom, čak sam primetila i tragove sperme po krevetu i podu. Sve se uistino odigralo.

Sad je vreme da se spremim za utakmicu i krenem na stadion. Devojke su me već čekale u lobiju. Sve četiri smo nosile letnje, lepršave haljine jer je napolju pržilo. Ovaj put sam nosila crveno. Lepo je išlo uz krem šešir i velike crne naočare, i kako će se kasnije ispostaviti, to je zajedno sjajno izgledalo na slikama.

Na putu do stadiona bila sam toliko uzbuđena i htela da im sve prepričam, te sam zamolila vozača da stane u neki kafić usput. Nisu bile iznenađene kao u prethodnih prvih par slučajeva. Slušale su bez prekidanja.

„Pozajmi mi nekog od njih", Endži je prva progovorila.

„Moraćeš da spavaš sa mnom u sobi, pa kad se pojave, delimo", našalila sam se.

Sve smo se grohotom nasmejale sem Bee. Pogledala sam je sa pritajenim strahom.

„Džejn, ti si bolesna", rekla je kontrolišući bes koji sam joj osetila u glasu. „Treba ti pomoć."

„Ma, daj, Beatrisa, preteruješ!" Endži me je branila. „Istina je da nije baš moralno to što radi, ali daleko je od psihičkog problema."

„Onda uopšte ne voliš Aleksa", nastavila je Bea.

„Volim ga. On je čovek mog života. On je najdivniji, najpažljiviji muškarac na svetu."

„Dakle?"

„Ne mogu da odolim ovoj zabavi. Zar nije neverovatno zanimljivo raditi sve ove ludosti, a da niko o njima nema pojma? Niko čak ni ne sumnja."

„Aleks je počeo da sumnja."

„Nije. Samo je ljubomoran."

„Džejn, Bea je u pravu. Moraš da se zaustaviš", rekla je Lana. „Spavala si sa tri različita muškarca u roku od pet dana, plus još dublje si se uvukla u priču sa Belerom. Ovo ti kažem kao menadžerka. Prebrzo povlačiš nepromišljene poteze, a broj tvojih avantura je već sad previsok. Vrlo lako se može pročuti. Sve što treba je da neko slučajno kaže nešto, pametan novinar samo malo pročačka i bićeš u problemu."

„I kako je Paulo uopšte znao da smo ovde?" pitala je Bea.

Ponovo je usledila tišina, tokom koje sam shvatila da nemam pojma.

„Nisi ga pitala?" reče Endži.

„Jesam", promucala sam, „ali nije mi jasno odgovorio."

„Neko od Nemaca mu je rekao", reče Lana. „Jedino su oni znali da dolazimo."

„Zašto bi Matijas, ili bilo ko od njegovih prijatelja, pričao sa svojim suparnikom, dan pre utakmice? Posebno o nečemu tako osetljivom?" Bea je bila zbunjena.

Htela sam da kažem da nemam pojma i da stanem u Matijasovu odbranu, kad Lana reče: „Gotfrid." Sve smo je pogledale iznenađeno. „Mogu da se kladim da je on."

Par sekundi smo sve razmišljale o toj ideji.

„U pravu si", reče Endži. „Onda se sve uklapa. On očigledno previše priča, pošto ti je poslao Lensa. Čini mi se da je Lens stvarno imao dobru nameru kad te je upozorio na njega. Gotfrid sve zna i smišlja nešto opako."

Prokleti matorac! Zašto gura nos tamo gde mu nije mesto?

„Pričaću s njim", rekla sam. „Reći ću mu da prestane šta god planira."

„Misliš da će te slušati?" reče Bea. „Samo ćeš da ga isprovociraš."

„Ne mogu tek tako da ga pustim da radi šta hoće. Pogotovu kad se radi o ovako osetljivim stvarima. Sad verovatno zna i da sam provela noć s Paulom."

„Gad", reče Endži. „Zbog ovoga mi se čini da ti je poslao i Moretija. Ili je on možda sam odlučio da proba."

„Možda", složila se Lana. „Ja svakako ne bih bila iznenađena da zna i za njega."

„Dođavola!" glasno sam opsovala, zbog čega se par glava okrenulo ka nama. Situacija kao da mi izmiče kontroli.

Sa druge strane, sve su ovo pretpostavke. Možda Gotfrid i nije tako opasan. Možda neće da mi naudi ili me razotkrije ni pred kim. Možda mu je samo zanimljivo da manevriše ovim igricama.

„Definitivno moram da razgovaram sa njim", zaključila sam. „Bez toga ne mogu ništa da znam. Čak ni da li je ovo o čemu smo pričale možda tačno. Nema svrhe da brinem. Hajde da zatvorimo ovu temu za sad. U svakom slučaju, nijedan od njih nema dokaz da se bilo šta desilo. Kome god padne na pamet da ode kod Aleksa i nešto mu kaže, neće ništa postići, jer mi Aleks bezrezervno veruje. Znam da me voli iznad svega i da ga mogu ubediti u bilo šta. Trenutno je samo ljubomoran, a i za to ću se pobrinuti."

Na početku utakmice, nemački tim sastojao se od Nemačke četvorke, kako svetski mediji vole da zovu četiri nerazdvojna prijatelja - Matijasa, Lensa, Bena i Mihaela. Gotfrid ne voli kad komentatori koriste izraz *najjača postava* kad se radi o njegovom timu, jer sa svima naporno trenira i svaki od dvadeset dva igrača u reprezentaciji u svakom trenutku daje najbolje od sebe. Ako se jedan povredi, tim nije mnogo oštećen zbog njegovog odsustva, jer uvek postoji drugi jednako dobar igrač na istoj poziciji. Ovakva taktika stvorila je izrazito snažan i opasan tim, od kog svi strahuju.

Bio je divan osećaj slušati hiljade grla kako iz srca pevaju *Das Lied der Deutschen*. Svi su bili ponosni, mašući crno-crveno-zlatnim zastavama i šalovima. Celog tog minuta prolazila me je prijatna jeza.

Igra je bila oštra od prvog sudijinog zvižduka. Svaki igrač borio se za loptu, za priliku, za dodavanje. Svaki je želeo da jurne što pre ka neprijateljskom golu. Portugalci su bili pod većim pritiskom jer su dve trećine stadiona konstantno pevale nemačke pesme, skoro u potpunosti nadglašavajući preostalu trećinu navijača koji nisu imali šanse protiv grlatih, brojnijih domaćina.

I igrači su se brutalno sukobljavali, urlali i udarali jedan drugog i u par navrata pravili ozbiljan sukob od manjeg okršaja. Vazduh kao da je bio naelektrisan. Kad je postignut prvi gol, imala sam utisak da se stadion urušava. Sve se odigralo izuzetno brzo: videla sam da se mreža trese, u milionitom delu sekunde sve je bilo tiho, kao na usporenom snimku, a onda je ekstatična masa zaurlala u oduševljenju. Lens Petrov je postigao gol da se nije ni okrenuo ka mreži. Kad je prihvatio loptu, dva Portuglaca su jurnula ka njemu, znao je da nema vremena, te je instiktivno šutnuo loptu, koja je završila tačno tamo gde je želeo da je pošalje.

Lens je bio pod gomilom saigrača dok nam se svima treslo tlo pod nogama. Iznova i iznova smo gledali snimak pogotka. Bio je veličanstven.

Teren se još više zagrejao. Portugalski igrači u crvenim dresovima koristili su svaku priliku da napadnu i nisu više rizikovali sa svojim potezima. Nemcima je najednom postalo jako teško da dođu čak i u posed lopte, što se vrlo brzo oslikalo na statistikama pred kraj prvog poluvremena: sedamdeset tri procenta za Portugalce. Nemcima se to nije dopalo, te su se svim silama trudili da ga poprave, ali uprkos svoj srčanosti, nije im polazilo za rukom.

Sve dok Fridrih Larson nije uspeo da prokliza portugalskom odbrambenom igraču bez prekršaja i proturi loptu do Fina Bartela. Nisu smeli da propuste ovu priliku. U treptaju oka svaki igrač u belom nacrtao se tačno tamo gde treba da bude, i nakon par brzih dodavanja, lopta je bila kod Kifera Hartmana, veznog igrača, koji ju je šutnuo ka nezaštićenom delu mreže.

Publika je zaurlala u oduševljenju. Bila je to divna akcija koju su više puta ponovili na velikom ekranu, a stadion je posle svakog puta vikao s podrškom. Nisam mogla da se suzdržim da im se ne pridružim.

Kad je sudija označio kraj prvog poluvremena, osećala sam se kao da sam bila u teretani. Nisam bila svesna koliko sam skakala i vrištala u znak podrške momcima u belim dresovima. Kao da mi je telo nošeno ritmom koji kreiraju navijači oko nas. Atmosfera je bila toliko dobra. Nije ni čudo što se kaže da se fudbal lako uvuče pod kožu. U tom trenutku bila sam zahvalna tati što je me kad god je mogao, vodio na utakmice kad bi bio u Londonu. Tad me je naučio da uživam u ovom sportu. Tek kasnije, kako sam se razvijala kao devojka i žena, stali su me zanimati igrači. Imala sam tu sreću da devojke isto razmišljaju te smo išle zajedno na utakmice. Manekenka i fudbaler - naizgled takav kliše, ali skoro uvek, neizbežno, bajka.

Sišle smo sa tribina kako bismo se osvežile hladnim pivom. Fanovi su nam prišli istog trenutka kad smo sele. Dok smo ispijale zlatnu tečnost, slikala sam se za uzbuđenim devojčicama, dečacima, muškarcima i ženama svih nacionalnosti. Većina Nemaca priča engleski dobro, te smo neobavezno ćaskali. Rekli su kako su ponosni i koliko im je drago što je *Čopor* došao na njihovu utakmicu i još navija za njih.

„Hej, Džejn", dozvao me je jedan okrugli, oniski šaljivdžija srednjih godina, obučen u lederhozen[16]. „Je l' možeš da središ nešto sa Janovim, pa da primi koji gol? Jadni Larman zaslužuje da dobije Zlatnu rukavicu pre nego što se penzioniše."

„A šta ćemo mi dobiti zauzvrat?"

„Možete sve preći na našu stranu. Momci stoje u redu za vas četiri."

Svi pristuni su se nasmejali.

Vratile smo se na tribine gde je temperatura bila za nekih dvadeset stepeni viša nego u baru. I dalje je pržilo, a atmosfera koju su kreirali navijači činila je sve još zagrejanijim. Pevanje i uzvici krenuli su i pre nego što su se igrači vratili na teren.

Nije bilo izmena u nemačkom timu, a u portugalskom samo jedna. Sudija se oglasio i počelo je drugo poluvreme. Igra se razvila neverovatnom brzinom. Lopta je letela s jedne na drugu stranu, sa jedne na drugu kopačku, bilo nam je skoro nemoguće da ispratimo svaki potez. U prvih petnaest minuta, sve akcije odigravale su se oko centra terena.

A onda, konačno, Paulo Reiš se razbesneo i preuzeo stvar u svoje ruke. Prihvatio je loptu i jurnuo na Ditera Larmana. Probio se kroz nemačku odbranu koja u prvom trenutku nije verovala da mu je to pošlo za rukom. Kad su ubrzali za njim, bilo je kasno. Već u narednom sekundu,

---

[16] Nemačka tradicionalna nošnja za muškarce.

samo Paulo Reiš i golman bili su jedan naspram drugog, a golman nije imao ni najmanje šanse. Paulo je bio jedan od najpreciznijih napadača Evrope, i njegov gol, iako ne veličanstven kao prethodna dva koja su dali Nemci, bio je gol. Rezultat je bio 2:1 za Nemačku.

Trebalo je da se unervoze, ali nisu, a Gotfrid je bio sumnjivo miran i staložen. Nešto je rukama signalizirao igračima, i u roku od pet minuta igra se pretvorila u pravi okršaj. Beli dresovi bili su rasuti svuda po terenu. Činilo se kao da su svuda, kao da ih ima više od jedanaest. Larman je između svojih stativa posmatrao saigrače kako biju već dobijenu bitku. Naredni gol bio je neizbežan - Nemci su napadali takvom silinom da neprijatelj nije mogao uspešno da se izbori.

U sedamdeset sedmom minutu, Švimer je poslao loptu Beleru, koji ju je šutnuo pravo prema središtu portugalskog gola. Golman je bio previše udesno i nije stigao da se baci na vreme. Dok je publika urlala *Beler*, rezultat je promenjen na 3:1. Matijas je skočio Mihaelu u srčani zagrljaj, a ostali su im se pridružili. Potom je otrčao do svog trenera koji ga je očinski zagrlio i potapšao po leđima. Nisam mogla da ne pomislim kako je tom lukavom starcu ipak iskreno stalo do svojih igrača.

Par minuta kasnije, Nemci su utvrdili svoju pobedu još jednim golom. Bilo mi je krivo zbog portugalskog golmana zbog četiri primljena pogotka, ali koliko god se on i njegov tim trudili, nisu imali šanse protiv *Die Mannschaft*. Poslednji gol dao je Fin Bartel, odbrambeni igrač koji je asistirao drugi gol. Navijači su zviždali i proslavljali kao dao je u pitanju zlatni gol, a ja sam se ponovo oduševila njihovom srčanošću. Zaista je sveprožimajuće divan osećaj biti deo nemačkih navijača. Grlili smo se, skakali i vikali kao da je naš tim već osvojio zlatnu medalju. Bilo je to sjajno i nezaboravno popodne.

Po povratku u hotel bila sam premorena, te sam odlučila da na kratko odremam pre nego što se nađem sa devojkama i Matijasom. Primetila sam blede podočnjake i zaključila da u narednih nekoliko dana moram da spavam više kako ne bih izgledala kao avet.

Kad sam se probudila, čekala me je poruka na telefonu.

Hoćeš li da dođem po vas ili biste radije same?

- Značilo bi mi da dođeš po nas, Mati. Hvala.

Dok smo se sve četiri spremale, postajala sam sve nervoznija, ali ne u lošem smislu. Bilo je to ono pozitivno uzbuđenje i treperenje u grudima pred nešto lepo.

„Džejn, jesi li sigurna da je bezbedno da se pojavimo tamo?” čula sam peti put toga dana.

„Beatrisa, hoćeš li već jednom da prestaneš i da se ponašaš kao devojka od dvadeset jednu godinu umesto što zvocaš kao da si u menopauzi?” Endži joj je odgovorila.

„U redu. Samo kažem. Ja ću se super provesti, ali ja nisam ta koja ima dečka i strogog oca.”

Uzdržala sam se da joj odgovorim jer nisam imala šta da kažem. U pravu je i njena zabrinutost je u svakom pogledu osnovana, samo što ja o tome nisam htela da mislim. Na pameti mi je jedino bilo predstojeće veče koje ću provesti s Matijasom i njegovim prijateljima.

Matijas je pokucao na vrata tačno na vreme. Toliko tačno da sam bila sigurna da je stigao ranije ispred sobe ali čekao tačno u minut da se oglasi.

Bio je zgodan kao sa naslovnice, u farmerkama i crnoj majici reprezentacije, kose još mokre od kupanja nakon utakmice, i onih ugljenocrnih očiju koje me gutaju. Nisam mogla ni da progovorim koliko sam bila očarana.

„Spremne, devojke?” prekinuo je tišinu, i nasmejao se, ne skrećući pogled iz mojih očiju.

Znala sam da je ludo, ali nisam mogla da se suzdržim - propela sam se na prste i poljubila ga, tu, na vratima. „Čestitam na pobedi”, šapnula sam.

Poljubac mu se nesumnjivo dopao. Osetila sam. Zagrlio me je i poljubio u čelo. „Hvala.”

Kad sam se okrenula, devojke su zurile u nas, sve tri sa različitim izrazom lica: Bea sa neodobravanjem, Lana zabrinuto, a Endži zabezeknuto.

Dok smo išli ka Lensovoj sobi, pitala sam ga kako se njemu činila utakmica. Bio je uzbuđen i hteo sve da mi ispriča, tako da nije stao dok nismo došli pred vrata. Njegov prijatan glas me je umirivao.

„Samo još jedno pitanje, Mati, pre nego što uđemo”, pitala sam pred vratima iza kojih su se već čuli pomešani glasovi i smeh. „Kako ćemo se ponašati unutra?”

„Kao prijatelji, ali biću pored tebe sve vreme. Zvuči okej?”

Klimnula sam potvrdno, sa olakšanjem.

U prvih par sekundi po ulasku u sobu, ophrvalo me je nekoliko različitih, pomenšanih osećanja. Očekivala sam da vidim Lensa i ostale igrače, naravno, ali ne i Gotfrida. Još manje sam očekivala da čujem nekoga kako na engleskom viče „Stigli su i golupčići!”

„*Halt die Fresse!*[17]" brecnuo se Ben Švimer, gađajući jastukom momka koji je sedeo u uglu.

Kad me je Matijas uhvatio za ruku i poveo do kauča, shvatila sam da sam prestravljena, a svi su ćutke gledali u nas.

„Dobrodošle u našu jazbinu, devojke", konačno je progovorio Fin Bartel, strelac jednog od današnjih golova.

„Savršeno mesto za Čopor", odgovorila je Endži, čemu niko nije mogao da odoli a da se ne nasmeje.

Matijas nas je upoznao sa svima, bez rukovanja, na čemu sam bila zahvalna nebesima. Nisam bila sigurna da bih podnela da ponovo dodirnem Gotfrida, a ne izazovem sumnju, nakon svega što se desilo. Osim momaka, bilo je tu i nekoliko njihovih devojaka i žena. I Debora je bila tu, supruga Fridriha Larsona, koja je čekala da se ja odlučim da li ću predstavljati Nemačku u spotu njihove pevačice sa ostalim devojkama fudbalera. Nisam znala kako se ona oseća po tom pitanju. Meni svakako ne bi bilo drago da se nađem u takvoj situaciji. Sad, međutim, činilo se da je nije ni najmanje briga.

Momci su oslobodili jedan kauč da sednemo Matijas, ja, Lana i još jedan dečko do nje. Bea i Endži su otišle na drugu stranu i već se upustile u razgovor s momcima i devojkama tamo.

Nije mi bilo teško da neobavezno ćaskam sa njima, čak ni sa Lensom. Ponašao se sasvim opušteno, kao da se nikad ništa nije dogodilo između nas. Čak je i Gotfrid bio ležeran. Uistinu, uhvatila sam ga dva-tri puta kako me promatra, ali tad sam već povratila samopouzdanje dovoljno da me ne bude strah kao prvog trenutka kad smo ušle u sobu.

„Treneru, otkud ti ovde?" najednom ga je upitala Endži, besramno hrabra verovatno zbog par pića koje je popila.

„Na šta misliš?" odgovorio je smeškajući se.

„Bije te glas da si veoma strog. Otkud to da si dozvolio svojim pulenima da se okupe u sobi punoj alkohola i žena?"

Ponovo se nasmejao. „Svakome treba da se malo opusti s vremena na vreme."

„Ne čujemo to prilično često", ubacio se jedan od igrača.

„Šnajderu, pazi šta pričaš pred gostima", odgovorio mu je, a potom vratio pogled na Endži: „A što se tiče tvog pitanja, gospođice Džoli, ja nisam baš toliko star da ne mogu da prisustvujem žurkama ovog tipa. Štaviše, nisam mnogo stariji od tebe." Uputio joj je pogled koji predator uputi plenu pre nego što napadne.

---

[17] Začepi gubicu, nemački.

Sa druge strane, Endžine oči su zasjale od uzbuđenja i iznenađenja, dok su momci u pozadini zviždali.

„Sigurna sam da si u najboljim godinama", odgovorila mu je izazovno preko ivice svoje čaše vina.

Svi su se ponovo nasmejali, uključujući i mene. Obožavam je zbog te hrabrosti, ludosti i neukroćenosti. Ponekad bih želela da imam njenu slobodu da radim šta god poželim sa muškarcima, kad i gde god mi padne na pamet, bez razmišljanja o posledicama. Endži ne mora da brine šta bi se desilo kad bi se saznalo, ako bi je neko uhvatio na delu. Sve to uskraćeno je ćerki Breda Andersona.

Šta pričam to? Zar upravo ne radim šta mi se hoće?

Progutala sam teško i usmerila misli na razgovor sa Benom i Mihaelom, koji su prešli da sede sa nama kad su Lana i Fin Bartel ustali. Ben je pričao veoma čistim, skoro tečnim engleskim. Kako će se ispostaviti, učio je detaljno engleski jezik i istoriju umetnosti, koje je obožavao, ali fakultet je morao da sačeka zbog fudbalske karijere u usponu. Samo je godinu dana stariji od mene, te je imao vremena na pretek.

Mihael je bio tajanstven kao i inače. Nije mnogo pričao niti se šalio. Vrlo brzo mi je bilo jasno da mu se ne sviđa što sam tu. Ne što mu se ja ne dopadam, već jer zna za Matijasa i mene. Kad su nas Matijas i Ben ostavili na trenutak nasamo, pokušala sam da zapodenem razgovor s njim.

„Kakav ti je plan za posle Prvenstva?" pitala sam. „Čitala sam da te traže u Engleskoj."

„Neću napustiti Nemačku. Ostajem u Minhenu, sa Lensom, Benom i Matijasom", rekao je šturo. „A kakav je tvoj?"

To pitanje me je iz nekog razloga pogodilo kao grom iz vedra neba. Nakratko sam skrenula pogled, dok su mi razni mogući scenariji prolazili mislima.

„To je dobro pitanje", glas mi je bio skoro šapat.

Pitanje koje odbijam da postavim sebi već neko vreme, ili uopšte da razmišljam o njemu - šta ću da radim poslednjeg dana turnira? Pre par dana, pre dejta sa Matijasom, bila sam sasvim sigurna da ćemo Aleks i ja biti zajedno, bez obzira na sve. Nas dvoje bili smo za mene najvažniji nakon što prođe ova letnja oluja uzbuđenja.

Međutim, nakon što sam se zbližila sa ovim divnim nemačkim fudbalerom, nakon što sam otkrila da ipak nije kreten kakvim mi se ranije činio, u glavi su sve više stale da mi se motaju misli, predstave budućnosti, svetle i uspešne budućnosti kakvu bismo nas dvoje mogli imati zajedno. Engleska dama i nemački vitez, kako su nas već nazivali u nekim novinama. Osvajač sa istoka, kako su prethodno nazvali Aleksa, zvuči jednako romantično, ali, u datom trenutku jednostavno nisam mogla da odlučim koja bajka mi je lepša. U jedno sam svakako bila sigurna - volim Aleksa. A da li volim Belera, pa, prerano je zaključiti tako nešto. Svakako ne mogu da se pravim da privlačnost između nas ne postoji.

„Da je sutra finale turnira, šta bi rekla?" nastavio je Mihael.

Pogledala sam ga u oči, pokušavajući da dokučim zašto mi ovo radi. Znala sam da mi nije pametno da lažem, te sam mu odgovorila mucajući: „Ostala bih uz svog dečka."

„Zašto si došla ovde? Jesi li ga lagala?"

U nekim drugim okolnostima, s nekim drugim, pobesnela bih, uvredila se i napravila scenu što jedan stranac ima toliko hrabrosti da me tako nešto pita. Ali na njega nisam mogla da prasnem. Ne tu. Umesto toga, oblio me je hladan znoj.

„Nisam mu ništa slagala. Rekla sam mu sve - da je trebalo da dođem sa tatom, da je on odustao, te da smo devojke i ja došle same."

Dugo nije skrenuo pogled.

„Dobra si manipulatorka, Džen", konačno je rekao. „Bolje to iskoristi da se držiš podalje od problema."

Nisam imala vremena ništa da ga pitam jer se Matijas u tom trenutku vratio noseći mi koktel. Isprva mi je plan bio da ne pijem, ali visoka čaša bila je ispunjena raznobojnom, primamljivom tečnošću te se nisam suzdržala.

„Debora ih sprema profesionalno", odgovorio je Matijas na moj pogled. „Ona je naš barmen gde god da putujemo svi zajedno."

„Celu srednju školu provela sam za šankom", ubacila se u razgovor dok je za stolom i dalje mešala nova pića. „Dok me nisu primetili i skontali da bih dobro izgledala u izlogu."

Debora je bila poznata sa reklama po tržnim centrima širom Nemačke, i sa TV-a takođe, gde je promovisala uglavnom šminku. Njeno lice bilo je ono što ja zovem jednostavnim i klasičnim, sa pravilnim crtama, gde je sve na mestu, što savršeno odgovara kameri. Na njoj se može istaći šta god je potrebno.

„Prava si srećnica", rekla joj je Bea. „Videla sam neke od tvojih plakata. Zaista su neverovatni."

„Ti si ta koja ima sreće. Rođena tako plava, sa tim strukom i građom. Sigurna sam da su te modni skauti uzeli pod svoje čim si prohodala", Debora joj je odgovorila bez i trunke ljubomore.

Bila je u pravu. U Pitsburgu, odakle je, Bea je bila poznata zbog svoje skoro vilinske lepote, još od malih nogu. Radnici po prodavnicama bi zaustavljali njene roditelje da pitaju da li može da bude na nekoj od njihovih reklama. Kad god bi putovali, stjuardese su obožavale da se igraju sa njom. Na zajedničkim putovanjima, druge porodice bi je brzo primetile, i zbog njene umiljatosti i pristojnosti, pozvali da se igra sa njihovom decom, te su Lejnovi neprestano sklapali nova prijateljstva. Bilo je veoma rano jasno da će Bea da se bavi modom i da joj je uspeh zagarantovan i bez preterano mnogo truda.

S vremena na vreme bilo mi je krivo zbog nje, jer je neporecivo bila u mojoj senci. Baš kao i Lana i Endži. Lana je skoro odustala od svoje da bi se posvetila mojoj karijeri, Endži je i dalje bila koliko-toliko uspešna, kao i Bea, ali nijedna od njih tri nije imala pažnju koju zaslužuju, najvećim delom jer su moje drugarice. Oduvek su se odlično nosile s tim, bez žaljenja i negodovanja, zbog čega ih neizmerno volim.

Gotfrid je odlučio da nas napusti uz izgovor da mora da završi neku papirologiju, te mi je bilo malo lakše kad su se vrata za njim zatvorila. Istog trenutka, Lens je povikao:

„Pošto šef više nije ovde, možemo da igramo jednu igricu kako bismo se bolje upoznali. Pogotovu sa Čoporom.”

„Na šta misliš, Lens?” pitao je jedan od igrača.

„Istina-izazov”, odgovorio je Ben. Lens je potvrdno klimnuo.

„Jeste li sigurni da vas dvojica niste blizanci razdvojeni na rođenju?” pitala sam.

„On bi voleo da je deo porodice Švimer, ali ne, nismo ni u kakvom srodstvu”, odgovorio je Ben.

„U redu. Dakle, ko god se plaši, može sad da napusti prostoriju”, rekao je Lens.

Fridrih Larson, Debora, tri momka i njihove devojke su istog trenutka ustali.

„Znajući tebe, Petrov, bolje da preskočimo. Tvoja opakost često nema granica”, rekao je jedan od fudbalera.

„Još neko?” upitao je Lens kad su oni otišli.

„Ne. I ja biram istinu. Slušam?” rekla je Endži.

„Koje su ti dimenzije, Džoli?” rekao je kao iz topa.

„Devedeset, šezdeset sedam, osamdeset sedam”, odgovorila je bez i da trepne.

„Je l’ mogu da proverim?”

Svi su prasnuli u smeh.

„Zato su Fridrih i ostali otišli”, šapnuo mi je Matijas. „Uradio bi to, bez ustezanja, bilo kojoj od njihovih devojaka.”

„Lažeš.”

„Mhm. I nikad ne biraj izazov ako te Lens pita. Savetujem ti od srca. Ama baš nikad."

„Shvatam."

Nakon što je Lens *izmerio* i opipao Endži, bio je red na nju. Okrenula se ka Mihaelu.

„Istina", odgovorio je na njen upitan pogled.

„U čemu je trik - kako izlaziš na kraj sa ova tri bilmeza sve ove godine?" Ponovo smo svi prasnuli u smeh. „Već nakon ovih par sati vidim koliko su slični jedan drugom, ali ti si daleko zreliji. Kako ih podnosiš? Otkud to da se uopšte družite?"

„Odrasli smo zajedno, pa ne mogu tek tako da ih se rešim", odgovorio je Mihael, nasmejavši se. „Biću iskren - nas četvorica smo se nekako desili jedan drugom. Kad sam došao u klub, oni su već bili tu, neprestano se smejući i šaleći. Tada, naravno, fore su im bile bolje. Mislio sam da su zanimljivi, i dosta smo vremena počeli provoditi zajedno. Nekako smo uvek bili tu jedan za drugog, i to se sad već ne dovodi u pitanje. Uvek će biti tako."

„Baš kao i mi", rekla je Lana. „Čak i ako jedna drugu iznerviramo, ne dolazi u obzir da prekinemo prijateljstvo. Drugarice smo šta god se desi."

Bio je Mihaelov red da pita. Okrenuo se ka Bei. „Kako je imati Džejn za cimerku?"

Videla sam skriveno značenje u svemu što Mihael izgovori. Čak i u ovoj glupoj igri. Imala sam osećaj da me kritikuje zbog mojih postupaka. Bila sam sto posto sigurna da je ovo pitanje postavio Bei samo da bi se čulo kako je to živeti s nekim ko na ovako odvratan način vara svog dečka, kog zvanično toliko voli. Zanima ga kako ona može da zna i podržava moje laži i mahinacije.

Znala sam da je i Bea tako shvatila pitanje. Ljubazno se nasmejala, ne pogledavši me, i rekla: „Ponekad je naporno, ali nikad je ne bih menjala, ni za šta na svetu."

Moja draga Bea. Poslala sam joj poljubac kroz vazduh.

Sobom je preletelo još par pitanja pre nego što je na mene došao red. Znala sam da će se to desiti pre ili kasnije, i da neće biti jednostavno. Kao za baksuz, Lens je bio taj koji me je izazvao, na šta sam odabrala istinu.

„Kad si izgubila nevinost, Anderson?"

U meni je provrilo, a spolja sam prebledela. Ovo pitanje je krajnje nepristojno kad se uzme u obzir šta se desilo između nas. Od bilo kog drugog ne bi mi smetalo, ali od njega!

Naterala sam se da se ustaložim. Svi su zurili u mene čekajući odgovor. Shvatila sam da nemam razloga da se vređam i time pokvarim atmosferu. To je samo jedno od onih pitanja koja se stalno vrte u ovakvim igricama.

Duboko sam udahnula: „Krajem decembra.”

Svi momci pustili su vilice do poda i sobom je zavladala mrtva tišina. Endži ju je razbila prasnuvši u grohotan smeh.

„Stvarno?” Matijas me je uhvatio za ramena i pogledao.

Klimula sam.

„Lažeš, Džejn”, rekao je Lens u neverici. „Pre plavušana nisi bila ni sa kim?”

„Upravo tako, i nije mi jasno zašto ste svi time toliko šokirani. Jeste li me ikad videli s nekim pre Aleksa?”

„Ne, ali bili smo sigurni da si počela pre par godina”, rekao je Ben. „Ribe kao ti, privlačne sa petnaest, počnu mnogo ranije.”

„Ja ne.”

„Kako?” pitao je jedan od igrača. „Živiš sama u Londonu već pet godina. Imala si svu slobodu.”

„To stoji, ali oduvek sam znala šta smem, a šta ne smem, i kako je prihvatljivo da se ponašam. Čak i na drugom kontinentu, tata uvek zna gde sam i šta radim. I da mu nešto promakne, saznao bi na jutarnjim vestima.”

Konačno su razumeli i prestali sa iščuđavanjem, te smo nastavili. Ja sam namerno odabrala najstarijeg među njima, golmana Ditera Larmana. Htela sam da čujem njegovo mišljenje najiskusnijeg: „Kako izlaziš na kraj sa ponašanjem svog trenera? Je l’ zasluži ponekad da ga nego udari, ili ga zaista uvek cenite i poštujete?”

Lens se isprva pobunio jer pitanje nije dovoljno bezobrazno, ali htela sam da čujem odgovor.

Diter je malo oklevao, bacivši pogled po sobi, kao da se uverava da Gotfrid stvarno nije tu, pre nego što je rekao: „Većinu vremena jeste naporan. Sve to urlanje, izdavanje naređenja, kazne bez nekog posebnog razloga i ostalo, ali bar vidimo rezultate. Svaki put kad viče, znamo da je za naše dobro. Čak i van terena. Kao drugi otac nam je.”

„Možda je takav jer sam nema decu”, rekla je Lana.

„Možda. Kaže da ih nikad i ne želi. A i šta će mu, kad uvek ima tim odrasle dece. Dovoljni smo mu.” Svi smo se grohotom nasmejali. „Zadovoljna odgovorom?”

„Znači kad god je strog prema vama i arogantan, vi to tako prihvatite?” htela sam da potvrdim.

„Baš tako." Diter se zavalio u svojoj stolici. „Zašto pitaš?" Skenirao me je svojim uskim, zelenim očima.

„Je l' to tvoje pitanje za mene?"

„Jeste."

„Ma, dajte! Ova igra više nema nikakvog smisla!" pobunio se Lens.

„*Halt die Klappe!*[18]" rekao mu je Larman.

Mogla sam da osetim pogled svakog prisutnog, kao da svi oni znaju za moju i trenerovu tajnu. Istog trenutka, ponovo, oblio me je hladan znoj, ali sam se jednako brzo kao i malopre sabrala i staložila. *Šta ti pada na pamet, Džejn? Ne glupiraj se! Naravno da niko ne zna za vas!*

„Deluje prestrogo, izdaje vam naređenja kao da ste u vojsci, i ponaša se kao da je neki opasan, prekaljeni pukovnik iz akcionih filmova", rekla sam. „Ukrajinski trener je mnogo prijatniji sa svojim igračima, kao i Metju Vans, a obojica imaju sjajan tim. Zato mislim da je sve to izigravanje gazde bespotrebno."

„Ali ni Ukrajinci, ni Englezi neće osvojiti Prvenstvo", rekao je Lens.

„To ćemo još videti", odgovorila sam grubo, gotovo ratoborno.

„Uz sve dužno poštovanje, vi ispadate u ponedeljak", rekao je jedan od igrača, Saša Rot. „Dobili smo lakšu stranu tabele, koliko god to bilo nefer prema vama. Mi smo već u finalu, dok vi sa svoje strane imate Italiju, Englesku i Norvešku. Nema šanse da prođete kroz sve to."

„Videćemo kako ćeš da podviješ rep kad ti provuku tri lopte kroz noge" rekla sam oštrije i glasnije nego što sam nameravala.

Čime su se svi iznenadili. Znala sam da ne treba toliko da branim Aleksa, ne pred svima njima, ali nisam mogla da dopustim da ismevaju njega i njegov tim. Poznajem Ukrajince već duže vreme, i znam koliko naporno i posvećeno su trenirali prethodih meseci kako bi došli i pokazali se na Prvenstvu. Nisam htela da slušam kako se o njima priča kao o gubitnicima.

„Ova tema nije prikladna za društvo u kom se nalazimo večeras. Bolje da je promenimo", rekao je Matijas prebacivši ruku preko mog ramena.

Pogledala sam ga sa novim naletom obožavanja. „Hvala ti", prošaptala sam.

Istina-izazov završila se ubrzo potom. Niko više nije bio raspoložen da igra. Svi su bili ophrvani umorom, a pogotovu igrači. Imali su sreću da ovaj put ostaju u Hanoveru, čekajući suparnika, koji će biti

---

[18] Začepi (gubicu), nemački.

odlučen sutradan - Ekvador ili Švedska. Devojke i ja smo morale da se vratimo u Minhen gde će Ukrajinci igrati prvu utakmicu u osmini finala.

Parovi su otišli, i uskoro je i Endži objavila da joj se spava i stala insistirati da krenemo (na šta su joj Ben i Fin jednoglasno ponudili da odrema kod njih). Svima smo poželele laku noć i Matijas nas je ispratio do hodnika. Pustila sam devojke da odu par koraka ispred, a potom se okrenula ka njemu. Pogledao je okolo, siguran da niko ne gleda, a onda mi šakama obuhvatio lice.

„Ovo veče je bilo neverovatno. Hvala ti što si došla."

Od sjaja i obožavanja koji su mu se ogledali u očima, bilo mi je toplo u grudima. Ovom muškarcu preda mnom uistinu je stalo do mene.

„Nema na čemu. Hvala što ste nas pozvali."

Osmehnuo se i kratko me poljubio. „Džejn, da li da…?"

„Da, dođi u moju sobu."

Kao da sam mogla da osetim na njegovim šakama kojima mi je još uvek držao lice, kako mu se puls ubrzava od uzbuđenja.

„U redu. Vidimo se uskoro. Samo da se njih otarasim", pokazao je ka sobi.

Devojke i ja smo otišle i razdvojile se na svom spratu. Ušla sam u sobu i pre nego što sam stigla da gurnem ključ-karticu u prekidač za aktiviranje struje, neko me je zgrabio za ruku, ugurao u mrak, i zatvorio vrata. Ne stigavši ni da vrisnem, već sam bila pripijena uza zid, a nečiji jezik bio mi je u ustima.

Istog trenutka sam se uzbudila. Čak i u mraku, uspela sam da prepoznam njegov miris i ruke koje su nestrpljivo šetale od mojih grudi do kukova i nazad.

„Opet ti. Stvarno ne možeš da se kontrolišeš?" rekla sam uzvrativši divlji poljubac. Prošla sam mu prstima kroz kratku kosu i privila se još više uz njegovo telo. „Stvarno si lud. Kako si se stvorio ovde tako brzo?"

„Celo prokleto veče čekam na ovo", odgovorio je.

A ja sam se obledila.

Taj glas nije bio Lensov, kako sam očekivala.

Odgurnula sam ga sa sebe i histeričnim pokretom gurnula karticu u prekidač.

Preda mnom je bio Fridrih Larson, Deborin muž.

„Šta ovo radiš?" vrisnula sam.

„Pst, Džejn!" Pokušao je da mi pokrije usta šakom.

„Šta je ovo? Jesi li pri sebi? Žena ti je u sobi pored!"

Iskreno, ni najmanje me nije bilo briga za njegovu ženu. To sam rekla u naletu šoka jer sam smatrala da treba nekako da se odbranim.

„U redu, smiri se. Nemoj da vičeš. Izvini. Nije trebalo da ovo uradim, ali... Ali nisam mogao da se suzdržim, Džejn. Ti... Toliko si blizu. Od pomisli na to, nisam mogao da zaspim.”

„Najbolje bi bilo da nestaneš što pre. Matijas će se pojaviti svakog trenutka.”

„U redu.” Gledao me je tužno, poput kučeta, ali nisam popustila. Htela sam da nestane iz moje sobe što pre moguće.

Najednom mu je lice promenilo boju. „Stani... Zašto si rekla *opet ti?*”

Instant sam prebledela. „K-kako misliš?”

„Ko si mislila da sam?”

Imala sam osećaj kao da nemam kosti u nogama i da ću da se stropoštam na pod, bez reči.

„Matijas, naravno”, rekla sam refleksno, i već u narednom trenutku povratila samopouzdanje.

„Ali vas dvoje ste se upravo razdvojili.”

„Samo na trenutak. Otišao je da se pozdravi sa prijateljima. Na šta ciljaš, Larsone?”

Gledao me je ravno u oči, tražeći tragove neistine, ali tad sam već bila toliko dobar lažov, da u mojim očima nije bilo ničega što je moglo to da mu potvrdi.

„Bilo bi ti bolje da se sad izgubiš i nikome ne spominješ šta se desilo”, otvorila sam vrata da izađe.

„U redu”, rekao je na pragu. „Nećeš ovo reći Debori, nadam se? Nikad?”

„Ne moraš da brineš o tome dokle god ti držiš jezik za zubima.”

Zatvorila sam vrata i sela na pod udišući olakšanje.

Pobogu, Džejn! Bila si toliko blizu da samu sebe otkriješ! Ne neko drugi da te raskrinka, već ti samu sebe! Glupačo! Hvala nebesima da je on samo još jedan u nizu glupih muškaraca. Nikad mu neće pasti na pamet da je trebalo da shvatim da nije Matijas čim sam mu dotakla kosu. Jedino o čemu će brinuti je da Debora ne sazna.

Istuširala sam se na brzinu, a kad sam navukla pristojan crni veš, Matijas je već pokucao na vrata.

„Nedostajala si mi”, rekao je zatvorivši ih za sobom i ponovo me obujmivši rukama. Poljubac koji mi je spustio na usne ovaj put bio je duži i produbljeniji. Zaigrali su mi leptirići u stomaku.

Smestili smo se u krevet i zagrlili ispod pokrivača.

„Niko nije verovao da ćete doći", rekao je. „Svi su mislili da bulaznim."

„Drago mi je da smo im pokazali da greše. I devojke su se lepo provele."

„Više ste nego dobrodošle na ovakva okupljanja svaki sledeći put."

„Hvala ti i što si stao na moju stranu kad su krenuli da pričaju ružno o Aleksu."

„Ne moraš da mi zahvaljuješ. Znam da je to tebi osetljiva tema. Bolje da je se niko ne dotiče dok ne doneseš odluku", poljubio me je u čelo.

„To je veoma zreo i razuman stav muškarca u tvojoj situaciji."

„Nemam mnogo izbora. Jedino što mogu da uradim je da ga ubijem", nasmejao se. Munula sam ga u rebra. „Ozbiljan sam. Kad bih neprestano razmišljao kako svaku noć koju nisi u mojoj blizini zapravo spavaš sa njim, poludeo bih. Pomaže mi što se fokusiram na činjenicu da uprkos tome što većinu noći provodiš sa njim, ipak biraš da provodiš vreme i sa mnom. Uliva mi nadu."

Uspravila sam se da ga poljubim, i prekinem da više ne priča o Aleksu, jer mi je postalo neprijatno, a nisam htela da nam zbog toga propadne ovo kratko vreme koje imamo jedno s drugim.

„Reci mi šta ćeš da radiš nakon Prvenstva. Je l' već imaš nešto isplanirano?" pitao je.

„Ne znam ništa o novim ponudama. Lana je zadužena je za to, ali smo odlučile da o svemu pričamo kasnije. Moraćemo zajedno proći kroz par scenarija i odlučiti šta uzeti a šta ne. Verovatno ću se prihvatiti još jednog filma, par revija, i nečeg sličnog onom njujorškom projektu."

„Sve to će biti u Londonu?"

„Ne mora da znači. To je ono što mi se najviše sviđa."

„I meni se to dopada kod naših utakmica. Putujemo dosta, ali se nakon svake vratimo kući."

„Šta je sa tvojim planovima? Pretpostavljam da si dobio neke ponude iz inostranstva?"

„Jesam, ali još uvek ne znam da li ću da prihvatim."

Gledao me je s onim obožavanjem od kog bi mi uvek zaigralo u stomaku i osetila bih se najvrednijom ženom na svetu.

„Odakle su ponude?"

„Mahom iz Londona."

„Lažeš!" Srce mi je stalo ubrzano lupati. Jedna luda misao mi je projurila glavom - ako zvanično ostanem sa Aleksom i posle turnira, a Matijas se preseli u London, moći ćemo i dalje da se viđamo. Međutim, već narednog trenutka sam isterala tu ideju iz misli. Tako nešto apsolutno je nemoguće. Nema ni najmanje šanse da bismo uspeli da se viđamo u tajnosti. Neko bi primetio pre ili kasnije. London nije neki mali, zavučeni nemački noćni klub.

A onda mi je bilo jasno.

„Mati, nemoj mi reći da…"

„Baš to, Džejn. Da li ću prihvatiti neku od tih ponuda iz Londona ili ne zavisi u potpunosti od tebe. Nisam hteo ništa da ti kažem, ali pošto si već pitala…"

Ovom muškarcu je zaista, istinski neizmerno mnogo stalno. *Možda čak i više nego Aleksu. Do sad Aleks nije nijednom pomenuo da bi se igde preselio kako bismo bili bliže jedno drugom. A sa druge strane, ovak momak koji se platonski zaljubio u mene, koji me smatra boginjom, spreman je na ovako veliki korak u svojoj karijeri, na sve zbog mene, dve nedelje otkako me je prvi put video. Toliko je siguran u svoja osećanja!*

Ali i Aleks ima ponude, podsetila sam se. Jedino što je on odlučio da, bez obzira na sve, sačeka kraj takmičenja, te da onda zajedno odlučimo šta da radi. Jeste, sad se sećam: poslednji put kad smo pričali, tako mi je rekao. Spomenuo je ponudu iz Italije, ali je rekao da ćemo na kraju Svetskog prvenstva doneti konačnu odluku. Ne radi se o tome da Aleksu nije stalo, već samo koliko mu je stalo pokazuje na drugi način. Moj savršeni dečko. Treba da me bude sram što sam i pokušala da pronađem neke mane u njegovom ponašanju.

Ponovo sam izbila Aleksa sebi iz glave kako ne bih upropastila veče s Matijasom. Skupila sam mu se u krilu. „To je veoma lepo od tebe. Ne znam šta da kažem sem da si jedan jako poseban muškarac."

„Za jednu neverovatno posebnu ženu." Ponovo me je poljubio u čelo. „Hvala ti za svu ovu sreću kojom me ispunjavaš, Džejn." Zagrlio me je jako i oboje smo utonuli u san.

11.

Kad sam se probudila, soba je bila ispunjena svetlošću i omamljujućim mirisom ruža. Nisam mogla da ne vidim ogroman buket koji je zauzeo ceo stočić pored prozora. Odmah do njega stajao je Matijas, u boksericama i majici na kratke rukave sa grbom *Deutscher Fussball-Bund*[19], spremajući doručak. Bila sam sigurna da su mi oči poprimile onaj oblik srca kao u crtanim filmovima. Pogledao me je i osmehnuo se, a ja sam bila kao omađijana.

„Izašao sam malo ranije da sam odaberem cveće", rekao je. „Doručak sam naručio u svoju sobu, pa sam ga doneo ovde."

Ispuzala sam iz kreveta i odšetala do njega.

„Da li da stereotipski pretpostavim da ćeš, kao Engleskinja, piti čaj, ili možda želiš kafu?"

Umesto odgovora obesila sam mu se oko vrata i poljubila ga.

Bilo je divno raditi s njim nešto tako obično kao što je spremanje doručka, i ostali mali jutarnji rituali, tokom kojih prepričavamo neobavezne, kratke dogodovštine od prethodnog dana. Sedela sam tako, pred njim, u donjem vešu, raščupane kose i bez šminke, i jače nego ikada osećala da nas dvoje možemo uspeti kao par. I to veoma lep i skladan par.

Nažalost, čim smo završili s jelom, morala sam da se spremim i krenem na aerodrom. Devojke su mi već javile da su se spakovale i da me čekaju. Matijas i ja smo se razdvojili poput nesrećnih ljubavnika, ni jedno ni drugo ne znajući kad ćemo se sledeći put videti.

U hotel u Minhenu stigle smo tri sata kasnije. Prijavila sam se, ostavila kofer i istog trenutka otišla u Aleksovu sobu. Svakog trenutka će se vratiti sa treninga. Zavalila sam se u fotelju pored prozora i na telefonu listala vesti kad je ušao.

Od trenutka kad sam ušla u sobu i udahnula njegov prepoznatljiv miris, shvatila sam da mi je neizmerno mnogo nedostajao. Isprva sam htela da skočim iz fotelje i zagrlim ga, ali izraz na njegovom licu zaledio me je u mestu.

Bacio je torbu. „Bilo je vreme.".

Ustala sam i prišla mu. „Aleks…"

„Kako je bilo? Jesi li se sjajno provela?"

---

[19] Nemački fudbalski savez, nemački.

Pokušala sam da ga uhvatim za ruku ali se izmakao.

„Je l' ti bilo lepo s tvojim novim *prijateljima*?" povisivao je ton sa svakom rečju.

„Aleks, ne bih otišla da nisam bila primorana", rekla sam što sam smirenije mogla. Znala sam vrlo dobro da moram da ostanem hladne glave ako želim da bude po mome. Ako se unervozim i krenem da zamuckujem, samo ću biti sumnjiva.

„Oh, da, naravno, morala si da ideš. Tata te je naterao."

„Aleksandre, mislim da i dalje ne razumeš u potpunosti moj položaj. I ne mogu da te krivim. Odrasli smo drugačije."

„Naravno da jesmo. Ja mogu da kažem ne svom ocu i borim se za ono što mislim da je ispravno."

„Ja ne mogu", teško sam progutala. „Mislila sam da si to znao i pre nego što smo počeli da izlazimo?"

Nije znao šta da mi odgovori, te je promenio temu.

„Nije se činilo kao da ti je posebno neprijatno što si tamo. Video sam sve na TV-u."

„Aleks, oni nisu toliko loši koliko misliš. Nakon svega, čak tvrdim da su pristojni i ljubazni, a i utakmica je bila dobra."

„Zbog čega misliš da nisu seronje nakon svega što su rekli o tebi?"

„Nekoliko puta smo imali priliku da sednemo sa njima i popričamo, u hotelu. Uvek su se lepo ponašali prema svima nama, čak i prema tebi." Progutala sam knedlu na ovu veliku laž.

„Smatraš me budalom, Džejn!"

Ponovo sam se zaledila. Nikada tako nije vikao na mene. Nikada ranije nisam videla njegovo lice toliko izobličeno od besa.

„Do sad su rekli popriličnu gomilu vulgranih bljuvotina o tebi i tvojim prijateljicama, i sto posto sam siguran da i dalje sve to misle! To što ti ideš na njihove utakmice nema nikakve veze s tvojim ocem! Ideš jer ti prija! Dopadaju ti se oni i taj način na koji ti pružaju pažnju, a koji je odvratan."

Pao mi je kamen sa srca - i dalje ne zna ništa o Matijasu. Samo je ljut, što je i logično. Samo je ljubomoran.

„Aleks…" zaustila sam.

„Najgore od svega je što ti u svemu tome uživaš! Imaš li i najmanju predstavu koliko je to nepoštovanje prema meni?" Vikao je toliko da sam skoro čula kako se prozori tresu.

„Je l' se ovde radi samo o tebi, Aleks? Je l' to u pitanju?" rekla sam tonom daleko nižim od njegovog.

Sad je bio njegov red da se iznenadi. Gledao me je u čudu. *Svaka čast, Džejn. Napad je najbolja odbrana.*

„Ideš na treninge svaki bogovetni dan", nastavila sam, „a kad ne ideš, imaš utakmicu. Imamo vremena jedno za drugo jedva dva sata dnevno, a čak i tad si iscrpljen i treba da se odmaraš. I ja to sve razumem, ne žalim se i u potpunosti te podržavam. Da li sam te od početka Prvenstva i na šta ijednom primorala?"

Nije ni reč progovorio, te sam produžila. „Kad ti se spava, spavamo. Kad hoćeš seks, imamo seks. Jesam li se ijednom požalila na količinu pažnje koju mi pružaš u prethodne dve nedelje?"

I dalje nije ništa rekao, ali sam mu primetila promenu na licu. Bes je skoro u potpunosti iščileo.

„Osim toga, vrlo dobro znaš kakav odnos imam s ocem. Sa Džozefinom je lako izaći na kraj, ali kad tata nešto traži, on to mora i da dobije. Bez ikakvih izgovora. Bez izuzetaka. Volim ga i poštujem. Njemu mogu zahvaliti za sve što jesam. Kad me je prvi put poveo na utakmicu Nemaca, nisam bila za to, i ništa mi se tamo isprva nije dopalo. Sigurna sam da si i to mogao da vidiš na TV-u. Ali oni su se izvinili za sve što su pričali, i prestali s tim glupostima, vrlo brzo se pokazavši kao ne tolike seronje kakvima su nam se svima činili. Tako da ne vidim šta je loše u tome da se i ja malo zabavim kad već ne mogu da umaknem situaciji u kojoj se nađem. Iskreno mi je žao što se moji odlasci na utakmice ne poklapaju sa tvojim slobodnim vremenom, ali zaslužujem da uživam u svom, kad ti već nisi tu da ga popuniš."

Pada zavesa! Aplauz! Džejn, svaka čast!

Njegova ljutnja je sad već u potpunosti splasnula.

„Džejn… Ja…" videla sam da se oseća loše. „Nisam imao pojma. Nije mi uopšte palo na pamet da sam te i u jednom trenutku zapostavio." Oči su mu imale boju i pogled koje sam viđala samo kad se rastajemo na aerodromu. Svim silama sam se potrudila da zbog njih ne smekšam prerano. Moj pogled je i dalje bio strog. „Kako glupo s moje strane. Sad kad si sve ovo rekla, ima smisla. Imaš pravo."

Bilo mu je jako krivo.

„Ne žalim se ni na šta, Aleks", rekla sam. „Ne smeta mi da budem uz tebe, da te podržavam, ali apsolutno nema potrebe da ovako poludiš i budeš neprijatan kad god odem na dan-dva." Pokušao je da me uhvati za ruku ali sam je izmakla iako mi je za to trebala nezemaljska snaga i želela sam njegov dodir. „Što se tiče vremena koje sam provela s njima, nema potrebe da budeš ljubomoran, Aleks. Da, mogu da imam bilo kog od tih muškaraca, ali ja sam odabrala tebe. Svaki dan, svako jutro kad se probudim, kad idem na posao, kad ne radim ništa, ja biram tebe. Mislila sam da to znaš."

Ovoga puta nisam se izmakla kad je pružio ruke i privukao me u svoj medveđi zagrljaj. Istog trenutka omamio me je njegov parfem, miris njega, njegove blizine, sveže oprane majice. Srce mu je tuklo tik pod mojim uhom. Jako sam ga stegla.

„Izvini", rekao je poljubivši me u kosu.

„U redu je. Samo nemoj više nikad da onako vičeš na mene. Uplašio si me."

„Obećavam ti da neću."

„Uvek možemo o svemu da pričamo, ali bez ovakvih eskalacija." Podigla sam glavu kako bih ga pogledala u oči, meni omiljene na svetu.

„Dogovoreno. Hajdemo sad u krevet. Hoću da te zagrlim."

Propela sam se na prste i poljubila ga.

Nema potrebe reći da sam previše izdramila, ali sve je bio deo predstave. Morala sam da ponovo pridobijem njegovo poverenje, a glumeći žrtvu to je bilo zagarantovano. Ni u jednom trenutku nisam se osetila zapostavljenom. Razumela sam da ima ispunjen raspored i šta se sve od njega očekuje tokom Prvenstva. Da nisam, ne bismo bili zajedno više od osam meseci. I ja imam svoj život, roditelje, devojke. Imam šta da radim dok je on na treninzima - osim seksa sa drugim fudbalerima - ali kako bih pred njim bila čista, morala sam da se priklonim preterivanju. Nisam imala izbora. Sve to bilo je i za njegovo dobro. Kad bi saznao šta radim, bio bi strašno povređen. Ovako sam ga naterala da se samo malo loše oseća što je *bez razloga* bio ljut na mene.

Toliko sam mu nabila osećaj krivice da mu nije ni palo na pamet da sve i da je istina da mi u prethodnih nekoliko dana nije posvećivao dovoljno pažnje, nije bilo ništa što je mogao uraditi drugačije. Fudbal je njegov posao, i tokom ovog meseca, svaki dan mora da bude u najboljoj formi. Oko toga nema kompromisa.

U svakom slučaju, bila sam zadovoljna, kao i ostali reprezentativci Ukrajine, što je Aleks ponovo bio srećan i pozitivan. Kasnije, tokom večere, Nikolaj mi je rekao da sve vreme dok sam bila odsutna, Aleks je bio nepristupačan i neraspoložen, čak i nije bio psihički najprisutniji na treninzima, a šale je bilo nemoguće zbijati s njim.

Drago mi je bilo da je sad sve u redu i da smo svi spremni za utakmicu protiv Italije.

„Naredni put kad se budemo videli, slavićemo prolazak u četvrtfinale", rekla sam Aleksu uz poljubac ispred hotela pre nego što se sa saigračima ukrcao u autobus.

Kako će se kasnije ispostaviti, Oleksij Janov i ja jedine smo dve osobe koje su bile optimistične po pitanju prolaska Ukrajinaca dalje. Svi ostali, uključujući Tanju Janovu i moje roditelje, složili su snevesele izraze lica čim je autobus zamakao iza ćoška.

„Šta je ovo?" pitala sam ih, prekinuvši skoro mučnu tišinu koja je vladala za stolom kafea na stadionu gde smo uz piće čekali da utakmica počne. „Dobro je da vas momci nisu videli pre nego što su otišli. Izgubili bismo utakmicu pre nego što stignu da navuku kopačke."

„Džejn, dušo, ja se trudim da budem pozitivna, ali ne mogu biti nerealna", rekla je Tanja stegnuvši mi nervozno ruku svojom koja je bila mrtvački hladna.

Odmahnula sam glavom. „Ono što je realno je da Aleks nije primio nijedan gol na ovom takmičenju a italijanski golman jeste. Naši igrači su još uvek mladi i puni elana, dok su njihovi puni sebe samo zbog onoga što su oni pre njih postigli. Mogu da se kladim da čak nisu ni spremni za ovu igru."

„Divno je videti koliko veruješ u našeg Oleksandra[20]." Tanja me je zagrlila. „Moram da preuzmem malo tog samopouzdanja od tebe."

Pre nego što smo otišli na tribine, odvojili smo malo vremena i za reportere i par izjava. Lana je smatrala da je bolje da sama, profesionalno dam par intervjua kako bi bili u toku, nego da ih zapostavim i prepustim im da sami donose zaključke, koji bi sigurno bili pogrešni. Ili ako ne pogrešni, onda, u mom slučaju, istiniti, ali ne baš odgovarajući.

„Džejn, primetili smo da si od skoro veoma strasna navijačica nemačkog tima. Otkud to?" pitao je jedan od novinara.

„Vaši igrači su doista zanimljivi i duhoviti. Uživam na njihovim utakmicama, a oni su uvek dobri domaćini."

„Kako se to dopada Aleksu i tvojim poznanicima iz reprezentacije Engleske?"

„Ništa se nije promenilo što se toga tiče. I dalje svim srcem podržavam i svog dečka, i svoju zemlju."

„Da li su ti uzbudljivije utakmice Ukrajine ili Nemačke?"

„Nemačke utakmice su uvek za pamćenje, ali tek ćete da vidite šta je pravi fudbal."

„Misliš li da tim tvog dečka može da prođe u četvrtfinale?"

---

[20] Na ukrajinskom se kaže i piše Oleksandr.

„Sto posto sam sigurna da prolaze." Namignula sam i time završila malu konferenciju za štampu.

Na tribinama navijači su već uveliko izvikivali pesme podrške od kojih se cela arena tresla. Bilo je, naravno, ukrajinskih i italijanskih, ali sam primetila i više grupa naizgled neutralnih - nemačkih. Nisam se suzdržala te sam najbliže pitala šta rade tu, na šta su mi odgovorili da *nema šanse da propuste ovu predstavu*. Na velikom ekranu komentatori su pričali o statistikama oba tima i o navijačima:

„Kako se ispostavilo, na stotine autobusa dolaze u Nemačku iz svih krajeva Ukrajine. Navijači koji nisu mislili da njihov tim može doći ovoliko daleko, sad fanatično kupuju karte ne mareći za cenu, i okupljaju se u Minhenu, Nirnbergu i Berlinu, gde će tim Milana Andrejeviča igrati ako prođe dalje. Ništa slično se nikada nije dogodilo u fudbalskoj istoriji Ukrajine. Uprkos mnogobrojnim optimističnim predviđanjima fudbalskih stručnjaka širom sveta, prosečan Ukrajinac nije mislio da njihov tim ima potencijal da učini nešto veliko. Međutim, sad su sigurniji nego ikad da će se plavo-žute zastave vijoriti na Olimpijskom stadionu u Berlinu, kao i da će oni biti ti koji će podići trofej."

Srce mi je ubrzano kucalo slušajući sve ovo, znajući da baš moj dečko učestvuje u pisanju ovakve istorije svoje zemlje.

Devojke i ja nosile smo ukrajinske dresove, one žute a ja Aleksov, crno-crven. Nas četiri smo dale kamermanima pravu predstavu na tribinama, sa sve plavo-žutim zastavicama na obrazima, neumorno pozirajući sa fanovima koji su nas okruživali.

Kad su igrači izašli na travu, svaka duša je aplaudirala, skakala i uzvikivala u znak podrške. Mene je prožela pozitivna trema, ona koja obuhvati kad nešto lepo treba da se desi. Znala sam da će ovo biti jedna dobra, ali paklena utakmica.

Mi smo prvi pevali himnu, tokom koje sam zagrlila Aleksove roditelje dok smo zajedno pratili reči sa hiljadama navijača na stadionu i po pabovima u Minhenu. Svakog narednog sekunda, bila sam uverenija da će se ovo veče završiti dobro po nas i htela sam to sampouzdanje da prenesem igračima na terenu.

Videla sam i Marka Moretija. Ranije toga dana mi je poslao cveće, i to u pravo vreme, kad je Aleks otišao na stadion, zbog čega sam mu bila zahvalna. Poruka koju je ubacio bila je u njegovom stilu, ali me je samo nasmejala.

Više si nego dobrodošla da pređeš na našu stranu kad ih danas izbacimo. Uvek ćeš mi biti u lepom sećanju. Marko M.

Sad, na terenu, bio je jednako pun sebe, brade visoko podignute i isturene napred, gledajući na Ukrajince kao da su mala, dosadna prepreka na njegovom putu do finala. Bio mi je smešan. Svi oni bili su tako naivni.

Nakon sudijinog zvižduka koji je označio početak utakmice, nisam sela ni u jednom trenutku. Nisam imala mira. Sve vreme sam pevala sa ostalim navijačima. Kako se ispostavilo, na utakmicu je došlo mnogo poznatih ljudi iz Ukrajine, i oni su nam čak prilazili da se upoznaju i rukuju. Tanja i Oleksij su mi pomogli objašnjavajući mi ko je ko i prevodeći sve što treba. Sijala sam od ponosa što sam tu, kao Aleksova devojka, devojka najboljeg golmana na svetu, i prihvatam najlepše želje i čestitke upućene njemu.

A na terenu - čudilo me je kako se trava nije zapalila. Taj 28. jun u Minhenu bio je izrazito suv i vreo, sunce je pržilo a igrači jurili s jedne strane na drugu brzinom svetlosti i neverovatnom silinom. Padali su i ustajali pre nego što bi sudija stigao da svira prekršaj ili prekine igru. Oba tima htela su da postignu pogodak što pre i obezbede prolaz u naredni krug.

Međutim, do toga nije dolazilo. Ukrajinci su imali solidan posed lopte ali nisu mogli da probiju suparničku odbranu. Italijanima jeste pošlo za rukom da priđu našem golu, ali nisu imali prostora za udarac, a čak i kad jesu, Aleks je uvek bio na pravom mestu u pravo vreme, zbog čega nije bilo moguće da mu lopta završi iza leđa. Bilo mi je drago da vidim da je smiren i staložen, baš kao u nekoj običnoj, ligaškoj utakmici. Bio je samopouzdan i spreman, i verovao je saigračima, koji su obavljali sjajan posao čuvajući ga i ne ostavljajući ga na cedilu.

U trideset trećem minutu, srce svakog Ukrajinca je preskočilo. Posle bezbroj pokušaja, jedan od italijanskih trikova je uspeo, i u tren oka lopta je sa sredine pala pravo na kopačku jednog od napadača u plavom. Nijedan od četiri odbrambena igrača nije bio na svom mestu, tako da je Italijan srčano krenuo ka Aleksu i još jedan mu se pridružio.

Njih dvojica protiv Aleksa.

U grudima me je steglo, kao da mi je neko pritisnuo pluća, ne dajući da se prošire za vazduh. Ostali Ukrajinci su trčali za dvama Italijanima, ali ne dovoljno brzo. Aleks je stajao tačno između stativa. Da li će ovo biti njegov prvi gol nakon više meseci? Da li je ovo kraj jednog sna na stotine hiljada ljudi?

Italijani su se razmakli na obe Aleksove strane, ne ostavljajući mu nikakve šanse. Trgnula sam se kad sam shvatila da je jedan od njih Moreti, lica ponovo crvenog i izdeformisanog. Tražio je da mu saigrač pošalje loptu, što je ovaj i uradio.

Aleks se spustio u polučučanj, koncentrišući se.

Moreti je sad imao ceo gol pred sobom, mogao je da gađa, i nije oklevao. Svom silinom poslao je loptu u gornji desni ugao.

Izgledalo je kao da je sve gotovo. Svi smo videli kako lopta ide u gol. Aleks je skočio. Nismo mislili da će stići - niko živ nije mislio da može da stigne.

Kad je izboksovao loptu van terena, par sekundi vladala je mrtva tišina na celom stadionu. Mreža se nije tresla, neko iz ukrajinske mase je vrisnuo, povevši ostatak navijača. Uši su mi se na trenutak zapušile od jačine povika, a Tanja je svojim vriskanjem prodrla do mene: „To je moj sin!"

Kad je Aleks ustao, i ja sam vrištala oduševljeno. Saigrači su ga potom okružili i oborili na zemlju, slaveći kao da je postigao gol. Tribine su se tresle od povika i pevanja, toliko da sam mislila da će se urušiti.

Na velikom ekranu mogli smo da vidimo iznova i iznova kako se cela akcija odigrala, a svaki put žuta masa stadiona je urlala i navijala, izvikujući Aleksovo ime. Isprva je svima bilo teško da poveruju šta se upravo desilo. Šansa koju su Italijani imali bila je savršena, nije mogla biti bolja, nemoguća da se ne iskoristi. Ali, kao što sam rekla i pred početak utakmice, oni očigledno nisu računali na Aleksovu neverovatnu veštinu. Bio je daleko ispred najboljeg golmana pre njega. Redefinisao je golmansku funkciju i osobine, bio je savršen i do tad neviđen spoj talenta, napornog rada, posvećenosti i strasti za igrom.

„Fino si odabrala, Džejn", rekao mi je tata. „Uistinu je najbolji na svetu." Okrenuo se ka Oleksiju i Tanji. „Odradili ste sjajan posao s ovim dečkom. Izvodi neizvodljivo."

Tata nije znao da će rečenica koju je upravo izrekao postati kroz par minuta naslov na svim društvenim mrežama i novinskim medijima. Kao da ga je neko čuo. *Golman koji izvodi neizvodljivo.*

Sijala sam od ponosa. Moj dečko je najbolji i to je ponovo dokazao svakome ko je sumnjao pred početak ove utakmice. Nakon tih prvih par sekundi, kad sam mislila da je sve propalo, povratila sam samopouzdanje i veru da će se sve završiti dobro po nas.

Igra se nastavila isto kao i pre iznenadnog napada Italijana. Nijedna strana nije uspela da prodre do suparničkog golmana uprkos divovskim naporima. Na tribinama niko nije sedeo. Svi smo bili na nogama, svakog trenutka iščekujući da se nešto desi.

A za to je trebalo svega sedam minuta.

Zbog nespretnosti jednog italijanskog napadača, Pavlov je preuzeo loptu i stao trčati kroz središte terena. Probio je dva vezna igrača i našao se nasuprot tri igrača odbrane, između kojih je bilo čak pet fudbalera u žutom. Dodao je loptu jednom od saigrača a potom potrčao još napred. Pet momaka je uspelo da izađe na kraj sa tri Italijana i pošalju loptu ponovo Nikolaju.

Lopta je bila previsoko. Ceo stadion je zavapio razočarano, ali pre nego što su stigli da udahnu, Igor Krasinski se stvorio niotkuda i dočekao je. Uglom koji je savršeno odmeren ali postignut uz neizmernu količinu sreće, lopta se odbila o Igorovu glavu i završila pravo u mreži. On je zauralo, usledio je potvrdni zvižduk sudije, i svi igrači u žutom jurnuli su na njega.

Na tribinama svima nam je bilo teško da poverujemo svojim očima. Nije delovalo da je tako nešto moguće. Čekali smo, kao da očekujemo da sudija poništi gol jer je možda bio ofsajd, ili neki drugi prekršaj, ali, ne, to se nije desilo - pogodak je bio sasvim legitiman, i već se iznova i iznova prikazivao na velikom ekranu.

Ukrajina je vodila 1:0 protiv Italije.

Skakala sam toliko da sam zamalo pala u red ispred. Kad se igra nastavila, još uvek smo se grlili sa navijačima. Fanovi koji su sedeli do nas započeli su još jednu od navijačkih pesama, te smo im se pridružile Aleksova sestra Marija i ja. Moji i Aleksovi roditelji su konačno bili uvereni da tim Ukrajine ove godine može da parira i čak bude bolji od tima Italije.

Prvo poluvreme bilo je gotovo uz obe strane mirnije nego tokom većeg dela igre. Italijani su bili umorni a Ukrajinci nisu hteli da budu ishitreni i naprave grešku. Povukli smo se sa tribina kako bismo se osvežili uz još jedno pivo, dok je masa užareno pevala. Uprkos tome što njihov tim gubi, i italijanski navijači su pevali. Atmosfera je bila sjajna. Činilo mi se da je sa svakim korakom bliže finalu sve bolja. Kako li će tek da bude kasnije, u polufinalnim i finalnim utakmicama.

Počelo je i drugo poluvreme, u već u prvih par minuta bilo je jasno da tim koji trenutno gubi pribegava agresiji. Proklizavali su i udarali, dobivši čak četiri žuta kartona i poslavši jednog našeg igrača povredom van terena. Čak su opasno udarili u članak Nikolaja Pavlova, ali on je tvrdoglavo odbijao da bude zamenjen. Sa druge strane terena, Aleks je imao pune ruke posla. Morao je da se sam pozabavi velikim brojem udaraca na gol. Većina je pogodila neku od stativa, ali on nije hteo da rizikuje. Skakao je na sve strane, reagujući svaka tri-četiri minuta.

Trener Andrejevič je tražio još jednu zamenu. Videla sam ga kako priča sa jednim od igrača sredine terena, koji je uskoro ušao u igru.

Andrejevič je uspeo nešto da kaže par igrača koji su već u igri, pre nego što su nastavili, i istog trenutka primetili smo promenu u stilu Ukrajinaca. Bili su okretniji, hitriji i spretno izbegavali udarce i proklizavanja Italijana, njihove napade preokrećući u svoje. Uskoro je njihov golman bio taj koji je neprestano skakao s jedne na drugu stranu.

Bilo je neizbežno da ponovo postignemo gol.

Andrij Barnik - *Dečko*, kako su ga zvali jer je najmlađi u ekipi - našao se ispred gola, u savršenoj poziciji gde nit je bio u ofsajdu, nit je iko od Italijana očekivao da će lopta doleteti. Jedno dodavanje, drugo, treće, i našla mu se na levom stopalu. *Dođavola!* pomislila sam. On je desnonog. I sam je znao da nema vremena da zameni noge, te je išao na sreću.

Ovaj put masa je zavrištala istog trenutka. Bio je to jedan izuzetno lep gol, zadivljujuć, neporeciv. Na velikom ekranu smo iznova mogli da vidimo Barnikov zbunjen izraz lica u trenutku kad je udario loptu. Ni on nije verovao šta mu je pošlo za rukom. Pre nego što je shvatio, našao se ispod gomile saigrača. A publika je podivljala.

„Uštini me!" vrisnula je Marija. „Je l' se ovo stvarno dešava?"

Znala sam da se milioni Ukrajinaca pred malim ekranima isto tako štipaju. Zahvaljujući neprekidnim ponavljanjima akcije, uverili smo se da se uistinu odigrala. Kad smo iz više uglova videli gol i ugao pod kojim se lopta provukla između stativa, znali smo da je sreća na našoj strani. Samo par milimetara levo ili desno, i ne bi bio pogodak.

Sve se odigralo u šezdeset trećem minutu. Još uvek je preostalo oko dvadeset sedam minuta do kraja. Bilo šta može da se desi.

Suprotno našim očekivanjima, ostatak igre nije trajao predugo. Činilo se kao da je vreme proletelo. Italijani su bili dezorijentisani, rasuti po terenu bez ideje šta da rade. Kao što sam i rekla pred utakmicu - nisu bili spremni. Bili su previše sigurni u sebe, i nas shvatili kao šalu.

E, pa, greške se skupo plaćaju, i ovaj put je bilo kasno. Tim Milana Andrejeviča je sad i sam video i znao da su nadmoćniji i da mogu da daju gol višestrukom svetskom šampionu, te su jurili ka njihovoj mreži boreći se za još jedan gol pre kraja.

To je rezultovalo neverovatnom atmosferom na Alijanc areni. U narednih par dana snimci najboljih momenata ove utakmice dobiće milione pregleda na svim društvenim mrežama i o njoj će se pričati duže nego i o jednoj utakmici pre nje, uključujući i nemačke nastupe. Sve zajedno izgledalo je kao film, i to akcioni, pun napada i sjajnih odbrana, jednih za drugim. Bilo je pravo zadovoljstvo gledati ga.

Naravno, biti prisutan i svedočiti svemu tome bilo je bolje od bilo kog videa i daleko, daleko intenzivnije. Niko više nije sumnjao koji tim prolazi u četvrtfinale. Ono u šta se sumnjalo je da li je moguće da se ovako dobra utakmica odigrava u osmini finala.

Na poslednji sudijin zvižduk, igrači u plavom pali su na zemlju dok su oni u žutom potrčali ka svom treneru i klupi.

Šta se to upravo desilo? prošlo mi je kroz glavu, iako sam od početka verovala da je moguće. Nisam htela ni da zamislim kako se osećaju suparnički navijači. Srce je htelo da mi iskoči iz grudi od uzbuđenja dok sam skakala i vikala poput vođe navijača. Tanja je rasplakano lice sakrila u Oleksijevo rame dok je Marija vrištala poput mene grleći navijača koji se našao pored nas.

Na velikom ekranu bila su lica Italijana, neka u suzama, neka odražavajući nevericu. Njihov trener sedeo je na klupi, zabezeknut, konačno poimajući svoju grešku. Nisu shvatili ovu utakmicu dovoljno ozbiljno.

Sa druge strane, Milan Andrejevič i njegovi momci su skakali, igrali i grlili se svuda po terenu. Pokazali su i dokazali i sebi da mogu da pobede favorita. Sad se osećaju nepobedivo.

Nisam mogla da ostanem na svom mestu, te sam odlučila da nađem način da dođem do Aleksa. Sjurila sam se niz tribine. Nisam znala da li je ono što želim da uradim uopšte dozvoljeno ili ću sebi navući zabranu prisustvovanja budućim utakmicama, ali znala sam da moram doći do njega. Ovaj trenutak je za to savršen.

I uspela sam. U narednom trenutku bila sam na terenu, trčeći preko trave ka Aleksu pre nego što me je iko primetio. Uhvatila sam mu pogled. Videla sam da me je tražio na tribinama. Lice mu se ozarilo. Odvojio se od saigrača. Nisam ni za trenutak usporila. Bio je prokleto najzgodniji muškarac na svetu, sa tim širokom, snažnim ramenima, umornog izraza lica, okupan znojem, i sa tim očima koje sijaju čistom, neiskvarenom radošću i zadovoljstvom.

Kad sam mu se bacila u zagrljaj, podigao me je i zavrteo nekoliko puta.

„Ljubavi, najbolji si! Sve vreme sam znala da ćete proći.“

„Čak i kad sam zamalo primio onaj gol?“ osmehnuo se.

„Čak i tad.“

Poljubio me je u čelo.

„Zašto se stidiš pred svetom?“ našalila sam se, isturivši bradu, čekajući pravi poljubac.

„Nije u pitanju svet, već naši roditelji.“

Prasnula sam u smeh dok mi je sklanjao kosu s lica. Propela sam se na prste i on je kratko spustio usne na moje.

Eto vam, svima! Sve baljezgarije o tome kako više volim i navijam za druge timove ovim su pale u vodu, ovim jednim jedinim jednostavnim poljupcem. Htela sam da svi vide koliko smo Aleks i ja snažno povezani i bliski, uprkos svim tračevima koji kruže.

Kasnije se to ispostavilo kao pametan potez, ali u tom trenutku jedino što mi je bilo važno je da budem u njegovom naručju. Nisam ni za trenutak pomislila na Matijasa, niti kako će se on osećati zbog ovoga. Nije mi bilo jasno da li sam sebična, ili samo hoću da pokrijem svoje prljave radnje, ili se jednostavno radi o tome da neizmerno mnogo volim Aleksa i to želim da pokažem. Bila sam srećna. Kao i on. Ukrajina je u četvrtfinalu. Niko do koga mi je stalo ne ide kući. I to je bilo sve što je bitno u tom trenutku.

To veče trener Andrejevič je konačno dopustio igračima da se malo opuste - i dalje bez alkohola - ali ne pre nego što obećali da će biti u savršenoj formi narednog dana na treningu. Ostali smo budni do kasno, pevajući, igrajući, dobacujući raznorazne šale, čitajući članke o tome koliko smo šokirali ceo svet toga dana. Gledali smo i snimke i pregled utakmice iznova i iznova. Aleks je dobio još jedan nadimak - Golman Koji Izvodi Neizvodljivo, kako je tata ranije rekao.

***

Naredno jutro nisam htela da ponovo ostavim Aleksa, pogotovu nakon svega što se desilo u svega par dana i što je naša prva velika svađa još uvek bila sveža. Htela sam da ostanem s njim, u krevetu, da se mazimo, zajedno doručkujemo, da ga ispratim na trening, sačekam da se vrati, a potom da leškarimo pored bazena.

Ali nisam imala izbora. Engleska je igrala protiv Norveške u Dizeldorfu. Tata je bio previše zagrejan da ide te ni ja nisam mogla da je propustim. „Moji koreni protiv mojih starijih korena", opisivao je utakmicu koju smo svi jedva čekali.

Na brzinu sam se spakovala nakon što je Aleks otišao na trening i svi zajedno - moji i Beini roditelji, devojke i ja - pošli smo na aerodrom. Ovaj put obećala sam Aleksu da ću se vratiti najkasnije narednog dana i planirala sam da održim to obećanje.

Matijas mi je ujutru poslao poruku da kaže kako je utakmica bila neočekivano dobra, bez osvrta na ono što sam uradila na kraju. Znala sam da mu se nije dopalo te nisam htela ništa da spomenem. Umesto toga, rekla sam mu koliko mi nedostaje nakon što smo se divno proveli prethodni put zajedno. Nisam glumila, niti lagala. Stvarno sam to mislila. Sudeći po njegovim porukama, to mu je znatno popravilo raspoloženje, te je predložio da uveče pričamo telefonom, kako bismo organizovali naredno viđanje.

Osećala sam se malo neugodno tog dana na stadionu u Dizeldorfu zato što će naredni neprijatelj Ukrajine biti jedna od ove dve zemlje koje sam došla da gledam. Neverovatno je koliko se druga strana tabele namestila u korist Nemaca, kojima ne preti nijedan od velikih favorita, dok, sa druge strane, Ukrajinci nisu mogli gore da prođu. Osim Italijana, višestrukih prvaka, u narednim krugovima mogu im zapasti Engleska, Norveška, Švedska, ili, najgore od svega - Nemačka. Verovala sam u Aleksov tim, ali situacija nije bila fer. To sam i rekla treneru Andrejeviču jednom prilikom, ali on se ni najmanje nije brinuo jer je bio siguran da njegovi momci mogu izaći sa svakim na kraj. Da, biće malo umorniji nego Nemci, ali to nije ništa s čim ne mogu da se nose. Sami igrači nisu bili toliko pozitivni, ali utakmica sa Italijom im je svakako podigla samopouzdanje.

Što se mene tiče, svakako da bi mi bilo lakše da gledam kako Aleks izbacuje Norvešku sa Prvenstva, mnogo lakše nego Englesku. Sama pomisao na Metjua Vansa, Džošuu i ostale duhovite momke koje smo upoznale, kako napuštaju turnir bez medalje, bila je srceparajuća. Ali da ih gledam kako se sukobljavaju sa Aleksom i njegovim prijateljima, bilo je još neprijatnije.

„Nemoj da misliš o tome, Džejn", rekla je mama. „Biće kako je suđeno."

„Lako je tebi da kažeš, mama, kad si Amerikanka", našalila sam se.

„Jesam, ali u prethodne dvadeset dve godine neprestano slušam o svetom porodičnom stablu Andersona", pogledala je u tatu koji se nasmejao.

„I slušaćeš još toliko", odgovorio joj je.

Njih dvoje zajedno su ceo život. Ponekad sam se pitala kako je to moguće. Sreli su se jako mladi - njemu je bilo dvadeset pet a njoj dvadeset tri - i odlučili da se venčaju i imaju dete samo dve godine kasnije, i dalje, uporedo vodeći svoje firme, bez mešanja u posao jedno drugom. Pretpostavljam da je to tajna njihovog braka i uspešnih karijera svih ovih godina.

Sve dok nisam prevarila Aleksa, nije mi ni palo na pamet da li je ikada ijedno od njih dvoje bilo neverno ovom drugom. Pretpostavila sam da nikad neću saznati. Ako je neko bio neveran, onda ovaj drugi zasigurno nema pojma i čak ne sluti. U suprotnom, poznajem ih dovoljno da znam da ne bi trpeli čak ni naznake neverstva.

Ono čemu sam se najviše divila kod njih bio je njihov savršen izgled. Džozefina je bila lepotica u svom gradu i školi. Prosili su je mnogi uspešni rančeri, ali sve ih je odbila jer je htela da gradi karijeru umesto da bude domaćica. Za tatu kažu da je bio šarmantan otkad je prohodao i progovorio, što mu je mnogo pomoglo da se probije kroz život, od siromašne londonske porodice radničke klase sve do samog vrha u svetu biznisa. Osim što je obrazovan i pametan, neosporno je zgodan. Kad god poželi, može da ima devojku, ženu bilo kog uzrasta. Da li je uvek bio veran Džozefini?

Nešto u načinu na koji gledaju jedno u drugo reklo mi je da jeste. Međutim, sa druge strane, da li bi iko ikada posumnjao u mene i Aleksa? I mi smo savršen par, svako to kaže kad god nas pogleda, a opet, niko ne zna šta sam sve uradila. Možda su moji roditelji dobri glumci, kao ja. Ili sam možda ipak samo ja ona koja ima psihički problem, kao što je Bea rekla. Možda ja posedujem tu jedinstvenu, odvratnu veštinu da lažem bez ikakvih znakova koji će me odati.

Predosetila sam da će me zaboleti glava ako nastavim o ovome da razmišljam, i, srećom, bilo je vreme da počne utakmica, te su mi misli skrenule na tu, mnogo prijatniju temu.

Roditelji i ja otišli smo da se javimo tatinim prijateljima i poslovnim partnerima iz Norveške. Već sam ih upoznala davno, dok sam živela u Dalasu, svi govore odličan engleski, ali tata je s njima razmenio par rečenica na norveškom. Svaki put bi me impresionirao kad bih ga čula kako priča stranim jezikom, pogotovu što znam da ga je naučio u svojim kasnim dvadesetim.

Vratili smo se grupi s kojom smo došli a u kojoj je sad bilo i par ljudi iz poslovnog sveta Engleske. Ćaskanje sa svima njima znatno je prekratilo vreme do početka utakmice.

Od ranog jutra dan je nekako bio težak. Nije bilo previše vruće ali je vlažnost bila visoka. To će definitivno uticati na igru. U početku, sve je izgledalo sjajno, ali kako je vreme sporo proticalo, cela igra bila je mučna za gledati. Nismo videli odličan fudbal kakav su predstavile Ukrajina i Italija dan ranije. U ovoj utakmici, oba tima su davala sve od sebe ali ništa nije urodilo plodom. Dodavanja su bila dobra ali nedovoljna, udarci na gol izrazito snažni ali ne dovoljno precizni, taktika oba tima imala je smisla ali nije rezultovala nijednim golom, igrači su pucali od energije ali nisu pogađali mrežu.

Počela je čak i da pada kiša ali umesto da nas osveži, vazduh je postao još teži. Igrači su znali da moraju da urade nešto kako ni slučajno ne bi otišli na produžetke. Prvo poluvreme se završilo a statistike nisu nimalo nagoveštavale koji tim je bolji. Sve je bilo ujednačeno - posed lopte, udarci na gol, prekršaji, kartoni. Niko na stadionu nije mogao sa samopouzdanjem da kaže koji tim je nadjačan a koji ide dalje.

Kiša je stala desetak minuta nakon što je drugo poluvreme počelo, ali je i dalje bilo nepodnošljivo sparno. Svi smo jedva čekali da se utakmica završi kako bismo jurnuli u hotel da se istuširamo i presvučemo, a onda ili tugujemo ili slavimo rezultat sa engleskim reprezentativcima.

Džošua Hadli je igrao sjajno. Ostavljao je dušu na terenu i neprestano motivisao svoje saigrače da rade isto. Kad je konačno postigao gol, bilo mi je drago prvo zbog njega, jer su mu se svi napori isplatili, a onda i zbog Engleske koja je toliko dugo čekala ovo vođstvo. Bio je to lep, gladak pogodak, proizašao iz nekoliko uspešnih dodavanja i uz malo sreće. Džošua je i započeo i završio akciju. Bila je rezultat njegove upornosti, i ostali su to znali i čestitali mu skačući na njega i grleći ga.

Uprkos tome, naše veselje nije potrajalo. Englezi su tek krenuli da pokazuju nadmoć, kad su Norvežani podivljali i nakon par snažnih proboja engleske odbrane, izjednačili. Niko to nije očekivao. Čak ni njihov selektor. Odradili su sve po pravilima, školski, i pošlo im je za rukom. Bilo mi je drago da vidim kako se raduju, iako sad tek nisam znala koliko dugo još utakmica može da se otegne. Vazduh je bio užasno lepljiv.

Nažalost, nakon devedeset minuta, igra se morala produžiti za još dva puta po petnaest minuta, što je bilo izuzetno teško za navijače, a pogotvu za igrače. Kako je sunce zašlo, malo se lakše disalo, te su tribine ponovo živnule i produžeci su počeli.

Oba trenera izvršila su po jednu izmenu, a u naš, engleski tim, ušao je Kiton Flanagan - napadač koji kad je kročio na travu, sijao je energijom i entuzijazmom. Kad je tri minuta kasnije sasvim sam postigao gol, mogu se kladiti da je svaki Englez na stadionu mislio kako je trener Vans mogao da ga ubaci ranije i spasi nas ovog iščekivanja i mučenja. Sad, kad je ostalo još dvadeset sedam minuta, Norvežani lako mogu da izjednače, što bi nas odvelo na penale, o čemu nisam htela ni da mislim.

Na svu sreću, Norvežani to nisu uspeli. Par sekundi nakon sto dvadesetog minuta sudija je označio kraj, konačno. Norveška je ispala, a Engleska će se suočiti sa Ukrajinom u četvrtfinalu kroz četiri dana.

Poprilično dugo smo čekali igrače u hotelu, te sam to vreme iskoristila da nazovem Matijasa. Čuvši njegov glas, prijatno mi je zaigralo u stomaku.

„Kakav dan za tebe", rekao je.

„Baš to. Ne znam da li mi je gore bilo juče ili večeras."

„Nije dobro da gledaš te utakmice, rekao sam ti već. S nama bar znaš ko će da pobedi."

„Kakav si hvalisavac." Nasmejala sam se. „Koji nam je plan?"

„Imamo dve mogućnosti - prva je da dođem i vidim te dan pred našu utakmicu sa Švedskom, a druga da ti ponovo dođeš. Ili oba."

„Oba zvuče idealno. Samo ne znam kako da izvedemo prvo."

„To najviše zavisi od tebe. Već sam smislio šta i kako da uradim i dogovorio se s Lensom, Benom i Mihaelom. Rolf neće ništa saznati. Ti treba da se pobrineš za svoje roditelje i plavušana."

„To neće biti lako. Čak i ako uspem, biće na svega sat vremena, maksimum dva."

„Meni je to vredno truda."

Grudima mi se razlila toplina. „Stvarno?"

„Naravno. Seo bih u avion na deset sati da bih bio s tobom sat vremena."

U tom trenutku Lana je pokucala na vrata, što je značilo da su Englezi stigli u restoran. Završili smo razgovor obećavši da ćemo sigurno nešto isplanirati kako bismo se što pre videli. Htela sam da ponovo vidim te oči. Nedostaju mi.

Raspoloženje za stolom bilo je bučno i veselo, pomešano sa povremenim glasnim zdravicama, hvalospevima ispunjenim zadovoljstvom i ponosom. Tata i mama pričali su sa Metjuom Vansom i još nekim igračima kad se Džošua stvorio pored mene.

„Izgledaš neverovatno", rekao je. Gutao je mene i moju usku narandžastu haljinu od trenutka kad smo Lana i ja ušle u restoran.

„Još uvek razmišljaš o onome što sam ti rekla prethodni put kad smo se videli?"

„Ne mogu da izbacim iz glave. Da sam imao petlju, sad bi bila moja devojka."

Flertovanje s njim bilo mi je interesantno. Postao bi tako zbunjen, poprimivši izraz tužnog kučeta. Na kraju ja bih se samo nasmejala na sve kao na običnu šalu, ne dajući mu previše nade, što bi u suprotnom, s mojim roditeljima u blizini, moglo vrlo lako izgledati neprimereno. Džošua je bio drugačiji od ostalih momaka koji su me jurili. Video me je kao slatku i blagu devojku, kao princezu, čistu i nežnu, kojoj treba kavaljerski ugađati, te sam morala da prihvatim i igram tu ulogu. Nisam znala zašto uopšte hoću da se igram njim. Jeste, privlačan je i bio mi je želja ranije, ali sad nisam osećala baš ništa prema njemu, osim neodoljivog nagona da se zabavim.

Poveo nas je do stola za kojim su sedele Bea i Endži, duboko u razgovoru sa još nekim igračima i tad sam videla nešto od čega mi je prijatno zaigralo u grudima.

Bea je bila sva rumena i stidljivo se osmehivala, pogleda prikovanog za sto, povremeno ga dižući kako bi ga nakratko pogledala u lice - Harolda Dera, prvog golmana engleske reprezentacije. Samo dvaput sam je videla da se tako ponaša, i u te momke bila je zaljubljena do srži. Obe te veze su davno prekinute, ali njih dvojicu je iskreno, najviše volela. A sad je ponovo imala taj sjaj u očima. Konačno! Nakon meseci i meseci odbijanja svih momaka koji bi joj prišli.

Uhvatila je moj pogled i nasmejala se. Sijala je. Namignula sam joj i usnama oblikovala reči *Samo napred, devojko.* Harold nije čak ni skrenuo pogled sa nje, ni za trenutak, kad smo im prišli. Ruku je prebacio preko njene stolice kao da hoće da je privuče još više k sebi, što nije bilo moguće jer su već bili najbliže dozvoljeno. Samo milimetar bliže bilo bi nepristojno za javnost.

Samo što nisam počela da skačem od sreće. Nikada nisam previše pažnje obratila na Harolda, a nije ni ona. U suprotnom bi nam sigurno rekla. Jedva sam čekala ceo izveštaj koji će nam podneti kasnije.

„Priča o njoj već neko vreme", rekao je Džošua, kao odgovor na moje neizgovoreno pitanje.

Seli smo za sto i primakla sam mu se kako ostali ne bi čuli o čemu razgovaramo. „Hoću detalje o tome."

„Hah, pa, ukratko - dok svi balavimo za tobom, Haroldov komentar bi uvek bio *Jeste, Džejn je zaista dobra riba, ali njena plava prijateljica je rajski građena.* Kad god pričamo o ženama, on bi rekao *Moja žena će biti prirodno plava, dugih nogu, sa urođenom elegancijom, očiju koje te omađijaju u trentku kad se susretneš sa njima. Poput Džejnine prijateljice Beatrise.*"

„I sad mi to kažeš! Mogli smo ranije da ih upoznamo!" u šali sam ga udarila u stomak.

„Ma, daj! Ne bih ga nikad odao. Je l' ona uopšte ikad ičim nagovestila da joj se on sviđa?" Sipao mi je još vina.

„Nije. U pravu si. Ovako je bolje. Videćemo kako će se sve odigrati." Podigla sam čašu kako bih se kucnula s njegovim bezalkoholnim pivom. „Živeli!"

Džošua i ja smo pričali do kraja večere - krvnički se trudio da mi zadrži pažnju. Povremeno bih bacila pogled ka tati, čisto da vidim da li on to odobrava ili treba da se izmaknem, ali bio je prezauzet slaveći sa ostalima za svojim stolom. Odlučila sam da se držim na distanci, što više mogu, ali izgleda da je to Džošuu samo još više privlačilo.

Nisam mogla a da ponovo ne krenem maštati kako bi nam bilo da je imao hrabrosti da mi priđe pre Aleksa. Želela sam to, i tata ga je čak *odobravao*. Sve što je trebalo da uradi je da me pozove da izađemo. Oboje živimo u Londonu. Bukvalno sam mu pred nosem. Bili bismo zvezde, kako u Engleskoj, tako i širom sveta, na svakom polju kog bismo se dotakli - sportu, modi, bilo čemu. Savršeno bismo išli jedno uz drugo: viši je od mene, nerazumno zgodan, šarmantan, i kako sam videla na ovom prvenstvu, prijatan i posvećen. Da je samo imao hrabrosti…

Ali zar nemam već sve to sa Aleksom? Jedina razlika je u tome što smo Aleks i ja u dve države i da bismo se videli, moramo da sednemo u avion na tri sata, što i nije tako velika stvar - gužve u Londonu nekad te zarobe na duže. Osim toga, Aleks je krupniji i zgodnij od Džošue - od bilo kog muškarca kog sam ikad upoznala.

Isterala sam te misli iz glave i na kraju uspela da mu umaknem i razmenim par rečenica sa ostalim prisutnima. Uskoro se primakao i kraj večeri, te smo mi, Andersoni, odlučili da idemo na spavanje. Naredno jutro svi zajedno idemo u Nirnberg, mi ujutru, nakon doručka, a igrači popodne.

Nisam stigla ni da skinem sandale kad me je telefon naterao da poskočim zazvonivši.

„Hej, Džejn, nešto mi je zagušljivo u sobi. Je l' bi izašla sa mnom napolje na par minuta, da prošetamo?" prepoznala sam kokni.

Znala sam da je trebalo da odbijem i izdramim kako je nekulturan i napadan, ali sve što sam uradila bilo je smišljenih par sekundi tišine, nakon koje smo oboje znali da je odgovor potvrdan.

I dalje u narandžastoj haljini, spustila sam se nazad do lobija. Imala sam oko pola sata slobodnog vremena, pre nego što ću se naći sa Beom i ostalim devojkama kako bih čula sve detaljno šta se desilo između nje i Harolda. Džošua i ja smo izašli na zadnja vrata, u sporednu ulicu u kojoj je bilo samo par ljudi nezainteresovanih za nas. Presvukao se. Umesto timske trenerke nosio je svetle farmerke i zelenu majicu na kratke rukave. I bio brutalno zgodan. Toliko da me je vratio kroz vreme u doba kad sam ga takvog gledala na slikama tinejdžerskih magazina.

„Izlaziš večeras?" pitala sam.

„Samo ovde. Mislio sam da ćeš i ti nositi nešto opuštenije."

„Nisi mi ostavio mnogo vremena da se presvučem."

„Ne bunim se. Sviđa mi se ta haljina. Dužina je savršeno tvoja."

Nasmejala sam se. „Stručnjak si i za oblačenje?"

„Trudim se. Sestra mi stalno nešto savetuje i prigovara."

„Gde je ona?"

„U Londonu. Doći će na našu narednu utakmicu. Nije htela ranije jer je bila ubeđena da nemamo šanse."

„Ne prati baš mnogo fudbal?"

„Ne. Ali nema veze. Ti si podrška kakva mi treba."

„Jesi li zato danas dao gol? Zato što sam ja bila tu?" Pogledi su nam se sreli. Da je mogao, svu bi me obuhvatio očima punim želje.

„Naravno. Kad god bih pogledao ka tebi na tribinama, znao sam da ne smem da dozvolim da izgubimo. Ne bih oprostio sebi da ponovo pogrešim sa tobom, pred tobom."

Zastala sam. Vetar je dunuo niz ulicu od čega sam se naježila. Iskoristio je to kao izgovor da mi se primakne opasno blizu. Svaka dlaka mi se podigla na koži.

„Hladno ti je", rekao je privukavši me u zagrljaj. Ruke su mu bile na mojim leđima dok je anđeo u mojoj glavi vrištao da se odmaknem i kulturno ga odgurnem, a đavo bezobrazno terao da se umiljavam.

Podigla sam glavu i ponovo se susrela s njegovim očima koje su ovaj put bile svega nekoliko milimetara od mojih. Udahnula sam njegov losion za posle brijanja.

„Ne više", rekla sam, slušajući đavola.

Za trenutak uhvatio je jednu od lokni koje su ispale iz moje polupunđe, igrao se njom ispitujući svaku crtu mog lica. Pitala sam se šta vidi u mojim očima, da li možda isto što i ja - sliku svega što smo mogli da budemo da je imao više hrabrosti. Ili je možda mislio na nešto drugo?

„Ti si nesumnjivo najlepša žena koja postoji, Džejn", šapnuo je. „Mislio sam to prvi put kad sam te video, i mislim to i sad."

Nisam ništa rekla. Za njegove snove sad je kasno. Nije bio hrabar kad je trebalo, tako da sad jedino što možemo da dobiti jeste parčence, tračak, samo pogled na život kakav smo mogli imati.

Sklopila sam oči, razdvojivši usne svega trenutak pre nego što će me poljubiti. Isprva nisam ništa uradila, nisam odreagovala. Nisam se otimala, niti uronila u osećaj. Samo sam ga prihvatila, kao da mu kroz taj poljubac dajem priliku da pokaže šta mi to može pružiti, kako može da učini da se osećam. Klizila sam na tom talasu želje i čežnje, na kraju mu odgovorivši, sidljivo i skromno, baš kakva sam bila u njegovim očima.

I taj osećaj nije bio dovoljno dobar. Nije bio ni blizu onome što sam očekivala nakon godina fantaziranja. Bila sam više uzbuđena trenutak pre nego što me je poljubio nego kad se sam dodir usana desio. Bio je običan i nekako isprazan, romantičan u pokušaju. Želi me, toliko sam mogla da osetim, ali kako je moje telo odreagovalo na njegovu blizinu u potpunosti me je razočaralo.

Kad sam se odmakla, sve mi je bilo jasno - nisam ništa propustila. On nije muškarac za mene, i sad sam zahvalna Bogu, nebesima i svakoj višoj sili što nikad ranije nije probao da mi priđe. Samo bih utaman potrošila vreme, možda čak i godine, u iluziji da smo stvoreni jedno za drugo jer sam detinjasto bila zacopana u njega, u svoje fantazije o njemu.

Ne, on definitivno nije moj muškarac.

Aleks je.

„Džejn, moramo se videti ponovo", rekao je grleći me.

„Ne, Džošua. Ja već pripadam jednom muškarcu."

„Daću sve od sebe da postaneš moja."

„Ne, nema potrebe za tim. Laku noć."

12.

Ispostavilo se da su Bea i Harold savršeno kliknuli. Kako sam i pretpostavila, ona nikada nije posebno bila zainteresovana za njega, ništa više od ijedne od nas. Povremeno bismo prokomentarisale kako je zgodan, ništa sem toga. Ali Harold je nju primetio davno, i slobodno se može reći obožavao već neko vreme, a kad ju je nekoliko puta video uživo na Prvenstvu, morao je da joj priđe.

Sad joj se definitvno sviđao. Sve smo mogle to da joj pročitamo s lica koje je sijalo od sreće i uzbuđenja dok nam je prepričavala sve događaje te večeri. Osetila je njegovo prisustvo pre nego što je seo s njom i Endži.

„Odjednom sam namirisala muški parfem i pomislila *Vau, ovaj muškarac ima stila.* U narednom trenutku sam osetila ruku na ramenu, okrenula se i on je bio tu, preda mnom, pitajući da li može da nam se pridruži. Mogu da se kladim da sam imala najtupaviji izraz lica ikada jer mi je u tom trenutku izgledao kao najzgodniji muškarac kog sam ikad videla.”

Pomislila je da je to samo prvobitna reakcija, prvi utisak, ali kako su minuti otkucavali, bila je sve više oduševljena njime.

„Da, sve sam videla. Nisi mogla da prestaneš da se kikoćeš”, rekla je Endži.

„Toliko je zanimljiv, i simpatičan”, nastavila je Bea. „Imamo toliko toga zajedničkog. Čak i omiljeni horor film!”

„Ne reci! Još neko zna za *Đavolji prolaz*[21]?” Lana je uskliknula.

„Da! O tome vam pričam. I on je bio taj koji je prvi rekao, tako da znam da ne laže kako bi mi se dopao. Osim toga, čitamo iste knjige, volimo iste serije, sve. Kad je trebalo da krenemo, bilo mi je krivo jer imam osećaj da smo mogli da pričamo neprestano bar još dvadeset sati.” Uzdahnula je čežnjivo. „I toliko je zgodan i privlačan”, porumenela je.

Nije znala ono što mi je Džošua rekao, te kad sam podelila i tu informaciju sa njima, Lana i Endži su stale vriskati a Bea je sva pocrvenela.

„Sad stvarno jedva čekam da ga opet vidim”, rekla je.

„Kad?” pitale smo uglas.

---

[21] Đavolji prolaz - The Devil's Pass (2013)

„U Nirnbergu, naravno. Džejn, bojim se da na narednoj utakmici neću moći ostati suzdržana."

„Izdajice", rekla sam u šali i bacila jastuk ka njoj.

***

Sve je bilo sjajno u Nirnbergu. Aleks se vratio sa treninga na vreme za ručak a ja sam ga čekala u hotelu. Ostatak dana bio je samo moj. Išli smo na par sati masaže a potom se izležavali na bazenu. Bio je srećan, ispunjen mirom i samopouzdanjem kad bismo pričali o narednoj utakmici. Veče smo proveli u sobi, gledajući filmove, što je, naravno, prešlo u vođenje ljubavi. Podsetio me je na to koliko sam zaljubljena u sve na njemu. Koliko ga volim.

Uprkos svemu što sam uradila.

I dalje se nisam osećala nimalo loše, niti bilo kakvu grižu savesti. Nasuprot, cenila sam svaki njegov poljubac, svaki dodir, jer je bio istinski topao, pun ljubavi, za razliku od divljaštva sa ostalim muškarcima. Iako mi je bilo samo dvadeset godina, znala sam da je Aleks muškarac za mene. Osećala sam to zbog svega što delimo, u svemu što on čini za mene i ja za njega, u šalama koje niko drugi ne razume sem nas dvoje, u neizrečenim komentarima kada bismo se nečemu smejali, a koje bismo rekli jedno drugom samo pogledima. Stvoreni smo jedno za drugo. To mi je bilo jasno od samog početka, nakon svega par meseci provedenih s njim.

Da li se možda zato ponašam kao da mi sasvim pripada, kao da će uvek biti moj bez obzira na bilo šta što uradim?

***

Kad sam se to veče probudila oko deset, Aleks je i dalje spavao, ispružen, te sam se protegla i otišla do prozora da udahnem malo svežeg vazduha. Telefon mi je bio pun poruka. *Hah, bolje to nego cveće i cedulje ispod vrata*, pomislila sam.

Drago mi je da smo se upoznali, vatrena ženo. Šteta što idem kući. Od Marka Moretija.

Ne mogu da verujem da mi nedostaješ. Javi mi se kad budeš u Londonu i ponovo ću da skoknem na avion za još jednu onako ludu noć. Od Paula Reiša.

A od Matijasa mnogo duža.

Na prve dve nisam odgovorila. Samo sam ih obrisala. Ta dvojica mi više nisu bila zanimljiva.

Ali Matijas…

Hteo sam da dođem danas, ali pošto mi nisi odgovarala na poruke i pozive, pretpostavio sam da si morala da se… baviš plavušanom. U svakom slučaju, sve je ispalo kako treba danas, i sve sam organizovao za sutra. Momci znaju šta treba, a šta ne smeju da kažu. Ako hoćeš, biću tu rano ujutru, kad plavušan ode na trening, i vratiću se na vreme za svoj večernji, ili bar njegov veći deo. Šta misliš?

- Stvarno bi propustio trening da bi došao da me vidiš?

Da.

- Šta je sa tvojim trenerom? Da sam na tvom mestu, ne bih rizikovala da ga izbacim iz takta.

Nemoj da brineš o njemu. Sve sam organizovao s momcima, veruj mi. Sve ću ti ispričati kad se vidimo. Samo mi reci da ili ne - je l' ti možeš da se organizuješ da se vidimo sutra ujutru?

Nije trebalo. Bilo je previše rizično, sa mojim i Aleksovim roditeljima u blizini. Neko će sigurno prepoznati Matijasa, osim ako ne budemo u zatvorenom sve vreme. Aleks takođe ima dva treninga - ujutru i popodne - a ja ne znam kad tačno ide i vraća se ni sa jednog od njih.

Ali želela sam da vidim Matijasa, i činjenica da je toliko opasno više me je uzbuđivala nego plašila. Takođe me je zanimalo da vidim da li je Matijas stvarno toliko lud kakvim se čini, da li će stvarno da ostvari sve te lude zamisli koje mi je upravo izneo, ili su to samo prazne reči. Ako već treba da ostavim savršenog dečka zarad njega, moram da budem sigurna da je vredan.

Ali, da li ću ja stvarno ostaviti Aleksa? Ikada? Pogledala sam ga kako mirno spava u krevetu u kom smo pre svega par sati vodili ljubav. Od same pomisli da ga ostavim postalo mi je muka. Tog trenutka sam shvatila da je moj život bez Aleksandra Janova nezamisliv, nemoguć. On je moj muškarac.

Uprkos svemu tome, Matijas mi se neobjašnjivo sviđa. Hemija između nas ne može se ignorisati, i pomisao na to da ćemo se uskoro videti, poterala mi je adrenalin niz krv. Dopao mi se taj osećaj. Šta je još jedan sastanak nakon svega što sam uradila? Prekinula sam preozbiljne i preduboke misli i odgovorila.

- *Da.*

Istog trenutka mi je otkucao plan šta i kako ćemo da radimo, korak po korak, gde ćemo se naći, na koja vrata će ući, u kojoj sobi ćemo biti, koliko dugo i šta da radimo *u slučaju opasnosti*. Nasmejala sam se na tu rečenicu dok sam se u mislima prirpemala za to naredno jutro koje će biti puno uzbuđenja.

Kad se Aleks malo potom probudio, još jednom sam se pokazala kao sjajna glumica uspešno sakrivši sve uzbuđenje. On se istuširao, a ja sam naručila večeru. Pustili smo film, ali on je zaspao posle samo deset minuta. Napor od prethodnih nekoliko dana nakupio se i svladao ga. Zaspao mi je na grudima dok sam mu češkala kosu, sasvim budna i totalno nezainteresovana za film, razmišljajući o tome koliko ga volim i pitajući se kako mogu da uradim ono što ću uraditi kroz par sati.

***

Uspela sam lepo da spavam, što me je uistinu iznenadilo. Nakon doručka, odvojila sam se sa devojkama i saopštila im plan. Nijednoj od njih se nije dopao nijedan njegov deo, što je bio jasan znak da je rizik prevelik. Čak ni Endži nije bilo jasno moje ponašanje.

„Ženska glavo, roditelji su mu ovde! Sestra mu je ovde! Ako te ona vidi sa Belerom ili kako se na bilo koji način čudno ponašaš, ti si svoje završila!" rekla je.

„Aleks ima dovoljno poverenja u mene da ne poveruje u priče svoje sestre. Osim toga, sigurna sam da me sve troje Janovih isuviše vole da bi išta posumnjali", branila sam se.

„Igraš se vatrom. Nemoj da se preceniš. Oni su porodica čiji deo ti još uvek nisi."

„Nemam vremena za ovo", odbrusila sam. „Je l' mogu da se oslonim na vas ili ne? Ako me neko traži, hoćete li im reći da sam u sauni?"

Sve tri su prevrnule očima i potvrdno odgovorile. Šta su drugo mogle da urade?

Otišla sam do požarnog stepeništa na koje me je Matijas uputio. Za manje od pet minuta stvorio se tamo. Drhtala sam od uzbuđenja.

„Uistinu si došao?" prošaputala sam.

Uzeo mi je lice u šake i dugo me poljubio. „Nisi mi verovala?"

„Bila sam malčice sumnjičava. Sve ovo je previše ludo.”

„Jeste”, ponovo me je poljubio.

Već je imao ključ te smo krenuli gore. Uzeo je jedinu slobodnu sobu na pretposlednjem spratu. Dok smo se peli, disanje mi se ubrzalo kao da uopšte nisam u formi. Prva soba pored izlaza u slučaju opasnosti bila je naša, što je bilo sjajno jer nećemo biti na mnogo bezbednosnih kamera.

U sobi je bio postavljen doručak, zajedno sa velikim buketom cveća svih nijansi roze, čiji miris je plutao celom sobom.

„Divan si”, okrenula sam se da ga poljubim kad je zatvorio vrata. „Misliš na sve.”

Dopadao mi se osećaj utapanja u tim očima. Tako su tamne i duboke, pružajući istovremeno uzbuđenje i nežnost.

„Naravno da mislim”, nasmejao se. „Nisam glup. Znam u kakvoj si situaciji i samo hoću da te osvojim i pridobijem.”

Nisam mogla da mu uzvratim osmeh te sam ga ponovo poljubila.

Pridružila sam mu se na doručku ali sam samo pila čaj jer sam već jela. Pričali smo o svemu što se desilo od prethodnog puta kad smo se videli i o tome kako je uspeo da umakne sa jutrošnjeg treninga tako što je Gotfridu složio priču da mora da sredi porodični problem.”

„Jesi li siguran da ništa ne sumnja?” upitala sam zabrinuto.

„Apsolutno ništa. Vrlo lepo sam slagao, a Ben, Lens i Mihael su mi saučesnici.”

„Ne šalim se, Mati. Bojim se da Gotfrid može biti veoma opasan ako ga naljutite.”

„Može, ali veruj mi. On nema pojma gde sam sad. I zaista mnogo poštuje Mihaela i kad mu on nešto kaže, veruje mu u potpunosti.”

„Šta će se desiti ako sazna?”

„Bolje da ne razmišljamo o tome. Neće saznati. I nemoj da brineš za mene, draga. Na sve sam mislio.” Poslao mi je poljubac preko stola od čega su mi leptirići jurnuli u stomak.

„Samo ne bih volela da sebi napraviš problem”, zagrlila sam ga.

„Već sam ti rekao - zbog tebe mi nije važno u koliko problema ću da upadnem.”

Nisam mogla da odolim tim očima koje su me gutale s ljubavlju, te sam ustala i poljubila ga.

„Jesi li siguran da će Mihael stati na tvoju stranu i lagati Gotfrida za tebe?” pitala sam vrativši se u svoju stolicu.

„Ako pitaš zato što su njih dvojica u jako dobrom odnosu...”

„Ne, već jer imam utisak da mu se ne dopadam. Ili, bolje rečeno, da mu se ne dopada ovo što radim.”

Zaćutao je na kratko pre nego što je odgovorio: „Ne sviđa mu se, u pravu si." Nervozno sam se uzvrpoljila u stolici. „Ali to ne znači da mi neće učiniti uslugu." Pogledala sam ga upitno. „On je pre svega moj prijatelj. Znaš kako te prijatelji podržavaju čak i kad radiš nešto nerazumno."

„Znam. Ali način na koji on priča sa mnom... Natera me da se posramim."

„Nemoj da brineš. On samo ne može da sakrije iskrenost, da glumi da je sve u redu. Ali za mene će slagati Rolfa. Isti je slučaj kao i s tvojim devojkama. Siguran sam da njih sve tri znaju vrlo dobro koliko nije moralno ovo što ti i ja radimo, ali uprkos tome, lagaće tvojim roditeljima, lagaće plavušana, koga god zatreba. Zar ne?"

Klimnula sam. „U redu. Izbaciću te loše, zabrinjavajuće misli iz glave", rekla sam. Htela sam što pre da prestanemo da pričamo o Aleksu i mom neverstvu.

Vreme je sporo proticalo, a mi smo se trudili da uživamo u svakom minutu. Seo je na krevet, a ja sam mu se skupila ispod ruke na grudi, udišići njegove mirise, losion za posle brijanja, dezodorans, miris omekšivaša iz majice, njegove kože. Sve sam se trudila da udahnem kako bih ih što duže kasnije nosila sa sobom. Dao mi je pet karata za utakmicu Nemačke i Švedske sutradan i rekao da mogu da dođem sa bilo kim, čak i sa roditeljima ako su raspoloženi. Morala sam lepo da razmislim o svemu. Sad je red na mene da uradim nešto ludo za njega. Stvarno sam želela da budem na stadionu u Hanoveru narednog dana i znala sam da moram uraditi sve što je u mojoj moći da se to dogodi, čak i po cenu da razbesnim Aleksa.

Znala sam da kao dobra glumica koja je već toliko slagala ocu i dečku, dvama muškarcima koji me najbolje poznaju, a koji i dalje ništa ne sumnjaju, mogu da složim još jednu uverljivu priču. I odlučila sam da to i uradim. Želim da idem na utakmicu ovog divnog muškarca.

Dok smo ćaskali, konačno smo se dotakli i teme žena u njegovom životu. Viđala sam ga po novinama sa raznoraznim lepoticama, sve različitim. Toliko brzo i često ih je menjao da devojke i ja nismo mogle ni da ispratimo kad je s kim i koliko dugo. Sad sam htela da čujem njegovu stranu priče.

„Reci mi!" munula sam ga u rebra.

„Možda nećeš da znaš taj deo mene."

„A možda veći deo već znam. Nema potrebe išta da kriješ." Prodorno sam ga pogledala.

„Pa... Bilo je tu par devojaka."

„Nemoj da mi budeš tu nešto tajnovit. Koliko ih je bilo?"

„Rekao bih ti kad bih znao."

„Ne mislim na žene s kojima si spavao, već na ozbiljne veze."

„Retko sam bio ozbiljan i sa jednom devojkom. Zašto i bih, tek sam napunio dvadeset i četiri godine." Uputila sam mu pogled koji ubija. „Što ne znači da nisam sazreo i sad ozbiljniji nego ranije", dodao je brzo. „Neću te lagati - viđao sam se s mnogo devojaka. Nisam siguran ni koliko njih mogu da izdvojim i kažem da sam bio stvarno u vezi. To mi jednostavno nikad nije bio prioritet. Fudbal je jedino do čega mi je istinski stalo. Sve dok... pa... dok nisam sreo tebe. Od onog dana u Berlinu ne mogu da prestanem da zamišljam kako bi izgledao život s tobom. I ne samo zato što si igrom slučaja najlepša žena na svetu. Više je od toga. Od samog početka primetio sam da kako se ja osećam po pitanju tebe mnogo je drugačije od toga kako te ostali momci vide. Njihove priče uglavnom se svode na to šta bi ti radili, koliko, gde, dok ja, sa druge strane, sanjarski zamišljam kako bi izgledalo buditi se pored tebe, ljubiti te pre nego što odem na trening, a potom ponovo kad se vratim kući, kako bi bilo kuvati s tobom svaki dan, sedeti pod ćebetom na kauču ispred TV-a, ili, jednostavno, ići kući znajući da me tamo čekaš."

Nežno sam mu prekrila usne prstima. Slušajući ga kako sve to opisuje, jasno sam mogla da zamislim svaku scenu, i svaka me je ispunila uzbuđenjem i radošću. Sve je izgledalo tako lepo, tako moguće, izvodljivo. Bio bi to jedan u potpunosti ispunjen, bezbrižan i savršen život. Tako lako možda naš život.

„Očaravajuće si romantičan", prošaputala sam.

Poljubio je moje prste na svojim usnama i pomazio me po obrazu.

„Zato što si ti očaravajuće divna", rekao je, nežno me primakavši da nam se usne sklope.

Ušuškala sam se na njegovim grudima još više, ne želeći ikad da odem sa tog mesta.

„Znaš šta me u vezi sa tobom fascinira, Džejn?" nastavio je. „Tako si čista."

Zamalo sam se zagrcnula na ovu reč koja mi je istog trenutka prouzrokovala neprijatan osećaj u grudima.

„Razmišljam o tome od one žurke na kojoj si bila sa devojkama."

„Nakon što si saznao da sam do pre par meseci bila nevina?" uspela sam da se nasmejem.

„I o tome. Ali kad god pomislim na tebe i kad tražim razloge zašto sam toliko očaran, lako uvidim zbog čega je ceo svet poludeo za tobom. Pametna si, duhovita, marljiva, posvećena poslu i... khm... svom dečku.

Lepa si i spolja i iznutra, celo tvoje telo ima savršen oblik, sve na tebi je baš kako treba. Nekad, kad te noću sanjam, čini mi se kao da uopšte nisi ljudsko biće, već sirena, čarobnica, ili vila, jer moj um i dalje ne može da poveruje da nešto poput tebe postoji. Sa druge strane, znam da si stvarna, jer te vidim pred sobom, osećam tvoju toplotu i disanje pod dlanovima, i koliko god da mi je neverovatno da si ovde, znam da jesi, da si stvarna."

Podigla sam pogled kako bih mu osmotrila lice i pojmila sve što je rekao.

„Matijase, jesi li možda pročitao neku romantičnu knjigu otkako smo se sreli prethodni put?" pokušala sam da se našalim, ali on je i dalje bio ozbiljan.

„Do srži sam zaljubljen u tebe, Džejn."

Za trenutak sam bila potpuno zatečena, pustivši da mi svaka reč koju je izrekao odzvanja u ušima. U narednom trenutku stavila sam po strani sve loše što znam o sebi, što sam uradila u prethodnih par nedelja, sve nesigurnosti i nelagode koje sam osetila lažući svog zvaničnog dečka. Ništa od svega toga sad nije bilo bitno. Sve je vredelo sad kad vidim ljubav i bezrezervno obožavanje u njegovim očima.

Da smo imali vremena, vodili bismo ljubav tog dana, tada. Nisam bila sasvim sigurna da li sam i ja jednako zaljubljena u njega - bilo mi je prerano - ali znala sam da mi je istinski drag. Možda zbog svih okolnosti, možda zato što mi je zabranjen, i što sam ja njemu zabranjena. Možda zbog sveg ovog skrivanja, ovih tajni, dosetki i manevrisanja, možda su se zato naša osećanja razvila tako brzo, i postala do ove mere snažna. Možda je u pitanju neka vrsta opsednutosti, ali oboje smo vrlo dobro znali da je duboko i ozbiljno. Nismo se tek tako površinski zaljubili jedno u drugo. Od početka smo bili iskreni jer nemamo ništa da izgubimo, a toliko toga možemo dobiti. Dobro, ja mogu da izgubim Aleksa, ali ako je ovaj muškarac bolji za mene, na kraju krajeva, ne gubim ništa.

Nakon što je Matijas otišao, odjurila sam u saunu. Trebalo mi je da ostanem sama sa svojim mislima. Poterao mi je lavinu osećanja kroz celo telo, s kojom sam morala da se izborim pre nego što ponovo vidim Aleksa.

Šta, kog đavola, da radim? skoro sam vrisnula. Bila sam sama, srećom. Morala sam da se istresem, da izbacim sve iz sebe, te sam spustila glavu među kolena.

Nisam plakala - to nije dolazilo u obzir - ali samo što nisam povratila. Osećala sam kao da mi nekoliko noževa igra po stomaku. Nije to bilo ništa strano. Svaki put bih se tako osećala kada bih potisnula ogroman pritisak i nagon za plakanjem i veliku količinu suza. Prvi put mi se tako nešto javilo kad sam bila mala, kad me je tata učio da ne plačem jer je to za slabiće, kako bi rekao. Tad bih progutala sav bol i suze i zgurala ih u stomak. Probadanje bi se potom javilo, preteći da se ispovraćam, ali svaki put bih izdržala.

Skoro ceo sat sam provela u sauni, tražeći rešenje problema u koji sam se uvukla. Volim Aleksa. Matijas mi se sviđa. Nisam spremna da izgubim nijednog od njih, u to sam sigurna. Nastaviću ovako, kako sam i do sad, a kad dođe vreme, znaću šta da radim. Ja uvek znam šta da radim.

Hajde, Džejn, kakvo je ovo ponašanje? korila sam se. *Ovo ne liči na tebe. Sramotno je koliko nesposobno izgledaš. Htela si Matijasa, dobila si ga. Za čim sad žališ? Ti se nikad ni za šta ne kaješ. Zašto se sad ovako opterećuješ? Sastavi se! Izađi iz te saune, i ponašaj se kako ti priliči, kakva stvarno jesi - najbolja!*

Ako želim da uživam u svemu što mi život pruža, moram da prestanem da previše razmišljam i ponašam se baš kao na početku Prvenstva. Rekla sam sebi da ne smem da mislim o raskidu sa Aleksom, niti o prekidanju afere sa Matijasom. Zašto da se opterećujem oko nečega na šta ću odgovor imati kroz nekoliko dana? Još uvek je ostalo nedelju i po do kraja takmičenja. Moram da iskoristim to vreme najbolje što umem.

***

„Aleks, pošto ćeš biti zauzet s momcima ceo dan sutradan, je l' u redu da odem sa devojkama u Hanover? Vratiću se odmah posle utakmice."

Nije bilo u redu, videla sam mu to na licu, ali se ipak složio. Teško sam progutala, kao da time gutam i njegovo neodobravanje.

„Baš nemaš mira. Stalno si u pokretu", probao je da se našali, ali glas mu je bio ozbiljan. Za razliku od mene, ne može da glumi osećanja.

Namestila sam mu se u krilo i stavila ruke oko vrata. „Samo želim da vidim što je moguće više na ovom Prvenstvu. Toliko je uzbudljivo gledati sve te utakmice uživo. I nemačke su zanimljive. Ne možeš to poreći."

„I dalje mislim da grešiš i da se svi oni samo prave fini u prisustvu četiri lepe devojke."

„Znaš da nisam glupa, zar ne?"

„Znam." Prošao mi je prstima kroz kosu. „Verujem ti."

Poljubila sam ga.

„Kad bi imao vremena da pođeš sa mnom, sam bi video da sam u pravu."

Bila je to još jedna u nizu mojih besramnih laži, ali morala sam da im pribegnem s vremena na vreme kako bih se dodatno zaštitila. U sebi sam se, naravno, zahvaljivala Bogu i svim višim silama što su mu nameštale duge i naporne treninge kad god treba da se vidim sa Matijasom. Ili s nekim drugim.

***

Stigle smo u Hanover na vreme za doručak sa Nemačkom četvorkom. Završili su sve obaveze sa timom i odlučili da nas sačekaju. Matijas i Lens su nas sačekali na ulazu u hotel i poveli do restorana. U Matijasovim očima sam videla koliko je srećan što sam uspela da dođem.

Nije mi bilo lako da kontrolišem uzbuđenost kad sam ga videla. Iako smo svi prisutni znali da smo u tajnoj vezi, hotel je ipak javno mesto i naša sumnjiva prevelika bliskost mogla bi da privuče neželjenu pažnju.

Sva sreća i uzbuđenje splasnuli su kad sam za stolom zajedno sa Mihaelom i Benom sedi još jedna osoba - Robin Bram, holandski reprezentativac.

„Šta radi on ovde?" prosiktala sam.

„Znao sam da joj se neće dopasti što je došao", tiho je rekao Lensu. „On nam je prijatelj. Igrali smo zajedno u klubu u Nemačkoj, a od kad je prešao u Španiju, igra sa još nekim momcima iz reprezentacije."

„To i dalje nije odgovor na moje pitanje. Šta on radi ovde? Ili, znaš šta - idem sama da ga pitam." Odmarširala sam do stola, glasno udarajući štiklama po popločanom podu. „Je l' ovaj ovde znao da dolazim?" pitala sam prvo Bena.

Ben je pobeleo ništa ne rekavši. Bespomoćno je pogledao iza mojih leđa, verovatno ka Matijasu, pitajući šta je pravi odgovor.

„Je li?" ponovila sam zureći u Robina.

„Znao je", rekao je Mihael mirno.

Okrenula sam se celim telom ka Robinu. „Da li stvarno misliš da je primereno da budeš ovde nakon svega što si rekao o meni i mojim prijateljicama?"

Nasmejao se, a malene, sive oči su mu zasjale opakim, samopouzdanim sjajem. „Hteo sam da svratim i sve vam lepo objasnim", rekao je potpuno hladan, „ali prvo sedite, devojke."

Bea mi je prišla s leđa i stegla mi ruku, što je značilo da pravim scenu koja privlači previše pažnje, te da je bolje da sednemo, da se saberem i povratim lepe manire. Bez reči, smestile smo se u slobodne stolice.

„Dobro, gde je lala?" pitala je Endži.

209

Iznenađujuće po svakog, Mihael Krim se nasmejao, a potom i ostali. I meni je trebalo par sekundi da se shvatim na šta Endži misli - *Robin Bram kaže da će dati Džejn lalu čim se sretnu*, članak od pre par meseci.

„Pošto ste bile na nekoliko nemačkih utakmica, pitao sam momke, i kad su potvrdili da ćete biti i na ovoj, mislio sam da ne bi trebalo da propustim priliku da vas upoznam”, rekao je. „Što se tiče lale, mora biti holandska. Prošao sam grad uzduž i popreko i nisam uspeo da nađem nijednu originalnu.”

„Oh, to je tako divno od tebe”, rekla sam sarkastično.

Bila sam zahvalna Matijasu što je seo do mene. Trudila sam se da pričam s njim i Mihaelom i da u potpunosti ignorišem Holanđanina.

„Da li ti smeta njegovo prisustvo?” Matijas mi je šapnuo nedugo potom.

„Smeta, ali izdržaću.”

„Ako hoćeš, brzo ćemo privesti doručak kraju i možemo pobeći u sobu.”

„U redu je. Da li on zna?”

„Za nas? Ne.”

„Bolje onda da tako i ostane. Ako sad odemo, možda posumnja.”

Naterala sam se da popravim raspoloženje u narednih sat vremena. Ben i Lens su se svojski trudili za to a i devojke su se opustile. Uprkos tome, izbegavala sam da gledam u pravcu pridošlice. Svaki put kad bih to slučajno učinila, pogledao bi me i osmehnuo se, a par puta mi je čak i namignuo. Prvi put nisam bila sigurna, ali već od sledećeg mi je bilo jasno. Htela sam da ga gađam tanjirom koji je stajao preda mnom, ali sam se suzdržala. Nema potrebe za suvišnom dramom.

Reprezentativci su uskoro morali da krenu da se spremaju za utakmicu. Matijas i ja smo se dogovorili da pre nego što ode na stadion, svratim do njegove sobe i nasamo mu poželim sreću, te smo devojke i ja ostale još malo u restoranu, pre nego što sam se zaputila na sprat.

U restoranu sa Robinom, sad kad Matijas nije bio u blizini, mogla sam lepo da ga osmotrim. I nisam mogla da se oduprem utisku da je prokleto zgodan. Sive oči sijale su mu tajnovito i gutale me sa željom. Trepavice su mu bile svetle, skoro bele, iste nijanse kao i kosa, zbog čega su mu oči još više bile izražene. Voli teretanu, to se dalo videti kroz belu košulju koju nosi. Četvrtasto lice bilo je okrenuto ka meni, pokušavajući da dokuči šta se krije ispod pogleda koji sam mu uputila.

„Koliko vidim, vi, devojke, se prilično dobro slažete s mojim prijateljima”, rekao je prelazeći džentlmenski pogledom preko svake od nas i zadržavši se na meni.

„Da, oni su dobri momci", rekla je Lana.

„I prilično zabavni", dodala je Endži.

„Meni se, pak, čini da ste se previše zbližili, uzevši u obzir da sve četiri već podržavate druge timove."

„Ti od svih prisutnih imaš najmanje prava da pričaš šta je previše, lalo", rekla sam hladno, na šta je prasnuo u smeh.

„Koliko vidim, nećeš mi uskoro oprostiti što sam klinački balavio za tobom i pričao gluposti."

„Baš tako, gluposti."

Bein uzdah dao mi je do znanja da sam ponovo prešla granicu i zvučala nekulturno.

„Mogao bi da se iskupim za sve to. Ako bi mi dala šansu", rekao je ležerno.

Istog trenutka sam ga zamislila kako popravlja tu štetu, ali njegova direktnost i otvorenost su me zatekle. Nisam očekivala da čujem takvu izjavu pred devojkama. Zurio je u mene, a ja nisam htela da skrenem pogled. Možda nakon preduge pauze, rekla sam: „Idem u svoju sobu. Hoću da odspavam pred utakmicu."

Ustao je zajedno sa nama i pokušao da nas privoli da ostanemo. Videla sam da je otprilike moje visine, jedva par centimetara viši.

„Stvarno ćeš sad da spavaš?" pitao je.

„Da", odgovorila sam i otišle smo.

Dok sam izlazila iz lifta na Matijasovom spratu, Bea me je ponovo uhvatila za ruku. „Džejn." Pogledala sam je. „Nemoj."

Znala sam na šta misli, i ona je tačno znala šta mi je na pameti. Ipak, nisam mogla da je razuverim. Nisam ništa rekla i uputila sam se ka Matijasovoj sobi.

Nismo imali mnogo vremena, manje od pola sata, ali to je bilo dovoljno da se ispričamo i isplaniramo šta ćemo raditi naredni put kad se vidimo. Isto veče sam se vraćala za Nirnberg jer Ukrajina i Engleska igraju narednog dana. Na kraju sam ga poljubila i vratila se u svoju sobu.

Blizu vrata sam usporila i pogledala na sat. Još uvek ima dovoljno vremena. Samo što sam karticom otključala vrata, začula sam očekivano „Ahem".

Nasmejala sam se u sebi pre nego što sam se okrenula ka njemu.

„Hoćeš li da odemo na piće?" pitao je Robin.

„Možemo ovde. Nema previše ljudi."

Ušao je za mnom i zatvorio vrata. Smestila sam se u fotelju a on je još uvek stojao, skenirajući me pogledom. „Šta nudiš?" Upitno sam ga pogledala. „Za piće", dodao je.

„Šta bi hteo?"

Bilo mi je drago što nosim crvenu haljinu koja mi savršeno dovoljno otkriva grudi, a opet pokriva dovoljno da ga baci u fantaziranje. Sitnim sivim očima šetao je svuda po mom telu i nazad do lica. „Bilo šta", rekao je. Prišao mi je i sad gledao odozgo.

Ustala sam, namerno smanjivši svaku razdaljinu između nas.

„Na primer?" pitala sam.

Već sam bila dovoljno uzbuđena. Njegov dodir bio je poput šibice koja me je bacila u vatru. Prstom je krenuo od mojih usana nadole preko vrata, grudi, rebara, i uz par krivina oko kuka spustio ruku u dno mojih leđa.

„Sve ovo", rekao je.

Umesto odgovora, prislonila sam stomak na njegov, navlažila usne i razdvojila ih, šaljući jasnu, nepogrešivu poruku.

U narednom trenutku zubi su mu bili u tim usnama, terajući mi trnce uzbuđenja niz celo telo. Zamišljala sam te grube poljupce svuda, kad je prešao na moj vrat. Dopalo mi se. Dopadao mi se. Iako je možda bio pregrub i možda mi ostavi poneki trag. U tom trenutku nije mi bilo bitno. Htela sam samo da uživam u tome koliko je dobar.

Kad se spustio niže i otkrio mi grudi, upozorila sam ga da mi ni slučajno ne uništi haljinu na šta se nasmejao i već u narednom trenutku mi iskusno pronašao rajsferšlus ispod ruke. U očima mu se ogledalo koliko je uzbuđen, zadivljen. Nije dugo čekao da mi otkopča grudnjak. Bila sam zadovoljna i zahvalna mu na tome jer nismo imali mnogo vremena, a kad je svoje poljupce spustio na vrhove mojih grudi, preplavilo me je blaženstvo kakvo bi bilo šteta propustiti.

Nisam očekivala da ću svršiti i da će mi se noge nesigurno tresti, ali on je vrlo dobro znao šta radi. Osetio je da ne mogu više da stojim jer mi se na visokim štiklama telo treslo usled naleta uzbuđenja i zadovoljstva, te me je stao primicati krevetu. Sela sam i konačno, prvi put videla njegov torzo, bez košulje. Koža mu je bila bela, bleda, ali svi mišići toliko snažni da su se ocrtavali i činili ceo prizor savršenim. Nagnuo se nada mnom, pomerila sam se i naslonila na jastuk. Poljubio me je, nežno i obazrivo, ne divlje, od čega me je oblio novi nalet uzbuđenja.

„Toliko želim ovo. Nemaš pojma šta sve hoću da ti radim."

To je me oporavilo od posledica prvog orgazma i spremilo na naredni. Znao je da ne smemo gubiti vreme. Usnama je krenuo od mog vrata. Zažmurila sam i prepustila koži da ga oseća, svaki dodir tih pohlepnih usana. Spuštao mi se između grudi, naniže, preskočivši ih jezikom, ali zadržavši šake na njima. Kad je dosegnuo donji deo mog stomaka, uhvatio me je za kukove, i nastavio sve niže. *Ne, neće to uraditi! Nemoguće!* Ali on se i dalje spuštao. Vrtelo mi se u glavi. *Hoće. Ne mogu da verujem! Mislila sam da se momci spuštaju samo devojkama koje vole. Nisam očekivala sad, tokom brzog seksa!*

Isprva su mi se noge ukrutile i stegle, u očekivanju, i nisam mogla odmah da ih razmaknem, ali on me je ohrabrio. Kad sam osetila prvi dodir njegovih usana, kao da je dodao ulje na vatru. Obavila sam ga nogama, u grču, a vatra se prostrla celim mojim telom, nezaustavljiva. Kada me je blago ugrizao za unutrašnjost butine, zajecala sam usled naleta osećaja s kojima više nisam znala kako da se izborim. Bila sam na talasu zadovoljstva koje nije imalo izgleda da uskoro prestane. Uživala sam u svemu što mi daje, još više znajući koliko je grešno, pogrešno, tajno, i zabranjeno. Uživala sam u svakoj milisekundi.

Odjednom je prestao, što me je zbunilo. Stavio mi je svoju košulju u usta. „Veruj mi", rekao je. Shvatila sam zašto je to uradio, i bila mu zahvalna. Ponovo mi se spustio među noge ali ovaj put sa rukom. Bila sam obuzeta prijatnim, električnim trncima. Svaki nerv mi je bio napregnut, pod nabojem. Sa svakim pokretom, pela sam se na novi talas uživanja. Zahvaljujući majici u ustima mogla sam da vrištim i da me iko sem njega ne čuje. Kad se jednom njegovom prstu pridružio i drugi, više nisam znala ni za šta drugo sem za ovog muškarca koji zna da pruži toliko zadovoljstva. Svršila sam jednom, i još jednom, i još jednom, dok više nisam znala dokle moje telo može da ide. Skoro mi je laknulo kad je stao, ali sam ubrzo shvatila da nije kraj. On nije dobio ono po šta je došao. Nisam mogla da se pomerim s kreveta ali sam čula farmerke kako mu padaju na pod. Još uvek sam bila na leđima, zureći u plafon, kad mi se smestio između nogu, lako i bez otpora, ispunivši me novim naletom užitka. Uspela sam otvorim oči i susretnem se s njegovima. U njima se ocrtavalo sve, sve o čemu je mislio pre nego što smo se sreli, o čemu razmišlja sad. Ni jedno ni drugo nismo mogli da verujemo da smo zapravo tu, i da radimo ovo što radimo.

***

Nemcima utakmica nije bila toliko laka kako smo isprva očekivali, ali ipak su uspeli da je privedu kraju bez primljenog gola i sa postignuta dva. Šveđani su odlično igrali čime su priredili pravu predstavu za publiku. Jedini trenuci u kojima mi je zastajao dah bili su kad bih primetila da me Robin gleda sa svog sedišta par redova iznad. Ili kad bi on uhvatio mene kako ga promatram. Svaki put bi se osmehnuo i ja bih mu uzvratila, a sve grešne scene čiji smo protagonisti bili, bljesnule bi mi pred očima. *Šta je, dođavola, bilo ono?* odzvanjalo mi je mislima.

Nakon utakmice vratile smo se u hotel da čestitamo momcima pre nego što krenemo na aerodrom kako bismo što pre stigle nazad u Nirnberg. Laknulo mi je što ne moramo dugo da ih čekamo, a postajala sam i umorna i nisam htela da provedem previše vremena sa Matijasom dok je Robin u blizini. Mogao bi da uradi nešto glupo i oda nas, iako sam ga jasno upozorila pre nego što smo se rastali, da ni po koju cenu ne sme nikome da kaže šta se desilo između nas.

Devojke i ja smo prvo otišle u Benovu sobu gde se većina igrača skupila. Čestitale smo im i Matijas nas je ubrzo ispratio do vrata. Dok su one stražarile, nas dvoje smo se sakrili iza ćoška kako bismo razmenili poljubac, koji mi je nanovo probudio leptiriće u stomaku.

Jedva dva minuta kasnije, na putu ka liftu, začula sam dobro poznati glas kako me zove. Sve četiri smo se ukočile u šoku i okrenule. Zar nije dosta iznenađenja za ovaj dan?

„Voleo bih da popričam s tobom, nasamo", rekao je Gotfrid.

„U žurbi smo zbog noćne zabrane letova", rekla je Bea, ali samo sam je pogledala sa zahvalnošću što hoće da mi pomogne. Sve smo znale da je bolje da čujem šta ima da kaže. Već znamo koliko je opasan te moram oprezno da igram sa njim. Pratila sam ga do sobe, sigurna da bez obzira na bilo šta nećemo imati nikakav odnos.

Isprva nije ništa rekao, već me odmeravao, detaljno, od glave do pete.

„Ne bih da zvučim nekulturno", počela sam, „ali zašto hoćeš sad da pričaš sa mnom?"

Još jednom me je skenirao celu i nasmejao se. „Hoću nešto da ti predložim."

Začkiljila sam sumnjičavo. Nisam želela nikakve dogovore s njim.

„Nakon Prvenstva, kad se sve završi, pođi sa mnom."

Kao da me je lupio mokrom čarapom. Krv mi se spustila iz glave. „K-kako misliš?"

„Ozbiljan sam. Zaboravi Belera, i Janova. Batali ih sve i pođi sa mnom."

„Da pođem s tobom gde?" bila sam zabezeknuta.

„I dalje ne shvataš? Džejn, hoću da budeš moja, i zvanično."

Kako smo svi mogli biti tako glupi! Zavrtelo mi se u glavi i osećala sam da treba da sednem a istovremeno nisam htela da izgledam slabo ili nesigurno, te sam skupila svu preostalu energiju kako bih pred njim stajala čvrsto na nogama.

„Rolf, nešto si pomešao. Nisi načisto sa svojim osećanjima."

„Džejn, imam četrdeset dve godine, zreo sam i odrastao, znam vrlo dobro šta i koga želim."

„Ne, zbunjen si. Ti mene hoćeš samo zbog seksa. Brzo bih ti dosadila. Meni treba ljubav. I tebi isto. A nas dvoje to ne možemo da pružimo jedno drugom." Trudila sam se da zvučim kulturno i razumno. Nisam htela da ga naljutim, jer zna previše.

„Džejn, razmišljao sam dugo o ovome. Sve ovo vreme dok sam te gledao šta radiš..."

„Meni je istinski stalo do Matijasa. Stalo mi je do obojice", prekinula sam ga.

„Mislio sam na sve. Ne samo na njih dvojicu." Kao da mi je izbio vazduh iz stomaka. Oči su mi se raširile u iznenađenju. „Da, znam za sve. Čak i za Holanđanina danas."

Pripalo mi je muka. „Kako?"

„Imam svoje veze. Šta si mislila? Kako bi u suprotnom Moreti i Reiš znali kad i gde da te traže? Ili zašto bi Bram insistirao da dođe baš na ovu utakmicu danas? Malo sam eksperimentisao s tobom i moja teorija se ispostavila kao tačna. Zato ti iznosim ovaj predlog. Ja te poznajem, Džejn. Poznajem te bolje od bilo kog od tih klinaca na koje trošiš vreme. Bolje nego što ti poznaješ samu sebe."

Zateturala sam se na štiklama.

„Reci mi - zašto nisi ispunjena sa Janovim? Zašto si se upustila u avanturu sa Belerom? Zašto ti ni jedan ni drugi nisu dovoljni? E, pa, ja ću ti reći - zato što niko od njih ne zna šta ti treba. Premladi su."

„Ja sam premlada za tebe", promucala sam.

„Pre dve nedelje nisi tako mislila."

„To je bio samo seks. Ja ne mogu da budem sa tobom. Nikad!" gubila sam kontrolu nad glasom. „Šta bi moji roditelji rekli? Šta bi svet rekao?"

„Tvoj otac bi se brzo složio sa svime, jer zna da sam ozbiljan i neko kome može da poveri svoju dragu ćerku jedinicu. Tvoju majku bih šarmirao, a što se tiče sveta, svi bi rekli da smo najbolji mogući spoj."

Za trenutak sam poćutala, pod jačinom sjaja u njegovim sanjivim očima. Od njih me je obuzela jeza.

„Ljubav ne funkcioniše tako, Rolf. Misliš da me poznaješ, ali grešiš." Nisam izdržala više, te sam utonula u stolicu. „Ni sama sebe ne poznajem."

Čučnuo je pored mene i uhvatio me za ramena. „Veruj mi kad ti kažem da znam šta želiš i šta ti treba. Sve je počelo sa mnom, zar ne? Misliš li da bih ti ikad prišao da nisam bio siguran da ćeš prihvatiti?"

Bila sam sve zbunjenija.

„Mislila sam da si to uradio iz čiste obesti i samopouzdanja."

„Delom i zbog toga." Spustio je ruku do mog struka. Taj pokret me nije uzbudio kao prvi put kad me je dotakao. Umesto toga, obuzela me je mučnina koja mi se brzo pela uz grlo. Naježila sam se od svega što nagoveštava. Nisam htela ništa od toga, ništa s njim, koliko god bio ostvaren, pametan, zreo i zgodan. „Ceo svet bi nam bio pod nogama, Džejn."

Setila sam se i na šta me je Lens upozorio. Bio je u pravu, iako je tad izgledalo toliko neverovatno, kao, uostalom, i sada. Uprkos tome što sam sjajan lažov, ovaj put nisam mogla da slažem išta. Znala sam da čak i pokušaj laganja može da me uvali u veći problem nego u kom sam već.

„Rolf, slušaj me", trudila sam se da budem što blaža, „sve o čemu pričaš funkcionisalo bi u nekom drugom životu, u kom ne postoji Aleksandar. Ali u ovom, bojim se, ne može. Ne kažem da mi se ne dopadaš. Jako si privlačan muškarac. Ali ja volim Aleksa, i ne mogu protiv toga." Videla sam mu na licu da se ponovo ljuti. „Ono što smo ti i ja imali, samo je seks. Znaš te stvari bolje od mene."

Pustio me je. „Već sam ti rekao da u svojim godinama i sa svojim iskustvom znam dosta o životu."

„Onda isto tako znaš da nikoga ne možeš primorati na ljubav."

„Dođavola s tvojom ljubavi!" Poskočila sam i ustala koliko glasno je viknuo. „Skrenula si s puta, Džejn! Hteo sam da ti pomognem, da te iskontrolišem."

„Znam da grešim, Rolf, ali tek treba da otkrijem šta je to što me tera da radim sve ovo. Ne mogu da se opredelim za tebe. Bila bi to samo još jedna u nizu grešaka."

„Da li se kaješ za ostale greške?" Ovo pitanje oblilo me je hladnim znojem. „Reci mi - kaješ li se?"

„Ne", slabašno sam izustila.

„O tome ti pričam, prokleta ženska glavo. Ne žališ ni za jednim od njih i nikada nećeš. Znaš li zašto? Zato što zapravo samo tražiš ljubav koju ti otac nikad nije dao."

Srce mi je preskočilo par otkucaja, a grudi kao da su se skupile i pritisle pluća. Već u narednom trenutku povratila sam odbrambeni stav. „Šta moj otac ima sa ovim?"

„Oh, draga moja Džejn! Ima veze sa svime", zlo i glasno se nasmejao.

„Nemoj njega da uvlačiš u ovu priču. Ovo su moji problemi."

„Rekao sam ti da znam devojke poput tebe, devojke koje su odrasle pod budnim okom strogih očeva. One uvek vole starije muškarce."

„Ti si jedini stariji muškarac s kojim sam spavala."

„Što ne menja činjenicu da ti trebaju ljubav i pažnja zrelog čoveka."

„Gluposti!"

„Seti se samo svih onih trenutaka kada si očajnički želela zagrljaj, ali ti ga Bred nikad nije dao." U grlu sam osećala kao da sam progutala klupko od bodljikave žice. „Seti se svih onih večeri kad bi se vratila iz škole sa najvišim ocenama, nadajući se da će biti srećan i sijati od ponosa, a on bi samo rekao *Odlično*. A sećaš li se onih par loših ocena zbog kojih bi te korio i naterao da se osetiš kao najgori gubitnik jer nisi radila dovoljno marljivo da bi rezultati bili besprekorni?"

„Prestani!" vrisnula sam iako nisam imala daha u grudima. Bila sam u potpunosti oblivena hladnim znojem.

„Možda se sećaš i kad si bila jako mala, dok si još puzala, kad bi se uznemirila oko nečega a on ti ne bi ni prišao, a kamoli te zagrlio, već umesto toga uperio prst u tebe i čitao ti bukvicu kako ne smeš da plačeš, jer je to za slabiće i sramotno."

„Rolf, prestani!"

„A ti bi onda sve to, sve suze, bol, bes, frustraciju, sve bi progutala gušeći se u razočarenju da te ponovo nije zagrlio…"

Ošamarila sam ga svom silinom. Nisam znala otkuda mi tolika snaga.

Bilo je previše. Sve što je upravo rekao. Nisam mogla da se suzdržim. Prizvao je previše uspomena, previše potisnutog bola. Nisam znala kako zna toliko o mom detinjstvu, o celom životu ćerke Breda Andersona, jedine ćerke. Poverovala sam da me možda ipak poznaje, ali nisam znala kako. Otkuda je saznao sve ovo?

Dotakao je svoj obraz na kom sam videla dve plitke ogrebotine koje sam napravila noktima. Kad ih primeti kasnije, biće besan.

„Poslednji put žena me je ošamarila pre trideset godina i bila je u pitanju moja majka."

„Neću se izviniti. Otišao si predaleko", pokušala sam da se opravdam ali znala sam da je šteta načinjena.

„Da li sad razumeš zašto bismo nas dvoje bili sjajan par?"

„Ne dopadaš mi se, Rolf. Ja volim Aleksa."

„Ti jednostavno nećeš da shvatiš! On ti nikada neće biti dosta!"

„Hoće. A sa tatom ću pričati, sve ću mu reći. I onda..."

Nisam završila rečenicu zbog njegovog malicioznog smeha. „Džejn, dovoljno si pametna da znaš da to neće biti tako. Tvoj otac se neće promeniti. On je takav, a ti ćeš nastaviti da u drugim, raznim muškarcima tražiš ljubav koju ti on nije pružio dok si bila dete. Nema to veze ni sa Janovim. Tebi će uvek trebati *tatica.*"

Ponovo sam izgubila kontrolu i zamahnula da ga udarim ali ovaj put je bio spreman i uhvatio mi obe ruke.

„Smiri se, Džejn. Ne volim histerične žene, a ti si me već prilično razbesnela. U redu, ne sviđam ti se. Neka bude po tvome. Ali zažalićeš."

Videla sam u njegovim sivim očima da to ozbiljno misli.

„Ni u jednom trenutku nisi spomenula da voliš Matijasa. Baš me zanima šta će da kaže na to."

„On zna vrlo dobro koliko mi je stalo do njega", nisam htela da mu pustim da pobedi.

„Nisam siguran da će mu *Stalo mi je* biti dovoljno. On je totalno, celim svojim bićem poludeo za tobom. Da te čuje da blebećeš samo o muškarcu kog najviše mrzi, bio bi duboko povređen. Biće to sjajna predstava."

„Zašto bi mu to uradio? Zar ne brineš za svoje igrače?"

„Baš zato što brinem. Neću da se zalepi za neodlučnu devojku."

„Zašto si se onda ti zalepio za nju?"

Nisam razmišljala kad sam to rekla, jednostavno mi je izletelo. Poćutao je za trenutak a onda se opako nasmejao.

„Vidiš, zato mi se sviđaš. Kučka si, koja se ne plaši da mi kaže u lice šta misli. Svi drugi imaju tu neku strepnju. Bude dosadno nekad."

Ponovo sam duboko udahnula znajući da se ovo neće završiti lako i mirno.

„Rolf, ponoviću - ono što smo ti i ja uradili bilo je sjajno. Uživala sam i ne kajem se. Bio si fenomenalan. Ali tu je kraj. Ne mogu nigde da pođem s tobom i razlog za to je jednostavan - već volim dva muškarca. Na dva različita načina, doduše, ali ih volim. I ne mogu da budem sa tobom."

Na njegovom licu videla sam da je bes dosegao vrhunac.

„Dva muškarca koja voliš." Ponovo se nasmejao, zlo i ratoborno. „Da li uopšte čuješ šta pričaš? Mislio sam da si pametnija, a ti si zapravo klinački glupa. U redu. Neka bude po tvome. Ali zažalićeš. Pazi šta ti kažem."

„Nemoj da mi pretiš!" Jednom Andersonu nije se dopalo da je tako tretiraju. Najednom je u meni narasla hrabrost. „Jesam mlada ali ne i glupa kakvom me smatraš. Imam više iskustva nego što možeš da zamisliš."

Zgrabio me je za ramena i protresao. „Nemoj da vičeš na mene. Upozoravam te. Izgubićeš sve!"

Nošena strahom, besom i osionošću, uspela sam da mu se nasmejem u lice. „I ti možeš mnogo toga da izgubiš. Nikad ne potcenjuj moć lepe žene."

Videla sam varnicu zabrinutosti u tim sivim, malim očima, ali samo nakratko. Zamenio ju je bes. Pustio me je. „Nemaš pojma s kim imaš posla", prorežao je.

„Ni ti. Dobro razmisli pre nego što se na bilo šta usudiš. Ja sam Anderson, i nisam sama. Čak i samoj mi je išlo prilično dobro, moraš priznati. Ti si jedini koji nekako zna šta sam radila. Ali bez obzira na sve što kažeš ili uradiš, ja ću se uvek izvući. Znaš li zašto? Pa, pogledaj me - ja sam Džejn Anderson."

Mogla sam da vidim kako mu krv navire u lice. Moje odbijanje, reči i stav apsolutno su ga razbesneli. Nisam imala vremena da više pričam s njim, te sam se okrenula i otišla, osećajući njegov pogled na sebi sve dok nisam zatvorila vrata za sobom.

Užurbano sam hodala da bih sustigla devojke i dok sam čekala da dođe lift, udahnula sam par puta duboko kako bih se sabrala, potisla sve uzbuđenje i potencijalno vidljiv stres. Kad je Mihael Krim izašao iz pridošlog lifta, skoro naglas sam prokomentarisala kako me danas stalno neko prati. Ovo je već bilo previše. Bila sam umorna od tih *slučajnih* susreta.

„Zdravo, Džejn", bio je pristojan.

„Zdravo. Zašto nisi sa ostalima?" pitala sam, možda i predirektno.

„Izdvojio sam se da malo razbistrim misli nakon sveg uzbuđenja od danas."

Uspela sam da se kurtoazno nasmejem. „Imaš sreće. Dosta ljudi ima znatno gore razloge za razbistrivanje misli."

I on se nasmejao. Dragocena retkost.

„Pa, onda, vidimo se neki od narednih dana", rekla sam.

„Da." Izmakao se ustranu kako bih ušla u lift. Naš razgovor je naizgled bio završen ali pre nego što su se vrata lifta zatvorila, okrenuo se. „Džejn." Način na koji me je gledao bio je drugačiji nego ranije, nekako, sažaljevajuće. „Mogla bi biti savršena devojka. Samo da nisi… Sve ono…"

Nije uspeo da završi. Nije ni morao. Istog trenutka ponovo me je oblio hladan znoj. Skrenuo je pogled pre nego što se lift zatvorio, na moje olakšanje. Nisam bila sigurna koliko dugo bih još izdržala njegov prodoran, kritički izraz lica.

Zna. I on zna sve. Ne samo za Gotfrida. Zna za svaku moju avanturu.

13.

Suvišno je reći da se nijednoj od devojaka nije dopalo šta sam uradila sa Robinom, mada, nisu trošile vreme na kritike. Sad smo imale znatno veći problem za koji, pak, nije bilo vremena. Sav stres oko svega što se odigralo sa Gotfridom ostavila sam na avionu po sletanju u Nirnberg. Nisam imala luksuz da bilo šta od toga, bilo kakvo osećanje, tračak krivice, ponesem sa sobom u hotel u kom me čeka Aleks. Nisam smela da mu upropastim veče znajući da naredni dan mora da bude mentalno i fizički u najboljoj formi. Rekla sam sebi da to mogu, da mogu toliko da se isključim. Da moram. Kao i uvek. Ponovo sam događaje od tog dana sklopila u jednu kutijicu i šutnula je van misli, na koliko je potrebno. Sad je red na ulogu savršene devojke.

„Znam da znaš šta sve treba i ne treba da radiš", rekla je Lana na putu do stadiona, „ali, molim te, kako ne bi dodatno komplikovala situaciju, kloni se Džošue danas."

Razumela sam. Nakon što je bio preemotivan prethodni put kad smo se videli, znala sam da je za oboje najbolje da se u skorije vreme ne nađemo preblizu jedno drugog nasamo. On mene više nije ni najmanje zanimao, ali znala sam da nije isto s njegove strane.

Bea mi je nacrtala englesku zastavicu na obrazu, a nosila sam farmerke i Aleksov dres. Izgledalo je simpatično i niko nije mogao da kaže da stajem na jednu stranu više nego na drugu. Moji i Aleksovi roditelji su takođe bili prisutni, kao i Beini. Dobili smo sjajna sedišta najbliža terenu i neutralnoj zoni, sa mešavinom i engleskih i ukrajinskih navijača, tako da ako se zanesem, neće biti problema.

Trema u meni rasla je svakog minuta bliže početku. Nikada ranije nisam bila u takvoj, konfliktnoj situaciji kad se radi o fudbalu. Oduvek sam bila ponosna Engleskinja, iako pola Amerikanka. Prošle godine u ovo vreme sanjala sam da izlazim sa Džošuom Hadlijem. Nikada mi nije palo na pamet da ću biti ozbiljno, istinski zaljubljena u fudbalera iz neke druge zemlje, zemlje koja se sad suočava sa mojom na Svetskom prvenstvu. Nisam čak ni znala za koga da navijam.

Ono što sam znala je da ću biti na televizijama po celom svetu, te sam pevala obe himne. Pobrinula sam se i da popijem nešto pre početka, tako da kad su momci izašli na travu, bila sam malo opuštenija.

Devojke su brinule više od mene - Endži i Lana zato što su Engleskinje generacijama unazad, ali posebno Bea, jer njen Harold sad ima šanse da izgubi. Uprkos svemu, odlučila sam da ću to veče dobro da se provedem, kakav god bio rezultat. Imala sam sreće da i tata bude sjajno raspoložen, okružen mnoštvom prijatelja koji su pristigli iz Engleske. Redovno nam je svima naručivao pivo, od kog sam bila sve veselija i ležernija.

Kad je utakmica počela, osetila sam se kao da me je neko stavio da vozim formulu. Pevala sam navijačke pesme sa mojim a potom i Aleksovim roditeljima, dok je igra na terenu postajala sve zagrejanija. Oba trenera su neprestano dovikivala svojim igračima, koji su, pak, toliko dobro te savete primenjivali da ni Aleks ni Harold nisu imali mnogo posla na svom kraju terena. Džošua je davao sve od sebe kako bi probio odbranu Ukrajine, kao i Pavlov i Barnik odbranu Engleske. Organizovali su bezbroj divnih akcija od kojih je srce poskakivalo i koje su mogle prerasti u golove da nije bilo sjajne odbrane oba tima.

Atmosfera na tribinama bila je kao na najboljoj žurki. Devojke i ja smo se svako malo pojavljivale na velikom ekranu, a kako i ne bismo, kad smo uistinu blistale iz svakog kadra.

Kad je sudija označio kraj prvog poluvremena, igrači su bili umorni i spremni za odmor. Nerešen rezultat nikome ne odgovara ako se igra nastavi istim tempom. Ako svako nastavi da daje svoj maksimum, biće premoreni i pre zaustavnog vremena. To je značilo da nešto mora da se uradi u preostalih četrdeset pet minuta, i to u pravom trenutku, kako suprotni tim ne bi imao ni vremena, ni energije da se povrati i uzvrati efektnim napadom.

Dok sam čekala još jedno pivo u nizu, nekoliko grupa fanova obe reprezentacije prišli su nam i pitali za slike. Proćaskali smo sa svima i ohrabrile svaku stranu da će se sve završiti dobro po svakoga, iako je to bilo nemoguće. Kad sam se okrenula da vidim šta rade tata i mama, oboje su već gledali u mene, sijajući od ponosa i ljubavi.

To se retko dešavalo. Iako sam oduvek znala koliko me vole, te emocije bile su nešto što se podrazumeva, a ne izgovara. Mama je bila otvorenija i darežljivija sa pokazivanjem osećanja, ali zbog toga je tatina ljubav ono što mi je sve ove godine trebalo. Znala sam da me obožava, da me voli više od ičega, samo sam htela da to češće i više pokazuje, da rečima iskaže, a ne... A ne da bude kako je Gotfrid rekao. Trenuci poput ovog bi bar na neko vreme nadoknadili sve što mi od tatine ljubavi nedostaje. Ali nikad ne trajno.

Znala sam da opasno rizikujem da budem povređena, ali morala sam da probam. Krenula sam ka njima, pomalo oklevajući, za milisekundu. Međutim, tata je raširio ruke i privukao me u zagrljaj.

Um mi je otupeo, ne verujući šta se upravo desilo. U tom trenutku, bio je to najlepši osećaj ikada - očev zagrljaj ispunjen toplinom i ljubavlju.

„Ponosim se tobom, Džejn."

Čula sam to i ranije, ali sigurno su godine prošle od prethodnog puta. Najmanje sam očekivala da čujem sada. Nakon svega što sam uradila, znala sam vrlo dobro da to baš sad najmanje i zaslužujem. Naravno, on nije imao pojma ni o čemu, ali ja jesam. I čuvši ovako teške reči od njega, nisam znala kako da odreagujem. Osećala sam da ne zaslužujem te ponos i ljubav.

„Nešto nije u redu?" pitao je.

„Sve je u redu", slagala sam.

„Nekako si zatečena."

„To je zato što ne kažeš svaki dan ovako nešto."

Sve troje smo se nasmejali.

„Što ne znači da nisam ponosan na tebe svaki minut svakog dana otkako si se rodila. Oduvek si savršena ćerka."

To je za moje srce bilo skoro previše. Očajnički sam želela da pustim suzu olakšanja, bar jednu, ali ponovo sam je gurnula u stomak odakle je navrela mučnina. Sakrila sam lice u njegovo rame i snažno ga zagrlila. Ništa nije rekao. Razumeo je da mi ne trebaju nikakve reči. Samo taj zagrljaj.

Mama nas je prekinula. „Hajde, vas dvoje, privući ćete svu pažnju na stadionu. Dvoje Andersona u javnosti izliva emocije. Već vidim u sutrašnjim novinama."

„Troje", tata se našalio i privukao je u zagrljaj.

Igra se ubrzo potom nastavila, a moje raspoloženje bilo je još bolje nego ranije, koliko je to moguće. Sve što je Gotfrid rekao sinoć su gluposti. Sve što sam uradila sad je iza mene, gotova priča. Svi ti muškarci su prošlost. Gotfrid greši. Ne treba meni još neki muškarac osim Aleksa da bih se osećala ispunjenom i voljenom. Imam tatinu ljubav. Imam Aleksa. Ako poželim, imam i Matijasa. Još uvek imam vremena da se odlučim. Najvažnije mi je što sad znam na čemu sam, i sve što je taj zlobni selektor izrekao samo su budalaštine.

U prvih petnaest minuta bilo je mnogo kritičnih situacija koje su mogle dovesti do gola, ali ipak nisu. Aleks je imao nekoliko opasnih odbrana, ali sve ih je odradio hladne glave, tako da je svaki put bio uspešan. Harold je bio slično spretan na suprotnoj strani terena. Međutim, svi smo znali da nešto mora da se dogodi. Završetak ovakve utakmice penalima ne dolazi u obzir. I Aleks i Harold su sjajni golmani, ali kad se radi o udarcima s bele tačke, više je do sreće nego do veštine. Nisam htela da vidim ijedan od ova dva tima kako zbog penala napušta takmičenje. To bi kasnije, u slučaju da osvoje neku od medalja, samo umanjilo njihovu vrednost.

Nekako, kako je utakmica odmicala, deo stadiona na kom su sedeli navijači u plavom i žutom nadjačao je ove u belom. Englezi su se trudili da im jednako glasno odgovore, ali nije im polazilo za rukom. Tanja i Oleksij se iz pristojnosti nisu pridružili pevajućoj masi, ali na licima sam im videla koliko sijaju od patriotskog ponosa.

Kao nošeni na novom talasu podrške sa tribina, Lomin i Volomin - *odbrambeni duo iz pakla*, kako su ih opisivali sportski novinari - probili su središte terena i jurnuli svom silinom napred, poteravši svoje preostale saigrače da učine isto i ne ostavivši nikoga da štiti Aleksa. Bilo je veoma rizično i svima je bilo jasno da idu na sve ili ništa. Dodavali su se jedan sa drugim, trećim, četvrtim, toliko brzo da engleski prvotimci nisu uspevali da ih prekinu ili presretnu neko od dodavanja. U narednom trenutku Hričko je imao loptu, pozicioniran na desnoj strani, a pred sobom četiri igrača kojima može da je doda. Odabrao je Rostova, koji ju je svom snagom šutnuo ka engleskom čuvaru mreže.

Harold ju je izboksovao, ali ne van terena. Umesto toga, pala je pravo na Barnikovo stopalo. Tri Engleza su istog trenutka jurnula ka njemu te ju je on poslao Savčenku koji je bio skroz na drugoj strani, apsolutno nezaštićen. Odreagovao je odlično i videvši da ga Harold skenira pogledom, spreman na odbranu, dodao Pavlovu koji samo što nije bio u ofsajdu. Pavlov je skočio - svi smo znali da da bi ovakav udarac bio gol, mora da bude izrazito precizan - i uspeo glavom da postigne taj savršen ugao kojim je lopta odjurila u nezaštićen deo između stativa.

Nisam mogla da se suzdržim da ne vrisnem. Svi Ukrajinci su u naletu oduševljenja naskočili na strelca, oborili ga na pod i slagali se jedan preko drugog, a ja sam skakala od svojih do Aleksovih roditelja, od devojki do ukrajinskih fanova u blizini. Bio je to lep pogodak, rezultat sjajne taktike i meseci napornog treniranja. Milan Andrejevič je očigledno vrlo dobro znao da ako žele da pobede velike favorite, moraju da imaju plan kog će se pridržavati, ne gubeći glavu u ključnim momentima. I to se isplatilo, a on se pokazao dobrim planerom.

Ukrajinskim igračima je trebalo skoro čitavih pet minuta da se osveste od slavlja i nastave sa igrom, kao i Englezima da se priberu od hladnog tuša koji su upravo dobili i sad krenu u bitku ne za pobedu, već izjednačenje.

Kad se igra nastavila, bila je intenzivnija, čak divlja i preagresivna. Pod pritiskom da urade nešto, Englezi su napravili nekoliko (ne)namernih nasilnih napada na koje su Ukrajinci morali da isto tako odreaguju tako da su čak tri igrača dobila žute kartone, Nikolaj jedan od njih. Sekunde su proticale a predstava kojoj smo izloženi bila sjajna za obe strane, a posebno meni, jer sam znala. da ko god da pobedi, slaviću.

Dostigli smo i devedeseti minut i produžetak je bio pet minuta. Aleks je sad bio uposleniji nego u toku cele utakmice. Par lopti je tik prošlo iznad gola. Činilo mi se da je to najdužih pet minuta toga dana, svaka sekunda tvrdoglavo se protezala u nedogled. U par navrata mi se činilo da vidim kako lopta proleće Aleksu kroz ruke, ali trepnula bih nekoliko puta i shvatila da mi se to samo učinilo, od stresa, uzbuđenja, umora i piva.

Kad je poslednji sudijin zvižduk označio da je Ukrajina u polufinalu Svetskog prvenstva, na mene se obrušila gomila zagrljaja sa svih strana. Jesam verovala da se ovako nešto može desiti, ali milioni širom sveta nisu. A kako i bi? Ukrajina nikada nije bila toliko dobra u fudbalu. Ko bi očekivao da će u četvrtfinalu izbaciti jedne od glavnih favorita? Englezi su se susreli sa istim krajem kao i Italijani. Nije bilo sjajnih 2:0 kao u toj utakmici osmine finala, ali je svima bilo jasno da i rezultat od 1:0 pokazuje ko je ovo veče bolji.

U drugačijim okolnostima, našla bih način da se spustim do Aleksa, ali pošto je moja zemlja upravo izgubila, odlučila sam da ostanem staložena i pristojna. Sve zarad imidža.

Ulice Nirnberga bile su zasute navijačima u plavim i žutim dresovima koji su pevanjem i muzikom iskazivali svoje oduševljenje, nevericu i radost. Njihova zemlja je upravo postigla istorijski uspeh. Niko im ne može zameriti. Čak ih ni policija nije prestrogo sklanjala sa prometnih ulica. Trebalo nam je prilično mnogo vremena da stignemo u hotel zbog svega, ali momcima još više, jer su hteli da odgovore na što više pitanja novinara na konferenciji, gde su se, pak, iskupili predstavnici medija iz celog sveta. Sad su zvezde, treći tim u četvrtfinalu.

Sve dok Bein otac nije spomenuo, nisam povezala da će naredni neprijatelj Ukrajine, u polufinalu, biti Nemci. Sve ovo vreme turnira, otkako je sve počelo sa Gotfridom, a i sa Matijasom, nadala sam se da do toga neće doći, a sad je neizbežno. Kakva igra sudbine - moj golman će se suočiti sa mojim napadačem. Kakva će to utakmica biti. Za sve troje.

Tad već znala sam da želim da Aleks pobedi, koliko god to palo teško svim domaćim navijačima i uništilo tu letnju bajku koju kreiraju o osvajanju trofeja na svom terenu, pred milionima obožavatelja. Znala sam i da imaju odličan tim i da vrlo verovatno i zaslužuju priliku da tu bajku prožive, ali ipak sam želela da Ukrajinci osvoje takmičenje.

Kad su momci konačno stigli u hotel, čuli smo ih kako razdragano pevaju i skandiraju, sve do ulaza u restoran. Niko nije mislio na hranu. Hteli smo samo da pevamo i slavimo. Kad sam videla Aleksa, umalo sam prosula kriglu piva kad sam je spustila na sto i jurnula mu u zagrljaj.

„Ti si prokleto najbolji golman u istoriji ovog sporta!" poljubila sam ga. „Osvajaš ovaj turnir, pazi šta ti kažem."

Bacio je timsku torbu na pod i podigao me u vazduh. „Video sam te u više navrata. Bila si poput vođe navijača. Najbolja si devojka na svetu, Džejn."

Kosom sam nam sakrila lica kad me je duboko i dugo poljubio, poslavši mi trnce niz celo telo. Jedva sam čekala da ostanemo nasamo.

Veselje je potrajalo do sitnih jutarnjih sati uprkos tome što smo svi bili umorni. Jednostavno nismo mogli da prestanemo sa slavljem. Nama, prisutnim Englezima ovaj poraz nije pao toliko teško jer je naš tim u prošlosti već igrao polufinale, a i nismo mogli da odolimo tolikoj sreći, entuzijazmu i uzbuđenju koji su zračili iz Ukrajinaca. Nijedan od igrača nije popio ni kap alkohola, ali bili su pijani od sreće, sreće koju osetiš kad po prvi put imaš nešto o čemu sanjaš godinama.

Kad smo se popeli u sobu, gurnula sam Aleksa pod tuš nakon čega smo jedva dosegli krevet, uzbuđeni od želje jedno za drugim. Nedostajao mi je. Nedostajalo mi je da ga osetim, njegov miris, dodir, glas, sve njegovo. Bili smo neuračunljivi, kao da se nismo videli nedeljama. Soba se ispunila uzdasima, povicima, glasnim, brzim disanjem. Nismo vodili ljubav, već divlji, nesuzdržani seks. Bilo mi je drago što sam se ponovo uverila da sa ovim muškarcem mogu da imam i to, mogu da imam sve, apsolutno sve.

***

U avionu za Minhen, gde igramo polufinale, misli su mi bile obuzete svime što sam uradila u prethodnih par nedelja. Zašto sam uprkos svemu što imam sa Aleksom, odleprišala kod drugih momaka. Čak pet. Ili šest ako računamo Matijasa s kojim još nisam spavala. Ili osam, ako računam Larsona i Hadlija koje sam samo poljubila. *Oh, pobogu, skoro sam se zabrojala. Nekome bi ovo zvučalo kao glupa šala.*

Ali nije šala - za manje od tri nedelje prevarila sam svog savršenog dečka sa osmoricom momaka. Bea je u pravu - nešto nije u redu sa mnom.

Pogotovu jer se ne kajem ni za šta. Zamišljeno sam promatrala nemački pejzaž pod sobom i čekala da se javi bar tračak pokajanja. Ali nije ga bilo. Zašto i bi? Imam dvadeset godina. Nije kao da me je ijedan od njih i na šta primorao. Svaki put sam vrlo dobro znala u šta se upuštam, iako me je većina njih zapravo iznenadila. Želela sam ih. Svakog od njih. Želela sam da osetim kako je to kad te poseduje neko ko ne bi trebalo, ko je drugačiji, zvanično zabranjen, a možeš da ga imaš.

Deo mene hteo je da vidi i koliko daleko mogu da odem u ne govoreći istinu. Roditelji su mi oduvek govorili da ne smem da lažem jer se na kraju sve uvek sazna. Nikada pre ih nisam lagala, kao ni svoje prijateljice. Sad se već pitam da li je to istina ili se time samo plaše deca. Nakon nedelja uspešnog skrivanja i varanja niko čak i ne sumnja u mene. Da li zato što sam odlična glumica, ili još bolji lažov? Možda se radi i o tome da je ovo što sam uradila toliko grozno i odvratno da nikome ne bi palo na pamet da je moguće. *Hah, zamisli - Džejn Anderson spavala sa pet različitih muškaraca u rasponu od tri nedelje!* Niko pri zdravoj ili nezdravoj pameti neće poverovati u tako nešto.

„Zašto se smeškaš?" pitala me je Endži.

„Razmišljala sam o nečemu."

„Zašto mislim da znam o čemu?"

„Zato što smo iste."

Obe smo se nasmejale.

„Šta ćeš da radiš, Džejn?" pitala me je Bea. „Prvenstvo je skoro gotovo."

„Znam. Gotovo je i za mene. Sve. Osećam da je dosta."

Iako sam bila mrtva ozbiljna, Lana i Endži nisu mogle da se suzdrže i prasnule su u smeh. Bea me je, pak, gledala, sa žaljenjem i tugom.

„Naravno da je dosta. Bilo je krajnje vreme da to kažeš", rekla je Lana, pravdajući sebe i Endži.

„Nakon što me je tata onako zagrlio, juče na stadionu, shvatila sam da je sve i za mene završeno. Ne želim dalje da rizikujem. Pogotovu sad ne želim da ga razočaram."

„Zar nisi i pre znala koliko te voli i da je ponosan?" pitala je Bea.

„Jesam, ali to nikad ne pokazuje, bar ne u meri u kojoj bih ja htela. Skoro kao što je Gotfrid objasnio. Ali, ne znam ni koliko je on u pravu. Uprkos svemu ne fantaziram da budem sa starijim muškarcem. Samo želim da tata bude ponosan i da se to vidi. Aleks mi je sasvim dovoljan. Aleks je savršen."

„Drago mi je da to čujem. Šta ćeš sa Matijasom?"

Duboko sam udahnula. „Mislim da znaš odgovor na to pitanje. Boli me da izgovorim."

***

Reprezentacije Ukrajine i Nemačke ovaj put nisu odsele u istom hotelu zbog čega sam bila zahvalna kome god da je odgovoran za to. Matijas je uporno insistirao da se vidimo, ali uprkos tome koliko sam i ja želela, nisam mogla da pristanem. Aleksovi i njegovi treninzi poklapali su se oba dana pred utakmicu, tako da su obojica i bila slobodna u isto vreme. Već sam dovoljno rizikovala do sad. Nisam htela da iscrpim sreću.

Drugi razlog zbog kog sam ga izbegavala bio je neopisivi strah koji sam osećala - šta ću da mislim i uradim kad ga vidim. Sad trenutno odlučna sam da ću ga ostaviti, završiti tu priču, i ostati sa Aleksom. Tako je kako je i tako mora da bude. Tako je jedino ispravno. Ali osećanja koja bi susret sa Matijasom mogao da izazove... Da li sam spremna na njih? Da li stvarno mogu s njima da se izborim? Da li mogu da mu ceo raskid kažem u lice dok stoji preda mnom, gutajući me onim ugljenocrnim očima koje obožavam?

Bio je Četvrti jul, Dan nezavisnosti Amerike, te smo održali malu večeru slavlje tim povodom. Nije dugo potrajalo te smo Aleks i ja ubrzo otišli u krevet. Zaspala sam i duboko utonula u san među njegovim snažnim, velikim rukama, kad me je probudio telefon.

Dođi bar na prozor.

Uspela sam da se izvučem iz Aleksovog zagrljaja, a da ga ne probudim, promrmljavši da moram da idem do toaleta. Kad sam bila sigurna da sigurno spava, prišla sam prozoru i razmakla zavese. Sa trećeg sprata jasno sam videla Matijasa na parkingu. Lice mu je sijalo od dečačkog uzbuđenja, a još više se ozarilo kad me je video. Nasmejao se i poslao mi poljubac. Telefon mi se ponovo oglasio.

Kad bi samo mogla da siđeš.

Kao da mi je neko okrutno čudovište steglo srce i grubo ga uvrtalo. Tako sam se osećala. Bol je bio skoro fizički, dok sam ga gledala dole, kako me posmatra, poput vernog psa koga noću izbace iz kuće. Obožava me, kao i prvog dana, i više, toliko sam mogla da pročitam s njegovog lica. Jedan od razloga što mi se toliko dopao je način na koji me gleda, pun divljenja i nežnosti. Poražavalo me je što sam znala da sledeći put kad i ako se vidimo, biće zbogom, i zauvek. Htela sam da se sjurim niz požarne stepenice i da mu skočim u zagrljaj iz kog me neće pustiti satima. Nisam znala zašto to toliko želim kad pored mene spava čovek kog toliko volim. Da li je moguće... Ne. Ne može biti.

Nije moguće da jedna žena voli dva muškarca jednakom jačinom. *Šta je onda ovo?*

Njih dvojica su toliko različiti, a opet, obojica mi se sviđaju baš takvi kakvi su. Jeste, ne poznajem ih nijednog u celosti, ali, niko nikad ne upozna svog partnera u potpunosti. U Aleksa sam sigurna. Da li možda i Matijas može da mi pruži sve što i on? Da li ću ikada to saznati? Kako bih i mogla?

Ponovo je u meni narastao nagon za plakanjem, do te mere da me je gušio. *Ne smeš plakati, ne smeš plakati,* ponavljala sam u sebi. Uspela sam da mu uzvratim poljubac kroz vazduh pre nego što sam se sklonila sa prozora i vratila u krevet.

- Moram da idem.

U redu. Nedostaješ mi. Nadam se da ću te videti sutra. Bar na pet minuta.

- Videćemo.

Obećaj mi.

- Ne mogu.

Da li sam te ikada doveo u opasnost da nas neko otkrije? Veruj mi. Organizovaću sve lepo za sutra. Pet minuta, Džejn?

- Važi.

Znala sam da je to pogrešan odgovor ali zar sam imala drugu opciju? Sutra je dan. Sutra ću mu reći da zaboravi na mene, na nas, jer ja ostajem sa Aleksom.

Bila sam zahvalna Bogu i svim svecima što su mi spustili san na oči, što nisam imala košmare kako sam se plašila. Čim sam otvorila oči, setila sam se bola koji mi je kidao grudi par sati ranije, tog snažnog bola koji kao da je bio stvaran, telesni. Uspravila sam se i instiktivno pogledala nadole, kao da hoću da se uverim da nemam modricu.

„Divne su, slažem se", reče Aleks, osmehujući se sedeći za stolom i spremajući tost za doručak.

„Imala sam neke čudne snove", nevino sam slagala.

Namestila sam se u sedeći položaj, diveći se i istovremeno čudeći koliko je sve lakše ujutru, na svetlosti dana. Ništa ne izgleda toliko zastrašujuće kao kad me je tama gutala dok sam gledala Matijasa na parkingu.

Aleks je seo pored mene i pružio mi čašu vode i tanjir na kom je bio tost hleb sa puterom od kikirikija i džemom od bobičastog voća od kog je napravio srce. „Doručak za najbolju devojku", poljubio me je u čelo.

Nije bio prvi put da uradi tako nešto, ali sad mi je značilo više nego ijednom ranije. Sve nagle, pomešane emocije, zatvorila sam pod jedan poklopac, sklonila sa strane i snažno ga zagrlila.

„Volim te, Aleks. Ti si najbolji muškarac kog sam ikad srela. Kog ću ikada upoznati."

Spustio je poljubac na moje rame. Nikada ne bih mogla da živim bez njegovih sitnica.

Večeras kad odeš na spavanje, javi mi. Iznajmio sam sobu na tvom spratu. Bilo je prokleto komplikovano za petominutni sastanak, ali ne marim. Biću tamo od deset pa nadalje. Kad plavušan zaspe, pošalji mi poruku i ušunjaj se u sobu. Držaću vrata odškrinuta.

Odgovorila sam mu samo da ću doći, bez ijedne emocije. Bila sam sigurna da je sad već shvatio da nešto nije u redu, samo neće da pita preko poruke. *Još bolje po mene.*

Ceo dan spremala sam se za taj petominutni sastanak. Kad je Aleks otišao na trening, pridružila sam se devojkama u teretani. Čim su me videle, znale su da nešto nije u redu, ali nisu htele da me obasipaju pitanjima. Ne krivim ih. Pored bazena smo provele ostatak slobodnih sati, potom u sauni, pa u salonu. Htela sam da vreme proleti, a u isto vreme nisam. Sutra je odlučujuća utakmica. Ukrajina ili Nemačka. Aleks ili Matijas. Bila sam sigurna da Ukrajinci idu dalje, to me nije brinulo. Zgražavala sam se od pomisli na šta će sve da liči sutra na Alijanc areni, kad se moja dva muškarca nađu jedan naspram drugog.

Posle večere Aleks i ja smo otišli na krov hotela gde smo sedeli pored bazena i gledali zalazak sunca.

„Džejn, reci mi iskreno - da li i sad veruješ da možemo da pobedimo?" zagrlio me je otpozadi dok sam mu ležala naslonjena u krilu.

„Verujem", rekla sam bez oklevanja spustivši poljubac na njegovu ruku pod mojom bradom. „Verujem i znam. Samo primeni ono što ti je otac rekao - nemoj da u besu izgubiš glavu kad se sutra nađeš s njima na terenu."

„Dok god imam tvoju podršku, neću."

„Imaš je, naravno. Uvek. Sutra ću svima pokazati koliko i čiji sam najveći obožavatelj. Tvoja mama mi je pomogla da nabavim onu plavo-žutu haljinu i cipele. U sobi su."

Poljubio me je u kosu.

„Na neki način sam smiren. Ne znam kako to da opišem. Trebalo bi da budem uzbuđeniji, možda čak i da me bude strah. Ovo je moje prvo ikada polufinale na Svetskom prvenstu, prvo polufinale Ukrajini, a ja nisam nervozan."

Okrenula sam se da ga poljubim.

„To je zato što znaš ko je najbolji i ko će da ponese kući taj zlatni trofej."

Kad smo otišli u krevet, bilo mi je teško da ostanem budna slušajući njegovo spokojno disanje koje me uvek smiruje. Međutim, imala sam da završim nešto veoma ozbiljno, i oko pola jedanaest, navukla sam ogrtač, poslala poruku Matijasu i iskrala se iz sobe.

Jasno sam zacrtala šta će da se desi: Neću mu dozvoliti ni da me pipne. Biću hladna, suzdržana i nezainteresovana. Reći ću mu da me ne interesuje dovoljno, ni približno dovoljno da ostavim čoveka kog toliko volim. Biću kratka i jasna, sve ću sasuti u manje od pet minuta, a onda ću se okrenuti i otići pre nego što stigne bilo šta da kaže.

Vrata su bila odškrinuta tek toliko da budu otvorena. Tiho i nečujno skliznula sam unutra i zatvorila ih za sobom. U sobi je vladao mrkli mrak. Nije bilo svetla osim jedne prigušene lampe u krajnjem uglu. Isprva ga nisam videla, ali brzo potom oči su mi pronašle visoko, zgodno, atletski građeno obličje odmah do prozora.

Sve što smo imali, stvorili, delili u prethodnih par nedelja, bljesnulo mi je pred očima. Od toga kako me je tretirao s pažnjom i obožavanjem, vodeći računa da mi se ništa loše i neprijatno ne desi, do toga koliko se trudio da poštuje, a i ostali prisutni da poštuju Aleksa, iako ga mrzi. Jasno sam se sećala svega: kako je bio privlačan u svojoj drskosti kad mi je prvi put prišao i zapodenuo razgovor, kako je divan, čist i obećavajuć bio naš prvi izlazak u Dizeldorfu, kako me je čežnjivo, još i tad, gledao preko stola, koliko je sjajno i nezaboravno bilo to veče u klubovima, koliko je svaki naš sastanak bio nabijen emocijama i tinejdžerskim uzbuđenjem, koliko me sve ovo vreme sve više obožava i koliko ja u njemu uživam.

Bio je divan.

Zaledila sam se. Okrenuo se ka meni istog trenutka me zarobivši svojim dubokim crnim očima. Osmehnuo se. „Neka me sad pogodi grom ako ti nisi najlepša žena koja je ikad hodala zemljom."

Sve to zajedno - njegov nestvaran izgled, to što je upravo rekao, njegov osmeh, sve što je on - istog trenutka me je obuzelo i nateralo da batalim ceo svoj čvrsto skovani plan, hladne i oštre reči, sve što sam znala da je ispravno da uradim, i pojurim mu, bezglavo, ne razmišljajući, u zagrljaj.

Stegao me je, jako, bez reči, znajući da ništa nije kako treba. Nisam se usuđivala da ga pustim, plašeći se da ću se ako me prerano pusti, raspasti u paramparčad. Kad me je uhvatio za ramena i suočio sa svojim licem koje traži mnoge odgovore, oči su mi bile ogromne, nadute od suzdržanih suza i bola.

„Džejn…" zaustio je, ali nijedno nije znalo kako da počne. Jedan pogled bio mu je dovoljan da zna šta mi je na pameti. Videla sam promenu na njemu kad me je pročitao, a onda me je pomazio po obrazu, čežnjivo, i snažno ponovo privukao na sebe. Oh, koliko mi se sviđa njegov miris, njegova blizina, dodiri. Prelazio je prstima i dlanovima preko mojih leđa, što mi je toliko prijalo da mi se svaki nerv naoštrio.

Poljubac u koji smo utonuli nije prestao čak ni kad smo prišli krevetu. Seo je i ja sam mu se smestila u krilo, želeći još i još. Zavukao mi je ruke ispod ogrtača, a ja sam mu skinula majicu. Kad su nam se kože dodirnule, tela su stala upijati toplotu i želju jedno drugog. Ruke mu nisu imale mira, te su me svuda mazile, kao da hoće da zapamti svaku krivinu, prevoj, mekoću. Kad me je poljubio u ugao ramena i vrata, naježila sam se i protresla od ogromne želje, i ponovo, kad je spustio nekoliko poljubaca niže.

Legli smo, čvrsto stegnuti u zagrljaj. Htela sam da postanem njegova to veče. Htela sam, ali nisam mogla, a on nije navaljivao.

„Ništa nije jače od toga koliko te želim večeras", rekao je, „ali nećemo to uraditi sad. Ne ovako." Pogledala sam ga upitno. „Ti si moja mala Džejn. Neću da te uzmem kao životinja, u pet minuta, i to kao zbogom." Suze su mi ponovo navrle te sam ga snažno stegla. „Više je razloga za to. Jedan je da mi za prvi put sa tobom treba više od pet minuta."

Uspeo je da me nasmeje.

Ostali smo tako zagrljeni znatno duže od pet minuta, i on je bio taj koji me je podsetio da treba da idem ako ne želim da nešto pođe po zlu. Nisam bila spremna na strašan fizički bol koji je jurnuo na mene kad su nam se tela razdvojila, te sam ga ponovo, svom snagom zagrlila, ne želeći da odem.

„Još jedan od razloga", rekao je upijajući me očima, „jeste da ovo nije zbogom."

„Mati…"

„Tvrdoglavo sam odlučan i siguran u šta osećam. Da nisam, ne bih te ovoliko jurio. Neću odustati od tebe, Džejn Anderson."

Trebalo je da kažem *Bolje bi ti bilo da odustaneš*, ili *Ja sam od tebe već odustala*, ili bilo šta slično, ali nisam mogla. Već je bilo previše boli za jedno veče, za jednih pet minuta. Da sam rekla nešto toliko strašno, surovo i bolno, vratilo bi mi se kao bumerang i raspala bih se sasvim, tu na podu sobe. Umesto toliko ispravnih, zdravorazumskih reči koje sam mogla da mu uputim, ja sam poćutala, dotakla mu obraz još jednom, a potom skupila svu preostalu snagu i jurnula nazad u svoju sobu, kod Aleksa.

***

Pimetio je da sam bila odsutna tu noć na kratko. Rekla sam mu da me je tata nazvao ubrzo nakon što smo zaspali da dođem da se dogovorimo šta ćemo da radimo te poslednje nedelje u Nemačkoj. To je bilo nešto što smo tata, mama i ja već dogovorili ranije te večeri, te u mojim očima to je bila samo još jedna u moru sitnih, beznačajnih laži. Ništa strašno. Poverovao je. Zašto i ne bi. Ima toliko drugih stvari na pameti.

Vreme je prošlo neoprostivo brzo i devet sati, kad utakmica počinje, već se približilo. Ceo grad vrveo je od navijača i uzbuđenja. Svaka TV i radio stanica prenosila je uživo sa ulica zakrčenih fanovima u plavom i žutom, kao i lokalnih u crnom, crvenom i zlatnom. Utorak nikog nije sprečio da pije pivo od ranog jutra.

Ukrajinski navijači bili su euforični. Hiljade i hiljade ih je bilo rasuto svuda po ulicama, skoro sve do Alijanc arene. Zajedno su pili, pevali, skakali i grlili se, bez obzira da li su u svojoj grupi ili se ne znaju. Od samog jutra vladala je takva atmosfera. Već su slavili pobedu, unapred. Nakon što je njihov tim izbacio Italiju i Englesku, bili su sasvim ubeđeni da mogu isto da prirede i Nemcima.

Među njihovim navijačima vladalo je isto raspoloženje. Činjenica da su Ukrajinci priredili par čuda u svetu fudbala baš na ovom turniru, nije ih poljuljkala u ubeđenju da će baš oni dotaći zlatni trofej koji ih čeka u

Berlinu. Ako pobede u ovoj utakmici, naredni neprijatelj biće im Brazil ili Belgija, a u poređenju s njima, sve statistike su na strani domaćina.

Ponovo sam iskontrolisala svoje raspoloženje, misli i telo, i ništa spolja na meni nije odavalo ni naznake bitke i stresa koji plamte unutra. Kad sam obukla plavo-žutu haljinu i plave cipele, sijala sam od ponosa spolja, dok mi se unutra duša cepala na dva dela. Nisam htela da nijedan od mojih muškaraca izgubi, što je sasvim nemoguće. Po milioniti put toga dana ponovila sam sebi da moram da odigram najozbiljniju ulogu do tad, u suprotnom, sve će propasti.

Za početak sam bila uspešna. Aleks nije primetio ništa čudno dok se spremao da krene na stadion. Kad je uzeo svoju torbu, obesila sam mu se oko vrata.

„Srećno, ljubavi. Sledeći put kad se sretnemo, bićeš finalista Svetskog prvenstva.“

Nasmejao se i poljubio me.

Pridružila sam se devojkama i ostalima u lobiju hotela i zaputili smo se na stadion. Dan je bio savršen, osunčan i svež. Zamiruće sunce bilo je kao u filmovima, a kako je padalo veče, atmosfera grada pridobila je neku magiju.

Okružena ljudima vrlo dobro sam ušla u ulogu koju sam sebi naredila i moje dobro raspoloženje prestalo je da bude gluma i postalo iskreno. Bila sam savršena devojka Aleksandra Janova, i ponašala sam se baš kako joj i priliči.

Sedeli smo odmah iznad timskih klupa tako da smo mogli da vidimo manje-više sve. Tribine su se već tresle od fanova koji skaču i pevaju trudeći se da nadjačaju jedni druge. Ceo prizor bio je očaravajuć, a u meni pojačan dodatno time što će moja dva muškarca da se sukobe.

Odbila sam da pijem. Znala sam da bi me pivo pomešano sa nervozom samo nagnalo na povraćanje. Ovaj put je Aleksov otac naručivao za sve. Naši roditelji se odlično slažu, čak i Beini. Bio je to još jedan znak da sam donela ispravnu odluku. Bilo mi je toplo u grudima kad god bih videla kako Bred i Džozefina pričaju i smeju se, iskreno, ne veštački, sa Oleksijem i Tanjom, ovaj put čak zdušno podržavajući i isti tim.

Igrači su izašli na travu tačno na vreme. Poredali su se, kapiteni do sudija, sudije u sredini. Ukrajinci su nosili plave dresove, Nemci bele. Aleks je bio u svom standardnom crno-crvenom, istom koji sam nosila na utakmici koju su igrali protiv Engleske i u spotu sa devojkama fudbalera. Laknulo mi je kad sam na velikom ekranu videla da je miran, iako sam znala koliko svaki od njih kuva iznutra.

Matijas je ponovo imao onaj borbeni, samopouzdani izraz lica koji je istovremeno drag i iritantan. Znala sam da i njemu milion misli prolazi kroz glavu. Ova utakmica za njega ima dvostruku važnost - ako pobedi, nadvladaće dva neprijatelja istovremeno - jednog u profesionalnom životu, drugog u privatnom.

Kad se pištaljka oglasila, puls mi se ubrzao.

Oba tima izbacila su na teren svoja najzvučnija imena te su se, prirodno, navijači i svi gledaoci spremili na predstavu svetske klase sa bezbroj odličnih akcija, ako već ne bude golova, jer su oba golmana takođe veoma dobra. Svako je, pak, znao da je Aleks najbolji golman sveta i da će zadržati tu titulu šta god se desi ovo veče. Nije primio ni jedan jedini gol od početka takmičenja. Već time je postavio nekoliko rekorda, i svaki sportski novinar tvrdi da on od svih na prvenstvu najviše zaslužuje Zlatnu rukavicu.

Prvih deset minuta bilo je poput zagrevanja, ali onda je krenula prava bitka. Ja sam skakala, vikala, srcem, telom i dušom podržavajući tim u plavom i skandirajući sudiji kad ne bi dosudio neki prekršaj za nas. Domaćini su bili znatno nasilniji. Želeli su očajnički da daju gol i napadali su nemilosrdno, rušeći i udarajući ukrajinske igrače.

Pet minuta kasnije Savčenko i Saša Rot sukobili su se nedaleko od Larmana. Nemački odbrambeni igrač je prenasilno sprečio našeg napadača da šutira na gol, te smo dobili slobodan udarac.

Pozicija na koju su stavili loptu bila je dobra. Ustala sam, kao da mogu bolje da vidim. Pavlov je nešto rekao trojici igrača koji su svi otišli na svoje pozicije, a Hričko se spremio da gađa. Bili su previše raštrkani. Nisam mogla sve lepo da vidim. Čula sam zvižduk, Hričko se zaleteo, videla sam loptu kako leti preko svih glava u blizini, odskače od Pavlova, do Barnika, pa do Volomina, odbija se od njegovog desnog stopala i zaustavlja tačno u mreži.

Larman je dao sve od sebe, ali nije stigao na vreme. Lopta je smireno ležala na travi iza stativa. Skočila sam u neverici zajedno za više od četrdeset hiljada navijača. Aleksovi roditelji i sestra privukli su me u zagrljaj iz kog sam uspela da se izvučem tek na vreme da vidim ponovni prikaz pogotka na velikom ekranu.

Nemci su bili zaleđeni, takođe ne verujući šta se upravo dogodilo. Ukrajinci su se gomilali jedan na drugog na travi. I Aleks je bio među njima. Bilo mi je krivo zbog Matijasa i ostatka Nemačke četvorke koji su mi u prethodnih mesec dana postali skoro pa dobri prijatelji, ali znala sam koliko ovo nemerljivo mnogo znači narodu Ukrajine.

Na snimku smo videli koliko su ukrajinski igrači bili sjajno raspoređeni, a sve je bila Pavlovljeva ideja. Kakav sjajan plan! Čak su i nemački komentatori priznali da je cela akcija bila odlična i raspravljali o njoj u nastavku igre.

Sad su Nemci bili još nasilniji i srčaniji. Napadi su im bili jedva zaustavljivi. U par navrata su doprli do Aleksa, koji je, pak, odlično odreagovao svaki put. Čak tri puta bio je u direktnom okršaju s jednim od Nemaca, od kojih je jedan imao velike šanse da bude penal, ali ipak nije. Matijas je bio jedan od te trojice. Srce mi je preskočilo kad sam videla kako se približava Aleksu. *Da je ovo film, sad bi postigao gol,* mislila sam. Ali nije bio film. Nije bilo pogotka.

Nakon tridesetog minuta Ukrajinci kao da su izvukli energiju iz neke tajne rezerve i sad su oni bili ti koji su krenuli da napadaju, srčano i borbeno. Napravili su par prekršaja, tokom jednog čak umalo ozbiljno povredili jednog Nemca, ali igra je nastavljena.

Pet minuta pre kraja poluvremena, i navijači su utihnuli, kao da su se umorili, poput igrača. Svima je trebala pauza. Aleks je sa svog kraja terena poslao loptu nazad u igru. Starovski ju je dočekao i smirio pre nego što je krenuo napred. Bio je to još jedan u nizu napada koji su uspešno prošli nemačku odbranu. Videla sam da su i Matijas i Lens iz napada krenuli da pomognu, ali bilo je kasno.

Imali smo tri igrača ispred Larmana. Iako je već u narednom trenutku svaki od njih imao jednog Nemca za vratom, to ih nije sprečilo da brzo dodaju loptu jedan drugom. Poslednji koji ju je dotakao bio je Barnik - zaleteo se, okrenuo, i tri metra pred golom, pre nego što će se okliznuti i pasti, uspeo da je udari i prebaci preko bele linije. Još jedan sasvim legitiman gol za Ukrajinu, u četrdeset drugom minutu.

Nakon što je usledila nova vatrena proslava, zurila sam u tablu sa rezultatom. Ukrajinci su očigledno, nesumnjivo bolji tim, bolji čak i od svemoćnih Nemaca. Da li je moguće? Da li se ovo uistinu dešava?

Momci u plavom su puni samopouzdanja poluvreme priveli kraju. Najteže tek sledi, svi smo to znali, ali lakše je nositi se s ratobornim Nemcima kad vodite protiv njih sa dva gola razlike. Kad je sudija označio kraj, fanovi u plavom i žutom skočili su kao da je kraj utakmice. Nisam mogla da im se ne pridružim. Sad sam se iznova uverila da će ovo veče imati dobar kraj. *Na kraju će stvarno biti kao na filmu,* pomislila sam i nasmejala se u sebi.

Trudila sam se da uopšte ne gledam ka Matijasu jer sam znala da bi mi to pokvarilo raspoloženje, te sam stoga pažnju usmerila na Aleksa i njegove saigrače kako hodaju ka tunelu ka svlačionicama. Proći će tačno ispod nas i htela sam da mu uhvatim pogled.

Zureći tako u njega, ponovo omađijana videvši koliko sjajno izgleda, nisam primetila Gotfrida kako mu se primiče, dok nije bilo prekasno. Gotfrid mu je nešto rekao, Aleks je stao kao ukopan, Gotfrid se opako nasmejao. Nikako dobar znak.

U narednoj milisekundi Aleks je nagrnuo na njega, zamahnuvši da ga udari. Jedan od Ukrajinaca ga je zadržao, a Gotfrid se onda razdrao iz sve snage. Svako ko je bio u blizini čuo je. Život mi je iščileo iz tela.

„Jesi li stvarno mislio da ti je verna, budalo? E, pa, ja ti kažem da nije! Jebala se kao zečica! Nisam mogao da je skinem sa sebe! I sve to tebi pred nosom, moronu!"

Vreme kao da je stalo, a potom se u toj zamrznutoj sekundi produžilo. Otupela sam. Kad sam se skoro besvesno zavalila u sedište, nisam osećala noge. Jedino što sam osećala je srce koje lupa kao ludo, preteći da mi izbije iz grudi i nabijajući mi pritisak u glavi toliko da sam mislila da će eksplodirati.

Neko me je stegao za ruku dok sam shvatila da mi treba vazduh i pokušala da udahnem. Endži mi je nešto dovikivala, ali nisam razumela. Njen glas je bio predaleko i kao da je govorila nekim drugim jezikom. Pogledom sam potražila tatu.

„Taj skot! Pokajaće se za ovo!" vikao je odlazeći sa tribina već pričajući na telefon.

Tek tad sam ponovo pogledala dole na teren. Pet saigrača je Aleksa, koji se i dalje otimao, odvlačilo u tunel. Sa druge strane, Ben i Mihael su držali Matijasa koji se napinjao da se unese Gotfridu u lice.

Sve je upropašteno. Otkrili su me. Svega dan nakon što sam odlučila da je sve gotovo, uništena sam.

Bein glas je prvi koji je dopro do mene nakon tatinog. „Džejn, šta ti je? Hoćeš li stvarno da dopustiš da te ovako pogode reči jednog napaljenog starkelje?"

Kao da me je struja protresla. Podigla sam pogled kako bi se susrela s njenim ohrabrujućim licem. Plave oči su joj sijale električnim sjajem.

„Ustani, devojko! To je samo jedan u nizu paćenika!" Deo te snage prešao je na mene.

Naravno. Niko mu neće verovati ako sve poreknem, ako se pravim da se ništa nije desilo. Tata će se za sve pobrinuti. Aleks je ljut jer me je kreten ovako javno uvredio, a ne zato što mu je poverovao. Sve ovo što je Gotfrid upravo rekao nema apsolutno nikakve veze sa istinom i tako moram i da se ponašam!

U Beinim očila videla sam da je baš to ono što hoće od mene. Oh, koliko sam je samo obožavala u tom trenutku, koliko sam joj bila zahvalna za sve što radi za mene.

Mama mi je donela čašu vode i uskoro sam bila ponovo normalna Džejn, tj. tako sam izgledala. Znala sam da me snimaju milioni kamera i da moram da izgledam odlično. Moram da odam utisak da sam samopouzdana i sabrana. Pomoglo mi je i kad sam čula Janove kako komentarišu koliko je odvratno ponašanje nemačkog selektora.

„Reći tako nešto o detetu, toliko nisko pasti. Tako uspešan i ostvaren čovek. Zaprepašćujuće.”

„Ništa drugo mu nije preostalo”, rekla je Marija. „Aleks je u najboljoj formi. Nije bilo izgleda da će primiti gol uskoro. Sad se samo nadam da će se smiriti i nastaviti istim tempom kao pre ovog incidenta.”

I ja sam o tome brinula. Znala sam koliko dobro igrači umeju razdvojiti svoj privatan od poslovnog života, ali, takođe sam se setila i par velikih incidentara u istoriji fudbala koji su se desili jer im to nije sasvim pošlo za rukom. Neki od njih bili su čak velika imena. Molila sam se da se isto ne desi i Aleksu. Ne zaslužuje.

Konačno je prošlo i tih predugih petnaest minuta. Tata se vratio na tribine u isto vreme kad su i igrači stali izlaziti na teren.

„Nešto sam uspeo da sredim”, rekao je, „a nešto ću sutra. Jedno je sigurno - taj imbecil će zažaliti svaku reč koju je izrekao.”

„Hvala ti, tata”, stegla sam mu ruku.

To me, pak, nije skroz umirilo. Aleksu je trebalo zabrinjavajuće mnogo da izađe iz svlačionice, a i kad se pojavio, izgledalo je kao da se svađa sa trenerom Andrejevičem. Svi smo ih videli, ali nismo čuli o čemu se raspravljaju. Na kraju, Andrejevič je nešto rekao i strogo ga pogledao pokazavši na teren, Aleks je odustao od odgovora i odšetao do svog gola.

„Ovo ne miriše na dobro”, prokomentarisao je Oleksij kad je sudija označio početak igre.

„Znam, samo se nadam da grešiš”, rekla je Tanja.

Iznenađujuće po sve, Gotfrid nije bio nikako kažnjen za scenu koju je napravio, verovatno zato što su se ostali umešali pre nego što se desila ozbiljnija tuča. Ja sam mu želela sve najgore i obećala sebi da ću ga naterati da se pokaje za sve što je uradio, iako nisam imala pojma kako. Za početak, trebalo je da Ukrajinci pobede.

Na terenu je bilo kao da se dve gradske bande bore za prevlast. Svi su osetili napetost u vazduhu. Nemci su silovito napadali, a mi se branili. Potom smo mi napadali, stizali do njihovog gola, ali ništa značajnije se ne bi desilo, i već u narednom trenutku vraćali smo se nazad, jer su oni već kretali u kontranapad. I tako ukrug. Bilo je iscrpljujuće samo gledanje svega toga.

Jedna akcija Nemaca povela je sve igrače na Aleksov deo terena. Fudbaleri u belim dresovima bili su raštrkani svuda i jako brzo su se kretali. Naši igrači su im parirali i sprečavali ih da dobiju dobar ugao za udarac.

Međutim, Lens je bio previše spretan. Svojim niskim rastom, mršav i brz, uspeo je da umakne odbrambenom Ukrajincu. Lopta mu je sletela na levo stopalo, koje manje koristi, ali stative su bile dovoljno blizu. Odlučio je da šutira. Lopta je uzletela. Aleks je procenio njenu putanju, na vreme, ali kao da je bio ukopan u mestu, kasno se pomerio.

Hiljade navijača zadržalo je dah. Mreža se tresla. Aleksandar Janov je primio gol. Prvi put posle sedam meseci.

U glavi mi je zatutnjilo i zaglušilo. Strovalila sam se u sedište. Oleksij i Marija su izvikivali psovke na ukrajinskom. Ovo nije slutilo ni na šta dobro.

Nije bilo vremena da budemo zabezeknuti i pojmimo šta se i kako desilo. Nemci nisu trošili vreme na slavlje. Ne treba im jedan gol, već još minimum dva. Uzeli su loptu i sami se zaputili ka beloj tački na centru terena. Njihovi navijači sad su urlali poput razularenih zveri, tražeći još ove nesvakidašnje predstave. Gol protiv Aleksa imao je sjajan ukus. Hteli su još a igrači su bili spremni i voljni da im još i daju.

Trener Andrejević je izvršio jednu izmenu, ali ostavio u igri Aleksa koji je bio ozbiljno uznemiren što sam videla na njegovom licu na velikom ekranu. Trudio se da se koncentriše ali bezuspešno. Molila sam se za njega. Znala sam da mu je samopouzdanje opasno poljuljano, zbog svega što se desilo. Molila sam se da se seti da Nemcima i dalje trebaju dva gola da bi pobedili i da je i sa ovim jednim on i dalje najbolji golman na svetu.

Drama se napeto nastavila još petnaest minuta. Ukrajinci su davali sve od sebe da postignu još jedan gol i da se istovremeno uspešno brane, i išlo im je odlično. Međutim, to nije sasvim dugotrajno i jednostavno kad igrate protiv neprijatelja koji nema šta da izgubi. Nemce nije bilo briga za svoju odbranu. Jedino što su hteli je da ponovo priđu Aleksu.

Šezdeset šesti minut. Aleks je odbranio jedan šut, drugi, treći, četvrti. Svaki put bi izboksovao loptu, ali nijednom nije uspeo da je uhvati. Za peti udarac Leon Šnajder imao je sasvim praznu mrežu na samo dva metra pred sobom. Nije bilo šanse da promaši.

Izjednačenje je bilo šok za ceo fudbalski svet te noći. Nakon što su Ukrajinci sjajno odigrali prvo poluvreme, novinari su mahom navijali za njih, ponavljajući u više navrata da im niko ništa ne može jer su zacrtali da ove godine osvoje trofej. Sad su se već vratili onom ubeđenju da je nemački tim jednostavno prejak za svaki drugi, pa i za mlade zvezde iz istočne Evrope.

Jedini pribran čovek na stadionu bio je trener Andrejevič, koji je nakon drugog primljenog gola dao par uputa najbližim igračima. Sa druge strane, Gotfrid se veselio i skakao unaokolo sa svojim igračima, grleći se i čestitajući im. *Na čemu?* pitala sam se. *Na svojoj odvartnoj pakosti! Skot!*

Kad je njihovo slavlje završeno i lopta se ponovo zakotrljala s centra terena, do kraja je preostalo oko dvadeset minuta. Mnogo toga još može da se uradi i još uvek nije sve izgubljeno. Za trenutak se činilo da su Ukrajinci povratili nešto od samopouzdanja i energije iz prvog poluvremena, ali nisu imali sreće. Svaki udarac ka golu završio bi na nekoj od stativa a svako ključno dodavanje nije imalo najbolji ugao. Još jedan gol osećao se u vazduhu. Bilo je samo pitanje vremena.

Desetak minuta pre kraja Nemci su po ko zna koji put silovito pritisli odbranu Ukrajine. Čak sedam igrača se otimalo o loptu, koja je odskočila i doletela do dela terena gde je bio Matijas. On nije čekao da jurne ka Aleksu. Bilo je očigledno da sam ne može da postigne pogodak - a znala sam koliko silno to želi - ali on je stavio tu želju po strani, postupio pametno, i dodao loptu Lensu.

Aleks je bio previše usredsređen na Matijasa. Šta god da mu je tad prolazilo kroz glavu, govorilo mu je da će Matijas probati da šutira na gol i bio je spreman da odbrani. Nije očekivao da će dodati Lensu. Zato je odreagovao kasno, sasvim ne u skladu sa svojim statistikama i sa onim što se od njega očekuje. Kad je uspeo da se pomakne i skoči ka Lensu, bilo je prekasno. Nemci su postigli i treći gol, poveli a Aleks je u celosti bio kriv za to, bez ikakve sumnje. Sve je propalo. Sve je bilo izgubljeno. Više me uopšte nije bilo briga kako će sve što je Gotfrid rekao uticati na moj imidž i karijeru. Jedino važno je da je uspeo da upropasti sve mom dečku, mom Aleksu, i njegovom timu. Uspeo je da ukrade san, divan san čitave jedne divne zemlje. Gotovo je. Takmičenje je za nas završeno.

U preostalih deset minuta ništa nije moglo da se uradi. Nemci su i dalje napadali, tako da je samo moglo da bude gore. I dalje su igrali kao da ništa ne mogu da izgube, kao da su Ukrajinci jedini sa golom na terenu. Naši igrači su jedva priveli kraju. Nisu imali ni snage ni motivacije. Sve je propalo i u njihovim očima. Samopouzdanje nije postojalo.

Nemački navijači su vikali, pevali, i nadjačali ukrajinske, koji su se od besnih postepeno samo utišali. I žene i muškarci su sa suzama u očima gledali tablu sa rezultatom i satom koji samo što nije otkucao devedeset minuta. Pre samo dvadeset pet minuta bili smo skoro finalisti Prvenstva, a Nemci gubitnici, a sad je obrnuto.

Čim se oglasio zvižduk za kraj, naši igrači su se brzinski i tiho povukli u svlačionicu, dok su Nemci, naravno, ostali da slave, skačući kao majmuni po terenu, zajedno sa svojim odvratnim vođom. Bilo mi je drago samo zbog Matijasa, a i taj osećaj bio je gorak u ustima. Nisu oni pobedili što su zaslužili i što su stvarno bolji, već zbog lukavstva i gadosti svog trenera koji je i mene iskoristio za svoj odvratni plan.

Nisam mogla da ostanem ni trenutka duže. Niko od nas nije hteo. Veče je počelo sjajno a završilo se užasno, i mi, navijači Ukrajine, samo smo želeli da prestane.

Kad smo se vratili u hotel, recepcionerka nas je obavestila da su reprezentativci već stigli. Ispostavilo se da su se na konferenciji za štampu zadržali najkraće što su mogli, a onda se pod policijskom pratnjom brzo vratili u hotel, dok je nama trebalo oko tri sata da se probijemo kroz gužvu i slavlje. Trener Andrejevič sačekao nas je na ulazu u restoran.

„Neki momci su ovde, a ostali su u sobama. Više ste nego dobrodošli da sednete sa nama. Verujem da će im pomoći da se bolje osećaju." Okrenuo se ka meni. „Džejn, idi popričaj sa njim. Jedina si koja može da dopre do njega."

Klimula sam i jurnula stepenicama. Mislila samo samo o tome kako ću snažno da ga zagrlim i probam celu ovu situaciju da učinim manje bolnom i sebi i njemu.

Bio je pod tušem. Jedva sam ga videla od pare koja je lebdela celim kupatilom. Izula sam cipele i ušla u kabinu, obučena. Kad sam videla da su mu oči plave, i dalje njegove ali ovaj put ledeno hladne, suzdržala sam se da ga dotaknem, a disanje mi je zastalo. Možda sam preterala sa samouverenošću. Možda veruje onome što je Gotfrid rekao. Uprkos tome znala sam vrlo dobro da ne smem sad da napravim nijedan pogrešan korak, te se nisam pomerila ni milimetra. Gledala sam ga, nepomično, moleći Boga da ne vidi istinu u mojim očima dok mi se voda sliva niz lice, mrljajući šminku i slepljujući haljinu.

A onda, videla sam promenu. Oči su mu se ispunile poznatom mi toplinom i znala sam da sam ponovo na sigurnom. Dotakla sam mu obraz, ne prekidajući kontakt očima, a on me je zagrlio oko struka. Propela sam se na prste da ga kratko poljubim.

„I dalje si najbolji."

Privukao me je u zagrljaj natopljen vodom i suzama.

„Nisam. Sve sam upropastio." Glas mu je podrhtavao dok je plakao od nemoći, tuge, razočaranja, besa.

Osećala sam se odvratno, ali nisam smela da pokažem ni naznaku toga. Morala sam da budem jaka, za oboje, iako sam vrlo dobro znala da sam za sve upravo ja kriva.

„Čak i najbolji ponekad pogreše. Seti se samo Bekama 1998. i Zidana 2006."

Slabašno se osmehnuo. „Divna si. Ne znam kako bih prošao kroz sve ovo da nije tebe."

Stegla sam ga još jače. Naravno da je to rekao. Skroz je smetnuo s uma da da nije mene, nikad ne bi ni došlo do čarke na terenu. Nisam htela na to da ga podsetim.

„Nisam smeo da dozvolim da me onako isprovocira, ali nisam mogao da se suzdržim. On i svi ostali pravili su se dobri prema tebi, zvali te na utakmice, izigravali prijatelje… I on onda da kaže onako nešto, pred svima, da pokaže toliko nepoštovanja. U trenutku sam planuo. Bio sam van sebe. Nisam mogao da se sastavim ni posle pauze."

Ponovo se zaplakao i sakrio lice u moju kosu.

Poljubila sam ga u rame. „U redu je, ljubavi. I dalje si najbolji. Na sve to, mlad si. Toliko vremena je pred tobom. Sa druge strane, niko nije očekivao da će jedan profesionalac poput Gotfrida da uradi nešto onako. Sve nas je zatekao. Ali to je gotovo, iza nas. Iskoristio je tog keca u rukavu. Sad više nikako ne može da nam naudi."

„Za sve si u pravu, Džejn, ali kako ću da izađem na oči svojim kolegama, svojim prijateljima, treneru, porodici. Kako ću da izađem pred sav narod nazad u Ukrajini?"

Podigla sam glavu i naterala ga da me pogleda u oči. „Sa bronzanom medaljom oko vrata i obećanjem da ćeš se iskupiti za četiri godine."

U otečenim očima videla sam da mi je poverovao. Znala sam, pak, da će mu trebati dani, nedelje da se u potpunosti oporavi od ovog poraza, pogotovu ako novinari budu nemilosrdni, ali u istoriji fudbala bilo je i gorih poraza, a greška u jednoj utakmici nakon koje si i dalje najbolji golman na svetu i nije toliko strašna kakvom se čini.

Nagovorila sam ga da se istušira, obuče i da se pridružimo ostatku tima. Trener Andrejevič je održao ohrabrujući motivacioni govor za utakmicu za treće mesto kroz četiri dana i uskoro smo se svi povukli u sobe. Znala sam da će noć pred nama biti duga i teška. Uprkos dozi optimizma koju nam je selektor dao, neoboriva činjenica je da je Ukrajina zamalo ušla u finale Svetskog prvenstva, i sve to bi se i desilo da jedan čovek - moj dečko - nije sve upropastio.

Zato što me voli.

Naredni dan odmah nakon doručka krenuli smo za Frankfurt, gde će se održati utakmica za bronzane medalje. I dalje smo čekali da vidimo ko će nam biti suparnik - Brazil ili Belgija. Ko god, momci su bili sigurni da će ih pobediti. Bes zbog gubitka prethodne noći probrazio se u neverovatan polet optimizma.

Išla sam sa Aleksom, njihovim avionom. Članci u novinama bili su presurovi za mirnog i povučenog momka kakav je on. Kako se ispostavilo, svi su verovali Gotfridu. Bila sam zgranuta kad sam to shvatila prelistavši internet naredno jutro. Nisam mislila da bi iko pri zdravoj svesti poverovao gadostima tog čoveka. Bilo je tako očigledno da je samo želeo da razbesni Aleksa jer je njegov tim gubio. Mediji su očigledno jedva čekali neku ovakvu priču, te su nemilosrdno navalili na mene i Aleksa.

Tata je takođe bio besan. Angažovao je svoje advokate, a svi znaju koliko snažan pravni tim ima Bred Anderson, ali to će potrajati sigurno dva-tri dana. Tog prvog, najgoreg, htela sam da sve vreme budem uz Aleksa.

Na aerodromu u Frankfurtu dočekao nas je roj fotografa i reportera. Nismo dali nikakvu izjavu, već samo odšetali, držeći se za ruke, okruženi obezbeđenjem.

„Mrzim ovo."

„Proći će, Aleks, videćeš. Trenutno se samo napinju iz petnih žila da skrenu pažnju sa činjenice da su Nemci slabiji tim i da bi izgubili od tvog, zbog čega je njihov selektor uradio nešto jako ružno da se spasi. Rade sve ovo da bi ga pokrili. Jednostavno je. Za par dana pisaće se drugačije, videćeš."

Bila sam u pravu, naravno. Već narednog dana engleske novine preokrenule su način izveštavanja o incidentu na Alijanc areni i otvoreno optužili nemačke novine za klevetu i tračarenje, a istovremeno ignorisanje onoga što je njihov trener priredio. Ponosila sam se svojom zemljom. Par sati od prvih članaka, Amerikanci i Ukrajinci su stali izveštavati u istom duhu, a već do kraja dana, slike mene na Aleksovim treninzima i nas dvoje na romantičnoj večeri preplavile su internet.

Sve se već vraćalo u normalu. Nije sve izgubljeno kako nam se činilo na kraju te proklete utakmice. Tata mi je i dalje verovao, kao i Aleks, koji će osvojiti nagradu za najboljeg golmana sveta i, kako smo svi bili sto posto sigurni, bronzanu medalju u utakmici protiv Belgije u subotu.

Odlučili smo da prisustvujemo i finalu u nedelju. Brazil je pobedio Belgiju u polufinalu i momci su hteli da bodre Luku Fereiru. Laknulo mi je što će Aleks ostati uz mene do samog kraja turnira. Nisam htela da se mnogo razdvajamo, znajući da sve što se odigralo u prethodnih par dana je neporecivo, apsolutno i sasvim samo moja krivica.

***

Iako je sve išlo sjajno po mene, nisam imala potpun mir noćima. Matijas.

Nije mi se javio od incidenta sa Gotfridom. Znala sam da treba da mi bude lakše što je odustao, na taj način napravivši izbor za mene, ali nisam htela da nas dvoje ovako završimo. Htela sam da se rastanemo u miru, uz razgovor, a ne da me on ostavi misleći da sam drolja. Poverovao je svom treneru. Znala sam to vrlo dobro.

Dani su bili čudni bez njegovih poruka. Bolje bi mi bilo da se naviknem jer će tako biti ubuduće, tako treba da bude, takav je život verne devojke svom savršenom dečku.

Dan pred utakmicu za treće mesto Aleks je bio na poslednjem treningu na Prvenstvu, a ja sam sedela sa devojkama u kafiću hotela sa pogledom na veliki bazen. Konobarica mi je prišla i šapnula: „Gospođice Anderson, gospodin Beler je ovde i insistira da vas vidi.”

Pobelela sam i utonula u stolicu, ali u narednom trenutku se sabrala jer nisam znala na šta je Matijas sad spreman.

Kad sam ga videla na recepciji, nisam mogla da se otmem misli kako oduzima dah koliko je zgodan. Kad se okrenuo ka meni, jasno mi je bilo da izgara od besa.

„Zdravo”, trudila sam se da zvučim normalno kako hotelsko osoblje u blizini ne bi ništa posumnjalo. „Hoćeš li da nam se pridružiš na bazenu?”

„Ne”, prorežao je. Pokazao mi je ključ od sobe. „Polazi za mnom.”

Pratila sam ga bez pobune i reči kako ne bih privukla još nepotrebne pažnje. U liftu smo ćutali i dalje, zato što je s nama bilo još dvoje ljudi, koji su nas prepoznali istog trenutka ali se nisu usudili išta da kažu jer je Matijasovo lice sve govorilo. Ponavljala sam u sebi da se ne potresam što smo viđeni, da smo nas dvoje samo dva prijatelja koja će da pričaju o nečemu ružnom što se desilo a za šta je odgovorna osoba koju oboje znamo. Ništa više od toga.

Kad smo ušli u sobu, pustila sam se s lanca: „Šta, kog đavola, misliš da radiš?” vrisnula sam. „Da me ovako vodiš u sobu! Pred...”

„Umukni!” zaurlao je a ja sam se od šoka ukopala u mestu, zaćutavši. „Je li istina?”

Lice mu se izdeformisalo, bio je skoro neprepoznatljiv. Oči inače pune topline, sad su bile ugljeno besne.

„Šta je li istina?" promucala sam. *Ne, Džejn! Ne, ne i ne! Ne smeš sad da posustaneš. Bori se! Ustani i bori se!*

„Da si kresnula mog trenera! Je li istina?"

Duboko sam udahnula, podsetila se da sam ja jedna sjajna glumica i ponovo ušla u ulogu.

„Izgleda da ti već imaš svoje mišljenje na tu temu. Ne znam šta tražiš ovde."

„Odgovori mi, Džejn! Jesi li spavala s njim ili ne?" sa svakom reči bivao je glasniji, a ja sam davala sve od sebe da mi glas bude ravan i miran.

„Očekuješ da napustim sve što sam izgradila, u karijeri i sa svojim dečkom, zarad tebe, dok imaš tako nisko mišljenje o meni. Tvoj trener već sad stoji između nas, više nego što bi tvoja majka ikada mogla." Divila sam se koliko sam uspevala da budem surova. „Ostavi me na miru. Moram da idem muškarcu koji mi veruje. Hvala ti što si mi ovo olakšao."

Ono što je sledeće uradio sasvim me je izbacilo iz koloseka. Snažno me je uhvatio za ramena i divljački protresao, svom snagom činilo mi se. „Reci mi! Da li si spavala sa Gotfridom!"

Uprkos iznenađenju i nesnađenosti, pogledala sam ga ravno u te ugljen crne oči i videla da me ispod sve te zbunjenosti i opravdanog straha i dalje obožavaju. To me je ohrabrilo, te sam jednostavno, skoro i bez preteranog napora, samouvereno rekla: „Ne, nisam."

Popustio je stisak na mojim nadlakticama gde sam znala da će se kasnije pojaviti modrice. Nikada me niko nije tako tretirao.

„A sad me pusti, monstrume."

„Ne razumem", rekao je, uhvativši se za glavu. „Ništa mi nije jasno. On me nikada nije lagao. Ni za šta. Mislio sam da je sve izmislio kako bi razbesneo Janova do te mere da izgubi staloženost i koncentraciju. Kad sam ga čuo, osetio sam se kao da govori i meni. Poludeo sam. Pripalo mi je muka. I sad mi je, na samu pomisao na vas dvoje zajedno. Odmah sam ga pitao da li je stvarno istina, i potvrdio je."

„Matijase, nije hteo odmah da prizna da je lagao."

„Pitao sam ga kasnije u svlačionici, kad smo se svi smirili, i kad smo ostali nas dvojica nasamo, i on je ponovo potvrdio da ste bili zajedno, pre nego što smo ti ja počeli da se viđamo. Čak mi je rekao i da ne odustajem, jer si dobra."

Pogledala sam ga, zadovoljna da vidim da više nije tako siguran u ono što mu je rekao trener, kao ni u njega samog.

„Jedino što mogu da kažem je da nemam pojma otkud on može da zna išta o tome kakva sam ja u krevetu. Razumem zašto mu veruješ, ali što se mene tiče, on je samo jedan u nizu muškaraca koji bi da me odvedu u krevet, baš kao Bram ili Reiš.”

Znala sam da se igram vatrom. Okretati igrača protiv trenera koji ga je stvorio i koga voli i poštuje đavolji je posao. Taj starkelja je spreman na sve za svoj tim i igrače, što je i pokazao. Znala sam vrlo dobro da mu Matijas veruje dušom i telom. Ali šta je sa njegovim srcem?

Izgledao je zbunjen.

„Razumem sve što kažeš, ali, dođavola! On mi je kao otac! Nikada me nije lagao. Pogotovu me ne bi slagao za nešto ovako ozbiljno.”

„Šta radiš onda ovde?”

Pogledao me je, sa pomešanim besom i obožavanjem. „Zato što te prokleto volim, Džejn! Eto šta! Volim te! Volim sve u vezi sa tobom! Volim tvoj osmeh, tvoj izgled, tvoje razmišljanje, tvoje šale, tvoj miris. Volim kako se skupiš na meni kad spavamo. Volim dodir tvoje kože o moju, zvuk tvog glasa, mekoću tvoje kose. Volim tvoje oči čak i kad ne gledaju mene, već u… u njega. Sve na tebi volim, prokleta ženo!”

Sve mi je uzavrelo u grudima - iznenađenje, bol, suze, radost. Kao da sam izgubila kontrolu nad rukama i telom. Zakoračila sam ka njemu i kad sam mu dodirnula lice, smirio se istog trenutka. Bio je sve i jedino što sam videla i na šta sam mislila.

„I ja tebe volim, Mati”, sletelo mi je s jezika pre nego što sam ga zaustavila ili čak razmislila koliko dobrog ili lošeg može doneti.

Činilo se kao da je to sve što mu je trebalo da čuje. Nežno me je zagrlio, ni nalik onom divljem drmusanju od malopre. I taj dodir mi je prijao. Zažmurila sam i naslonila se na njegove grudi. Mazio me je po kosi, provlačeći prste od korena do dna leđa.

„Dođi u nedelju na utakmicu, molim te.”

„Svi ćemo biti tamo.”

„Nadam se da ćeš se do tad odlučiti. Ovo neprestano čekanje i nadanje me izjedaju poput kiseline.”

Skupila sam hrabrost i ponovo ga pogledala ravno u oči. „I ti moraš da doneseš neke odluke, Mati.”

***

Subota, 10. jun, bila je znatno drugačija od tmurnog utorka, kad se igrala prva utakmica polufinala, a sve zahvaljujući naporu ukrajinskih navijača. U velikim grupama su putovali od Minhena i Berlina, gde su neki prerano otišli uvereni da će njihov tim igrati finale, do Frankfurta, sjajno raspoloženi. Ulice su bile preplavljene plavom i žutom a dosta njih je nosilo plastične bronzane medalje oko vrata. Svi smo se divili tolikom optimizmu koji je usledio svega četiri dana nakon užasnog poraza.

Kad je utakmica počela, bilo je očigledno da su naši navijači glasniji od belgijskih. Devojke i ja smo bile poput čirliderki. Htela sam svima da pokažem da niko, pa ni gad poput Gotfrida, ne može da uništi ono što imamo Aleks i ja.

Ohrabreni činjenicom da *Janov zapravo može da primi gol*, kako se pisalo po novinama, Belgijanci su silovito jurili na ukrajinsku odbranu, dajući sve od sebe. Međutim, nije im mnogo puta pošlo za rukom da dođu do Aleksa, koji je ponovo bio u svom elementu i neprobojan. Za svaki šut bio je na pravom mestu u pravo vreme kad bi njegovi saigrači iz zadnje linije nekoga propustili. Ponovo je dokazao da je najbolji.

Niko nije očekivao da će prvi gol doći iz situacije iz koje je nastao, te je u tom trenutku nakratko zavladala tišina. Lopta je zatresla mrežu iza belgijskog golmana, nakon nekoliko dugih dodavanja i što ju je Savčenko poslao ka stativama u sjajnom luku. Preletela je preko par neprijateljskih igrača i završila tačno tamo gde treba.

Taj gol obezbedio je potreban nalet samopouzdanja, te kad su se igrači vratili na teren u drugom poluvremenu, bilo je odmah jasno ko je snažniji. Koliko god se trudili, momci iz zapadne Evrope nisu moglu da izađu na kraj sa suparnikom sa istoka. Čak je posed lopte bio u 72:28 u korist nas, i bilo je samo pitanje minuta kad ćemo postići još jedan gol.

To se dogodilo u pedeset sedmom minutu, a onda još jednom u šezdeset devetom. Do tad sam već skoro izgubila glasne žice vičući i navijajući. Bronza je naša, prva za Ukrajinu na Svetskim prvenstvima. Moj dečko se upisao u istoriju svoje zemlje.

Ceremonija dodele medalja bila je veoma lepa. Nemci su, kao i uvek, odradili sjajan posao. Sve je bilo odlično organizovano, tačno na vreme. Da nisu toliko spretni i precizni, ne znam da li bih uspela da ceo taj mesec uspem da stignem na sve utakmice koje sam htela da vidim. Svaki put smo bez problema dobijali dozvole za poletanje i sletanje i, kad je trebalo, prolaz kroz grad natrpan navijačima. Sumnjala sam da će jednako dobro Prvenstvo biti organizovano uskoro.

Aleks, njegovi saigrači i trener, svi do jednog sijali su od ponosa dok su im zvaničnici iz FIFA-e kačili medalje oko vrata. Tad već samo što nije bilo objavljeno da je Aleks osvojio Zlatnu rukavicu. Bez obzira na to šta se dogodi u finalnoj utakmici između Nemačke i Brazila, koliko god golova tamo da bude, Aleks je i dalje bio golman sa najmanje primljenih golova, svega tri, i to sve od Nemaca. Najbolji mladi igrač bio je Andrij Barnik, čime smo svi bili iznenađeni jer smo bili ubeđeni da će Nemci pokupiti sve te nagrade. Najbolji strelac biće najverovatnije Lens, a Najbolji igrač opet sigurno neko iz *Die Mannshaft*, ili možda Luka Fereira. Sve te nagrade biće dodeljene naredno veče u Berlinu, zajedno za zlatnim i srebrnim medaljama i trofejom. Stoga smo planirali da svi idemo tamo naredno jutro.

To veče smo konačno mogli da slavimo kako treba, tj. da svi pijemo alkohol. Igračima je to došlo kao veliko olakšanje jer su profesionalno poštovali sve odredbe svog trenera, uključujući i ovu za piće. Sad mogu da se opuste. Tata i Oleksij su se postarali da u hotelu i restoranu slučajno ne ponestane nečega, bilo alkohola, bilo hrane. Bila je to jedna od najboljih žurki na kojima sam do tad bila. Skakali smo, igrali, pevali, i karaoke, i navijačke i patriotske pesme, čak smo se peli i na stolove, razbijali čaše, zvali osoblje da nam se pridruži, i nastavljali *još malo, još jednu pesmu*, čak i kad smo bili mrtvi umorni i nismo mogli da stojimo na nogama.

Aleks je bio srećan i ponosan što je doneo medalju svojoj zemlji na svom prvom velikom takmičenju, ali videla sam na njemu da nije bio sasvim zadovoljan. Uhvatila sam ga par puta zamišljenog, sigurna da misli da su stvari mogle drugačije da se odigraju da je drugačije postupio tog dana na Alijanc areni. Njegova je krivica što Ukrajina ne igra finale. Istovremeno i Gotfridova. Na kraju krajeva, najviše moja.

Već naviknuta na to, sve loše, negativne misli, skupila sam u klupko, gurnula ga u kutiju i šutnula van misli. Trudila sam se da i njemu pomognem da učini isto. Na jedan način, oni su pobednici, i tako ih vidi skoro ceo svet. Sve će ispraviti i svima će pokazati koliko su jaki za četiri godine u Brazilu.

Negde oko šest ujutru nemilosrdno sunce koje je prodrlo kroz prozore oteralo nas je u krevet na par sati. Dogovorili smo se da ćemo slavlje nastaviti u avionu za Berlin, a potom i u Ukrajini, gde je širom zemlje organizovan doček najboljeg fudbalskog tima koji su ikad imali.

***

U Berlinu je sve bilo spremno za veličanstven završetak Prvenstva. Po dolasku u hotel devojke i ja smo otišle do frizera. Htele smo da izgledamo savršeno za tu poslednju utakmicu, jer ćemo sigurno biti pod budnim okom kamermana, pogotovu jer ćemo biti okružene ukrajinskim reprezentativcima. Harold Der će nam se takođe pridružiti. Englezi su se vratili kući dan nakon što su izgubili od Ukrajine, a on se vratio u Nemačku čim je obnovio ugovor u Londonu, kako bi bio s Beom. Još uvek nisu zvanično u vezi, ali smo sve četiri bile sigurne da će njih dvoje probuditi dosta znatiželje kad ih danas vide zajedno na tribinama.

Aleks i ja smo se dogovorili da se nađemo na stadionu. Ja sam išla sa svojim roditeljima a on sa saigračima. Ovog puta nosila sam belu haljinu i crne cipele - jednostavno a vrlo primereno u bojama nemačkog dresa. Pošto je Aleksov tim izgubio, iskreno sam želela da Matijasov pobedi. Znala sam da ću morati da se dosta pretvaram da navijam za Brazil i suzdržim se od vriskanja i poskakivanja kad god Nemci imaju priliku za gol, ali nakon toliko glume i laganja, bila sam sigurna da mi to neće predstavljati prevelik problem.

Muzika je tutnjala stadionom, dižući atmosferu pre nego što se igrači pojave na travi. Stigli smo na vreme, međutim, Aleks i momci su kasnili, što je bilo jako čudno. Prvi od njih koji su se pojavili bili su Milan Andrejevič i par igrača.

„Gde su ostali?" pitala sam.

„Za nama", odgovorio je smireno.

Nemački i brazilski reprezentativci stali su izlaziti iz tunela i mi smo ih pozdravili uzvicima i aplauzom. Svaki je izgledao poput ratnika koji se sprema za ozbiljnu bitku, pogotovu Nemci, koji igraju pred svojim navijačima, što je dodatan pritisak. Igrače u plavom skoro da nisam ni pogledala. Bila sam sasvim fokusirana na Matijasa i njegov tim. Kad su himne odsvirane, Nikolaj je stigao sa ostalim igračima, ali bez Aleksa. Upitno sam ga pogledala.

„Poslao mi je poruku da ima nešto da završi i da će doći sam", odgovorio mi je.

„To je čudno. Šta ima sad da završava?"

Nikolaj je slegnuo ramenima. „Verovatno nešto u vezi sa nagradom."

Okrenula sam se ka Aleksovim roditeljima. „Je li vama nešto spomenuo?"

Odmahnuli su glavama.

„Svratio sam do njegove sobe", rekao je Andrij Barnik, „kucao sam više puta ali niko nije otvorio."

Pokušala sam da se setim da li je i u jednom trenutku tokom dana pomenuo da treba nešto važno da završi, ali što sam više mislila, bila sam uverenija da nije. Zapamtila bih.

„Ne brini, Džejn, sigurno ima dobar razlog što kasni", rekao je Oleksij. „Siguran sam da će se uskoro pojaviti."

Utakmica je počela uz gromoglasan aplauz. Igrači su krenuli sa tolikom agilnošću i žarom da mi je ubrzo briga za Aleksa pala u drugi plan, a u prvom je bilo sve što se dešava na terenu. Oba tima trčala su s jedne na drugu stranu neverovatnom brzinom. Luki Fereiri išlo je sjajno. Svaki dodir s loptom bio je produktivan, a osim toga, veoma zdušno je motivisao i bodrio svoje saigrače.

Nakratko sam se setila našeg kratkog, prvog susreta, za koji on ne zna, pre par meseci u Aleksovom stanu, kad bih ga videla nagog da nije bilo bokserica.

Možda je sve ovo moje ludilo počelo još tad, samo nisam bila svesna.

U narednom trenutku, novonastala situacija na terenu me je prenula iz misli. Grupa igrača u belim dresovima bila je na brazilskoj polovini. Prvi udarac ka golu bio je bezuspešan ali lopta se odbila o stativu i nakon preciznog drugog udarca, završila u mreži. Nemci su u vođstvu zahvaljujući Benu Švimeru. Gol je bio odličan, neočekivan ali precizan, a bili smo tek na sredini prvog poluvremena - savršeno vreme da se povede.

Nesvesna šta radim, skočila sam i vrisnula, skandirajući i navijajući. Devojke su mi se pridružile kako ne bih izgledala previše čudno, okružena svim Ukrajincima koji su izgubili od ovih momaka pre manje od nedelju dana.

„Khm-khm!" Nikolaj se oglasio šaljivo.

„Oni su samo prijatelji." Nevino sam podigla ruke u vazduh. „A morate priznati da je gol odličan."

Igra se nastavila u borbenom duhu, toliko da je bilo skoro teško gledati kako se na terenu brutalno tuku, udaraju i nasrću jedni na druge. Čak je i sudija odustao od sviranja svakog prekršaja. Brazilci su bili tvrdoglavi i neprestano napadali te su u poslednjih deset sekundi poluvremena uspeli da izjednače. Publika je uzdahnula u neverici. Bio je to sjajan završetak prve polovine utakmice. Sad ništa nije bilo sigurno, niti je bilo jasno ko je bolji. Oba tima su igrala dobro, toliko da su sportski novinari govorili da su im šanse da osvoje zlatni trofej jednake.

Shvatila sam da Aleks još nije došao i u trenutku su me oblili hladan znoj, jeza i neprijatan osećaj u stomaku. Nešto se desilo. Nije mi poslao nikakvu poruku, kao ni svojim roditeljima. Zvala sam ga celih petnaest minuta ali nije se javio.

„Nemoj da se brineš toliko", rekla mi je Tanja. „Sigurna sam da ima veoma dobar razlog što nije ovde. Šta je najgore što je moglo da mu se desi? Verovatno je zaglavio negde u saobraćaju ili nešto slično."

„Javio bi nam se. Nekome od nas bi se sigurno javio."

„Možda mu se telefon ispraznio. ili ga je jednostavno zaboravio u hotelu."

„To ne liči na Aleksa."

„Dušo, smiri se ili ću se i ja zabrinuti."

Počelo je i drugo poluvreme i ponovo zamenilo strah koji mi je bio na umu i u grudima. Sigurno preterujem. Njegovi roditelji su u pravu. Šta je, pa, moglo da mu se desi? Samo previše razmišljam i vara me osećaj. Sve je u redu.

Igra se zagrejala u roku od par sekundi i sad ličila na pravo finale Svetskog prvenstva. Veče je bilo osvežavajuće, idući na ruku fudbalerima koji su igrali celim srcem, dušom i telom. i svom snagom. Bilo ih je istinsko zadovoljstvo gledati. Sa svakim dodavanjem bilo je sve zagrejanije i opasnije, bliže još jednom golu. Niko nije mogao reći sa sigurnošću ko će biti pobednik. U jednom trenutku Brazilci samo što ne postignu pogodak. U narednom lopta je već na suprotnom kraju terena, lelujajući se oko stativa njihovog golmana. Sekunde su trajale kao minuti, dok su se minuti razvlačili u sate.

Činilo se kao da je bar pola sata prošlo kad je u pedeset prvom minutu Lens postigao gol, svoj osmi na turniru. Akcija koju je započeo Larman bila je briljantna. Lopta je poletela od njega, pala u sredinu terena odakle su je poslali pravo ka svom najboljem napadaču, koji ju je uz malo sreće a više iskustva poslao među stative.

Brazil nije odustajao tako lako, te kako ne bi ponovo došlo do izjednačenja, Nemci su se krvnički borili i u odbrani i u napadu. Hteli su da povećaju vođstvo, kako bi bili sigurniji, a i kako bi obeshrabrili neprijatelja. Gledati takvu bitku na terenu bilo je skoro mučno. U velikom broju navrata bilo mi je jako teško da se iskontrolišem i ne opsujem na neke od Lukinih saigrača.

Na sreću, Mihael Krim je stavio tačku na sve - na snove i nadanja Brazila i na strah Nemačke - u osamdeset prvom minutu, sam se provukao kroz neprijateljsku odbranu i pokretom netipičnim za njega i jako neobičnim okretom koji nije mnogo obećavao smestio loptu preko glave golmana u mrežu. Bilo je 3:1 i praktično završeno, deset minuta pre zvaničnog kraja.

Proslava je počela na tribinama, a devojke i ja smo joj se pridružile. Nismo mogle da odolimo. Znala sam da će oni koji me vide da me osuđuju, ali sve ću kasnije objasniti. Uostalom, nema ko me nije video u prethodnih par nedelja na nemačkim utakmicama. To što se veselim sad zbog njih nije ništa čudno niti šokantno. Da sam imala bilo kakav osećaj srama tad, znala bih koliko sam izgledala smešno, sramotno i nipodaštavajuće prema svom dečku i njegovom timu, u svoj svojoj oholosti. U tom trenutku, međutim, mogla sam samo da se radujem zbog Matijasa i njegovih prijatelja.

Glavni sudija je odlučio da nema potrebe za više od dva minuta nadoknade, te kad se i tih sto dvadeset sekundi završilo, cela Nemačka skočila je na noge. Uši su mi se zaglušile nakratko od siline vriska koji se prosuo celim stadionom. Bilo je prelepo.

Brazilski igrači su popadali po terenu dok su Nemci mahnito trčali uzduž i popreko, zaobilazeći ih, grleći se, naskačući jedni na druge i na ostale sa klupe. Nisam mogla da vidim nijednu drugu boju sem crno-crveno-zlatnih zastava i šalova koji su mi preplavili vidokrug. Druga polovina navijača toliko je bila tiha.

Kad su se igrači iskakali jedni s drugima, jurnuli su ka najbližim tribinama, među razularene navijače koji nisu prestajali sa urlanjem i veseljem. Obezbeđenje je isprva htelo da ih razdvoji, ali igrači nisu dozvolili, te su se izmešali sa njima. Mihael Krim je bio sa svojim dedom, Ben sa roditeljima, Lens se bacio u grupu devojaka, a Matijas...

Matijas se izgrlio sa roditeljima, proslavio sa fanovima u blizini, uzeo veliku nemačku zastavu od njih, vratio se na teren i stao trčati... Ka nama.

Noge su mi se odsekle, provrilo mi je u stomaku, a srce i celo telo preplavila je ljubav prema ovom ludom čoveku.

Stao je odmah ispod nas i gledao ravno, nepogrešivo, u mene, na isti onaj način kao pred liftom pre mesec dana, kao i svaki put kad bismo bili blizu, na način zbog kojeg sam se i zaljubila u njega.

Dođavola sve! pomislila sam i sjurila se niz stepenice. Bilo me je briga za svakoga i sve. Šta god ljudi da kažu, šta god da me pitaju kasnije, reći ću da smo samo prijatelji, ništa više od toga, samo dobri prijatelji, a oni mogu da mi poveruju ili da se nose sa svojim mišljenjem, kakvo god da je.

Obezbeđenje je pokušalo da me spreči da skočim sa tribina na teren, ali sam strogo odmahnula rukom i moj odlučan pogled mu je rekao da mi se skloni s puta. Matijas je sad zurio u mene kao da ne veruje da mu prilazim, sasvim ne očekujući da ću ovako nešto uraditi. Osmeh mu se razlio celim licem, koje je sad zasjalo od dodatne sreće i uzbuđenja. Jurnula sam mu u zagrljaj bez razmišljanja. Koliko sam predaleko otišla, tek sam naslutila kad me je uhvatio oko struka, podigao, zavrteo u vazduhu, a potom, pre nego što sam uspela da mu kažem da je lud - kao da ja nisam - spustio me i prekrio nas zastavom. Njegovo uzbuđenje zbog pobede, adrenalin, moja sreća što je on osvojio trofej koji toliko želi, njegov znoj, moj parfem, oduševljenje što smo u jednom tako važnom trenutku zajedno, stopili su se u najsnažniji i najdublji poljubac koji smo mogli da podelimo. Znala sam, još dok je trajao, da se nikada neću pokajati za sve ovo, bez obzira na to što sledi.

„Gotovo je! Sve je gotovo, Džejn!" vikao je. „Trofej je naš! Ti si moja!"

Ponovo me je poljubio, ali ovaj put nije bilo ni nalik osećanju od pre par sekundi. Moja sreća se istopila kako je rekao zadnje tri reči.

„Čestitam, Mati, ali…"

„Konačno je sve gotovo! Sad na svetu postojimo samo ti i ja. Ne mogu da ti se zahvalim dovoljno, i tebi i nebesima, što si došla. Mislio sam… Plašio sam se da će ti nekako nauditi, da nećeš uspeti da dođeš, a nije bilo vremena da proverim gde si. Međutim, kad sam te video na tribinama, znao sam da je sve u redu. To me je naoružalo samopouzdanjem i energijom. Znao sam da ćemo sigurno pobediti."

Srce kao da mi je odbijalo da radi.

„Mati, ne razumem. O čemu pričaš? Ko da mi naudi? Zašto?"

„Janov. Sad kad zna."

Ono što mi je prostrujalo telom bio je jedan potpuno stran osećaj. Agonija, strah, mučnina, bol, negiranje, sve kao pomešano u gustu, gorku tečnost koja mi se razlila celim telom, prebrzo. Osećala sam fizički bol, u glavi, grlu, stomaku, nogama, grudima. Ponovo ona surova šaka koja mi je zgrabila srce i stegla ga. Zaljuljala sam se, ne osećajući stopala ni kolena. Matijas me je stegao i pridržao. Bila sam celom težinom oslonjena na njega. Htela sam da udahnem ali mi je mučnina stajala u grlu, onemogućujući da bilo šta izustim. Koža mi je poprimila nijansu bele haljine koju sam nosila.

„On zna?" nekako sam progrcala. „On zna za nas?"

„Da."

„Aleks zna za tebe i mene?"

„Da, za mene i… I za ostale."

Još jedan nalet grčeva, mučnine, suza, bola i tutnjanja u glavi.

„Mislio sam da znaš. Zato sam se plašio šta će ti uraditi. Ali kad sam video da si došla, zaključio sam da je sve u redu, da ste se samo razišli, da si ga napustila da bi došla da me gledaš."

„Kako je saznao?"

„Lens mu je rekao. I meni isto. Rolf je bio besan što si ga pre neki dan odbila, i onda je zapretio Lensu. Rekao mu je da je to jedina ispravna stvar, da kaže Janovu i meni. Ali to više nije bitno. Ja ti sve opraštam. Pre utakmice sam bio besan, lud od besa i razočarenja, ali sam mnogo više bio zabrinut da će Janov izgubiti kontrolu nad sobom i nauditi ti. Tad sam shvatio da te uprkos svemu volim, isuviše. Kad sam te video na tribinama, shvatio sam da ti sve opraštam, da mi nije bitno. Sad, kad više nisi u obavezi prema njemu, mi konačno možemo da budemo zajedno. Znam da si uvek bila iskrena sa mnom, da nisi glumila osećanja."

Da li je on pri sebi? Trebalo mi je par sekundi da pojmim šta mi je upravo rekao. Zna da sam spavala s njegovim trenerom, najboljim drugom i još tri muškarca, osim mog zvaničnog dečka, i pored svega toga mi je oprostio. Mora da je lud. Sasvim.

A Aleks… *Pobogu! Gde je on? Zato nije došao na utakmicu. To je ono što je imao da završi! Razgovor sa Lensom!*

„Moram da idem", rekla sam najednom odlučno.

„Molim?"

„Moram da ga potražim."

„Džejn, ti nisi imala pojma o svemu ovome?"

„Ne. Aleks… on je nestao. Ako je uradio nešto sebi zbog mene, neću moći da živim sama sa sobom." Gutala sam suze, gurala mučninu nazad u stomak i pokušavala da se iskobeljam iz njegovog zagrljaja.

„Ali, Džejn, gotovo je. Nemate o čemu da pričate. On ne želi da te vidi ikada više. Nema potrebe da ga sad tražiš i rizikuješ život."

„Aleks me nikada ne bi povredio. Moram da ga vidim. Ne mogu ovako da ga napustim."

Pustio me je.

„Hoćeš li se vratiti?" gledao me je licem koje više nije sadržalo ni trunku onog sjaja od malopre.

Zaustila sam da kažem *naravno*, ali sam se suzdržala. Bila sam sigurna da Aleks neće hteti nikad više da me vidi, ali da li bih uprkos tome uopšte mogla imati bilo šta sa Matijasom? I on sve zna. Možda mi sad oprašta, ali kasnije, vrlo brzo, možda će me mrzeti zbog svega. Kako i mimo toga da se bilo gde u javnosti pojavim sa njim, nakon svega što sam imala sa Aleksom, nakon naše savršene bajke?

Volim Matijasa. Volim Aleksa. Ne na isti način, ali ih volim. Ne mogu ništa sad obećati.

„Da li me ponovo ostavljaš zbog njega? Čak i sad kad te on ne želi?" pitao je, pročitavši oluju emocija i misli na mom licu.

„Žao mi je, Mati. Ne znam."

Okrenula sam se da krenem, da sklonim zastavu i odem.

„Volim te, Džejn. Jedina si žena koju ću voleti ovom jačinom. U mom životu, posle tebe, neće biti nijedne druge."

„Nemoj to da govoriš, Mati." Srce mi se zgrčilo.

„Znam to već neko vreme. Plašilo me je, nisam hteo isprva da priznam, ali znam. Neću biti istinski srećan ni sa jednom ženom koja nije ti.”

„Volim i ja tebe.”

Skupila sam svu snagu, iz svake ćelije, svakog atoma u telu, smakla zastavu sa glave i stala trčati koliko me noge nose. Trudila sam se da potisnem suze, mučninu, kiselinu, bol, iznenađenje, sve što me je obuzelo. Sve sam gurala u stomak i trčala. Više nego ikad u životu, mom životu koji sam ceo provela pod lupom, želela sam da sam nevidljiva. Uvek sam volela i cenila taj život, pažnju, kamere, zanimanje za sebe, moj posao, šta volim, šta radim, kuda idem, ali sad, nakon što sam neoprostivo, neukusno i nepristojno se grlila sa Matijasom pod nemačkom zastavom, na Olimpijskom stadionu u Berlinu, na finalu Svetskog prvenstva, očajnički sam želela da nestanem, da se teleportujem, ili, bar da svi ovi ljudi oko mene prestanu da zure, škljocaju fotoaparatima, snimaju telefonima i kamerama, vrište, postavljaju pitanja. Nisam mogla da podignem pogled. Samo sam gledala kuda da se probijem i da se ne sapletem. Bila sam prestravljena.

Uprkos tome trčala sam, odlučno, nezaustavljivo, poput nevremena. Zamolila sam najbližeg radnika obezbeđenja da me sprovede do izlaza i pronađe taksi. Bilo je prokleto teško sad voziti se ulicama grada, kad je svaka duša napolju, pali baklje, vatromete i petarde i slavi osvajanje zlata na najvažnijem sportskom takmičenju u fudbalu. Premrla sam bar milion puta tokom te duge vožnje do hotela. Kad smo konačno stigli, jurnula sam unutra i presamitila se preko recepcije zahtevajući ključ od Aleksove sobe. Nisu se mnogo raspravljali videvši u kakvom sam stanju te su mi pružili karticu, a ja sam potom jurnula stepenicama na sprat, čak se saplevši jednom.

Kad sam provukla ključ, lampica je zasvetlela zeleno, što je značilo da je soba otključana, ali kad sam gurnula vrata, nisu se pomerila ni za milimetar. Probala sam ponovo i shvatila da je nešto teško iza vrata i da zbog toga ne mogu da ih odgurnem. Pokušala sam jače, ali ništa.

„Aleks, otvori!” viknula sam molećivo, ali nisam dobila nikakav odgovor.

Svu preostalu snagu i silu upotrebila sam da u narednom pokušaju odgurnem šta god da je stoji sa druge strane vrata, i uspela sam, tek toliko da mogu da se provučem.

Ono što me je sačekalo unutra ličilo je na sve sem na sobu jednog luksuznog hotela. Sve do jednog, svaki komad nameštaja bio je slomljen. Pod je bio prekriven komadima drveta i stakla. Posteljina, prekrivači i jastuci, kao i zavese, bili su iscepani i rasuti po krevetu. Vrata kupatila bila su izvaljena iz šarki. A sve to napravio je muškarac koji je nepomično sedeo na razlupanom krevetu, leđa okrenutih ka meni,

Šta sam to uradila?

To je to. Znala sam. Gotova sam. Razotkrivena. Nema više svrhe ni pokušavati da mu slažem bilo šta. Uradila sam nešto užasno, odvratno, i više ne mogu da ga popravim. Ne sad. Ne ponovo. Uprkos svoj svojoj opakosti, oholosti, lepoti, hrabrosti i samopouzdanju, Džejn Anderson je otkrivena i sasvim, apsolutno, krajnje, do srži poražena.

„Aleks...”

„Ne mogu da garantujem da te neću povrediti ako napraviš još jedan korak”, rekao je preteće. Znala sam da je ozbiljan.

Ali nije mi bilo bitno. Prešla sam preko polovine sobe kad se najednom okrenuo i ka meni bacio stonu lampu. „ZAŠTO?” zaurlao je.

Lampa me je pogodila u ruku, gde je već zakrvarila novonastala dugačka posekotina. Nije me bilo briga. Bila sam pod uticajem novog šoka nakon što sam videla njegovo neprepoznatljivo, izobličeno lice.

Šta sam to uradila?

„Dao sam ti sve što sam mogao! Voleo sam te, pružao pažnju, poštovao te! Ubedila si me da osećaš isto! Zašto? Sve ovo vreme! Ako nisi bila srećna, zašto si dozvolila da trajemo ovoliko, da dođemo ovoliko daleko? Zašto smo putovali s kraja na kraj Evrope da bismo se videli? Zašto si me upoznala sa svojim roditeljima? Zašto si pristala da se upoznaš s mojom porodicom? Zašto si došla sa mnom na ovo Prvenstvo, kao moja devojka, podržavala me onako zdušno, pred svima, kao da si istinski srećna? Zašto, kad sve ovo vreme zapravo nisi bila ispunjena? Kad si uskakala u krevet svakom ko se našao u blizini!”

Šta sam to uradila?

Mučnina je ponovo navrela uz moje grlo, a ja sam je toliko potiskivala da sam se uplašila da ću se onesvestiti. To ne sme da se dogodi. Moram da uradim nešto. Ne mogu tek tako da se strovalim na pod kao neki slabić. Moram da se borim s prokletim suzama i mučninom.

„Nikada nisam lagala koliko te volim, Aleks. Sve što sam ti ikada rekla, tebi, tvojoj porodici, prijateljima, sve što smo imali zajedno, sve je uvek bilo iskreno. Stvarno sam to htela i osećala”, uspela sam da sročim.

Ustao je i u par mahnitih koraka mi prišao. Znala sam da ću biti povređena, ali nije bilo bitno. Stegao me je za nadlaktice toliko da sam mislila da me je stisnuo do kostiju, toliko da nisam uspela ni da vrisnem.

„Šta onda znače svi ti muškarci?!” vikao mi je u lice. „Jesi li htela da stekneš iskustvo? Da im pomogneš da mi se smeju iza leđa i da svi zajedno pravite budalu od mene? Mora da ti je bilo jako zanimljivo! Mislio sam da pored sebe imam najbolju, najčistiju ženu na svetu, a ona je sve svoje slobodno vreme provodila u krevetu ne sa jednim, ni sa dvojicom, nego sa čak osam drugih muškaraca!"

Nije ih bilo osam, ali takođe nije bio trenutak da ga ispravim. Od naleta mučnine, nisam mogla da progovorim.

„ZAŠTO?" viknuo je ponovo.

„Ne znam!" nekako sam vrisnula. „Ne znam ni sama. Samo se desilo. Svaki put. Nikada mi nije ni palo na pamet da se upuštam u tako nešto. Oni su se samo našli u blizini. Ne znam zašto se nisam zaustavila. Ne mogu to da objasnim. Nisam bila ni pijana, niti su me fizički primorali. U trenucima kad sam znala da je pogrešno, bilo je već kasno. Ono što sa sigurnošću znam je da te volim. Nikada te za to nisam slagala, nijednog puta kad sam rekla. Nikada nisam glumila da mi je stalo do tebe. Kad god sam ti rekla da si za mene nešto divno i posebno, tako sam i mislila. Tako i dalje mislim. Volim te, i samo tebe, svim srcem."

Pustio me je. Lice mu je odražavalo gađenje. Divne oči plave poput mirnog okeana, koje su me uvek gledale sa obožavanjem i ljubavlju, sad su bile zamućene, mračne, daleke, pune mržnje. Nisam mogla da se pravim da je ne vidim. Stala sam se moliti Bogu da je sve ovo samo košmar, a ne jeziva stvarnost koju sam sama kreirala.

Ali ta noćna mora bila je stvarnost, za koju sam ja i samo ja odgovorna. Zašto sam sve to uradila? I dalje nisam znala. Čak i sad, suočena sa neizbežnim posledicama svih svojih postupaka, nisam znala zašto i kako sam mogla sve ono da uradim. Kajala sam se, svakako, ali nisam znala da li zato što gubim Aleksa ili što sad, konačno, istinski razumem da je sve to bilo loše, pogrešno. On je savršen dečko. Sve sam imala sa njim. Zašto nisam bila zadovoljna? Je li možda u pitanju bila dosada? Ili možda sama činjenica da mi se može, da sam mislila da ću i ovaj put, kao i toliko puta do sada, proći bez ikakvih posledica? Džejn Anderson je oduvek imala sve i izmicala problemima, odmazdama, svemu. Džejn Anderson je uvek bila pobednik, u svakoj borbi, bici, argumentu, bilo kakvom konfliktu. Da li sam zbog svega toga mislila da sam u potpunosti nepobediva i da mogu da radim ama baš šta mi se hoće?

Kakav sam ja sebični, samouvereni, bezosećajni, licemerni idiot!

Besno je otišao do ormara i udario ga iz sve snage. Pokušala sam da mu priđem ali je zgrabio stolicu i bacio je ka zidu naspram mene. Skamenila sam se.

„Ti si nešto najgore što mi se desilo u životu!"

Sva čula su mi otupela, par trenutaka nakon što je to izrekao. Valjda što isprva nisam mogla, ili nisam htela da verujem. Reči su mi dugo odzvanjale u ušima a njihovo značenje polako doprlo do mene. Bol, telesni, ili u mom srcu, grudima, celu me je obuzeo. A potom rastao. Do te mere da nisam mogla više da stojim. Ovaj put, bilo je krajnje. Zaista sam izgubila osećaj ravnoteže.

A onda se desilo.

Nisam mogla da udahnem, nikako, te sam zavapila. Iz sve snage sam se trudila da zadržim mučninu i pritisak u slepoočnicama, ali sad više nisam imala izbora. Morala sam da popustim. U suprotnom bih se ugušila. Najednom, nezaustavljivo, jedna za drugom, suze su mi jurnule niz lice, velike i teške, slivale se niz vrat.

Nakon više od četrnaest godina plakala sam.

To me je sasvim oduzelo i zbunilo. Ovaj osećaj bio je nešto potpuno strano, sasvim nepoznato. Nisam znala kako da se izborim sa njim. Iz grla su mi se otimali neprirodni, životinjski krici, dok sam se borila za ono malo vazduha što sam mogla da uzmem. Više nisam znala da li je bol sveprisutan u mom telu, ili ipak samo u mojoj glavi.

Aleks se okrenuo i pogledao me, i nisam mogla da ne primetim promenu na njegovom licu. Više nije bio besan, već iznenađen.

„Džejn, da li ti to…"

U glavi mi je još uvek odzvanjalo ono što je rekao i srce mi se iznova stalo grčiti. Bol je bio sveprožimajuć, te sam čučnula, ali pošto nisam bila sigurna na nogama, pala sam u staklo i komade drveta i nameštaja. Isekla sam kolena i listove, i bolelo je, oštro i nemilosrdno, kažnjavajuće, ali ne jače od bola u grudima. Suze su mi se slivale niz lice sad već u potocima. Bilo me je sramota. Plašila sam se da tata može da naiđe i zatekne me u tom stanju, te su me od jeze proželi još jača mučnina i nalet suza i jecaja. Sakrila sam lice među ruke, i dalje teško uzdišući.

Aleks me je posmatrao, zabezeknut, ne verujući onome što vidi. Na kraju se trgao i prišao mi. Čučnuo je pored mene. „Pobogu, Džejn, ustani."

Pokušala sam da se uspravim potpomogavši se rukama, ali samo sam pritisnula dlanove na još stakla i oštrih komada drveta. Pod naletom bola i ne znajući više šta radim, pogledala sam svoju unakaženu ruku, ponovo vrisnula, i njom pokrila lice na kom se šminka sasvim razmazala. Nije me bilo briga. Nisam htela da me vidi ovakvu.

Pokušao je da mi skloni šake s lica, ali sam se opirala, te mi je pomogao da ustanem držeći me za nadlaktice, ovaj put nežnije. Smestio me je na krevet, dok i dalje nisam mogla da prestanem da plačem, i raspadam se u paramparčad sa svakim jecajem.

Seo je pored mene i pružio mi maramice ali sam ga ignorisala, lica skrivenog u šake. Uspeo je da ih razmakne i stao mi čistiti umrljano lice. Posramljena, uzela sam maramice i pokušala da se očistim sama, izbegavajući mu pogled i glave pognute jer nisam htela da me vidi ovakvu, uprljanu krvlju, šminkom, prljavštinom i kosom mokrom od suza. Nikad nisam gore izgledala, i i dalje nisam mogla da zaustavim ridanje.

„Aleks, nestaću. Otići ću negde i nestati. Samo nemoj to ponovo da kažeš. Ne da te ja čujem. Čim se dovedem u red, odlazim. Samo nemoj da ponovo to izgovoriš.”

Skupila sam se na krevetu, bez snage da mu čak okrenem leđa. Skrivala sam lice i jecaje među kolena. I dalje je sedeo pored mene, i posmatrao me, još uvek ne verujući svojim očima - da ja plačem.

„Džejn...”

„Mogu i ostati. Koliko želiš. Uradi šta god hoćeš sa mnom. Bilo šta. Sutra svima reci šta se desilo. Nekako ću živeti s tom sramotom. Ali s onim što si upravo rekao neću moći. Ti si za mene najbolje od života. Ti si najbolje što mi se ikad dogodilo. Ako sam ja tebi sasvim suprotno od toga, nemoj to više da ponoviš, i pusti me da se bar sećam vremena koje smo proveli zajedno kao nečega lepog, nečega što je bilo stvarno.”

Protresao me je još jedan nalet suza, jecaja i grčeva u grudima i stomaku, kad sam pomislila na sutradan i šta me sve čeka. Zagrcala sam i zarila lice u rasporen dušek, prigušujući vapaje i polako osećajući posekotine po nogama.

Šta će biti sutra? Kako ću da preguram sve ovo? Šta ću reći tati, mami, ostatku sveta? Kako da se ponašam? Kako ću ikada imati hrabrosti da izađem pred bilo koga nakon predstave koju sam napravila na stadionu sad sa Matijasom? Kako ću da nastavim život bez Aleksa? Zašto sam napravila ovo sebi? Sama sebi. Zašto nisam cenila sve što imam, svoju karijeru, prijatelje, porodicu, svog savršenog dečka? Zašto nisam stala ranije, dok još nije bilo kasno? Mogla sam. Zašto sam odabrala da krenem sve dublje u skrivene i odvratne kutove svog uma? Kako sam ikada i mogla da pomislim da ću se iz svega izvući bez posledica?

On nije progovarao. Pogled mu je bio uperen ka tepihu. Nije ni treptao. Kao da nije ni disao. Osetila sam da je ustao, a ubrzo potom začula sam vodu u kupatilu. Kad se vratio, osetila sam toplu šaku na ramenima, isprva sam pomislila da će me ponovo grubo stegnuti, te sam se pripremila za bol.

„Hajde, Džejn. Ustani.”

Nije me bolelo kad mi je pomogao da se uspravim. Pružio mi je vlažan peškir da očistim lice. Suze su konačno usporile.

„Pogledaj me", rekao je.

Naterala sam se, ispunjena strahom šta će me sačekati u tim plavim očima koje obožavam.

„Ovo poslednje što si rekla… Svesna si da mi ne treba više laži? Očigledno ne umem da razlikujem kad govoriš istinu, a kad si neiskrena. Ne treba mi sad da čujem još izmišljotina."

„Ne lažem. Videćeš u narednih nekoliko dana. Nemam razloga da te sad lažem ni u vezi čega. Moja karijera je okončana. Život kakav poznajem više ne postoji. Kad tata sazna za sve, sigurno ću ostati i bez porodice i prezimena. Uverićeš se u to sutra. Džejn Anderson više nema."

Strašna jeza me je nanovo prožela celu, od pomisli na sve što sam rekla i svesnosti da je sve tako blizu, da će me sačekati kroz par sati.

„Šta ako…" Duboko je udahnuo. „Šta ako niko ne sazna?"

Dah mi je zastao u grlu i ukočila sam se od neočekivanosti ove rečenice.

„K-kako misliš?"

„Tako. Ako niko ne sazna. Ako ni tvoj otac nikad ne sazna?"

Sad sam ja zurila u njega, a usne su mi se izvile u neprirodan, zgrčen osmeh neverice. „Bojim se da i dalje ne razumem šta hoćeš da kažeš. Svi su videli šta sam napravila na stadionu pre par sati. Svi su čuli šta je Gotfrid rekao u Minhenu i veruju mu. Nakon što sutra čuju da smo raskinuli, saznaće se i za ostale muškarce. Neizbežno je."

Nije zadugo ćutao. „Dobio sam ponudu iz Francuske i već sam je prihvatio. Trebalo je da bude iznenađenje, jer, pa, hteo sam da budemo bliže jedno drugom."

Ponovo sam zajecala. Sve to je spremao, za mene, zbog mene. Hteo je da me iznenadi. Iako je cele godine plan bio da ostane i igra u Ukrajini, ipak je odlučio da se preseli bliže meni. A šta sam ja radila sve ovo vreme? Pravila ga budalom.

Mada, i dalje nisam razumela šta hoće ovim da kaže.

„Pođi sa mnom u Pariz, Džejn, ako me stvarno voliš kao što kažeš."

Kako je do mene doprlo značenje svake ove reči koje je izgovorio, tako su mi oči presušile od iznenađenja i neočekivanosti koji su me zatekli. Nešto ovakvo nisam se ni usudila da pomislim, a kamoli poželim da kaže, sad, u ovoj situaciji, posle svega. *Ne ostavlja me. Ne želi da raskinemo.* Polako mi je dopiralo do misli.

„Kako to misliš?" pitala sam tiho, drhatvog glasa, plašeći se da sam pogrešno razumela.

„Da se preseliš u Pariz i da živimo zajedno."

Pariz? Nikad nisam nešto posebno volela taj grad! Uvek sam se trudila da sve projekte i poslove tamo odradim brzo i da budem u Londonu što je moguće ranije. Osim toga, London je moj grad. London je dom. Ceo moj život je tamo. Najviše posla imam tamo. Tamo su moji skriveni kafići koje volim da posećujem kad god imam slobodog vremena. Moji prijatelji su tamo. Moje frizerke, kozmetičarke, omiljene radnje, parkovi. Sve. Nikada mi nije ni palo na pamet da bih mogla da živim u Parizu. Nekako mi se čini siv, mračan, tužan, iako je vreme u Londonu baš takvo tokom cele godine. Nešto u Parizu meni jednostavno ne odgovara. Kako ja da živim tamo?

Kako ne? Već dovoljno sam uništila Aleksov život. Ima sve pravo da od mene zahteva bilo šta.

Progutala sam knedlu veličine stene. „U redu. Idemo u Pariz", rekla sam.

Pogledao me je kao da nije očekivao da ću to reći.

„U redu", konačno je rekao kad je iznenađenje prošlo. „Idi po pasoš."

„Sad?"

„Premišljaš se?"

„Ne!" žustro sam odgovorila. „Idem da uzmem pasoš i da se presvučem."

„Nemamo vremena za to."

„U redu", poslušno sam rekla i ustala da krenem ka svojoj sobi. Malo mi se zavrtelo u glavi ali nisam htela da gubim vreme.

„Džejn, hotel napuštamo što pre. Nema zvanja roditelja, nema poruka prijateljima, ništa."

„Razumem."

Odjurila sam do sobe pre nego što sam dala sebi vremena da razmislim o svemu. Nisam imala mnogo stvari da uzmem. Samo pasoš, ličnu kartu i jednu kreditnu karticu. Sve ostalo, uključujući moj telefon, ostalo je u torbici na tribinama na stadionu.

Vratila sam se u razrušenu sobu, a on je na trenutak izgledao kao iznenađen što me vidi, kao da je bio sasvim siguran da se neću pojaviti, da ću pobeći.

„Aleks?"

„Molim?"

„Ne razumem."

Prešao je preko komada stakla, nameštaja i pocepane posteljine i prišao mi. Pomislila sam da će me ponovo divlje protresti i pitati da li sam toliko glupa da sam stvarno poverovala da posle svega nastavljamo život zajedno. Aleks kog poznajem nikada me ne bi povredio, ali ovaj ovde, preda mnom, kog sam ja neizmerno povredila, nisam znala na šta je spreman.

Nije me ni dotakao. Nisam znala da li je to dobro ili loše.

„Raskid sa tobom značio bi da sve priznajemo, da ja javno priznajem sve što se dogodilo, da je Gotfrid u pravu, da ovo što ste izveli ti i Matijas znači da ste zajedno pravili budalu od mene mesec dana." Zabolelo me je u grlu kad je ovo rekao. „Morao bih sam da se suočim sa svim tim, sa svojim roditeljima, prijateljima, poznanicima, saigračima, sadašnjim i budućim saradnicima i kolegama. Sa svim i svačim. Pratilo bi me ceo život. Milioni nas znaju. Ti isti milioni znali bi šta se sve dogodilo. Svaki put kad se moje ime negde spomene, ne bih bio najbolji golman, čak ni fudbaler, već onaj momak kog je najlepša devojka na svetu prevarila čak osam puta, a da ništa nije shvatio." Ponovo sveprožimajući bol. „Ne mogu s tim da živim. Ne znam da li bi iko mogao."

Suze su mi ponovo jurnule niz lice, pekući mi sveže posekotine.

„Kad je Petrov došao da mi kaže, rekao je da to čini samo zato što ga je Gotfrid pritisnuo - ako ne kaže Beleru i meni, izbaciće ga iz tima. Rekao je da će dati sve od sebe da se postara da na tome i ostane i da Gotfrid ne iznese javno sve što zna. Osim toga, izgleda da te Beler stvarno voli, tako da će i on raditi na tome da se Gotfrid obuzda. Međutim, čak i da bilo šta izjavi bilo ko od njih, niko im neće verovati ako ostanemo zajedno. Neko vreme će novine vrveti od tračeva i pretpostavki, ali kad vide da smo zajedno uprkos svemu, odustaće, zaboraviti, i bićemo bajka kao ranije."

Sve mi je bilo jasno sad. Ovo je najbolja odluka koju je mogao da donese. Za sebe. Za nas. Za mene. Šta god da se napiše u narednih nekoliko dana, niko im neće verovati ako nas dvoje ostanemo zajedno. Čak je i moj odnos sa tatom sačuvan. Kao i moja karijera. Na kraju ću iz svega izaći čista. Baš kao i Aleks.

Uprkos tome, umesto da budem srećna i zadovoljna, oblio me hladan znoj. Da li je mišljenje javnosti i to šta će drugi da kažu jedino zbog čega ostajemo zajedno? Koliko je sve ovo zapravo dobro za mene? Kako da ostanem sa čovekom koji me možda mrzi? Jer, šta drugo može da oseća posle svega? Kakav me to život očekuje?

Odlučila sam da sva ta pitanja i nedoumice zadržim za sebe jer nisam imala nikakvo pravo da se žalim. Nakon svega, prolazim najbolje moguće, bolje nego što bih se i usudila da sanjam. Sve zahvaljujući ovom divnom, savršenom čoveku. Da li možda ipak postoji, makar i najmanja nada da…

„Sigurno se pitaš da li je moj strah od suočavanja sa celim svetom jedini razlog što sam ovo predložio?" pitao je, čitajući mi misli, kao i uvek što smo jedno drugo razumeli očima. „Nije."

Dotakao mi je obraz svojim toplim, mekim, dlanom. Toliko je prijalo da sam zažmurila i uvila se, tražeći još. Prijalo je na posekotinama.

Kad sam otvorila oči, gledao me je, čežnjivo, osećajno, toplo. Trebalo mi je da čujem. Očajnički mi je trebalo da mi kaže da me još uvek voli, kako ne bih bila ovoliko prestrašena. Voli me. Videla sam mu to u očima. Ali nije rekao. Nije mogao da se natera.

Napustili smo sobu. I dalje sam nosila istu, belu prljavu haljinu, a oči su mi i dalje bile nadute i crvene. Ništa nismo imali sem putničkih isprava. Ni torbe, ni kofere. „Ne treba nam ništa iz prethodnog života", rekao je kratko i strogo.

„Sve sam organizovao tako da u Pariz dođemo što neprimetnije moguće, ali i dalje se moramo potruditi da nas ovde niko ne primeti", rekao je. „Idi u kupatilo i sredi se. Budi Džejn Anderson kakvu svi znaju."

Poslušno sam klimnula i uzela neseser sa osnovnom šminkom i negom za lice, koji mi je kupio čim smo ušli na aerodrom. Zavukla sam se u najbliži toalet i zamolila čistačicu da zaključa dok ne završim. Pogledala sam se u ogledalo. Izgledala sam očajno. Neprepoznatljivo. *Bar o tome sad ne moram da brinem.* Dok je ženski glas sa razglasa nešto pričao, umila sam se i namazala kremu na prošarano lice. Dodala sam na brzinu puder i maskaru, počešljala se, namestila haljinu koja je bila bespovratno prljava, ali nije bilo vremena za traženje nove, i ponovo se suočila sa ovom novom ženom koja me gleda iz ogledala.

„Hajde, Džejn. Još jedna uloga. Do stana u Parizu. Zbog Aleksa." Rekla sam sebi, udahnula i izašla.

Nismo pričali. Ni u kolima ranije, ni na aerodromu. Naša komunikacija bila je čisto poslovna, hladna. Išli smo jedno pored drugog, gledajući pravo ispred, čak ni ne držeći se za ruke. Verujem da ni na to nije mogao da se natera iako je sigurno znao koliko bi bilo dobro za njegov plan. Ali nisam htela da ga teram ni na šta. Nemam pravo. Trudila sam se da zadržim hladan pogled, lice koje ne ocrtava nijednu emociju, da delujem puna samopouzdanja, iako sam iznutra leš.

Jedna po jedna osoba na kapijama nas je prepoznavala, ali smo ih sve izbegli, pogledom i žustrim koracima. Poslednji smo se ukrcali u mali avion u kom je bilo još putnika. Sela sam do prozora, a Aleks do mene. I dalje me ni u jednom trenutku nije dodirnuo.

Bolelo je. Uprkos svemu i svem olakšanju koje je usledilo kad sam shvatila da se ne rastajemo, prokleto je bolelo. Želela sam da me sad tu pred svima ošamari, iz sve snage. Manje bi peklo od te emotivne razdaljine koju je postavio između nas. Nikada ranije nisam bila svesna koliko mi treba njegov zagrljaj, njegova blizina, njegov dodir, da osetim svu nežnost i ljubav koje gaji prema meni. Znala sam i sad da ta nežnost nije nestala, da me i dalje voli. Da nije tako, ne bismo zajedno išli u novi život. Ali ovo odbijanje da me dodirne, kao da imam smrtonosnu, zaraznu bolest, bolelo je do srži.

Ponavljala sam sebi da je sve to normalno, da nemam nikakvo pravo da bilo šta očekujem sad od njega. Ja sam uradila dovoljno, a on previše, kako bi nas spasao. Uprkos tome, sve u meni se grčilo od bolova, telo, posekotine, srce, čak i sećanje na sve što se desilo, na sve što sam uradila.

A Matijas. *Kako bih ikada i mogla da zažalim Matijasa? Tog ludog muškarca koji se u mene zaljubio bezrezervno, bez granica, bez razuma, uprkos svim preprekama. Koji je za mene napravio toliko neuračunljivosti i ludosti, samo da bi me nasmejao i učinio srećnom. Koji je svaki moj zahtev i želju ispunjavao pre nego što ih izgovorim? Gde je on sad? Kako je? Šta oseća? Bes, tugu, razočarenje, olakšanje, zavist, mržnju? Hoće li me preboleti uskoro ili će stvarno da bude kao što mi je rekao pre nego što sam ga napustila pre par sati?* Nedostajaće mi. Užasno će mi nedostajati.

Izašli smo na pistu i avion je gotovo istog trenutka ubrzao i uzleteo. Videli smo kako se ceo Berlin veseli zlatnoj medalji i trofeju. Želela sam da sam deo svega toga, da sad ispijam pivo na ulicama od stadiona do Brandenburške kapije, po pabovima, bilo sa Matijasom i njegovim prijateljima, ili sa Aleksom i njegovim. Svakako bismo slavili Aleksovu Zlatnu rukavicu, koju zbog mene nije primio zvanično, pred svima, pred celim svetom. Bolelo je što mi je to sve oduzeto. Što sam ga sama sebi oduzela. Bila sam na ivici da se raspadnem od suza i da pustim taj bol da poteče, ali sam sad, u javnosti, držala sve barijere visoko i čvrsto. Nema plakanja sad. Nema više sramoćenja Aleksa. Dosta je bilo.

Kao nikada to tad, nesigurnost u sutra i ono što nosi, ispunila me je strahom i jezom. Bilo je to nešto meni potpuno novo. Nisam bila navikla da živim bez uverenja da će sve biti u redu, kao što je do sada uvek i bilo. Šta će se desiti sad sa mnom? Šta će biti sa mojim životom, karijerom, prijateljima? Kad ću da ih vidim, svoje roditelje? Jeste, imam pored sebe muškarca svog života, ali pod kojim uslovima?

Ponavljala sam sebi da moram biti hrabra i snažna. Tata bi voleo da budem takva. Hrabra i snažna, postojana, spremna na sve što sutra može doneti, lepo ili ružno. Uporedo s time, razmišljala sam o prethodnih mesec dana, o svemu što se desilo, kao i o tom danu koji se privodi kraju, novom koji uskoro počinje. Lepa sećanja mešala su se sa strahom koji me je sveprožimao i izjedao. Kako sam mogla sve ovo vreme da se igram srećom, do te mere, do granica do kojih sam išla? Toliko sam bila ogrezla u prevare, mahinacije, manipulacije i laži, sve dublje, svakim danom. Bilo je prirodno da ću se upetljati u jednom trenutku, a ja sam mislila da mi odlično ide. Glupavo, samouvereno sam mislila da sam glavna junakinja ove svoje drame, da mi niko ništa ne može. U potpunosti sam zapustila ostale likove, koji i dalje, prirodno, imaju svoju ulogu da odigraju, dobru ili lošu. Izazivala sam sudbinu. Igrala sam se vatrom, i opekla se do te mere da sad po koži imam fizičke dokaze toga. Jedino što mi je preostalo je neizbežna neizvesnost, i ovaj čovek za kog ne znam da li je stvarno tu da ostane, ili će se u bilo kom trenutku pokajati, predomisliti, i ostaviti me samu.

Poda mnom je bežao nemački pejzaž, u mraku. Svega par milimetara od moje ruke bila je Aleksova. Htela sam da je dodirnem ali strah da će je izmaći, i bol koji bi u tom slučaju usledio, sprečili su me i da pokušam. Toliko nesigurnosti, toliko nejasnoća, toliko nehrabrosti tek me čeka.

O AUTORKI

Jovana Iv rođena je 1992. godine. Studirala je engleski jezik, književnost i kulturu na Univerzitetu u Beogradu. Do sad je objavila dve kratke priče i pisala je blog o svojim putovanjima. *Za pobedu postoje i drugi načini* njen je debitantski roman koji će imati još tri nastavka.

Više o autorki i njenom stvaralaštvu možete potražiti na veb-sajtu www.jovanaiv.com , na Fejsbuk stranici There Are Other Ways to Score ili na njenom Instagram profilu jovana.iv_.